Peter Rosegger

Älpler

Salzwasser

Peter Rosegger

Älpler

1. Auflage | ISBN: 978-3-84609-584-3

Erscheinungsort: Paderborn, Deutschland

Erscheinungsjahr: 2014

Salzwasser Verlag GmbH, Paderborn.

Nachdruck des Originals.

Peter Rosegger

Älpler

Salzwasser

Peter Rosegger

Älpler

Die Älpler

in ihren Wald- und Dorfgeschichten

Von

Peter Rosegger

Einunddreißigste bis fünfunddreißigste Auflage
(Der neubearbeiteten Ausgabe sechzehnte bis zwanzigste Auflage)

Verlag von L. Staackmann in Leipzig

Druck von C. Grumbach in Leipzig.

Eingang.

Der Städter hat selten Gelegenheit, die Eigentümlichkeiten der Gebirgsbewohner, die Tiefen des Volkslebens kennen zu lernen, er sieht zumeist nur die Ableger desselben. Die Landleute in der Umgebung der Städte sind des reinen Volkstums völlig verlustig; wenn auch nicht „angekränkelt von des Gedankens Blässe", sind sie doch angesteckt von sehr vielen Fehlern der „Gesellschaft", ohne deren Vorzüge zu teilen. Die Bauernschaft in der Umgebung der Städte hat just so viel von den gesellschaftlichen Formen und Elementen in sich aufgenommen, als genug ist, die schlichte Natürlichkeit zu ersticken, jedoch viel zu wenig, um die Bestie in ihr zu zähmen. Ebenso einseitige Erfahrungen bieten uns die Landleute, mit denen wir in unseren Krankenhäusern und Gerichtssälen bekannt werden. Das sind die aus dem großen Naturganzen ausgestoßenen Eiterbläschen, bisweilen Sendlinge des Lasters.

Wahrhaftig bösartige Charaktere treten uns verhältnismäßig nur wenige entgegen. Der Gründe zum Falle sind andere. Die Leute verfügen nicht über geistige Waffen, so schlagen sie ihre Feinde eben mit den physischen; sie kennen keine geistigen Genüsse, so klammern sie sich an die sinnlichen und phantastischen. Folge: Verbrechen, Siechtum.

Allerdings stoßen wir auf unseren Marktplätzen und Straßen auch auf Verschlagenheit, Bosheit und Dummheit der Landleute; aber diese Eigenschaften sind die Ausnahmen und nicht die Regel — und gerade auf Märkten und Straßen tummeln sich diesmal die Ausnahmen. Es berührt uns ferner der Bauerntrotz unangenehm; wir wollen dem Manne sein Mißtrauen, seinen Eigensinn, seinen Eigennutz nicht verzeihen. Aber denken wir einmal nach, was würde aus dem beschränkten und ungewitzigten Menschen nur werden, hätte er obige Eigenschaften nicht in dem entsprechenden Maße? Ein Spielzeug wäre er in der Hand eines jeden Schelmes. Trotz, Mißtrauen und Zähigkeit sind des ungeschulten Mannes natürliche Waffen.

Allerdings schreckt uns endlich Roheit und sinnlicher Übermut zurück, wenn wir den Fuß in eine Bauernschänke setzen wollen; Bigotterie und Aberglauben grinsen uns aus den Dörfern und Dorfkirchen schon von weitem entgegen.

Das beobachten wir; nun glauben wir die Leute zu kennen, und flugs ist das drastische Urteil fertig: „Elf Ochsen und ein Bauer sind dreizehn Stück Rindvieh."

Doch, Stadt- und Landleben, Idylle und Weltkultur sind durch eine unüberbrückbare Kluft getrennt; und wenn wir nur obige und ähnliche Auswüchse des Volkes kennen, so mißkennen wir das Volk auf die gröblichste Weise und haben auch gar keine Ahnung davon, was der Begriff „Volk" heißt und bedeuten soll.

Wir schließen uns hiermit an die Gedanken eines geistvollen Beobachters — Bogumil Goltz. Es geht uns, sagt dieser, mit dem Studium des Volkes, wie mit dem Sternenhimmel. Der ist uns das Vertrauteste, das scheinbar Nächste und doch das Geisterfremdeste und Entfernteste. Von jedem Punkte bildet das Auge einen scheinbaren Horizont um sich her, der sich nirgends bewahrheiten will. Eine Grenze gibt es im Weltall so wenig, als in der elementaren Natur des

Volkes. — Dieses träumende, dämmernde, hinvegetierende, rastlos schaffende und dann wieder in dumpfe Trägheit versinkende, dieses zwischen Blödsinn und rasender Begeisterung jach wechselnde, allen guten und schlimmen Eigenschaften maß- und rücksichtlos sich hingebende Volk, das alles duldet, alles erzeugt und in einem Augenblicke tierischer Wut alles zerstört und sich selber zerfleischt — ist die lebendige Fortsetzung der elementaren Gewalten, ist die menschgewordene Natur.

Es ist etwas Heiliges, Unbegreifliches, was da im Volke liegt — ein wandlungsvolles, allgestaltiges und sich doch ewig gleichbleibendes Wesen, ein mysteriöser Zug, in dem wir den Weltgeist wohl spüren, aber nicht verstehen. —

Nichts ist daher so schwer, als die richtige Beurteilung des Volkes, besonders der bäuerlichen Charaktere, die im Abgeschlossenen, in den verlornen Bergtälern und tiefen Einöden leben. Studieren kann man sie nicht, man muß sie miterleben mit seinem eigenen Fleisch und Blut. Man muß Tag für Tag, Stunde für Stunde mit den Leuten umgehen, um sie ganz zu verstehen.

Nur in der Arbeit und Sorge ist das Volk liebenswürdig, wahrhaft verständig und groß. Seine Leiden, sein Herzensglück, sein Gottvertrauen, sein Ahnen und Hoffen, seine Beständigkeit, seine Schwänke, und seinen Humor muß man erfahren haben. Nützlich wäre es uns, sich zuweilen in solche Elemente zu versenken. Der rohen Volksnatur tut die Schule not; der Gebildete aber soll das Natürliche, selbst das Gemeine kennen lernen, soll bisweilen untertauchen im elementaren Leben; — das lehrt ihn erst ganz, die Welt zu verstehen.

Wer sollte es glauben, daß der Mann aus dem Volke ein so großer Lehrmeister ist! Nur er versteht es, sein Leben, ohne zu klagen, in Armut und Mangel hinzuschleppen; nur der Mann aus dem Volke wird den Ernst des Lebens gewahr, er kennt die Handarbeit, die nimmer ruhen darf, soll er nicht hungern. Er kennt die Entsagung, er weiß, daß die Welt nichts für ihn hat und haben wird, als Arbeit und immer Arbeit, und wenn diese nicht, so Not und Elend.

Und dennoch ist er lebensfreudig!

Gelehrte Philosophen sagen es; Naturmenschen üben es.

Ein großer, wenn auch roher und ungeläuterter sittlicher Schatz ist in der Volksnatur aufgespeichert, ein unerschöpflicher Vorrat der Urkraft, die den Ungeschulten in ihrem rohen, den Geschulten in ihrem verfeinerten Zustande als Lebensmark dient.

Dem Bauersmanne, insbesondere dem Älpler, mangelt oft jegliche Erziehung und Schulung, und er wird doch kein Taugenichts. Bildung ist ihm verdächtig, weil sie nur allzuoft nachteilig auf seinen Stand wirkt. Bildung hat dem Bauernstande schon so manche Kraft entfremdet. Wer was weiß und kann, der strebt was „Besseres" an, als in Gemeinschaft mit den Rindern das Feld zu düngen, um mit dem Felde sich und die Rinder zu ernähren. Der Bauernstand mit seinen Beschwerden, mit der Mißachtung, die er von so vielen Seiten heute noch erfährt, trotz der Devise: Alles durch das Volk und für das Volk! — er wird nur in unbewußter Weise ertragen; oder vielmehr seine geistige Kurzsichtigkeit bewahrt den Landmann vor Unzufriedenheit und Zerfahrenheit. Daher die fast elementare Abneigung gegen Schule und Welt. Doch nicht allein die Unwissenheit, mehr noch die Heimatsliebe, das Heimweh, der Hang zu den Traditionen, zum Religiösen und überhaupt zum Altständigen sind die Hüter der volkstümlichen Ursprünglichkeit.

Und auf diese der Welt gewöhnlich verborgenen Gründe

wird vorliegendes Buch besonders Rücksicht haben. Das dem Herkömmlichen geneigte und religiöse Moment vor allem muß in einer Charakteristik des Volkes Beachtung finden.

Das Althergebrachte ist des Landmannes Lebensnerv; die Religion ist seine Seele und Seligkeit. Die Religion, sie sei ihm entweder aus der Vorzeit überkommen als Erbe der Väter, die in ihren Urwäldern den nordischen Göttern geopfert haben, oder sie sei aus dem Morgenlande gebracht oder aus der Stadt des Stuhles Petri: die Religion ist des Landmannes, des Bergsohnes Hort, sein geistiges Leben und seine — Erholung. Dem deutschen Landmanne ist es gegeben, daß er die Sitten der Heiden mit dem Kultus der Christen vereine; der Landmann verehrt nebst dem Sakramente seine Hausgötter und opfert ihnen durch alle Zeiten seines Jahres und Lebens.

Aberglauben nennen wir das Treiben, wenn der Landmann seine Felder mit Weihwasser und Weihrauch besegnet, wenn er böse Gewitter mit Metallglöcklein verscheuchen will, wenn er die Osterfeuer anzündet zur mitternächtigen Stunde, wenn er in der Christnacht den Bösen beschwört, wenn er zum Erntefest drei Korngarben verbrennt, wenn er die Stürme mit Mehl und Früchten füttert, um sie zu sättigen und zu beruhigen usw. Aber wer kann sagen, wo der Gottesdienst endet und der Götzendienst beginnt?

Wer rein und sicher zu blicken vermöchte in den Urgrund der Seele jener Menschen, die in den Hochwällen ihrer Felsen, ihr alten Zeiten entkeimtes Geistesleben gesondert bewahrten, und welche ohne Literatur und bildende Kunst die Poesie und die Sitte einzig nur in dem Archive ihres Gemütes zu erhalten wußten! Freilich wohl liegt viel Wust und eitel Ding gehäuft über den Schätzen, und selbst gefunden und gehoben sind sie nicht rein von Schlacken. Das ist's, was so viele abschreckt von der Zuneigung und Annäherung.

Auch ich habe vor des Landmannes Hausaltären gekniet, ohne heute noch zu wissen, ob ich Gott oder Göttern gedient; ich habe gelebt in Glauben und Aberglauben; ich habe mit meinen Landsleuten im Gebirge die Hauptmomente des Lebens und die Feste des Jahres gefeiert, habe mit ihnen gebetet, gescherzt, gejauchzt, gestritten, gelitten, gesündigt.

Ich habe den Drang, mich in das Leben des Gebirgsvolkes zu vertiefen, erst zur Zeit empfunden, als ich schon das durch Genuß und Überfeinerung abgestumpfte und flache Wesen der Städte und der sogenannten großen Welt kennen gelernt hatte. Also habe ich mich mit Andacht und Beständigkeit dem Alpenvolke hingegeben, habe mich zu den Menschen der Berge zurückgesehnt, habe mit ihnen gelebt und dann dieses Buch geschrieben, das einen großen Titel führt, den es kaum rechtfertigen kann.

Der Titel „Die Älpler" hat einen so weiten Kreis, daß ihn die täglichen und die absonderlichen Gestalten, welche hier zu schildern versucht worden sind, nicht auszufüllen vermögen. Doch welche Schrift, die einen solchen Gegenstand behandelt, könnte Anspruch auf Vollständigkeit machen! Das Volk ist wie der Urwald, man kann Büsche und Bäume zeichnen, aber nicht den Urwald; das Volk ist wie das Meer, man kann Quellen und Bäche und Seen bezwingen, aber nicht das Meer.

Dazu kommt noch die Beschränktheit meines Talentes, meiner Erfahrungen. Nur die Gestalten, die mir in meiner Jugend und auf meinen vielen Kreuz- und Querzügen in den Alpen begegnet sind, habe ich hier zu halten gesucht, und selbst diese nicht alle. Ich habe einen Teil als das „Volksleben in Steiermark" in einen eigenen Band getan, ich habe die „Sonderlinge“ und die „Schelme“ und die „Sünder“ in einen eigenen Band gelegt.

In vorliegendem Buche sind zumeist nur solche Gestalten aus Wald, Dorf und Alm skizziert, aus welchen das Volk der Alpen im großen zusammengesetzt ist. Älpler sind es, so mögen sie „Die Älpler“ heißen.

Allzu nüchterne Ängstlichkeit wird in der Zeichnung dieser Gestalten nicht zu verspüren sein. Ziemlich oft ist mir zur Rechten die Poesie und zur Linken die Schalkheit gestanden, doch wird leicht zu erkennen sein, was Dichtung ist und was Wirklichkeit.

Menschen, die in den Städten beisammen wohnen oder sonst meist auf einem Flecke bleiben, können es kaum ahnen und glauben, wie verschiedenartig oft die Zustände eines und desselben Volkes, ihres eigenen Volkes sind. Das deutsche Volk, wie anders lebt es auf Westfalens roter Erde, und wie anders auf den Sumpfebenen an der Polengrenze! Wie anders am Strande der Ostsee, und wie anders in den Engtälern der Alpen! Diese Teile, fernab liegen sie den Stätten des modernen Geistes, dessen weltentzündende Funken gleichwohl dahinzucken auf Drahtfäden über die einsamen, abgeschlossenen Schollen, es aber schwer vermögen, die alte angestammte Sitte zu zerschmelzen. Und endlich ist es auch selbst wiederum die Kultur des Geistes, welche wahre Urtümlichkeit eines Volkes aufsucht, schützt und ehrt oder zum mindesten aus derselben eine Lehre zieht.

Die Leute im Gebirge stehen dem Himmel näher, als die auf dem Flachlande. Sie sind oft recht einfältig — und das ist ihre Weisheit; sie sind arm, und das macht leichten Sinn. Sind sie in Freuden, so müssen sie schreien vor lauter Lust und jauchzen, daß es gellt im Walde; sind sie im Elend, so brechen sie in ein derbes Schelten aus und machen einen

Spaß darüber. Mit dem lieben Gott stehen sie auf „Du und Du", mit dem Teufel stehen sie auch auf „Du und Du". So tut sich's am besten.

Es ist eine freudige, es ist eine finstere, es ist eine schreckbar große Welt. Da ist der allzeit nächtige Wald — laufen Rehe und Hirsche drinnen. Dort ist der lichte Gletscher — fliegen Adler darüber. Auf Talwiesen ist Moorgrund, daß man könnte versinken in ihm, so lang die Beine sind; auf den Feldlehnen liegen ganze Steinadern kahl, daß der Spaten Funken schlägt, als müßte er anstatt Brot Feuer ausgraben. Vor kurzem noch nirgends eine Eisenbahn in den Hochgegenden, nirgends ein Telegraph. Steirerwäglein holpern die rauhen Wege bergauf, talab, und wer auf einem solchen sitzt, der muß Leib und Seele fest beisammen haben, daß sie nicht auseinandergeschüttelt werden.

Im tiefen Tal ducken sich die kleinen Dörfer, auf den Büheln und Lehnen stehen einzeln die Höfe und Hütten und schauen mit ihren in der Sonne funkelnden Fenstern hinaus ins Tal. In der Schlucht rauscht der Wildbach — schwimmen Forellen drinnen. Am jenseitigen Hang schrillt die Kuhschelle, kündet frische Milch an für heute und frische Butter für morgen. Von der Höhe knallt des Jägers Schuß — rinnt ein rotes Brünnlein im grünen Wald.

Aber der Schuß löst das Sandkorn, das Sandkorn ein Steinchen, dieses den Stein, dieser den Kloß, dieser die Scholle — niederfährt krachend die Lawine, sprengt Felsen auseinander, knickt die Bäume im Wald wie Grashalme, verschüttet ganze Täler, es staut sich der Fluß, es entsteht ein See — und die Verwüstung im Tale hat des Jägers fröhlicher Knall gemacht.

So leicht sind die Gewalten geweckt. Den Leuten wird angst und bang und ihr Herz sucht den ewigen Herrn, der barmherziger und stärker ist als das wilde Gebirg. Vom spitzen Kirchturm her klingt ein Glöcklein — der Dolmetsch zwischen Gott und dem Menschen. Hoch auf grünen Matten klingt ein anderer Schall, der Dolmetsch für Lust und Lieb', das Lied der Sennin.

Und über all' das halten die Bergriesen ihre Hochwacht. „Die Welt ist mit Brettern verschlagen," sagt der Wäldler; „die Welt ist mit Steinen vermauert," sagt der Hochgebirgler. Wie in einer Festung leben sie eingeschlossen in ihren Engtälern; mit Mühe und Plage erjagt sich jeder sein hart Stücklein Brot, und wenn er bisweilen richtig etwas Butter d'rauf streicht — wir wollen es ihm gönnen. Und so weben und streben da oben die Leute wie überall, jauchzen und weinen, werben und sterben und werden wieder geboren. Keiner möchte gern ausbleiben, jeder will wieder aufstehen mit einer frischen Seele und einem neuen Leib.

Dieses Buch in seinen Grundzügen wurde schon im Jahre 1871 geschrieben, später allmählich erweitert. Es entstammt teils persönlicher Erfahrung und Anschauung, teils den Mitteilungen anderer. Volkstradition, die durch ein Poetenherz ging. Die Zustände, aus denen diese Schilderungen sich entwickelten, waren schon damals in Auflösung begriffen; heute hat sich auch in den Alpen so vieles geändert, daß diese Darstellungen zwar noch ein allgemeines Stimmungsbild der Seele des Älplers bedeuten, in vielem Einzelnen aber als Denkmal einer vergangenen Zeit gelten können.

Krieglach 1912.

Der Verfasser.

Der Pfarrer im Hochgebirge.

Benediktus verzichtet auf die Weltfreuden und widmet sich dem Priesterstande.

Er tut es freiwillig — aus innerem Antrieb; er hat ein kleines Vermögen, aber keine Eltern mehr. Er hat sich einst eifrig den weltlichen Wissenschaften hingegeben, ohne davon befriedigt worden zu sein, und er meint, die Seele könne nur Friede und ein Ziel finden im Reiche des Gemütes. Und im Reiche des Gemütes fand er die Religion. Mit Eifer studiert er die Theologie und die menschlichen Herzen und er fühlt sich in diesem Berufe daheim. Und wie er so seine Jugend hingegeben hat, wird er in eine kleine, arme Seelsorge versetzt, abgelegen im Gebirge unter Köhlern und Holzhauern.

Tagelang muß der junge Priester reisen, bis er in jene rauhen Hochwälder kommt, die nun ihm zur zweiten Heimat werden sollen.

Das Kirchlein steht in einem Felsentale mitten unter wenigen Hütten. Zwischen dem Gesteine liegen Matten; aber kein Obstbaum steht da, keine Art von Laubhölzern kommt hier vor, als Brombeer- und Erlgesträuch; nur dunkle Nadelwälder rahmen das Tal ein, und oben auf den felsigen Höhen wuchern die Zerben und der Wacholder.

Vor einer der Hütten ist ein Gärtlein mit rohem Steinwall umgeben; das sieht schier so aus wie der Kirchhof nebenan, aber es ist der Gemüse- und der Ziergarten des Pfarrhofes.

Einige Kohlhäupter stehen darin, und ein verkümmertes Salatbeet liegt da, und an dem Rande desselben wächst Porst und wilder Rosmarin. Der Pfarrhof ist nicht mit Rinden eingedeckt, sondern mit Brettern — dadurch unterscheidet er sich von den übrigen Hütten.

Als Benediktus, in seinen Mantel gehüllt, mit dem Stabe in diesem Tale ankommt — mutterseelenallein wie ein wandernder Apostel, denkt er, wie das doch so still sei in diesen Wäldern! Ist's hier auch friedlich und rein in der Gottesluft, so ahnt er doch die Gewalten der Natur, die in dem Schoße der Felsen und in den Gemütern dieser Waldbewohner schlummern. Wenn doch nur der alte Pfarrer hierbleiben könnte, auf daß er einen Menschen hätte von edlerer Lebensanschauung! — Wenigstens eine Zeit sollte er mein Gefährte sein, daß er mich bekannt machte mit den Zuständen und Gebräuchen des Ortes und mit den Eigenschaften der Bewohner; dann könnte er ja hingehen und seinen Ruhegehalt genießen — und ich will hierbleiben mit Gottes Willen. —

So denkt Benediktus. Da sieht er über dem Hange des Fußweges einen Greis in Lederhose und Lodenjacke kauern, der Pflanzenstengel aus der Erde rauft.

„He, Alter," ruft Benediktus, „werde ich den Herrn Pfarrer daheim treffen?"

Der Pfarrer scheint die Frage nicht zu hören, er blickt nicht auf, sondern faßt die Pflanzenstengel langsam in ein rotes Tüchlein, das er sich vorn umgebunden hat.

„Ein wenig ausruhen, Alter!" sagt Benediktus. „Werde ich Euern Pfarrer daheim treffen?"

Nun blickt der Alte auf. „Wär' ein Wunder, wenn Ihr ihn jetzt daheim treffen tätet," antwortet er und wischt sich mit dem Ärmel den Schweiß vom Gesichte.

„Wo mag er denn sein?“

„Der Pfarrer? Wurzeln graben tut er,“ sagt der Alte, bindet sein Tüchlein zu und klettert mühevoll zum Weg nieder. „Ja, ja,“ sagt er, „unser Pfarrer! Oho, jetzt wär' er schier bald über'n Rain gekugelt. Ihr seid zuletzt gar der Herr Benediktus? Grüß' Euch Gott, schön!“

„So seid Ihr wohl der Herr Pfarrer?“ ruft der junge Priester.

„'s wird völlig so sein.“

„Gott, und was klettert Ihr denn da auf dem Gehänge herum?“ fragt Benediktus beinahe erschrocken.

„Süßwurzeln rupf' ich mir aus, die koch' ich mir, wird ein kräftiger Tee. Ich trink' ihn gern zum Abendmahl, und der braucht auch keinen Zucker. So so, und Ihr seid also mein Herr Amtsbruder?“

So lernt Benediktus seinen Vorgänger kennen, aber er guckt den Alten noch immer fast zweifelnd an; trägt denn hier der Pfarrer eine kurze Lederhose? Als ob der Greis die Gedanken des Ankömmlings erraten hätte, sagte er plötzlich: „Um Euer G'wand da ist's schad', Herr Amtsbruder; wenn Ihr's allweg auf dem Leib herumtragt, ist's in neun Wochen hin, und wenn Ihr's daheim in der Stuben laßt, so zerbeißen's Euch die Mäuse.“

Hierauf gehen sie miteinander und der Alte erklärt die Gegend: „Da ist halt 's Dorf, das Gwänd, wie es heißt; ein paar Handwerker wohnen da und ein Wirtshaus haben wir auch. Weiter d'rin in der Schlucht ist eine Holzsäge, und hinter derselben fängt gleich der Rabenwald an. Der ganze Rabenwald gehört in diese Pfarre heraus, und all' zusammen hat das Gwänd völlig zweihundert Seelen. So Holzleute sind sie, just nicht reich, übrig hat keiner was, vom Notleiden ist Gott sei Dank auch keine Red'. Die Kohlen führen sie halt so hinaus in die Lackenhämmer. — Suchst die Geiß, Mirz?“ ruft er, sich unterbrechend, einem dürftig gekleideten Mädchen zu. „Da oben im Gebrände brockt sie Brombeerlaub, hätt' dir sie herabgenommen, da bin ich aber mit dem Herrn da 'gangen. Schau, Mirz, das wird Euer neuer Herr Pfarrer!“

Das Mädchen sperrt Mund und Augen auf und sieht den Männern nach.

„Ja, Herr Amtsbruder, und das da neben der Kirche ist der Pfarrhof; wird Euch recht gefallen, er ist just nicht groß, aber passabel bequem. Hab' ihn gerade vor kurzem übertünchen lassen, weil mir der Wind schon ein wenig durch die Holzwand zogen hat. — Nu, Steffl, bist heut' nit im Holzschlag?“

„Na, heut' nit,“ antwortet ein Männlein, das auf einer Bank sitzt und mit einer Feile seine Säge schärft.

Endlich kommen sie zum Häuschen, das mit Lehm übertüncht ist. Sie treten ein, gehen aber nicht durch eine Tür, die in den Hausflur führt, sondern der alte Mann klettert über eine Leiter in ein dunkles Gelasse hinauf und sagt: „So, Herr Amtsbruder, krabbelt mir nur nach, ich halt' Euch die Hand entgegen: stoßt Euch den Kopf nicht an! So, Herr Amtsbruder!“

Und als sie in der dunklen Dachkammer sind, da lädt der Alte den Benediktus ein, sich's nur ganz bequem zu machen, wie er's zu Hause gewohnt; er sei ja nun zu Hause. Aber da auf der leeren Holzbank und am rauhen Brettertischchen gibt's nicht viel bequem zu machen; der junge Priester kann sich kaum entschließen niederzusitzen, obwohl das niedere Stübchen ihn schier nicht aufrecht stehen läßt. Ein starker, fast stechender Geruch ist in der Kammer, und auf einer Wandstelle steht eine Anzahl Flaschen und Töpfe.

„Das ist eigentlich nicht die rechte Wohnstube," bemerkt der Greis, indem er seine Lodenjacke auszieht und sich einen schwarzen talarartigen Mantel überwirft; „ich habe da unten die große Stube einem Köhlerweib abgetreten, das ein krankes Kind hat. Ihren Mann hat vor wenigen Wochen ein Holzdreiling erdrückt, und da hat die arme Haut nirgends eine rechte Zuflucht gehabt; die Köhlerhütten sind auch gar so viel kalt und unreinlich, und so hab' ich sie halt aufgenommen, bis das Kind gesund ist. Das da heroben ist meine Apotheke, sozusagen, da habe ich Wurzeln und Kräuter angesammelt. In den Fläschchen ist Tannenpech, Ameisenöl, Arnikawasser, Rosenbuschbalsam; da in der Lade hab' ich Harzsalben und Senfpflaster für Beinbrüche — und was halt die Hausmittel so sind. Mein Gott, wenn wo ein Unglück geschieht, daß sich die Leutchen nicht zu helfen wissen, so kommen sie halt zu mir."

Der Pfarrer ruft eine alte Magd und läßt für seinen neuen Bekannten ein Glas Wein bringen. „Ei ja, Herr Amtsbruder," sagt er, „wir haben auch noch ein gutes Gläschen da, dann und wann trinkt man gern ein Tröpflein; greift nur zu, seht, ich tu's ja auch gleich; ich weiß zwar nicht, seid Ihr mein Gast oder bin ich der Eure — — 's geht nun aus einem Sack."

Aber Benedikt nippt nur vom Wein; wie sehr sich dabei seine Gesichtszüge verziehen, ist in der Dunkelheit nicht bemerkbar.

Sie reden nun von verschiedenen Dingen, und nach einiger Zeit sagt der Pfarrer: „Vielleicht gehen wir vor Abend noch ein wenig herum draußen, Herr Amtsbruder?"

Und sie steigen wieder hinab und gehen hinan zum kleinen Friedhof, wo auf dem grünen Rasen hie und da ein Holzkreuzlein steckt. Nur eine Stelle ist da, auf welcher man die kahle Erde sieht. „Da haben wir den Köhler eingeschoben, den der Holzdreiling erdrückt hat," bemerkt der Pfarrer. „Sonst geht's heuer derweilen noch rechtschaffen gut ab; aber vor fünf Jahren ist eine große Sterb' eingetreten; da sind von Ostern bis zu Martini hinaus vier Erwachsene und drei Kinder auf den Gottesacker gebracht worden. Der Kirchhof liegt halt nicht ganz recht da, und wenn ein großes Wasser ist, so schwemmt's uns allweg Schutt herab von den Felsen."

Ein Knabe, barhaupt und barfuß, läuft hinter der niederen Steinmauer des Kirchhofes vorüber; diesem ruft der Pfarrer zu: „Hansl, ich ließe deinen Vater bitten, wenn er bis morgen früh meine Stiefel flicken tät; am Abend, wenn ich sie auszieh', werd' ich sie ihm hinüberschicken."

Das Büblein hat während dieses Auftrages an seinem Zeigefinger gelutscht, dann läuft es, ohne ein Wort zu entgegnen, davon.

„Ist ein gescheiter Knab' das," sagt der Pfarrer zu seinem Begleiter, „ist mein Ministrant, und das Läuten verrichtet er auch."

Dann gehen sie in das Kirchlein, das von Stein ist und ein Schindeldach hat; das Türmchen ist aus Brettern zusammengenagelt, und an der Mittagseite desselben ist eine Sonnenuhr gezeichnet. „Wenn Schatten ist, wissen wir halt nicht, wie viel's an der Zeit," sagt der alte Pfarrer, „aber wir halten Mittag, wenn uns hungert."

Die inneren weißgetünchten Wände des Kirchleins sind fast leer, nur auf dem Altare befindet sich viel grobes, teilweise vergoldetes Schnitzwerk und neben dem hölzernen Tabernakel stehen vier Kerzen. „All' vier werden sie nur an hohen Festtagen angezündet," belehrt der Pfarrer, „wie überhaupt meine oder Eure Pfarrkinder die hohen Festtage recht schön abhalten lassen. Der Schuster-Sepp, der Vater von dem Hansl, spielt die Orgel und der Köhler-Toni geigt und die Speikgretl singt dazu. Das ist recht feierlich, Herr Amtsbruder, und 's wird Euch gefallen. Ja, und da steht der Beichtstuhl, ist aber nicht viel zu tun d'rinn, die Leut' kommen nur zu Ostern, und man kann's ihnen auch nicht vorschreiben, daß sie öfter kommen sollen — wie halt ihr Bedürfnis ist. Da ist die Kanzel; ei da muß ich einen Pfeiler untersetzen, mir scheint, sie will schon niedergehen. Im Predigen überschrei ich mich nicht, Herr Amtsbruder, ich mach's halt so: Man liest den Leuten das Evangeli und gibt ihnen darauf ein paar gute Worte, daß sie recht brav und friedlich miteinander leben, und daß sie ihre Müh' und Arbeit, ihr Kreuz und Leiden nur geduldig dem lieben Herrgott aufopfern sollen, und daß er schon alles lohnen werde. Das ist genug, und was zu Zeiten mehr zu sagen ist, das sagt man den Leuten so in der Freundschaft daheim in ihren Hütten, wie's die Verhältnisse halt verlangen. In der Kirche tät auch nichts angreifen; da meinen sie, der Pfarrer sagt alles nur, weil's so der Brauch ist, und sie schlafen dabei ein. Bei der Meſſ' schlafen sie auch. Mein Gott, man kann's den Leuten nicht verdenken; die ganz' Wochen müssen sie schwer arbeiten im Holz, und wenn sie halt einmal zum Sitzen kommen, da gehen ihnen nachher die Augen zu. Die Bänk' da sind ohne Lehne — ein wenig ungeschickt — ist mir 'grad am Jakobitag ein Weiblein so im Einschlafen auf den Boden hinabgepurzelt, daß es sich den Kopf rechtschaffen angestoßen hat. — Der Taufstein ist hinter der Tür, den brauchen wir passabel oft."

„Also ist die Zahl der Täuflinge größer als die der Leichen?" fragt Benediktus.

„'s schaut völlig so aus. Sterben will halt keiner. Auswandern tun meine Pfarrkinder auch nicht, aber der Kaiser nimmt ihrer viele fort, und da kommen die wenigsten zurück, und so" setzt er spaßeshalber bei, „bringen mich die Tausendsappermenter um die Begräbnisgebühr."

„Und wie lange seid Ihr schon in dieser Gemeinde?" fragt Benediktus.

„Ja, das ist halt, seitdem die Gemeinde gegründet worden ist. 's mag schon bald seine vierzig Jahr' sein. Nu, da auf der Mauer steht ja die Jahreszahl; schau, 's ist länger, bin schon zweiundfünfzig Jahr im Gwänd. 's wird völlig nicht gut tun, wenn ich in eine Stadt in die Versorgung geh', jetzt in meinen alten Tagen. Aber 's ist halt so, Herr Amtsbruder: im Sommer ginge 's noch, aber im Winter wollen mich meine Beine halt nimmer recht tragen, wenn's da drin im Rabenwald einmal einen Versehgang gibt. In vier Stunden mag man's schier nicht dermachen bis hinein zu den hintersten Hütten. Und wenn man wo einen Kranken weiß, geht man doch gern."

„Ist denn eine Schmiede oder so was in der Nähe?" bemerkt Benediktus plötzlich, „da hör' ich Hämmern, wie auf Blech."

„Ah, das Abendglöckl meint Ihr, ja, 's hat ein wenig einen eigentümlichen Klang, unser Glöckl. Zersprungen ist's uns vor ein paar Jahren, und da hat der Bindersteffel einen Reif angelegt; 's will seitdem nicht mehr ganz so rein klingen, aber man hört's schon noch im Tale."

Die beiden Priester treten endlich aus dem Kirchlein. Vor demselben stehen Männer und Weiber beisammen und der Pfarrer stellt sich unter sie und betet laut den „englischen Gruß".

Es ist schon dunkel geworden, die Felshäupter sind rot. Nun hört das Glöcklein auf zu schrillen, der Pfarrer schließt das Gebet. Nach demselben geben ihm die Leute die Hand und sagen: „Vergelt's Gott!"

Als sie hierauf ihren Wohnungen zueilen und die Priester gegen den Pfarrhof schreiten, frägt Benediktus: „Und wo ist denn das Schulhaus?"

„Wir haben kein Schulhaus," sagt der Greis, „an den Sonn- und Feiertagen, so zur Nachmittagszeit, kommen die Kinder zu mir in den Pfarrhof, und da lehr' ich ihnen halt so nach und nach die Buchstaben lesen und schreiben; das Rechnen haben sie von ihren Eltern, so weit sie's brauchen."

Als sie gegen die Tür kommen, tritt ein Weib heraus und sagt zum Pfarrer: „Ehrwürden, weil der fremd' Herr da kommen ist, zieh' ich ja gern in die Dachkammer hinauf, ja gern; oder ich geh' in meine Hütten hinein. Gott sei Lob und Dank, das Kleine ist schon besser, und ich vergess' Euch's mein Lebtag nicht, Ehrwürden, daß Ihr mir in der Not so beigestanden seid."

„Gute Frau," redet Benediktus drein, „meinetwegen soll's bleiben, wie es ist, ich bin frisch und gesund und bringe mich vorläufig überall unter; pflegt Euch und Euer Kind, wie Ihr's verantworten könnt." Und zum Pfarrer sagt er: „Wenn's Euch nicht unangenehm ist, so möcht' ich Euch bitten, daß wir noch ein wenig im Freien bleiben."

„Ist recht. Wir wollen uns dort auf die Bank setzen, wenn Euch nur die kühle Nachtluft nicht übel tut. Und morgen werde ich Euch der Gemeinde vorstellen als ihren neuen Herrn Pfarrer — weil's nun schon so sein muß."

Wie der alte und der junge Pfarrer auf der Bank sitzen und sie hören, wie unten das Bächlein rauscht, und es sehen, wie das Alpenglühen erbleicht und die Sterne zu flimmern beginnen, da faßt Benediktus die Hand des Greises und sagt: „Mein ehrwürdiger Freund, ich kann Euch nicht sagen, wie mir ist. Wohl bin ich bereit, allem zu entsagen, was ich lieben gelernt habe in dieser Welt, und ich will auch nicht klagen, daß sie mich all dem entrückt, in dieses Tal versetzt haben; aber die Aufgabe, die hier meiner harrt, ist so groß, daß mir bange wird. Ihr seid Eurer Gemeinde nicht bloß Pfarrer, Ihr seid ihr alles, wie mich deucht. Ich bin noch jung . . . Bin unbekannt mit diesen Zuständen, Sitten, Charakteren, fremd sind mir diese Naturmenschen, die mir so unerreichbar und heilig erscheinen in ihrer Entsagung. Nun sollte ich ihr Pfarrer sein, und wir können uns gegenseitig nicht verstehen; ich sollt Euch ersetzen als Seelsorger, als Freund und Ratgeber, als Helfer und Walter überall, der ihre Herzen durchforscht hat, der ihr Zagen und Hoffen, der all ihr Weh kennt und mitempfindet; ich sollt' das alles ersetzen — ach, das wär' ja gar nicht möglich!"

Mit sehr bewegter Stimme hat der junge Priester gesprochen, der Greis hat ruhig zugehört, und nun entgegnet er: „Wenn Ihr nur einmal Euere Stadt vergessen und Euch hier angewöhnen könnt — und es ist gar nicht so uneben hier — so wird schon alles recht werden. Werdet Euch nicht zu zwingen brauchen, daß Ihr so seid wie ich. Die Leut' werden schon kommen und werden Euch bitten und fragen bald um dies, bald um das; sie werden Euch ihr Anliegen schon klagen. Und wenn sie so kommen im Vertrauen, wo sie sich selbst nicht zu raten und zu helfen wissen, und man hat halbwegs Herz, dann hat's schon die guten Wege. Bin auch einmal draußen gewesen in der närrischen Welt, aber ich hab' den Leuten hier nichts davon erzählt; brauchen's nicht zu wissen, wie's anderorts zugeht; 's verrennt sich wohl dann und wann so ein Zeitungsblatt herein, aber wir verstehen das Zeitungsblatt nicht, und das Zeitungsblatt versteht **uns** nicht. Leut', wie die im Gwänd, muß man bei ihrem alten Glauben und Gewissen lassen; wie was Neues dazukommt, werden sie gleich irre. Mir ist allweg darum zu tun gewesen, daß meine Pfarrkinder beruhigt und zufrieden sind, und daß sie nicht anfangen zu zweifeln an dem, was ihr Halt und Wanderstab ist durch dieses Leben. Wenn die Zufriedenheit gestört ist, wer gibt Erfüllung? Wenn sie auch noch so viel hören von den Künsten und Wissenschaften und Herrlichkeiten der Welt, Holzleute müssen sie dennoch bleiben. Herr Amtsbruder, Ihr braucht nur ruhig in dem fortzufahren, wie es ist, und Ihr werdet alleweil etwas zu essen haben, und zuzeiten wohl auch ein gutes Tröpflein."

„Ehrwürdiger Freund," entgegnet Benediktus, „ein ruhiger und sorgenloser Lebensabend in besseren Verhältnissen und in einem milderen Klima wäre Euch zu wünschen; aber ich fürchte, Ihr werdet Euch nach einem solchen Leben im Priesterhause, wo ihr Eueren Ruhegehalt zu genießen habt, nicht mehr wohl fühlen."

„Mein, wie gern blieb' ich da, lieber Herr Amtsbruder, aber wenn's halt nicht geht — wie's Gott will!"

„Herr Pfarrer! würdet Ihr mir böse sein, wenn ich Euch den Antrag machte, Euere alten Tage mit mir in dieser Gemeinde zu verleben und noch fernerhin den Pfarrkindern und mir ein Ratgeber zu sein?"

Da erhebt sich der Greis, und lebhaft den Arm des jungen Priesters ergreifend, sagt er: „Was wär' mir lieber als das, Herr Amtsbruder! Viel tät ich nicht brauchen: all' Tag' meine Suppe und meinen Strohsack, dafür lese ich ja die heilige Meß'; und zuzeiten ein frisches Tröpflein, das kauf' ich mir schon selber."

Die beiden Priester sprachen noch einige Zeit, bis endlich die alte Magd vom Hause her ruft: „Zum Nachtmahl, Ehrwürden, 's wird ja alles kalt!"

Gedünstete Erdäpfel stehen auf dem Tisch und ein Glas Wein. Der alte Mann ist ganz glückselig, daß er seinen Gast so außerordentlich bewirten kann.

Nach dem Essen bringt die Magd ein Paketchen, legt es vor dem Pfarrer auf den Tisch und sagt: „Das schickt der Holzmeister Lipp zum schön' Dank für die Kindstauf.“ Der Alte öffnet schmunzelnd das Paket: es enthält Tabak, welcher nach der Gewohnheit armer Gebirgsleute ein wenig mit dürrem Buchenlaub gemischt ist. Sofort stopft sich der Greis ein Pfeiflein und sagt schmauchend: „Meine guten Leutchen denken halt allweg auf mich!“ Dann wird er sehr verlegen, es fällt ihm ein, daß er eigentlich seinem Gast zuerst ein Pfeiflein hätte anbieten sollen; doch als dieser sagt, er rauche nicht, ist er beruhigt. Benediktus schiebt ihm auch das Weinglas hin und läßt sich eine Schale Milch bringen. Da schwelgt denn der alte Pfarrer und lächelt: „So wie heut', ist's mir schon lang nit g'raten. Ich bring's Euch, Herr Amtsbruder!“

In derselben Nacht schlafen die zwei Priester noch auf hartem Boden; der alte ist es gewohnt und schläft gleich ein; der junge ist noch lange in Gedanken, dann tut er ein Gebet und schläft auch ein.

Am nächsten Tage kommt von weiten Wegen her ein beladener Wagen, der vor dem Pfarrhofe hält. Der alte Herr schlägt die Hände über den Kopf zusammen und ruft: „Du himmlisches Kreuz, der läßt sich ja die ganze Welt nachführen!“

Aber Benediktus selbst legt seinen Anzug ab und kleidet sich in ein grobes Tuch.

Nach kurzer Zeit ist ein Feiertag im Gwänd — die Einsetzung des neuen Pfarrers. Da ist schier die ganze Gemeinde versammelt; selbst die Bewohner der hinteren Rabenwaldhütten sind herausgekommen. Am Altare brennen die vier Kerzen, zur Orgel ertönt die Geige, und die Speikgretl singt mit heller Stimme ein altes Lied. Selbst das Glöckl auf dem Turme hat heute einen Klang, es ist, als klänge der Holzreif mit zur Verherrlichung des Festes. Benediktus besteigt die Kanzel und begrüßt die Gemeinde mit einfachen Worten. Er sei nun da, sagt er, zum Mitfreuen und zum Mitleiden, gemeinsam wolle er alles tragen mit seinen Pfarrkindern, und er wolle nicht über ihnen stehen, sondern neben ihnen. Gemeinsam wollten sie das kümmerliche Leben fristen und es sich gegenseitig zu verschönern suchen durch Lieb' und Vertrauen, und gemeinsam wollten sie die Not tragen und das Glück, und gemeinsam wollten sie Gott verehren. — Benediktus will noch mehr sagen, allein er sieht wie einige Zuhörer in den Bänken kämpfen gegen die Ermüdung, welche die Augenlider so schwer belastet.

Nach dem Gottesdienste läßt der neue Pfarrer die Ältesten der Gemeinde in den Pfarrhof kommen und als sie da beisammen sind, begrüßt er sie und sagt: sie möchten sich nun aussprechen, in welcher Beziehung sie vorderhand einen Wunsch hätten. Der alte Herr findet notwendig zu erklären: „Der Herr Pfarrer will Euch in der Pfarre was stiften, so was herrichten lassen, und ihr sollt nun sagen, was euch am liebsten wär'."

Da schauen die Holzknechte einander an und machen halb lachende halb verzagte Gesichter und wissen nichts zu sagen. Was sie wollen? — Ja, gefragt ist das leicht, aber geantwortet! — Es fiel ihnen nichts ein.

Endlich räuspert sich einer und macht viele Vorbereitung zum Reden. „Ja, wär' schon recht," sagt er hernach, „und da — beim Freydhof, mein' ich halt, wenn was angewendet werden tät', daß das Wasser nicht alleweil so herabschießen kunnt'."

Benediktus sieht den alten Pfarrer an. Also nichts fürs Leben haben diese Menschen zu wünschen, nichts vermissen sie? — Den Toten geben sie ihre Stimme. „Wenn euch zuerst das am Herzen liegt, liebe Freunde," sagt Benediktus, „so wird Abhilfe getroffen werden, daß das Wasser welches bisweilen von den Felsen kommt, einen anderen Ausweg hat und nicht über die Gräber rinnt."

Plötzlich ruft ein Männlein: Wenn sich der Wohltäter denn schon einmal was kosten lassen will, so soll er an unsere Kirchbänk' Lehnen machen lassen, daß man sich am Sonntag doch ein wenig ausrasten kann."

Benediktus lächelt, reicht jedem die Hand und sagt, daß sie glücklich in ihre Waldhütten kommen möchten. Und als sie fort sind, sagt er zum Greise: „Jetzt bin ich auch fünfzig Jahre im Gwänd gewesen, jetzt kenne ich diese Menschen." —

Ein Jahr später ist hinter dem Friedhofe ein tiefer Graben, und die Kirchbänke haben breite, feste Lehnen und bequeme Fußgestelle.

Der Pfarrhof hat nun drei trauliche Zimmer. Im ersten dieser Zimmer wohnt der Pfarrer Benediktus und schlägt, wenn er zu Hause und nicht in einer der Waldhütten auf Besuch ist, gern im Pfarrbuche nach, ob alles in der Ordnung im Verzeichnis seiner Schäflein. Im zweiten Zimmer wohnt der alte Herr und bereitet heilsame Getränke aus Alpenkräutern und Beinbruchflaster aus frischem Harze. Im dritten Zimmer endlich kommen die zwei Priester drei- oder viermal täglich zusammen zur lieben Gottesgab', und da kommt auch manchmal die umsichtige und heitere Wirtschafterin zur Tür herein und bringt bisweilen in einer goldig funkelnden Flasche ein gutes Tröpflein mit.

Gott gesegne es ihnen!

Der Dorfgeistliche.

Unsere papierblinden Politiker und Sozialisten können sich nicht genug wundern darüber, daß sich das Bauernvolk immer und immer noch vom Klerus so willig am Gängelbande führen läßt.

Wer das Bauernvolk nur erst einmal kennen lernen wollte, wer auch nur ein Jahr lang das Verhältnis beobachten wollte, in welchem es zu seiner Geistlichkeit steht, sei es in der Kirche, in der Schule, auf der Gasse, im Hause, dem würde das Ding bald klar sein; wer auch nur einen Sonntagnachmittag den Pfarrer und den Bauer beim Glase Wein belauschen könnte — ungesehen natürlich —, der würde nicht mehr fragen, wieso es komme, daß der Klerus den Bauer in seiner Macht hat.

Seit altersher hat der Bauer auf seiner Scholle und in seiner altständigen Gesinnung keinen so tatkräftigen und beständigen Bundesgenossen als die Geistlichkeit. Politische Parteien, soziale Bewegungen ändern sich mit jedem Jahrzehnt, wer auf sie baut, er baut auf Sand. Den Parteien ist nicht um Erhaltung des Bauernstandes zu tun, vielmehr um Ausbeutung desselben für ihre Zwecke und zum Vorteile anderer Stände. Der Klerus hält es freilich nicht mit dem Bauer diesem zulieb, sondern der Kirche zulieb, denn der Bauernstand ist ihr natürlicher Bundesgenosse. Jeder andere Stand verliert unmittelbar oder mittelbar durch die Erstarkung des Bauernstandes, nur der Klerus gewinnt durch sie. Daher wird dieser stets für den Bauernstand sein, und der Bauer weiß die Geisteskraft, die ihm hier zur Seite steht, zumeist auch zu würdigen.

Daß der Priester Gottesgnaden auszuteilen hat, daß er an den wichtigen Wendepunkten und in den zu Herzen gehenden Lagen des Lebens dem Pfarrkinde beisteht, daß diesem der Ehebund, das Kind, die Früchte des Feldes, der Viehstand vom Priester gesegnet und gewissermaßen die Freude und das Glück besiegelt wird, kommt bei dem Bauer natürlich auch reichlich in Betracht. Indes noch mehr Gewicht legt er auf das Praktische. Es mag dem Bauer wohl gesagt worden sein, was sein Pfarrer da predigt, das sei bisweilen stark schief und hinfällig und mit dem Menschenverstand nicht vereinbar. Mag ja sein, der Bauer untersucht es nicht, das mögen die „Herren" ausmachen, die Zeit haben zum Spintisieren, er ist Bauer und schaut auf sein Feld und auf sein Vieh, das andere kümmert ihn nicht viel. Und sagt ihr ihm etwas von der „Verdummung, von der Knechtung in der Finsternis", vom „Rahm, den die geistlichen Herren abschöpfen" usw., da schüttelt der Bauer den Kopf. „Gar zu gescheit werden ist auch nichts nutz," meint er, „die Ganzgescheiten wollen nicht Bauer bleiben, sondern verlassen ihren Stand. Die Schule, sie mag gut gemeint sein, will uns auch nicht taugen, so lange sie uns Sachen lehrt, die der Bauer nicht braucht, und solche nicht lehrt, die er für seine Wirtschaft nötig hätte. Daß es dem Pfarrer ein wenig besser geht als uns Bauern, ist ihm wohl vergunnt, er hat viel studieren müssen und der Weg bis zum Pfarrer hinauf ist auch nicht mit Rosen bestreut. Dem Kaplan geht's schon gar nicht besser als uns, und ist er froh, wenn man ihm manchmal ein Guldenstückel schenkt, daß er sich Sonntags ein Tröpfel kaufen kann."

Also damit kommt man beim Bauer nicht auf. So viele Scherze er sich auch selber gegen den Pfarrer, seine Eigenschaften und Fehler erlaubt, im Grunde ist er ihm doch tief geneigt und ehrt ihn nicht allein ob seiner geistlichen, sondern auch ob seiner geistigen Eigenschaften. Dazu kommt noch, daß heutzutage die meisten Landgeistlichen selbst dem Bauernstande entstammen. Der Pfarrer kennt alle Neigungen, Leidenschaften und Schwächen des Bauers, alle Sitten und Herkömmlichkeiten, er spricht mit ihm in seiner Mundart, in denselben Gedankenwendungen wie der Bauer, er kennt die Wirtschaft in Feld, Wald und Wiese, weil er vielleicht selbst einst als Bauernjunge gearbeitet hat und weil er auch jetzt als Pfarrer seinen Acker, Weidegrund, Viehstand usw. zu versorgen hat. Der Pfarrer ist selbst Bauer und teilt mit seiner Pfarre den Segen oder das Mißgeschick der Gegend, der Jahre, der politischen Zeitrichtungen. Außerdem umgibt den Pfarrer doch der Nimbus seines Standes, seiner Stellung, seiner Bildung, und es ist daher für den Bauer immer eine Ehre und hebt ihn in den Augen seiner Nachbarn, wenn der Pfarrer mit ihm viel verkehrt.

Man muß es nur wissen, wie das zugeht, wenn der Pfarrer am Sonntage im Gasthause inmitten seiner Bauern sitzt. Wer etwa glaubt, der Pfarrer führe religiöse Gespräche, oder nehme sonst im Wirtshaus eine bevormundende Stellung ein, der irrt sehr und verkennt das Verhältnis ganz und gar. Gemütlich und heiter, teilnehmend für alles und klug ist sein Gehaben: hier lobt er den Vorzug von einem, dort bespottet er gemütlich eine kleine Schwäche; seine Anerkennung tut jedem wohl, sein leiser, häufig mit einem landläufigen Witz verbundener Tadel tut nicht weh. Für jeden hat er einen passenden Gruß, eine schicksame Anrede; wer handküssen will, es ist ihm nicht verwehrt — und bei diesem leutseligen Verkehr weiß er doch die Würde zu bewahren, ist lustig, ohne sich zu weit in die Ungebundenheit der Gesellschaft einzulassen, und versteht sich zur rechten Zeit zurückzuziehen. Mancher Pfarrer oder Kaplan weiß recht gut, daß er für die katholische Kirche wirkt, wenn er mit seinen Pfarrkindern Tag für Tag munter kegelt oder Karten spielt; die Hauptsache ist, mit ihnen stets auf gutem Fuße zu bleiben.

Politisieren wird der Pfarrer in einer größeren Gesellschaft selten, außer bisweilen auf der Kanzel. Kommt ein verfängliches Thema an den Tisch, so weiß ihm der Pfarrer durch eine ironische, satirische Bemerkung zu entgehen; er zieht es vor, gegnerische Ansichten geradewegs mit einem bäuerlichen Witz lächerlich zu machen, als sich darüber in einen Meinungsaustausch einzulassen. Zeitungen wird er, wenn er im Wirtshause einigen Einfluß hat, nur mit geringen Ausnahmen dulden. Selbst klerikale Blätter, sofern sie polemischer Natur sind, weiß er fernzuhalten, sie könnten den Bauer doch immerhin beunruhigen, zum Nachdenken veranlassen, und der Bauer braucht von den Welthändeln nichts zu wissen. Ist aber im Dorfe eine gegnerische Zeitung, eine gegnerische Richtung tätig, dann her mit den klerikalen Blättern und ihrer Streitmacht. Nicht zu leugnen ist, daß die klerikalen Zeitschriften weit volkstümlicher und packender geschrieben sind, als andere, für ein gemischteres Publikum berechnete Blätter es sein können. Natürlich, ihre Mitarbeiter sind Geistliche, zumeist Söhne des Landvolkes oder mindestens, wie gesagt, mit der Denkweise des Landvolkes vertraut.

Stets weiß sich der Pfarrer den Schein biderber Ehrlichkeit zu bewahren. Auf einer offenbaren Lüge wird man ihn selten ertappen. Die Leidenschaftlichkeit, besonders im Streiten, kommt zwar manchmal zum Ausbruch, zumeist aber weiß er sie geschickt zu verdecken, und so erscheint er dem Bauer als Vorbild eines starken, ebenmäßigen Charakters.

Es gibt ja Ausnahmen, aber im allgemeinen muß ich wohl sagen: einer der ehrenwertesten und verläßlichsten Männer in der Gemeinde bleibt der Pfarrer. So ein dem Bauernstande entsprossener Landgeistlicher bleibt mitunter doch zu urwüchsig und zu geradmichelig, um Jesuit zu sein. Und diese Offenheit erwirbt ihm das Vertrauen seines Sprengels. Denn mit den Lockkünsten der „Herren", der Aufgeklärten und Parteireiter hat der Bauer schon schlimme Erfahrungen gemacht. Der Wanderprediger kommt als Fremder her, er traut ihm nicht; den Zeitungsschreiber bekommt er gar nicht zu Gesicht, ist gewiß ein verwindierter Herrenknecht, er traut ihm nicht. Der Schullehrer mag wohl ein Ehrenmann sein, ist aber von der neuen Zeit gesandt, er traut ihm nicht. Der Professor, der Advokat, der Doktor, der Eisenbahner, der Fabrikant, der Händler, jeder hat seine eigenen Ziele und seinen eigenen Sack. „Halten wir es immerhin mit unserem Pfarrer, der schon seit zehn, zwanzig Jahren mit uns ist."

Nur bei Wahlbewegungen legt mancher Landgeistliche seine Würde ab, springt sozusagen aus der Kutte, und macht den Bauern einen Tanz vor, daß sie nur dreinschauen. Ist er so glücklich für seine Wahlmänner praktische Gründe zu finden, die den Bauern einleuchten, so hat er sie, aber bloß dem Mann zuliebe; „fürs Seelenheil" vertun sie ihre Stimme nicht.

Daß sich die Geistlichen hinter die Weiber stecken, wenn sie bei den starrköpfigen Männern was durchsetzen wollen, das kommt vor, aber nicht so oft als angenommen wird. Man weiß zu gut, daß die Bäuerin mit „bei so wos versteh' ih nix, däs woaß ih nit. Muaß da Herr Hochwür'n scha mit mein Mon selba red'n" — ablehnen würde, und daß bei einem starrköpfigen Manne das Weib auch nichts ausrichtet.

Ein Beweis, wie der Bauer seinen Pfarrer nur von der praktischen Seite nimmt, ist seine Empfindlichkeit gegen zu hohe Taxen bei Messen, Hochzeiten, Kindtaufen und Begräbnissen. Ein guter geistlicher Rechenmeister, er mag sonst der tüchtigste Seelsorger sein, kann es ganz gründlich mit seinem Sprengel verderben; sie entziehen ihm, wo es geht, die Kundschaft und begegnen seinem sonstigen Gehaben mit Vorsicht.

Der schlichte, uneigennützige Charakter ist es eben auch beim Priester in der Bauernschaft, der die Herzen gewinnt und sich einen großen Anhang verschafft. Mancher ist vierzig Jahre und länger im Sprengel, hat eine Generation begraben, eine getauft und eine getraut, und wenn er nun sein weißes Haupt in den Sarg legt, so trauert eine große Familie um den väterlichen Freund. Praktische Volksmänner, die auf dem Lande was Rechtes durchsetzen wollen, werden es nicht hinter des Pfarrers Rücken zu tun trachten, oder etwa gar versuchen, denselben in der Achtung der Leute herabzusetzen; damit kämen sie schlecht an, sondern sie werden sich, soweit es geht, mit dem Pfarrer verbinden. In rein praktischen Dingen läßt der Pfarrer, soweit es sein persönliches Einsehen gestattet, ja doch mit sich handeln, daß man ihn aber auch in dogmatischen Sachen für die Vernunft gewinnen wollte — das möge man bleiben lassen. Ich wiederhole nochmals, der Bauer läßt sich im allgemeinen auch nur so lange von den katholischen Grundsätzen leiten, als er dieselben mit seinem materiellen Vorteil vereinbar findet.

Die Kirche ist in mancher Beziehung eine eminent weltliche Macht, und an eine solche klammert sich der Bauer mit der instinktiven Kraft eines Untergehenden.

Das religiöse Leben der Leute geht oft andere Wege als der Geistliche ahnt. Wir werden es noch sehen.

Der Schulmeister von ehedem.

Er ist ein schlanker, hagerer Mann, in seinen spärlichen Locken liegen graue Fäden. Er trägt einen schwarzen feinen Rock nach städtischer Mode. Zuvörderst interessiert uns die Geschichte von diesem Rocke. Der Herr Dechant besaß ihn und trug ihn acht Jahre. Das Schicksal verfolgte den Mann, der Rock wurde ihm zu eng, und er gab ihn dem Schulmeister von Althöfen. Dem Schulmeister von Althöfen aber war er nicht zu eng. Die weiten braunen Beinkleider und die aschgrauen Stiefel hätten auch ihre Geschichte; es liegen in der Truhe unterschiedliche Urkunden darüber vor, und der Schulmeister seufzet: „Beinkleider und Stiefel vergehen, die Konti aber werden nicht vergehen."

Nun zur Geschichte des Mannes selbst.

Er war, glauben wir, das neunte Kind des Lehrers von St. Nikolaus, studierte vier Klassen im Seminar oder Gymnasium, alsdann dort blieb er stecken, denn sein Vater hatte noch für jüngere Kinder zu sorgen und konnte ihm nicht weiterhelfen. Da aber Gott niemanden verläßt, bekam der Jüngling eine Stelle im Schulfache und blieb siebenundzwanzig Jahre Unterlehrer. Wir finden den Mann erst wieder, als er zum „Schulmeister" emporstieg.

Nach den Einrichtungen, wie sie viele Jahre in unseren Ländern herrschten, ist der Mann nun eine wichtige Person: er ist Meßner, Regenschori, Musiklehrer, Gemeindeschreiber, zuzeiten auch Ministrant und nebenbei Schulmeister.

Die Gemeinde Althöfen hat ein kleines über dreihundert Seelen — die im Kirchenbuche stehen; die Leiber davon kriechen in der Gegend umher in allen Tälern und auf allen Bergen. Der Schulmeister kennt jeden und weiß, wo jeder seine Hütte hat, so sehr diese auch oft entlegen und verborgen ist hoch oben auf dem Berge oder weit hinter den Wäldern. Größere Pfarreien haben ihren Unterlehrer, ihren „Kirchenwaschel", ihren Gemeindeschreiber, ihren Pfarrknecht; all dergleichen macht dem Schulmeister in Althöfen keinen Wettstreit.

Und dennoch gibt es Stunden, in welchen sich der Schulmeister nicht zufrieden fühlt; in manch' unbewachter Nacht träumt er sich zu einem gesunden Bauernknecht hinauf, der sorgenlos sein Tagewerk verrichtet und dann ruhig essen und trinken und schlafen kann. — Es ist gut, daß in solchen Stunden der Wind durch die Fugen den träumenden Schwelger wach bläst, sonst verduselte er gar die Morgenstunde, in welcher er die Gebetglocke zu läuten hat. Mit dieser Verrichtung ist verbunden das Kirchenaufsperren, das Vorbereiten zur Messe, das Stiefelputzen für den Herrn Pfarrer, die Messe selbst und endlich die Knoblauchsuppe. Nach dieser johlt und poltert es schon in der Schulstube, aber da kommt ein Häusler — gar demütig klopft er an und gar sittsam knittert er an seiner Hutkrempe; — er tät' halt schön vom Herzen bitten, daß ihm der Herr Schulmeister wollt' einen Brief aufsetzen — dem Natz, der beim Militär ist, möcht' er einmal nachschreiben; der Bub' hätt' wieder geschrieben um ein paar Kreuzer Geld, es sei halt so viel zum Hungerleiden bei den Soldaten. Ja, und Papier hätt' er weiter auch keins bei sich — möcht' wohl schön bitten — tät's schon fleißig zahlen! — Der Schulmeister macht nicht viel Worte, schreibt gleich den Brief, nimmt aber nichts dafür und auch nichts fürs

Papier; das wär' leicht doch nicht schön, wenn sich der Schulmeister so was zahlen ließe!

Endlich kann's an die Schule gehen — doch weh', da brüllt des Wurzenpeters Bub' mit einem blutenden Kopf; die Jungen haben gebalgt und ihn zur Ofenecke gestoßen. Der Schulmeister macht nicht viel Worte, nimmt den Kleinen mit in sein Stübel und schlägt ihm ein Essigtuch um die Stirne. Er fragt nicht, wer's getan hat — leugnete es doch jeder und drehte ihm eine Nase. Der Alte kennt das. So geht's ruhig an die Schule. Den Kleineren hilft er buchstabieren: b-i-bi, b-u-bu und b-e-be. Hernach: N-i-l Nil, p-f-e-r-d pferd, Nilpferd; B-e-t Bet, t-e-l tel, Bettel, s-a-c-k sack, Bettelsack. Und so fort. Mit den Größeren nimmt er den Katechismus durch, den sie auswendig lernen müssen, oder, wenn es Samstag ist, läßt er das Evangelium des nächstfolgenden Sonntags lesen. Plötzlich schreit ein Bauer zum Fenster herein: „Schulmeister, die Kirchenuhr steht; das wär' eine schöne G'schicht, wenn's heut nicht Mittag werden tät!"

Eilt denn der Mann auf den Turm und zieht die Uhr auf und ölt die eisernen Räder ein und bringt so die Zeit wieder in Gang. Derweil ist in der Schulstube Kirchtag.

Endlich schlägt es Elf — da wird noch das „Einmaleins gebetet" und die Schule ist aus. Der Schulmeister läutet die Mittagsglocke und geht dann zum Wirt, wo ihm schon die dicke „Frau" mit eingestemmten Armen entgegenkommt: „Ja, was ist denn das heut' für eine Unordnung, Schulmeister? Glaubt er, wir gehen zu Tische, wann's ihm gefällt? Wer nicht kommt zur rechten Zeit, der muß warten, was übrig bleibt! Und übrig blieben ist heut' nichts!"

Der Alte neigt nur den Kopf, als sei er schon zufrieden; er weiß, daß die mindeste Einsprache seine Lage nur verschlimmern würde. Er schleicht in die Küche hinaus, mit der Köchin ist er gut an — die teilt ihm schon einen Löffel Suppe und schenkt ihm einige Brocken dazu: ei ja, die Köchin ist ein rechtschaffen gut's Leutl.

Noch sitzt er mit dem Suppentopf im Winkel über der Hühnersteige, da schreit d'rin im Gastzimmer ein Bauernknecht: „Kreuz und Hollerstaud'n, wo ist denn heut' der Schulmeister? Zum Versehenläuten ist's!" Der Alte hört's und eilt pflichteifrigst aus seinem Verstecke hervor, und bald darauf klingt vom Turme das Versehglöcklein, und fast zur selben Zeit ist der Schulmeister auch schon in der Sakristei und legt dem Pfarrer den Chorrock und Ziborium über und zündet am Altar die Kerzen an und kniet nieder, daß er zugleich auch den Segen erhalte. Ist sodann der Versehbote mit dem Pfarrer davon, so kann's wieder an die Arbeit gehen.

Der Lehrer ruft die Kinder zusammen, die indes mit ihrem mitgebrachten Mittagsbrote fertig geworden sind. Wären sie etwa nicht zur Hand, so suchte er sie im Walde oder wo sie schon ihre Extraspielplätze haben, und endlich beginnt die Nachmittagsschule. Diese ist dem Schreiben und Rechnen gewidmet. Im Schreiben geht's so übel nicht; da hat jeder sein Vorblatt mit Sprüchen: „Fang' an mit Gott in allen Dingen, so wird die Arbeit dir gelingen!" oder „Morgenstunde trägt Gold im Munde" und „Die Säue fressen die Eicheln gern!" Beim Rechnen, da hat jeder seine fünf Finger zur Hand. Fragt der Schulmeister: „Franzl, wenn du drei Äpfel hast und die Mutter gibt dir auch drei dazu, wie viel Äpfel hast hernach?" „Meine Mutter macht immer Äpfelkuchen!" antwortet der Kleine. Dieses unschuldige Kindeswort vom Äpfelkuchen dringt dem alten Manne in die Seele. „Franzl," sagt er dann, „wenn du einmal einen Apfelkuchen mitbringen willst, so wollen wir damit Bruchrechnung anstellen.“

Er kann es nicht verwinden, zeitweilig solche Anspielungen zu machen, da sie manchmal nicht ohne Folgen bleiben. Es ist schon dann und wann ein Kuchen, oder ein Schinken, oder ein Schock Eier mit in die Schule gekommen und der Überbringer hat es nicht ohne Selbstgefühl ausgerichtet: „Das schenket meine Mutter dem Herrn Schulmeister!“

Das Rechnen wird durch den Pfarrer unterbrochen, der, vom Versehgange zurückgekehrt, in die Schule tritt. Die Kinder erheben sich und sagen den christlichen Gruß; der Schulmeister zieht sich in einen Winkel zurück.

Endlich ist die Schule aus, die Kinder trollen sich lustig davon, nur ein oder der andere Knabe bleibt und holt seine Geige oder seine Pfeife hervor und nun beginnt der Musikunterricht. Jeden Sonntag ist „musikalisch“ auf dem Chore, und da muß zur Orgel doch wohl auch eine Geige und eine Pfeife sein.

Dem Schulmeister hängt überhaupt in solch festlichen Stunden der Himmel voll Geigen, nur „derlängen“ kann er keine.

Nach dem Musikunterricht kommt endlich Feierabend? Warum nicht gar! Nun kommt erst das wichtigste Geschäft. Er tut eine Oblatenrolle hervor und beginnt Hostien auszustempeln. —

Da klopft es an der Tür. Der Alte verhält sich mäuschenstill, aber es hilft nichts, man hat ihn stempeln gehört. Schnell räumt er auf und öffnet die Tür.

Zwei Bauern haben ihm einen Vagabunden gebracht. „Müssen halt wieder dem Herrn Schulmeister zu Gnaden fallen, einen Spitzbuben haben wir da. Wir wissen es aber nicht einmal, ob er ein Spitzbub' ist; er schleicht nur so herum in der Gegend, und da haben wir ihn angehalten. Er hat so einen Brief bei sich, aber wir haben ihn nicht gelesen — heißt das, weil wir nicht lesen können, und da hätten wir den Herrn Schulmeister halt bitten mögen —"

Der Schulmeister liest den Passierschein, findet alles in Ordnung, und so wird der „Stromer" wieder auf freien Fuß gesetzt.

Endlich kommt die Avestunde; der Schulmeister zieht am Glockenstrick, sperrt die Kirche zu, tut noch einen Gang um den Kirchhof und verrichtet dabei sein Abendgebet. Dann zieht er sich zurück ins Kämmerlein. Und nun kommt wieder die holde Zeit des Traumes von dem Bauernknecht, der sorgenlos sein Tagewerk verrichtet und dann ruhig essen, trinken und schlafen kann.

Nicht zu selten geschieht es, daß er mitten in der Nacht geweckt wird: „Steh' der Schulmeister doch auf, um Gottes willen, unsere Kuh ist im Kalben und es geht nicht vor sich und wir wissen uns nicht zu helfen!"

So geht's, wenn man ein öffentlicher Charakter ist. Und so geht's durchs Jahr. Im Sommer zur Heumahd oder zur Kornernte ist eine „g'nötige" Zeit, da schickt der Bauer sein Kind nicht in die Schule, sie wird zugesperrt — es sind die großen Vakanzen.

Was macht denn der Schulmeister in den Vakanzen? Der ist gar nicht daheim, der hat sich für die Kirche jemand anderen bestellt, irgendeinen alten Krüppel oder so wen, der für ein paar Groschen das Läuten mit Freuden verrichtet. Der Schulmeister wandert mit einer Holztrage auf dem Rücken in der Gegend umher, von einer Hütte zur anderen, um für den Meßnerdienst, oft auch anstatt des Schulgeldes milde Gaben von Feldfrüchten einzusammeln. Hier bekommt er zwölf Korngarben, ist die Wirtschaft größer, so kriegt er vierundzwanzig, und ist der Bauer gut bei Laune, so heißt's: „Nur auffassen, Schulmeister, was Er tragen mag, heuer haben wir ein gutes Jahr gehabt!" Und der Alte ladet auf, so viel sich auf der Trage nur halten will, und sagt: „Vergelt's Gott, Bauer!" und wankt davon. Schier zusammenbrechen will er oft unter der Last, und er kann gar nicht rasten und niedersitzen — wer hälfe ihm denn hernach auf? Da wischt er sich wohl die klebenden Haare aus der Stirne, aber er macht ein heiteres Gesicht — jetzt hat er was bekommen und das läßt er ausdreschen und verkauft Stroh und Korn, jedes besonders, und zuletzt, hofft er, wird er gar noch ein reicher Mann!

So kommt er endlich nach Hause und ladet ab und geht wieder davon, bis er alle Hütten, wie sie weitläufig zerstreut herumliegen, abgegangen hat. Da findet er wohl auch seine Kleinen in ihren häuslichen Beschäftigungen, sie sind ganz frisch auf, und sie arbeiten doppelt rührig und geschäftig, wenn's der Schulmeister sieht, um ihm zu zeigen, daß sie auf diesem Felde daheim und hier mehr verstehen als der Schulmeister!

Und sind die Feldarbeiten vorüber, so kommen die Kinder wieder nach und nach in die Schule — aber wie manches ist im Laufe der Zeit anders geworden, die Kenntnisse haben sich verrückt, Buchstaben haben ihre Namen verwechselt und dreimal drei ist nicht mehr neun. Der Schulmeister hat keine Rüge dafür und auch kein Lob; ruhig fängt er wieder von vorn an. —

So lebt er in seiner armen, kleinen, entlegenen Pfarre. „Gesund, Gott sei Dank," sagt er, „bin ich, und das ist das Best'." Die Jahre vergehen, die Schulkinder werden groß und schicken wieder andere Schulkinder. Aber einmal ist ein

Tag, da kommen sie früher nach Hause als gewöhnlich: „Der Schulmeister ist heut' nicht recht beieinander, und da ist die Schul' früher aus geworden.“

Und am Abende zur Avestunde wird nicht geläutet. Aber kurze Zeit darauf klingen alle Glocken mitten im Werktag. Der Schulmeister läutet sie nicht.

Wer ihm einen Grabstein setzen wollte — ich wüßte dafür eine Denkschrift. Grabt in den Stein einen Glockenstrick und einen Bettelsack und unten hin die Worte: „Hier ruht ein Volkslehrer der alten Schule.“ —

So war's ungefähr. So ist's nicht mehr. Heute erfreut sich ein braver Dorfschullehrer derselben Achtung wie der Herr Pfarrer. Unter den neuen gibt es vielleicht mehr Köpfe als unter den alten, aber weniger Originale.

Der Kirchenwaschel.

S' ist eine wahre Plackerei, aber sein muß doch auch wer dazu! — das sagt er selbst, der Kirchenwaschel, der angestellt ist, um an Stelle des Schulmeisters den Meßnerdienst zu besorgen und wie ein loser Schelm sagte, für die Dorfkirche den Hausknecht zu machen.

Aber warum also just er?

Je nu, weil die Gemeinde sagt: Im Kopf hat er's nicht, im Ellbogen braucht er's nicht und im Sitzleder bleibt's ihm nicht. — So geheimnisvoll dieser Ausspruch ist, so kann doch vermutet werden, daß damit das Gehirn gemeint ist — kurz, unser Mann wurde „Kirchenwaschel".

Wie der Mann heißt, wollt Ihr wissen?

Ja, wenn Ihr immer solche Fragen tut, so komm' ich nicht ins Erzählen, ich meine doch keinen Bestimmten, sondern alle Kirchenwaschel zusammen; wozu immer Namen, Namen, wenn man Taten erzählen kann!

Der Kirchenwaschel hat auf dem Dachboden oder in der Heukammer eines nahen Bauernhofes sein Daheim. Im Ehestand lebt er nicht, er gehört zur „Bruderschaft" und hat sich vorgenommen, als Jüngling zu sterben.

Schlaf hat der Kirchenwaschel wenig. Der Schlag der Morgenstunde weckt ihn gewöhnlich aus dem Schlummer und dann schläft er nicht mehr ein. Wohl bleibt er noch eine Weile unter der warmen Decke und macht gute Vorsätze für den Tag. Sind diese fertig, so richtet er sich auf und verrichtet sein Morgengebet; er verkehrt in demselben weniger mit dem lieben Gott als mit den vierzehn Nothelfern. Auf gutem Fuße steht er mit dem heiligen Leonhard, diesem weiht er die Kerzenstümpfchen, die am Hochaltare übrig bleiben, und zündet sie ihm an den Sonn- und Feiertagen auch an. Sankt Leonhard ist Viehpatron, und der Waschel hat einen Schöps zu eigen.

Dann steigt er mit feierlichem Ernst aus dem Bett und beginnt sich anzuziehen, ein Werk, das er mit Ausdauer, mit unerschütterlicher Beharrlichkeit fortsetzt, bis es gelungen ist.

Um fünf Uhr endlich, wenn er mit der Kleidung fertig ist, hängt er sich an den Strick. Die Morgenglocke klingt; der Waschel ist Herold des goldenen Tages, mit eherner Zunge ruft er's hinaus, das Gottes Morgen da ist und daß bald die Sonne aufgehen wird über Gute und Böse!

Ist Sonntag und hat der Waschel etwa gar unterlassen, am Vorabende die Kirche auszukehren und die Papierblumen an die Altarleuchter zu knüpfen, so ist er jetzt in großer Bedrängnis. Auf das Frühstück, du mein Gott, verzichtet er gern, aber wer gibt ihm die Zeit zurück!

Freilich wohl fegt der Besen und fegt und fegt, aber zum Aufspritzen blieb keine Zeit mehr. Millionen und Millionen kleiner Planeten fliegen im Gotteshaus herum und dann singt die Gemeinde:

Hier liegt vor deiner Majestät
Im Staub die Christenschar!

Es schlägt acht Uhr. Alte Weiblein humpeln zur Tür herein und gehen an ihre Plätze und legen die runzeligen Hände zusammen und auseinander und wieder zusammen wie ein Blasebalg und beten mit regen Lippen, aber nicht etwa, damit man sehe, wie fromm sie sind.

Endlich ist er mit dem Vorbereiten in der Kirche und in der Sakristei fertig, ja es ist sogar die Glut für den Weihrauch gemacht und am Altare sind zwei Kerzen angezündet. Da der Pfarrer noch nicht da ist, setzt sich der Waschel in einen Stuhl und beginnt laut einen Rosenkranz zu beten. Die Sonntagssonne strahlt zu den Fenstern herein und ihre Strahlen bilden breite Streifen von den Fenstern durch die Kirche.

Jüngere Weiber kommen zur Tür herein und besprengen sich am Weihbrunnengefäß und gehen auf ihre Plätze. Auch die Mannsstühle füllen sich mit älteren Männern zuerst; die jüngeren und die Burschen bleiben während des Rosenkranzes gern auf dem Kirchplatze stehen, verfolgen das in die Kirche tretende Weibervolk mit Blicken und Bemerkungen und machen Tauschgeschäfte in Tabakspfeifen. Sie haben kurze, künstlich geschnitzte Pinzgauerpfeifchen mit durchbrochenen Turmdeckeln aus Messing; sie haben lange, mit Stahl, Packfong oder Silber beschlagene Buchenpfeifen, sie haben dicke, mit breiten Deckeln und langen Röhren. Und was der Waschel drin auch anrufen mag, und wie er auch bitten mag für die armen Seelen im Fegefeuer, die Burschen bleiben verstockt, sie denken nur an eines: die silberbeschlagenen Pfeifen stehen höher als die von Packfong und die Pinzgauer kommen aus der Mode.

Da geht der Pfarrer über den Kirchhof. Wohl rücken da die Burschen ihre Hüte und einige machen sogar Versuche zum Handküssen; aber der Pfarrer eilt schnell vorüber, er greift nicht einmal grüßend an sein Sammtkäppchen, er ist ungehalten. Da stehen sie in der Sonne und treiben Schacher, und drin ist schon Gottesdienst.

Mit der Ankunft des Pfarrers in der Sakristei wälzt sich ein Heer von Geschäften auf den armen Waschel heran.

Der Pfarrer will den Chorrock und die Stola umgeworfen und das Barett auf dem Kopf haben, die Glocken wollen geläutet sein und an der Orgel steht kein Blasbalgzieher. Und der arme Waschel hat nur zwei Hände!

Doch siehe, die Glocken klingen, die Orgel schallt, und der Pfarrer steht auf der Kanzel.

Dann beginnt die Predigt; die Männer horchen zu, die Weiber schlafen, die Mädchen sehen ein wenig nach, wie das seidene Halstuch steht und ob es nicht Blicke auf sich ziehe. Der Kirchenwaschel aber steht am Taufbecken und macht Ohren, Augen und Mund auf.

Nach der Predigt verkündet der Pfarrer den Wochenplan für die Kirche, und wer die Messen zahlt und wofür, und wann ein gebotener Fasttag ist. Wenn die Zeiten gute sind, so verkündet er gar ein Brautpaar und oft ein so unverhofftes, daß die ganze Gemeinde in den Stühlen darüber in Aufregung gerät und sich aller Blicke nach den gewöhnlichen Plätzen der Verkündeten wenden. — Aber die Brautleute sind nicht da und — der Waschel zündet schon die Lichter an vor den Heiligenbildern.

Das Hochamt rückt heran; der Pfarrer will für dasselbe die Alba, die Manipel, den Meßrock und das und jenes. Mit Geschicklichkeit hat ihn der Waschel angekleidet, darauf hat er Weihrauch angemacht und den Opferwein besorgt; das Wasser zu demselben will er auch noch holen — viel Plag' und viel Ehr!

Das Amt hat begonnen und der Kirchenwaschel kommt nun aus der Sakristei, aber wie? Nicht mehr als der bucklige säbelbeinige Kirchenwaschel, sondern als Gottesdiener im weißroten Chorrock! Da kniet er vor dem Altare und wedelt mit dem Kohlengefäß und läßt den Weihrauch aufsteigen und neigt sich.

Und nach dem ersten Segen kommt er mit der langen Stange und zündet übrige Kerzen an, die am Altare, an den Bildern und an den Wänden herum angebracht sind. Würdig schreitet er durch die Kirche.

Ein oder das andere Weiblein, an dem der Anzünder mit der Stange vorüberkommt, flüstert ihm schüchtern die Bitte um Licht zu und hält ihren Wachsstock hin.

Endlich brennt alles und der Kirchenwaschel zieht sich in die Sakristei zurück. Aber bald kommt er, und zwar wieder mit einer langen Stange, an der sich diesmal kein Licht, sondern ein Holztrühlein oder ein Klingelbeutelchen befindet. Mit diesem geht er nicht mehr zu den Heiligen, die auf der Mauer stehen, sondern zu den sündigen Menschen, die in den Stühlen sitzen. Da blickt er wohl jedem fest und fragend ins Gesicht: Nu, gibst du was? Oder wird's? — Und wenn die Münze in das Trühelchen kollert, so sagt er „Vergelt's Gott"! — und geht weiter, muß oft an mehreren Stühlen vorüber, ohne daß auch nur ein einziger Heller fällt. Da bleibt er wohl gar stehen und brummt etwas. Besonders den Jüngeren, die überhaupt gottlos sind — die Mädchen wie die Burschen —, vermag er nichts abzugewinnen.

Endlich von seiner Wanderung in die Sakristei zurückgekehrt, überzählt der Waschel den Ertrag seiner Sammlung. Jetzt glotzt er eine Münze an und kehrt sie um und glotzt sie wieder an und brummt und hebt die Hand mit derselben langsam und schleudert die Münze in den Winkel. — Ein messing'ner Hosenknopf war's gewesen.

Unter solchen Freuden und Leiden geht das Hochamt zu Ende; wieder Weihrauch zum Segen und dann Auslöschen aller Kerzen. Die beim Leonhard läßt der Waschel am längsten brennen, dann aber sagt er: „Jetzt kann ich dir nimmer helfen, die Kirche wird zugesperrt, aber vergelt's Gott, du schaust so schön auf mein' Schöpfen!"

Und wenn die Leute längst schon draußen sind, sich um den Obstkrämer herumdrängen oder ins Wirtshaus gehen, waltet der Waschel noch in der Kirche. Dann läutet er die Mittagsglocke, sperrt zu und geht endlich zum Essen.

Und das ist nur ein Tag! Wer möchte erst die wichtigen Ämter aufzählen, die der Kirchenwaschel durch all' die Feste des Jahres bekleidet!

Stellt er zu Weihnacht nicht die Krippe, zu Ostern nicht das heilige Grab auf? Wer wickelt zur Fastenzeit all' die Kruzifixe in blaue Tücher, wer krönt in den Rosenmonaten Altäre und Bilder mit Blumen und Kränzen, und wer zieht zu Fronleichnam die Fahnen auf und hängt den Himmel (Baldachin) auf vier Stangen — und zu Pfingsten, wer sendet den heiligen Geist aus der Dachstuhlkammer hernieder und läßt ihn schweben an der Schnur über den Häuptern der Gläubigen? — Und wenn die Gemeinde gar einmal eine Wallfahrt nach Maria-Zell macht, wer geht voran und trägt die Fahne? — Der Kirchenwaschel.

Und wofür tut der Mann alles das?

Niemand leistet ihm Entgelt, nur daß — wenn er einst in die Grube rollt — die Glocken unentgeltlich läuten.

Es ist vielleicht manchmal eine komische Figur, dieser „Kirchenwaschel", aber mich hat sie oft gerührt. Und diese Urkund soll auch kein Gespött' sein, nur eine Kennzeichnung.

Seine Gestrengen!

Ist einmal eine Zeit gewesen, da es vier Gottheiten gab. Da war: Gott Vater, Gott Sohn, Gott heiliger Geist und der „Herr Verwalter". Die vierte war die strengste und die gefürchtetste. Bei den ersteren war durch Gebet was zu erlangen, bei der letzteren ging's nicht ohne Opfer.

Der Herr Verwalter war mächtig, sein Wille geschah im ganzen Gau. Da war in der Gerichtsstube eine Bank, die diente nicht allein zum Sitzen! Die vier letzten Dinge sind manchem nicht so schrecklich vorgekommen, als die einfache Bank mit ihren vier kernfesten Füßen. Der Herr Verwalter war weise; was er sagte, tat oder befahl, war recht und unfehlbar; und wenn er sagte: „Die Sonne scheint in der Nacht und am Tage der Mond" — so versetzten die Bauern höchstens kleinlaut: „Schau, bei unserem Aufwachsen ist's just umgekehrt gewesen." Und wenn er sagte: „Zwei Gulden steuert ihr für die Wiese und zwei Gulden für den Acker, also zusammen neun Gulden!" und er deutete mit dem Stock dazu, so glaubten es die Bauern und murmelten: „Wohl so, wohl so, gestrenger Herr Gnaden, zweimal zwei ist neun."

Eine der göttlichen Eigenschaften fehlte dem Herrn Verwalter, und dieser Mangel hat ihn zugrunde gerichtet: ewig war er nicht. Heute ist das Schloß verfallen, oder es hantiert der Gemeindevorstand, ein Bauer, in des gestrengen Verwalters Kanzlei, und in des Herrn Verwalters zerzauster Perücke nisten die Mäuse. Und ein lustiges Schreiberlein sitzt in der Kammer und schreibt ein boshaftes Kapitel über den hochgeborenen, hochwichtigen und hochgestrengen Herrn Verwalter. Dereinstmalen ist mit biegsamen Gänsefedern geschrieben worden und haben sich, wenn eine frische, fette Gans ankam, der Herr Verwalter und sein Sekretarius die Arbeit so geteilt: der Sekretarius verschrieb die Federn an den Steuerexekutions- und Gantbögen der Bauern; der Herr Verwalter verzehrte die Gans.

Nun wird der Herr Verwalter alleruntertänigst beschrieben. Von oben fange ich an; da sehe ich die Pelzhaube oder den breitkrempigen Hut. Das Gesicht ist stets glatt rasiert; wenn zumeist auch Strenge auf demselben ruht, so kann es doch zuweilen — hat auch seine Zeit — recht gemütlich lächeln. Und auf der hochwohlgebornen Nasenspitze liegt ein ständiges Alpenglühen. Der Blick ist, wie sich's gebührt, immer geradeaus, denn das Wenden des Hauptes nach rechts oder links ist der steifstehenden Hemdkragenspitzen wegen nicht gut möglich. Der lange schwarze Rock ist streng zugeknöpft von oben bis unten. Dieser — ein ehrenvoller, dicker, fester Rock, ist sein Panzer und Schild. Nur rückwärts — aber das weiß ja kein Mensch — durch die tiefsinnigen Taschen wäre ihm beizukommen — das ist die Achillesferse. Weiter unten ist das graue, enge Beinkleid, sind die hohen, roten Stiefel, und noch weiter unten ist der grundfeste Erdboden. Halt, jetzt hätte ich schier den Stock vergessen, so sehr er sich bemerkbar macht durch seinen goldenen Knopf, durch seine braune Quaste — o Gott, wie und in welcher Weise hätte sich dieser Verwaltersstock seiner Tage nicht schon bemerkbar gemacht!

So schreitet der Herr Verwalter einher, und seine körperliche Haltung ist eine so vorzügliche, daß der Neid von ihm sagt: „Daher geht er, wie wenn er einen Prügel hätt' g'schluckt."

Nu, ein Kriecher ist er allerdings nicht, das überläßt er den Bauern, denen ist der Rücken krumm dazu gewachsen.

Im Amtshause steht sein Thron und Richterstuhl.

Ein Bauer ist vorgeladen um die neunte Stunde zum Steuerzahlen. Punkt Glockenschlag schleicht er über die Treppe hinauf, denn so hohe Herren haben alles gern pünktlich. Er guckt nun im Vorsaale zu jeder Tür und weiß halt zum Donner hinein nicht, welche zum Herrn Verwalter seiner Kanzlei führt. Tät' wohl darüberstehen an den Tafeln, aber bei seinem Aufwachsen hat eins halt kein Lesen gelernt. Er will nicht unbescheidentlich anklopfen an einer unrechten Tür; da beißt es, da kraut sich das Bäuerlein den Kopf. Endlich hebt es doch an, mit dem kleinsten, geschmeidigsten Finger zu klöpfeln. Kein „Herein". — Es klöpfelt an der zweiten Tür und hält den Atem an. Alles still. Da huscht es zur dritten und nimmt schon einen stärkeren Finger. Lautlos, wie ausgestorben. Das Bäuerlein eilt zur fünften, zur sechsten Tür, wird immer kühner in der Auswahl der Finger, pocht endlich mit der Faust, da donnert von innen plötzlich ein gewaltiges: „Wer?!"

Wie vom Blitze gestreift fährt das Bäuerlein in sich zusammen. Nur gut, daß es noch nicht drin ist, denn es hat sich anläßlich des plötzlichen Schrecks von seiner irdischen Wesenheit ein Ton losgerungen, der für einen Ausdruck des schuldigen Respekts vor Seiner Gestrengen durchaus nicht hätte gelten können.

Indes, der Würfel ist gefallen; das Männlein legt zitternd seine Hand an die Türklinke. Da wird die schon von innen aufgerissen, und im Schlafrock, ohne die Perücke und mit eingeseiften Wangen steht er da, der Herr Verwalter.

„Was ist mir das für ein kreuzverfluchtes Gepolter?"

Das Bäuerlein, das die Seife für puren Wutschaum hält: stottert: „Gestrengen, 's ist halt g'rad so eine zuwidere Sach' — vorgeladen wäre ich."

„Und weiß Er die Amtsstunden und die Kanzlei nicht?"

„Halt ja, halt ja, Gestrengen; neun geschlagen, mein' ich, hätt's wohl schon."

„Acht hat's geschlagen, Er ungeschliffener Bengel!"

„'s mag wohl sein, Gestrengen, daß es auch acht geschlagen hat?"

„Marsch!"

Das Bäuerlein kollert förmlich die Stiege hinab. Der Uhrzeiger steht fast auf halb zehn, aber das Männlein ist überzeugt: Acht hat's geschlagen. Unten im Vorhause, wo an den Wänden allerhand Kundmachungen und Robotankündigungen prangen, setzt es sich auf eine Bank und bleibt sitzen drei Stunden, und weil hierauf Seine Gestrengen bei Tische und beim Mittagsschläfchen ist, so bleibt das Bäuerlein sitzen noch drei Stunden. Es möchte wohl in die Taverne gehen und einen Löffel Suppe essen, aber es könnt' leicht mittlerweile vorgerufen werden. Um vier Uhr endlich kommt der gute Mann d'ran.

Ein erkleckliches Mittagsmahl scheint den Herrn Verwalter etwas gnädiger gestimmt zu haben. Freundlich streicht er das von dem Bauer hingelegte Steuergeld ein, schiebt seine Brille auf die Stirn, blättert in Papieren und bedeutet in fast liebenswürdigem Tone, daß das Geld just um die Hälfte zu wenig sei, und daß der Bauer längstens in vierundzwanzig Stunden das Fehlende zu bringen habe, widrigenfalls in weiteren vierundzwanzig Stunden unnachsichtliche Exekution erfolgen müßte.

Da beißt es gewaltig und das Bäuerlein kraut sich ratlos den Kopf.

„Wenn ich halt dennoch dürft' bitten, in vier, fünf Tagen wollt' ich schon schauen, bis selbhin tät' ich auch das feist' Lämmel bringen, von dem mein Weib allweg sagt, 's wär Schad' für den Hirschenwirt, 's müßt's der Herr Verwalter kriegen."

„Jessas das ist ja der Waldsimmerl!" schreit jetzt Seine Gestrengen auf, „ei, jetzt kenn' ich Euch erst. Je, wie geht's, wie geht's? — Ei freilich hat's Zeit, ei freilich!"

Trippelt halt hernach der Waldsimmerl vergnügt nach Hause und freut sich des guten Ansehens, das er beim Verwalter genießt.

Sein Weib daheim weiß auch was Neues zu erzählen: „Ein Amtsbote ist dagewesen. Der Graf läßt oben auf dem Hochboden ein Jagdhaus bauen, und da wär's zum Roboten."

Es ist das Heu noch nicht eingeheimst, denn der Waldsimmerl war in der letzten Woche bei einem Gartenbau für das Schloß in der Arbeit gewesen. Nun steht das Korn reif auf dem Felde und der Bauer muß fort, muß in den Wald hinaus und eine ganze Woche Holz aushacken für das neue Jagdhaus.

Mittlerweile schickt sein Weib das feist' Lämmel ins Schloß.

„Was heißt das?" fährt der Verwalter auf. „Ihr Bettelbauern wollt mir vielleicht gar ein Nachtmahl schenken?"

„Weiß nichts, bin halt geschickt mit dem Lämmel," stottert der Bote.

Seine Gestrengen kräuselt mit den Fingern in der weichen Wolle des Tieres. „Armes Vieh, hetzen und schlagen wird dich der rohe Bauer und zuletzt läßt er dich gar noch Hunger leiden. Erbarmst mir, du gutes, unschuldiges Tier, und 's ist besser, du bleibst in meinem Haus.“ Und zum Boten: „In der Küche wird's ausbezahlt!“

„Nehm' nichts, nehm' nichts!“ lächelt der Bote schlau, „darf nichts nehmen.“ Gibt das feist' Lämmel in der Küche ab und eilt nach Hause.

Aber kaum ist die Woche um und der Waldsimmerl kehrt von der Robot heim, ist der Exekutionssoldat da. Ein brauner, wilder, mürrischer „Slovak“, der nicht einmal deutsch kann, der aber Anspruch macht auf Tisch und Herberge, so lange bis der Waldsimmerl die fällige Steuer bis auf den Kreuzer gezahlt hat. Das arme Lämmlein, es wird wohl seine Schuldigkeit getan haben, aber mit all' seinem Fette war es nicht imstande, die Rauheit des Herrn Verwalters zu lindern.

Der Bauer verschleudert Fahrnisse, deckt den Steuerrest, ist frei von der „slovakischen“ Belagerung.

Und nun hat der Waldsimmerl Zeit, das Heu einzubringen, soweit es noch nicht verfault ist; das Korn zu ernten, wenn es nicht ausgefallen ist; den Flachs zu sammeln, den die Jäger nicht in den Boden gestampft haben; und das Kraut zu fechsen, das der Hase übrig gelassen hat. Da gibt es oft nicht mehr viel zu tun, und wollte sich der Bauer darob beschweren, so wird ihm gesagt: „Wenn dir's nicht recht, so geh'; wirst abgestiftet, Grund und Boden gehört der Herrschaft!“

So verläuft die Geschichte.

Aber in einem ist der Herr Verwalter recht passabel kommod gewesen; mit der Schul' hat er keine so Geschichten gemacht, wie man's heutigentags erlebt, und hat der Bauer seine Kinder nicht freiwillig in die Schule geschickt, so ist deswegen auch keine Feindschaft gewesen.

In der Kirche hat's der Herr Verwalter besser gehabt als die drei übrigen. Da hat er zur Winterszeit auf dem Sakristeiboden seinen geheizten Ofen gehabt. Und der Pfarrer hat warten müssen an Sonn- und Feiertagen, bis der Herr Verwalter samt Familie da war. Und dann hat Seine Gestrengen stolz herabgeblickt auf die Gemeinde, die eigentlich seine Dienerschaft war. Und gegen den Altar hin hat er eine Miene gemacht, als wollte er sagen: „Schön, Herrgott, daß du deine Schuldigkeit tust. Ich könnt' dich absetzen! Grund und Boden gehört der Herrschaft!"

Da hat man gemeint, der Vierte stehe über allem. Aber es war in seiner Gestrengen ein heimliches Grauen bei dem Gedanken an die „Herrschaft", denn — es läßt sich nicht mehr verhehlen — er selbst war die Herrschaft nicht.

Seine freiherrliche Gnaden oder gar Seine Durchlaucht! Das war ein herzerschütternder Begriff für den Herrn Verwalter. Die Kassen- und Wirtschaftsbücher sind eben auch, wie alles Irdische, Unvollkommenheiten und Irrtümern unterworfen und es ist wohl nicht wunderzunehmen, wenn der Herr Verwalter bei dem alljährlichen, jedoch unregelmäßigen Besuche der Herrschaft ähnliches Fehl durch Triumphbogen, weißgekleidete Blumenmädchen und ergebenste Bücklinge in eigener Person zu schlichten suchte. Da sahen die Untertanen, daß es denn doch nicht so war, „als ob der Herr Verwalter einen Prügel hätt' g'schluckt".

Die Leute freuten sich einerseits, wenn die „Herrschaft", der Graf oder der Fürst, kam, weil's da Spektakel gab, weil der Graf oder der Fürst herablassend war, auf „meine Lieben" sprach und die Blumenmädchen abtätschelte, und weil sie eben auch sahen, mit welcher Feinheit der Herr Verwalter „Buckerl“ machen konnte. Anderseits aber zitterte der Landmann in solchen Tagen für seine Ernte; denn große Festjagd gab's und der Bauer mußte selbst mithelfen seine Saat, sein Winterbrot zu zertreten.

Sehr übertrieben ist es nicht, dieses Bild aus den Zeiten der Hörigkeit, obschon etwas eckig geraten. Es wird auch Ausnahmen gegeben haben. Möglich sogar, daß mein „Gestrenger“ eine Ausnahme gewesen ist.

Der Richter.

Jede Gemeinde hat ihren Gemeindevorstand oder — wie auch die Bauern gern sagen — ihren Bürgermeister. Der Bauer ist doch Staatsbürger, warum soll er keinen Bürgermeister haben! Und zwar ist das ein Staatsbürger, der dem Staate weitaus mehr leistet, als was ihm von diesem geleistet wird, daher mag man ihm den Luxus, seinen Gemeindevorstand „Bürgermeister" zu heißen, reichlich gönnen.

Nun hat der Bauer nebst seinem Bürgermeister mitunter auch noch einen Richter. Eine große Landgemeinde wird in mehrere Untergemeinden oder „Viertel" eingeteilt. So gibt es Gemeinden, die mehr als vier Viertel haben und doch nur ein Ganzes ausmachen. Ein jedes dieser Viertel besitzt seinen Richter, der kleine innere Angelegenheiten zu schlichten hat, dem vom Mittelpunkte, dem Bürgermeisteramte aus, die Adressen an die „Viertel" zugeschickt werden, und der seine Leute zu finden weiß. Seit ich vor Jahren „den Richter" beschrieben, hat sich mit ihm doch einiges geändert; einiges auch habe ich von diesem Richterstande nachträglich erfahren, und das soll hier nachgetragen werden.

Es sind von Amts wegen just keine großen Aufgaben, die einem solchen Richter obliegen; er braucht nicht lesen und schreiben zu können, obwohl man doch mit Vorliebe solche wählt, die sich derlei Kenntnisse, wenigstens zum nötigsten Teile, erworben haben.

Von Gewissens wegen jedoch hat der Richter überwiegend größere Obliegenheiten. Er hat darauf zu sehen, daß sich in seiner Gemeinde keine Spitzbuben umtreiben, oder in dieselbe etwa gar unchristliche Leute einwandern, die wegen Nichtbefolgung der Kirchengebote den Einheimischen ein Ärgernis geben könnten; auch obliegt ihm die Keuschheitskommission und er hat es dem Pfarrer zuzutragen, wenn irgendwo etwas Verdächtiges vorfällt. Derlei wird weiter unten mit schönen Beispielen erhärtet.

In den meisten Fällen hat der Richter die besonderen Obliegenheiten, für die der Gemeinde gehörigen Äcker, Wiesen und Weiden, die verpachtet sind, den Zins einzubringen, was oft eine „Roßarbeit" ist, wie der Rotherhag behauptet. Von diesem Zinse hat er Steuern zu decken, und wird er vom Exekutionsmann gezwickt, so zwickt er die Pächter. Der Pächter schreit „Auweh"! und zahlt oder wird abgetrennt. Ferner hat der Richter die Dorfwege zu besorgen, und so oft einem auf dem Gemeindewege eine Korn- oder Heufuhr oder sonst was umkippt, verflucht und vermaledeit er den Richter, und wenn dem Richter selber etwas umkippt, so muß er sich auslachen lassen — das ist auch seines Amtes. — Das Armen- und Bettelwesen hat er ebenfalls zum Teile über, und so ist das Richteramt eine Würde, die nur ein Breitschulteriger und Dickhäutiger zu tragen vermag.

Damit sie auf einen nicht gar zu hart drückt, so geht sie in manchen Gegenden alljährlich auf einen anderen über, und zwar nur auf einen wirklichen, festständigen Bauern; die Kleinhäusler wären dafür zu nichtig und auch viel zu dumm. Auf dem Dorf ist's, wie anderswo auch, der Reichste ist der Gescheiteste.

An den steierischen Abhängen des Wechsels, in der Gegend, die das „Jackelland" genannt ist, wird die Richterwahl mit besonderen Sitten ausgeübt. Am Erchtag in der Faistwoche (letzte Faschingswoche) ist in selbiger Gegend das „Richtersetzen“. An diesem Tage — bald nach der Mittagszeit — kommen die Ältesten, will sagen Wohlgesetztesten des Dorfes, der Gemeinde hoher Rat, zusammen im Hause des Richters und setzen sich um den Tisch. Jetzt hebt ein Essen an — ein schweres Essen!! — Das Wahrzeichen eines solchen Richtermahles ist das dritte Gericht, selbes besteht aus einer großen Schüssel mit Sauerkraut, in welchem ein stattlich Stück „Schweinernes“ liegt. Es ist, als ob sie mit dieser steierischen „Nationalspeise“ neuerdings Festhalten an alte Sitten in sich aufnehmen wollten. Es ist wie ein Rütlischwur mit dem Löffel. Einen von denen, die da löffeln, man weiß noch nicht welchen, aber einen trifft's, das Richteramt, das heute zu vergeben ist.

In dem Augenblicke, als das Kraut aufgetragen wird, tritt der alte Richter zur Tür ein. Er ist im Ostertagrock, welcher bis über die Knie hinabgeht; in der einen Hand hat er den langen Richterstab, als das Zeichen der Würde, in der anderen trägt er einen Zinnteller, auf welchem ein Krug steht oder ein Trinkglas, das mit frischem Wasser gefüllt ist. Aus dem Gefäße ragt der grüne Zweig eines Rosmarinstammes. Der Rosmarin ist in unserem Volke das Symbol der Reinheit — bei der Jugend Jungfräulichkeit, bei dem Alter Reinheit des Charakters und des Rechtssinnes.

Nun hält er eine Ansprache:

„Ehrenwerte Männer! Meine Zeit ist aus. Ich habe mit Gottes Hilfe das Richteramt auf mich genommen, ich gebe es mit Gottes Willen zurück in eure Hände. Ich habe es geführt nach bestem Wissen und Gewissen; wenn ich aber einem unrecht getan habe, sei es einem Mann oder einem Weib oder einem Kind, sei es einem Reichen oder einem Armen — vor Gott sind wir alle gleich — und vor Gott bitte ich um Verzeihung. Sei es, daß ich mein Amt zu eurer Zufriedenheit erfüllt habe, so gebt die Ehr' Gott dem Herrn, den ich jetzo mit euch bitten will, daß er auch meinen Nachfolger erleuchte und führe in der Gerechtigkeit und Treue, und daß selbiger handle ohne Ansehen der Person und des Standes, es sei sein eigener Vorteil oder sein Schaden, daß er allzeit allein nur vor Augen habe die heiligen Gebote Gottes und die Gesetze unseres Kaisers und Herrn, unseres geliebten Landes und zum Wohle unserer Gemeinde. Ich gebe mit diesem Stabe das Richteramt zurück, und ich weise diesen Rosmarinzweig meinem Nachfolger als Zeichen des reinen Sinnes. Gott walt' es!"

Er stellt das Gefäß auf den Tisch und setzt sich zu den übrigen. Nun beginnt die Wahl des neuen Richters.

Selten weigert sich einer, die ihn treffende Wahl anzunehmen, er sagt einfach ein paar passende Worte und setzt sich hierauf an den Ehrenplatz des Tisches, in den Winkel unter dem Hausaltare, den sie ihm mit vielen Artigkeiten einräumen.

Das Mahl wird fortgesetzt. Vor dem Hause versammeln sich viele Dorfleute, die schon begierig sind, wer ihr „Oberer" geworden. In manchen Gegenden des Landes beteiligen sich bei dem Richtersetzen auch Kinder; sie laufen herbei in hellen Scharen. Einer der Knaben pocht mit dem Stock an das Brettertor des Hofes, in welchem der alte Richter wohnt, dreimal pocht er daran. Hernach eilt er zu den Nachbarhäusern der Ältesten und pocht auch dort an die Tore; das Haus, in welchem der neue Richter wohnt, spart er sich bis zuletzt, dort pocht er wieder dreimal an und wirft endlich den Stock über die Einfriedung in den Hof. Soll dieses Pochen eine Mahnung sein der Jugend an das Alter, an die Männer der Würde nicht nur ihrer alten Art und Sitte zu gedenken, sondern auch die Rechte des nachfolgenden Geschlechtes zu achten?! —

Der Stock wird im Hofe des neuen Richters zumeist über dem Einfahrtstor aufgehängt, wo er im nächsten Jahre von den Knaben leicht wieder gefunden werden kann.

Dieses Pochen an die Hoftore mag altgermanischen Ursprunges sein, obwohl nicht alles, was in unserem Volke bei derlei Festen und Anlässen als Brauch und Sitte getrieben wird, in die altgermanische Welt zurückgeführt werden kann. Manches entsteht fast aus Zufall und hat den Charakter des Spieles, an das man sich bei nächstem Anlasse wieder erinnert, um es neuerdings zu üben, bis es eingebürgert ist als Volkssitte.

Ob derlei Sitten aus dem Altertume stammen, ob sie später entstanden, selten genug denken die Ausübenden an die Bedeutung, die derlei Gebräuche ursprünglich hatten, oder die man ihnen unterschoben. So artet auch das Pochen und Stockwerfen der Jugend beim Richtersetzen meist zu einem wilden Gejohle aus, so wie das Richtermahl zu einem Faschingsgelage mit allen schlimmen Zusätzen, zu welchem allzuoft auch die liebe Jugend beigezogen wird. Soll der Knabe auf diese Rechte an die Tore gepocht haben? Das Gelage dauert bis tief in die Nacht hinein und geschieht es zuweilen, daß der neue Richter beim Nachhausegehen unter der Bürde seiner Würde wankt und taumelt.

So geschah es im Dorfe R., daß in einer Nacht nach dem Richtersetzen der neue Richter auf der Straße liegend aufgefunden wurde. Als er in seiner halben Betäubung das Nahen von Vorübergehenden wahrnahm, lallte er im Gefühle seiner neuen Macht: „Da liegt ein Besoffener! Steckt ihn in den Arrest, den Kerl!“

Ich führe hier auch einen Besseren vor. In Steinbach haben sie in diesem Jahre den Graben-Natzel zum Richter ernannt. Der Graben-Natzel ist ein Ehrenmann; gleich bei der Wahl hat er gesagt: „'s tut mich freuen, Nachbarn, daß ihr auf mich das Vertrauen setzt, und ich will's halt probieren, aber das sag' ich, ihr müßt jetzt essen, wie ihr euch einbrockt habt, und ich geh' nicht, bis drei Jahr aus sind. Nehmt's euch zusamm', daß eine Ordnung ist, sonst mach' ich euch ein Spektakel!"

Deswegen unterscheidet er sich doch nicht von den anderen; er trägt seine braune Knielederhose und seine blauen Strümpfe und sein Lodenjöpplein wie jeder andere. Wenn sein Weib auch sagt: „Alter, aber jetzt mußt dir wohl fleißig die Hosen flicken lassen, es kommen alleweil Leute her!" so entgegnet er: „Das mußt du schon besser wissen, aber ich mein', sie kommen nicht der Hosen wegen."

Ein sehr wahres, vernünftiges Wort! sie kommen nicht der Hosen wegen. Da kommen Nachbarn, die sind im Streit wegen einer Grenzscheide, oder einer Schuld, oder gar wegen Schlägereien. Sie setzen sich zusammen zum Tisch, oder wenn diesen die Bäuerin als Nudelbrett benützt, um die Speckknödel zu machen, so setzen sie sich zusammen auf den Herd. Und der Richter setzt sich auf den Herd und legt zuweilen eine glühende Kohle in seine Pfeife und bläst eifrig den Rauch heraus, und siehe, so mitten im Rauche bildet sich das Urteil und der Ausgleich, und noch bevor die Pfeife ausgebrannt ist, reichen sich die Parteien die Hände und sind einig. Dann legt ihnen der Richter einen Laib Brot vor: „Schneid's euch ab einen braven Klotz, bei der dalketen Rederei kommen einem frei die Schaben in den Magen."

Nicht ganz so gemütlich endet der folgende Fall:

Bringt ein Bauer einen Jungen, der blaue Flecken im Gesicht und Blut in seinen zerzausten Haaren hat und dem die Hände mit einem Strick gebunden sind.

„Sei so gut, Natzl, jetzt was ist zu machen mit dem Halbpelzer da, dem Knecht hat er das Geld gestohlen!“

„Schön, schön!“ brummt der Richter, „hat er's gestanden?“

„Und was ich ihn schon geschlagen hab' mit dem Haustiel, und was ich ihn schon 'treten hab'! Auf den Boden hab' ich ihn geworfen und auf ihn gesprungen bin ich und der Knecht hat ihn 'beutelt, daß schon alles hat gestaubt — aber er gesteht's nicht und er sagt's nicht, wo er das Geld hat.“

Der Junge steht da und schaut seinen Ankläger an und dann den Richter — er will was sagen, doch er bringt kein Wort hervor.

Aber der Richter stellt sich mit geballten Fäusten vor den Jungen und mit einer fürchterlichen Stimme schreit er: „Höllsaggera, jetzt auf der Stell' sag', wo das Geld ist, oder ich schlag' dich nieder wie einen Ochsen, du Kreuzsikramentskerl, du vermaledeiter!“

Da stürzt der Angeklagte auf seine Knie: „Ich — ich sag's schon — unter dem Brunnentrog wird's halt sein oder im Stall wo.“

„Was ist das für ein Herumreden, du Himmelherrgott's —!“

„Ja, ich sag's schon, unter der Bodenstiegen wird's halt sein.“

Der Junge schluchzt und faltet bittend die Hände, aber der Richter ist gar streng in seinem Amte, er läßt den Dieb auf eine Bank legen. Das arme, vielfarbige Beinkleid ist unschuldig an dem, was da zu sühnen ist, darum muß es herab, und der Richter kommt nun mit dem Birkenstock, und der Richter ist nicht träge.

Da geht der bestohlene Knecht zur Tür herein: „Hätt' ein Wort mit dem Richter zu reden."

„Siehst denn nicht, daß er g'rad in der Arbeit ist," sagt der Bauer.

Aber endlich ist er fertig, wirft dem Jungen das Beinkleid zu und ruft dem Knecht entgegen: „Was weißt denn du wieder für Geschichten?"

„Ja, ich hab' sagen wollen, mein Geld habe ich wieder gefunden; ich hab's in der Hosentasche gehabt und da hab' ich früher nicht geschaut."

Da stürzt der Richter auf den Jungen, der in dumpfer Ergebung die Schicksalsschläge hingenommen hat: „Was lügst denn nachher? Ich bin imstand und strafe dich noch einmal!" —

Dem Richter liegt auch die Überwachung des Bettelwesens ob, und wer kein „Heimischer" ist und keinen Paß hat, der muß hinaus. Das ist nun eine schwere Aufgabe, denn eben die Paßlosen machen dem Richter ihre Visite nicht, sondern schmuggeln sich in Häuser ein, deren schriftunkundige Besitzer leicht zu betrügen sind. Manche halten es gar mit den Bettlern oder es begibt sich anderes, was verboten ist in ihren Häusern. Somit werden Streifzüge nötig, die durch Gemeindemitglieder in der Gemeinde stattfinden müssen, und zwar so, daß diese dadurch von ihr selber förmlich überrumpelt wird.

Es geht lange ruhig hin, es kommt Verdächtiges vor, es wird über Diebstahl und Bettel geklagt, der Richter schweigt dazu, aber er trägt was im Kopf. Noch eine Zeit läßt er's hingehen, da plötzlich einmal mitten in der Nacht sagt er zu seinem Weib: „Alte, heut' kommst allein an, ich geh' bettlerstrafen." Steht auf, zieht sich dicht an — man kann's nicht wissen, auf welche Art man mit der Welt in Berührung kommt—, nimmt einen derben Stock und geht zum nächsten Haus: „He, Nachbar, die Polizei ist da, gleich aufmachen!" und er poltert heftig an der Tür, so daß der Bauer drin aufspringt und denkt: „Heiland, jetzt ist das ganze Haus von der Polizei umrungen!" Er öffnet die Tür und da steht der einzige Richter mit seinem Stock. Er will diesem gleich die Hand reichen: „Kumah (willkommen), Natzl!" Aber der sagt streng: „Führ' mich im Haus und Stall herum, will wissen, ob du keinen Landstreicher oder sonst nichts übles unter Dach hast, mach'!" Und der Aufgestöberte führt den Richter mit Licht umher, und wenn alles untersucht ist, so sagt dieser: „Ist in der Ordnung und jetzt zieh' dich an, mußt mit mir zum Nachbarn!"

Somit sind zwei zum „Bettlerstrafen" und beim Nachbar untersuchen sie wieder Haus und Hof und nehmen ebenfalls den Bauer mit. So wächst die Polizei an und wird immer mächtiger; so zieht die Rotte in der Nacht durch das Tal und öffnet alle Türen und Tore und hält Gericht. Kein Flüchtiger kann entlaufen, weil sie unvorhergesehen ins Haus fällt und jeder Vagabund, der aufgestöbert wird, muß mit und kommt vorläufig in den Gemeindearrest. Aber der Richter hat nur im Sommer und Herbst einen Gemeindearrest, im Winter wohnen drin die Schafe.

Und so wie der Richter für die Sicherheit sorgt, so sorgt er auch für die Armen.

Da humpelt ein Greis in die Stube: „Ja, Richter, mit mir ist's Mathäu am letzten, mag mein Brot nimmer graben! Zwei Zähne hätt' ich noch, aber nichts zu beißen, und ich hab' auch keinen Heimgang; jetzt, was ist zu machen? Ist gar kein Mittel für mich?"

Da stopft der Richter sein Pfeifl und schlägt sich mit Stahl und Stein Feuer. „Armenhaus," sagt er, „das weißt so, Armenhaus haben wir kein's, aber wenn du in die Einleg gehen willst!"

Und der Alte geht in die „Einleg". Er gehört in die Gemeinde und diese muß ihn versorgen. Der Richter selbst ist nicht verpflichtet, den Einleger zu verpflegen; dieser fängt beim Nächsten an und bleibt dort in der Kost und Pflege bis Ende der Woche. Am Samstag nimmt er seinen Stock und sein Bündel — so mühselig er ist, er trägt es leicht — und wandert zum Nachbar. Kommt ihm Freundlichkeit entgegen oder Roheit, er bleibt eine Woche im Hause und schafft, was er kann, und genießt Kost und Pflege, und am Samstag sagt er wieder sein „Vergelt's Gott"! und zieht weiter.

Das ist das Los eines jeden im Tale, der es nicht zum Hausbesitzer oder zu einem kleinen Ersparnis gebracht hat; in seinen alten Tagen wird er ein Wandersmann, ein Bettelmann — das ist sein Ruhestand.

Der Richter ist auch der Wächter der Sittlichkeit. Um die Kinder schert er sich wenig, aber die Erwachsenen! Trotz der nächtlichen Streifzüge geschieht in manchen Häusern etwas Unsagbares, und zwar von Seite solcher, die dazu gar nicht berechtigt sind. Es bliebe oft länger verborgen, aber des Richters Kennerauge kundschaftet es Sonntags auf dem Kirchweg aus. Er läßt sofort den betreffenden Bauer zu sich kommen: „Bauer, was ich dir sagen hab' wollen, schau einmal deine Weidmagd an!"

„Meine Weidmagd, und wegen was, möcht ich wissen!"

„Schau sie nur an und nachher! — sie ist eine von drüben, sie gehört nicht zu uns und sie muß aus der Gemeinde. Du weißt, wir dulden nichts Ledig's! Schau sie nur an, deine Weidmagd, und dann mach', daß du sie weiterbringst, in vier Wochen darf ich sie nicht mehr sehen. So, das hab' ich dir sagen wollen."

Der andere schüttelt ungläubig den Kopf. „Ja, das wird doch nicht wahr sein, das wär' schon aus der Weis'!" Dann geht er heim, läßt die Weidmagd rufen und schaut sie an.

„Barbara, 's wird wohl nicht sein, aber der Richter hat mir heut' was erzählt."

Da wird die Barbara rot im Gesicht und schluchzt: „Bauer, ich bitt' dich gar schön, tu' mich nicht verstoßen!"

„Schau, schau, Barbara, das hätt' ich mir nicht von dir gedacht: und wer? wenn man fragen darf!"

„Halt ein guter Bekannter von mir und auch — halt auch von dir und vom Richter."

„Pack' zusamm' deine Lumpen. Da hast deine paar Gulden und jetzt marsch!"

Da tritt der Sohn des Richters herein: „Mag der Vater und der Richter sagen was er will, die Sach' ist so, daß ich auch was dreinzureden hab' und die Barbara bleibt da!"

So wird dem Richter Opposition gemacht, und wer ist die Opposition im Reich? Sein eigner Sohn! —

Ich will nichts gesagt haben.

Der Bauer und das Gericht.

Nun kommt eins aus dem wirklichen Richterstand und aus meiner persönlichen Erfahrung.

Ein Besucher, der höflich angeklopft hatte.

„Ah, du bist es, Maxl! Mach' keine G'schichten und komm herein! Seit wann wird denn bei uns daheim eine Weil' an die Tür geklopft, wenn ein Schulkamerad den anderen besucht?"

„Geh, Narr!" sagte der Ankömmling, „wenn der Mensch bittweis kommt! Da muß er freilich wohl höflich sein. Heut' muß ich dir halt wieder mit 'was zusetzen."

Unter Umständlichkeit zog er einen Pack aus der Tasche, der in ein rotes Sacktuch gewickelt war. „Der Teuxel mit diesen Herrschaftsg'schriften! Ich kenn' mich nit aus. Du bist ja Doktor worden, wie man hört."

„O, herzlieber Tollpatsch!" rief ich in Verzweiflung aus, „wenn es Amtsschriften sind, da hilft kein Doktor der Philosophie, bei den Amtsschriften kennt sich niemand aus als die Behörde selber. Und die kennt sich auch nicht aus. Erstens kann man die Amtsschrift nicht lesen, zweitens kann kein Mensch den Amtsstil verstehen, und drittens gehört überhaupt ein Gesetzkundiger dazu. Da wirst wohl zu einem Advokaten gehen müssen, Maxl!"

„Aber der zwickt!" schrie der Alte mit kläglicher Gebärde gegen die Tasche hin. „G'rad' nur den Wiesenkaufbrief sollest mir heraussuchen aus dem Papier da. Du kennst sie ja, meine Waldwiese, hinter dem Schachen. Wegen der hab' ich jetzt einen Streit. Der Steffel, mein Nachbar, der kommt auf einmal daher, mäht mir das Futter weg und sagt, die Wiese tät' sein gehören. Sein Vater hätt' ihm 's noch beim Versterben gesagt. Das ist aber derlogen, die Wiese gehört mein, hab' sie gekauft im Jahr — nau, wann denn gleich? Wie halt das groß' Wasser ist gewesen, weil ich weiß, daß es mir die neugekauft' Wiese mit Sand verschüttet hat. Wachst eh' nix mehr d'rauf. So ein Saggra übereinand! Um zwei Tag später, wann ich sie gekauft hätt', wär' sie um die Hälfte wohlfeiler gewesen. Zweihundertfünfundachtzig Gulden — mit dem Notar so viel wie dreihundert. Ein schönes Geld, alter Freund!"

„Nun", sagte ich, „wenn du die Wiese gekauft hast, da kann dir ja der Steffel nicht bei."

„Aber jetzt find' ich den Kaufbrief nit. Dabei muß er sein, da. Aber wenn einer nit lesen kann! Weißt eh', daß ich alleweil lieber schulg'stürzt hab', wie bei dem Büchel sitzen. Jetzt hat's mich beim Kragen. Geh sei so gut und such' mir den Wisch heraus."

Eine Stunde lang wenigstens habe ich damit umgetan. Allerlei Sachen. Längst verjährte Urkunden über Hofübernahme der Vorfahren, über Schuldner und Schuldherren, über Grundablösung und Steuergebühren; Sparkassequittungen, alte Eheverträge, Erbschaftssachen, auch Kaufverträge und dergleichen. Vermutlich, setze ich bei, denn ganz klar wurde mir nicht ein Stück. Nicht eins. Stilistische Ungeheuer. Rattenkönige von Sätzen mit Zwischensätzen, Einschaltungen, Beifügungen betreffend Paragraphen und Nachtragsparagraphen, Daten, Zahlen, Namen usw., aber um was es sich eigentlich handelte, das blieb im Hintergrunde. Endlich stieß ich auf ein Schriftstück, in welchem von einer Parzelle 175 die Rede war, die als zur „Herrschaft" so und so gehörig, ins Grundbuch, Zahl so und so, am Datum so und so, von N. N. in so und so, unter dem Beamten so und so, bestätigt vom Zeugen so und so, durch das und zu dem als eingetragen erklärt wird. Ähnlich war's, obschon ich meine Unfähigkeit gestehen muß, nach dem Gedächtnis die ganze abstrakte Verworrenheit des Amtsschimmels wiederzugeben. Möglicherweise war es das Dokument von der strittigen Wiese, möglicherweise war es irgendeine wertlose Amtsverständigung.

Mein Bauer und ich standen da und schauten uns dumm an. Jeder hielt sich zwar für den Besitzer eines gewissen Grades von Hausverstand, doch vor dieser kalten Überlegenheit der Amtssprache waren wir Tröpfe. Sachlich sind es zumeist ganz einfache Dinge einfacher Leute, im gewöhnlichen Leben leicht sagbar und verständlich. Aber der Amtsstil! Vielleicht in der Absicht, den Gegenstand so kurz als möglich in einem alles umfassenden Satze zu sagen, wird ein Unding zustande gebracht, das nur Eingeweihte lösen können. Und das sollen Mitteilungen, Verständigungen, Aufträge und Rechtsurkunden sein, die auch der schlichte Mann aus dem Volke verstehen muß, „bei ansonsten sich selber zuzuschreiben habenden Folgen!" — Die Volksbehörden müßten volkstümlich schreiben! — Zu dem schlechten Stil kommt dann gewöhnlich noch die flüchtig hingesetzte Handschrift und schließlich eine ganz unleserliche Namensunterschrift. Letzteren Umstand findet die Behörde so selbstverständlich und gleichgültig, daß sie bei Abschriften statt des Namens ruhig beizusetzen pflegt: „Unterschrift unleserlich." Amtspersonen, die ihren Namen nicht schreiben können, sollten sich halt wohl Namensstampiglien anschaffen, falls ihnen bei ihrem allerdings oft schlechten Gehalt ein Schreiblehrer unerschwinglich ist. Schlechte, schwer leserliche Handschrift ist ein Greuel auch bei Privatbriefen; sie ist eine Unart, eine Rücksichtslosigkeit, die in Wut bringen kann. Indem der eilig und schlecht Schreibende für sich Zeit gewinnen will, stiehlt er sie dem Leser in dreifachem Maße. Denn nicht alle Briefleser sind so wie ich, der einen schwer leserlichen Brief gleich mitten auseinanderreißt und in den Papierkorb wirft.

Aber einen Rat mußte man ihm ja doch geben, dem alten Marl. „Kennen sich deine Nachbarn auch nicht aus?“ — „Nein!“ — „Schau, da solltet ihr von der Gemeinde alle zusammenstehen und euch einen beständigen Rechtsanwalt halten, zu dem jeder, der sich nicht auskennt, gehen könnte.“

Mein Marl schaute drein, als wisse er mit dem Vorschlage nicht viel anzufangen. Für Genossenschaften haben unsere Waldbauern wenig Verständnis. Und das ist ihr Verderben. Sie sind zu gleichgültig für alles, was sie nicht augenblicklich in die Finger brennt. Auch zu mißtrauisch, um mit dem Nachbar wirtschaftlich gemeinsame Sache zu machen.

Es sei halt so viel zuwider, sagte jetzt der Marl und machte sich in behäbiger Umständlichkeit mit seinem zerknüllten Sacktuche und seiner Tabakspfeife zu tun, der strittigen Wiese wegen sei er schon vor den Bezirksrichter geladen.

„Nun also! Da wird sich's ja weisen. Der Richter wird dir die Schriften schon ausdeuten und sagen, wer im Recht ist.“

Nach diesen meinen Worten guckte mich der Marl schief an — ob ich wohl bei Trost sei, daß ich das Bezirksgericht so gelassen, nahezu anmutig behandeln könne. Vor nichts hat der Bauer eine größere Scheu, als vor der Behörde;

nicht bloß vor dem Steueramt, auch vor jedem leitenden Amt, besonders vor dem Gerichte. Die natürliche Ungebundenheit des Wald-, Heide- und Feldlebens hat einen Schreck vor aller Einregelung und ziffernmäßigen Ordnung. Die Vorschrift, die Bezeugungen und Begründungen, die aktenmäßige Abwickelung, die theoretische und umständliche Entscheidung einfacher und selbstverständlicher Dinge ist den Landleuten zuwider. Bauerntum und Bureau sind unvereinbare Gegensätze. Und doch kennen wir auch die „Prozeßhanseln", die sich mit Vorliebe in den Kanzleien herumtreiben, immer in der Absicht, ihr gewöhnlich etwas wackelndes Recht an irgendeinem Paragraphen zu befestigen — aber das sind nicht die besten. Sie fühlen, daß ihr Recht vor der Nachbarlichkeit und Kameradschaftlichkeit, vor dem Hausverstande, der Billigkeit und Nächstenliebe nicht bestehen kann; darum verschanzt man sich hinter den Gesetzparagraphen, der kein Wohlwollen, keine sittliche Forderung kennt.

Der wahrhaftige Bauer geht, auch wenn er sich im Rechte weiß, ungern zu Gericht. Er hat dafür wohl seine Gründe. Erstens vertut er seine Zeit, die er allein nur in der Hauswirtschaft notwendig und fruchtbar anzuwenden vermag; zweitens versteht er nichts von dem Zeug, das bei Gericht maßgebend ist; drittens wird er dort manchmal wie ein Lump behandelt. Man kennt mehr als einen Amtsmann, der's vergißt, daß das Amt in Diensten der Staatsbürger zu stehen hat, und daß selbst der Richter nichts anderes ist als ein Diener des Volkes. Und dann die lange Bank! Unser Bauer ist wahrlich keiner der Flinkesten und Ungeduldigsten, aber vor der langen Bank, vor dem umständlichen und kostspieligen Hinauszerren eines Prozesses, graut ihm doch.

Von allen Schindviehern ist dem Bauern der Amtsschimmel das widerwärtigste. Mancher Beamte mag von Haus und Talent aus noch so ein armer Schlucker sein, sobald er auf dieses Roß kommt, ist der Tyrann fertig. Doch nein — wenn man über das Gericht richten will, so muß man selber gerecht sein. Es gehört bisweilen Geduld, viel Geduld, unerschütterliche Geduld dazu für den, der es mit rechtenden Bauern zu tun hat. Die Bauern können nicht ja und nicht nein sagen. Das einfachste, was sie vorzubringen haben, statten sie mit einer Weitläufigkeit und Umständlichkeit aus, daß einem die Geduld in den Zehen anhebt zu krabbeln. Da ist es schon notwendig, daß der Amtmann bisweilen mit Blitz und Donner dreinfährt, um den schwätzenden Bauern von seinen häuslichen Angelegenheiten, den Ackerfeldern und Pflügen, Viehweiden und Ochsen, Jahrmärkten und Wirtshausgeschichten, Freund- und Feindschaften und anderen Herzensergießungen in die Schranke der zu behandelnden Tatsachen zurückzuweisen. Der Amtmann weiß ganz natürlich mit diesem Bauernstil ebensowenig anzufangen, wie der Bauer mit dem Amtsstil.

Wenn der Bauer so klug wäre, als er manchmal schlau ist, so könnte er die Behörden oft ganz prächtig zu seinem Vorteile ausnützen. Wenn er sich bei irgendeiner Rechtsangelegenheit in seinen „G'schriften" nicht auskennt, was wäre naheliegender, als daß er gemütlich zu seinem Bezirksrichter ginge und ihn bäte um Erläuterung und Aufklärung. Soweit ich unsere Richterbeamten kenne, tun sie lieber schlichten als richten, lieber austeilen als urteilen, und wenn die „Partei" sich einmal mit guten Worten bestimmen läßt zu einem billigen Ausgleich, so schmeckt dem Richter hierauf das Mittagbrot besser, als wenn er durch Urteilsspruch einem „unrecht" tun mußte. Denn der Verurteilte empfindet das Urteil immer wie ein Unrecht. Das Bezirksgericht wäre wohl auch der richtige Ort, um die Leute in Rechtssachen leichtfaßlich zu unterrichten. Leicht faßlich, aber nicht im Sinne jenes Richters, der jeden räsonierenden Hitzkopf sofort vom Gerichtsdiener fassen und auf einige Zeit kaltstellen ließ. Daß, wenn es zum Streite kommt, die Streitenden vernünftig sein sollen, ist eigentlich nicht zu verlangen. Vernünftige Leute streiten ja nicht. Wenigstens einer der Streitenden ist immer unvernünftig. Eine Partei vor Gericht ist nicht mehr objektiv, sie ist eben Partei. Ihre Quer- und Hitzköpfigkeit kann nur durch Korrektheit und Ruhe des Beamten wettgemacht werden. Und dazu braucht's himmlische Geduld. Ferner ein von persönlicher Sympathie oder Antipathie unbeeinflußtes Gemüt; ferner wohlwollendes Bestreben, das Richtige zu finden und zu entscheiden — das Rechte zu sprechen.

Solche Amtspersonen müßten denn doch allmählich das Vertrauen der Leute gewinnen, wenigstens das der halbwegs vernünftigen. Die Dickschädel, die Egoisten, die Gewaltmenschen und Rechtbrecher werden in den Behörden, besonders in den Richtern, ja immer ihre Feinde sehen; und der vernagelte Kopf wird seine Verurteilung nie anerkennen, er wird sich eher den Anschein geben, als ob er auf das vom Richter ihm abgesprochene Recht schließlich freiwillig verzichte.

Mancher Bauernprozeß kann mit einer Abbitte geschlichtet werden, aber der Abbittende legt selten bittweise die Hohlseiten der Hände aneinander, sondern — die Fäuste. Und beim Nachhausegehen nachher wird die „Abbitte" bisweilen wiederholt, man kann sich's schon denken wie. — Gar wunderlich hat es jener Bauernknecht gemacht, von dem mir ein Mann aus dem Richterstande das folgende Geschichtchen erzählte. Der Hansel hatte bei einer Rauferei im Wirtshause seinem Freunde, dem Hiasel, unversehens eine Ohrfeige versetzt. Daraufhin verklagt ihn der Hiasel bei Gericht. Der Richter läßt die beiden vorladen und sagt zum Angeklagten: „Ja, mein Lieber, du hast deinem Kameraden im Wirtshause einen Schlag versetzt, also eine Gewalttätigkeit verübt. Ich kann dir nicht helfen, muß dich auf ein paar Wochen in den Kotter stecken lassen. Außer du leistest dem Geschlagenen, dem Hiasel, Abbitte, und er gibt sich damit zufrieden.“

„Abbitt' leisten?“ sagt der Hansel und zuckt die Achseln, „warum denn nit! Ist eh' ein Unsinn, daß er mich geklagt hat, wo wir jetzt die Laufereien haben. Ist allemal g'scheiter, wenn man sich gütlich miteinander verständigt. 's ist eine dumme G'schicht, aber um eine Abbitt' ist mir mein Kamerad auch noch nit feil.“ Gleich stellt er sich hin vor den Hiasel, hält ihm die rechte Hand entgegen und sagt gerührt: „Hiasel, du bist zwar ein Rindvieh und bleibst ein Rindvieh, aber — ich verzeih' dir!“

Die Hausfrau.

Die Gebirgsbäuerin erfreut sich schon seit langem einer Errungenschaft, welche die Stadtfrau gerne haben möcht: Die Rechtheit. Die Emanzipation.

Auf welchem Wege die Bäuerin sie errungen hat?

Zu Anfang ist ein kleines Dirndl gewesen, vielleicht gar recht arm und eine Waise noch dazu. Nicht ein einzig Paar Schuhe hat es zertreten, weil es keins gehabt hat. In Holzschuhen ist es herumgeklöppert zur Winterszeit, in denselben Holzschuhen, in welchen im Sommer die lieben Mäuslein genistet, in denselben Holzschuhen, die allzeit warmhalten und die auch noch im bodenlosen Zustande Wärme geben aus dem Ofen.

Das Dirndl dient in einem Hofe und weiß zwischen dem steinharten Sinn und den Launen des Dienstgebers und des Gesindes listig durchzuschlüpfen wie ein Kätzchen — trotz der Holzklöppen. — Es hat irgendwo einen vergrabenen Schatz.

Wenn ich nicht einmal geguckt hätte, so könnt' ich's nicht wissen, aber — im Lodenjöppl, so in der Gegend des roten Busentuches herum, hat sie einen Silbertaler eingenäht. Das ist ihr Patengeschenk. Kein Mensch weiß was davon, und man hält sie allgemein für eine arme Magd. Unsäglich wohl tut es ihr, daß sie im geheimen ihre ersparte Sach' hat.

Auf den „lieben Gesund“ hält sie am meisten, und wenn ihr was aufgetischt ist, so schaut sie rechtschaffen zum Essen, denn — wenn sie auch eine Magd ist — so muß sie's doch mit ihrer Kraft bis zum Weidbuben bringen, sie geht ja mit ihm in den Wald, in die Holzarbeit, sie muß hacken und sägen von der Morgenfrüh bis in den Abend. Sie darf dem Weidbuben nichts nachgeben, sei's im Holzschneiden oder Fingerhäkeln, oder im Ästhacken oder im Ringen; und wenn die Bäume fallen und wenn sich der Weidbub' zuweilen ein wenig auf das Moos niederläßt — die Magd muß auf ihren zwei Füßen stehen. So weit muß sie's bringen.

Jede bringt's aber nicht so weit; da ist zuweilen eine, die denkt sich, der lieb' Herrgott hat den weichen Erdboden zum Rasten erschaffen. Und bleibt nicht stehen.

Aber sitzen kann sie bleiben. Wenn ein junger Bauer auf Freiersfüßen herumgeht und sieht ein Dirndl beim Weidbuben auf dem Moos sitzen, so hat er auf dem Platze nichts verloren und nichts vergessen. Wenn er das Mädchen aber flink dreinhauen sieht mit der Axt, daß die Splitter sausen, so tritt der Freiersmann wohl ein wenig hin zu ihm und sagt: „Die Bäum' sind 'leicht von hartem Holz?“

„Ja, wenn sie von Butter wären, tät' ich sie mit den Zähnen abbeißen,“ sagt das Mädel.

Der Freier geht nicht weiter, ja er tritt noch näher zu ihr hin und — im grünen Wald unter freiem Himmel — macht er ihr kurz und g'rad heraus den Heiratsantrag.

Einen Heiratsantrag hört die junge Holzhauerin nicht alle Tage, aber trotzdem läßt sie jetzt die Axt nicht ruhen, und wegen so einem Heiratsantrag bleibt sie dem Baum keinen Streich schuldig.

„Lang' hab' ich simuliert bei mir selber, ob ich in den Eh'stand treten soll oder nicht," meint der Bursche, „'s ist wohl auch der Hauswirtschaft wegen. Ein ganzes Jahr hab' ich meine Leibelknöpf abzählt: Soll ich? Soll ich nicht? Aber der Donner, wie ich halt zum untersten komm', heißt's alleweil: Ich soll. Schau, und deswegen hab' ich mich auf die Füß' gemacht und bin zu dir gangen, weil du mir anstehst."

Jetzt erst läßt sie ab vom Hacken, stützt sich auf den Axtstiel und schaut den Werber an.

„Bedank' mich schön für die Ehr'," sagt sie, „wenn du aber meinst, du nimmst mich, weil ich eine arme Waise bin, mit der du nachher machen kannst, was du willst, und daß du eine Dienstmagd weniger zu verzahlen brauchst — so sag' ich wohl gleich, du bist in diesem Wald auf eine Irrwurzen gestiegen und zu der Unrechten kommen. Gleichwohl schaust du aus, als ob du's ehrlich meinen tätest, und so weis' ich dir mein Begehr. Wenn ich deine ehelich' Hauswirtin werden soll, so mußt mir Haus und Hof, wie's liegt und steht, schwarz auf weiß verschreiben lassen. Mit dem Löffel bin ich nicht zufrieden, möcht' auch die Suppen dazu haben: und was tät's mir helfen, wenn du mir den Kasten verschriebest und den Schlüssel selber in der Tasche behieltest? Wenn du mir den Finger herhaltest, so greif' ich um die ganze Hand, und ich kann mich estimieren, so hoch ich will; wenn ich mich nicht anbringe, so behalt' ich mich selber. Wenn wir eins werden, so bin ich die reiche Bäuerin, wie du der reiche Bauer, und trifft uns was immer, so steht dir das Recht nicht zu, mir's vorzuwerfen, daß du mich als eine Waise aufgehoben hast. — Ich tu' auch meine Pflicht und ich verdien' mir mein Brot im Hof wie im Walde; nicht daß du 'leicht meinst, mein Mundwerk allein wär' gut zur Hauswirtin. — Wenn's dir so nicht gefällt, Bauer, so gehen wir jetzt in Freundschaft wieder auseinander."

Sie bleiben in Freundschaft beisammen. Der Ehevertrag wird aufgesetzt und jetzt ist die reiche Bäuerin fertig. Dann am ersten Abend nach der Hochzeit, wenn sie beide im Bauernstübel zusammenkommen, sagt sie leise: „Heimlichkeit mag ich keine vor dir haben," und häkelt das Jöpplein auf und gar schämig nestelt sie den eingenähten Silbertaler hervor.

Der junge Bauer wickelt ihn auf und dreht ihn in der Hand eine Weile umher und guckt ihn an von allen Seiten und meint hernach, er lasse ein Löchlein stechen durchs Geldstück, und wenn seiner Tage — wie's denn schon einmal so närrisch eingerichtet ist auf dieser Welt — so ein Büble anrückt, das noch nichts gesorgt und nichts getan hat, und dennoch meint, es sei im reichen Bauernhof daheim und könne durch sein Geschrei das ganze Hauswesen drunter und drüber bringen — so möge diesem Büble der Silbertaler um den Hals gehängt werden.

Die junge Bäuerin ist nun eingesetzt in ihr Besitztum. Draußen auf dem Felde, im Walde, auf der Wiese und noch weiter draußen im Dorfe, auf dem Markt, auf der Straße, wenn es Handel und Wandel gibt, schafft der Bauer; innerhalb des Angerzaunes aber, der das Gehöfte umgibt, ist das Reich der Bäuerin. Von ihrem feurigen Thron, dem Herde aus, regiert sie Küche und Keller; Speisekasten und Stube ist ihr untertan ein- für allemal; im Stall und in der Scheune hat sie oft auch das gewichtigste Wort. Da kommt eines Abends der Bauer heim, er schmunzelt, er bringt eine bauchige Brieftasche mit, er hat draußen auf der Straße ein paar Ochsen verkauft.

„Ein paar Ochsen verkauft? Wieso?" sagt sie und stemmt

die kernigen Arme in die Seite, „den einen kannst meinetwegen treiben wohin du willst, der andere gehört mein.“ Der Handel geht wieder zurück. Wenn der Bauer etwas kaufen oder verkaufen will, so hat er erst die Bäuerin zu fragen.

Der Nachbar und der Handwerker und manchmal auch der Herr Pfarrer weiß gar wohl, an wen er sich zu wenden hat, wenn er mit dem Bauer was ausrichten will, und es ist hierin schon manches Wörtlein heimlich gesprochen worden mit der Bäuerin hinter der Tür. Das Gesinde kennt den Vorteil auch.

Aber die Ehre weiß die Bäuerin zu wahren in Rat und Tat, und was von ihr ausgeht, das ist vielleicht nicht immer zum Vorteil des Hofes, aber gewiß zu seiner Ehre.

Der Bäuerin kommt insonderheit die Wahl des weiblichen Dienstpersonals zu, sowie die Bestimmung ihres Lohnes und der Aufgütung (Extrageschenke), ferner die Wahl der Kost und die Anordnungen an den Festtagen. Die Bäuerin ist zum frühesten Morgen oft die erste aus dem Bette und die letzte hinein. Bis der Bauer aus dem Neste kriecht, hat sie ihm an demselben Morgen schon längst die Schuhe geschmiert und die schadhaften Beinkleider ausgeflickt; hat ihm, wenn nötig, die Stube geheizt, die Suppe gekocht. Da ist sie ganz Dienerin; aber sie nimmt zu den Schuhen das Fett, welches i h r ansteht, sie bessert sein Beinkleid aus nach i h r e m Geschmack, und das sagt sie auch gern: sie heizt den Ofen von i h r e m Holze und kocht die Suppe von i h r e n Mitteln. Das ist ein leichtes Bedienen.

Und so geht's den ganzen Tag. Was der Bauer heimbringt, das bewahrt und benützt sie daheim. Und wenn's darauf ankommt, so zieht sie wieder die Holzschuhe an, oder geht gar barfuß mit ihm hinaus zur Feldarbeit oder in den Wald; so ist sie's ja gewohnt worden als arme Waise, und sie weiß sich in alles zu schicken.

Nie kommt ihr ein zärtlich' Liebeswörtlein über die Lippen, da beißt sie schon gut zusammen, denn, wozu braucht er's zu wissen, er täte sich überheben. Daß sich ein bäuerliches Ehepaar vor Leuten geküßt, hab' ich meiner Tage nicht gesehen. Zanken, sich necken, ja, das können sie alle beide, und das ist ein gutes Zeichen; eine rechte Hausfrau zankt den ganzen Tag mit ihrem Manne, und etwa gar im Bette noch, daß ihr der Platz zu enge wäre.

Von außen sieht sich's kühl und frostig an, von innen aber — nein, ins Herz hineinblicken, das laß ich euch nicht, da drinnen glüht ein treuer Funke.

Und es kommt eine Zeit, da rücken sie an. Zu Anfang natürlich das Büble, welches den Silbertaler bekommt, dann flugs das Zweite und Dritte nach — und die Wiege kommt sobald nicht wieder zur Ruhe.

Jetzt erst kommt das Weib — die Frau — zur wahren Bedeutung. Sie nimmt keine Amme und keine Dienstmagd; selbst wacht sie bei ihrem Kindlein Tag und Nacht und nährt es. Jetzt fehlt der Bäuerin nichts mehr, jetzt denkt sie an keinen guten Bissen mehr, jetzt hat sie keinen Schlaf, jetzt leidet sie keine Hitze und keine Kälte, jetzt hat sie keinen Zahnschmerz und kein Kopfweh, jetzt ist sie nicht mehr die arme Waise und nicht mehr die reiche Bäuerin, jetzt ist sie nichts als Mutter. Sie kocht dem Kinde selbst den Brei, sie näht ihm selbst das Kleidchen, und sobald es horchen kann, erzählt sie ihm Märchen von Gott und den Engelein. Dann wird sie Erzieherin und Lehrerin. Dann meint sie, es wäre das beste für jedes Kind, es wäre eine arme Waise, damit es sich fügen lernte, damit es stark werde unter derben Händen, damit es seine in Fleiß und Schweiß erstrebte Sach' fest zusammenzuhalten wisse, und damit es so der Herrschaft über einen großen Bauernhof einst wert sei. Und wie sie denn schon einmal rechtschaffen ist, sucht sie ihre Kinder nach diesem Sinne zu erziehen. Freilich wohl wird sie dann eine strenge Mutter geheißen, aber das ist ihr ein Lob.

Planmäßige, unermüdliche Arbeit innerhalb des Wirkungskreises und strenge Zucht. Auf diesem Wege, meine Leserinnen, hat die Gebirgsbäuerin ihre Selbständigkeit errungen.

Die Zuchtdirn.

Warum der liebe Herrgott gerade arme Leute so häufig mit reichem Kindersegen überschüttet? — Das Darum liegt nicht allzu ferne, nur bezieht es sich auf das Mittel und nicht auf den Zweck.

Wenn ein Taglöhner im Gebirge mit zwölf Gulden Monatserwerb dreizehn unmündige Kinder hat, so ist dieses Zahlenverhältnis ein hinkendes, und man meint, der Volksglaube habe recht, das dreizehnte müsse sterben — an Hunger. Es kommt aber doch vor, daß keines stirbt, daß alle rote Backen haben und kräftig wachsen. Wo eine sorgsame Mutter waltet und die wohltätige Frau Natur Pate gestanden, da tut der Taglohn des Vaters oft gar nicht viel zur Sache.

Anders ist es, wenn in dem armen Hause sich noch der Leichtsinn zu einem Familienmitgliede zählt, oder wenn eine Krankheit oder ein anderes Unglück als Gast einkehrt. Solche Hausgenossen drücken auf die Kinderstirnen den Kuß des Elendes, und mit diesem Kainszeichen müssen die Armen hinaus in die Welt und sie werden geflohen oder verachtet, und sie finden keine Heimstätten, außer in den Zuchthäusern oder Siechenanstalten. Nicht die Entbehrung ist der Fluch der Armut, sondern die Verwahrlosung der Kinder. Freilich wohl wachsen sie auf „wie die Bäume im Wald", aber dann gehören sie auch in den Wald und nicht in die Menschengesellschaft.

Für die Burschen ist's noch ein Glück, wenn sie zu den Soldaten kommen, obwohl sie in der Regel das durchaus nicht wollen, denn mit dem Gehorsam und mit der Ordnung stehen sie auf bösem Fuße. An Bauernhöfe verdingen sich solch' verwahrloste Jungen nur ungern; auch das fruchtbare Flachland sagt ihnen selten zu, oder das Rodland, auf welchem sie sich durch Fleiß und Arbeit kleine Bauerngüter erwerben könnten. Sie suchen das Gebirge, werden Holzhauer, Köhler, Wurzelgräber und verlegen sich auf das Wildern.

Die Töchter armer Leute des Berglandes haben ein gleichwohl ähnliches Schicksal, das sich aber dann und wann zum Besseren wendet. Kommt eine reiche Bäuerin in die dunkle Hütte des Taglöhners, teilt unter die Kinder, die sich furchtsam in die Winkel flüchten wollten, Semmeln oder Kreuzer aus und sagt zu einem oder dem andern: „Bist aber sauber, du. Gehst mit?" Und zu der Mutter: „Wieviel hast ihrer denn nachher?"

„Liebe Zeit, fünfe hab' ich halt noch daheim."

„Willst mir ein Dirndl lassen? Etwa dasselb' schwarzäugige beim Ofenwinkel? Ich zieh' dir's auf und bei mir hat's ein's gut."

„Da tät' sich die Hofbäuerin wohl einen Staffel in den Himmel bauen. Geh', Agerl, küss' geschwind der Frau Mahm die Hand. Dir ist jetzt dein schwarzes Stückl Brot in den Honigtopf gefallen."

Und so wird's abgemacht. Für das Agerl hat gleichwohl die schönste Zeit des jungen Lebens nun ein Ende: es muß Vater und Mutter und Geschwister verlassen, zieht fort von der Heimatshütte und zu dem reichen Bauernhof mit den schönen Rindern und Schafen und Pferden mit dem zahlreichen Gesinde, wird dort Fußschemel, Waschhadern, Aschenbrödl — die Zuchtdirn.

Mali, die Tochter des Hauses, ist vielleicht im gleichen Alter mit dem Agerl, allein sie mag nicht recht Gemeinschaft haben mit dem „Bettelkind", so treuherzig sich dieses auch an sie anschließen will. Aber es ist ihr doch recht, daß das Mädchen ins Haus gekommen, nun braucht sie nicht mehr die Hühner zu hüten, daß sie der Geier nicht holt, das Agerl tut's; nun hat sie jemanden, dem sie die abgetragenen Kleider schenken kann, damit sie neue bekomme.

Das Agerl wird größer. Da sagt der Altknecht: „Ein so großes Mensch da und Hühner halten, 's ist eine Schand'! Treib' die Schafe auf die Heid', treib' die Küh in den Wald, und trag' dabei Holz zusamm' und brock' Schwämm', daß du was ausrichtest, ist gescheiter!"

Nach bestem Wissen und Können folgt das Mädchen der Weisung; und nun muß es den ganzen Tag über auf der Heide bleiben oder im Walde, und es bekommt nur ein Stück Roggenbrot mit. Bloß ein Stück Brot, das macht der kleinen Halterin kein Herzeleid, sie weiß ja frische Quellen, und neben dem Wässerlein wächst Waldkresse — das ist ein gesundes Mittagsmahl. Angstvolle Stunden sind's, wenn in den Hochsommertagen ein Gewitter naht; da fürchtet das Agerl so sehr, es könne der Blitz einschlagen und sie töten mitsamt der Herde. Oft gehen Gerüchte umher, es sei ein Bär, oder ein Wolf, oder gar ein Wildschwein in der Gegend; — was unsere Hirtin in solchen Zeiten leidet, ist nicht zu beschreiben. Aber getreu hält sie aus bei ihren Schutzbefohlenen, die ihre besten Freunde sind. Am späten Abend zurückgekehrt in den Hof und zu den Menschen, ist ihr nicht viel wohler als draußen in den Gefahren des Waldes. Jedes schafft und befiehlt ihr mit harten Worten.

In der Küche soll sie das Geschirr abreiben, in den Ställen die Streu zurechtfassen, in der Stube den Boden scheuern, vom Brunnen die Wasserkübel holen, oben soll sie sein und unten soll sie sein. Und wenn in der Wirtschaft irgendwo was schief geht, was ungeschickt gemacht, was zerbrochen wird — das Agerl hat's getan — an allem ist das Agerl schuld, die Zuchtdirn.

Und wenn der Knecht auf den Bauer einen Zorn hat, etwa wegen zu magerer Kost, wegen zu langer Arbeit und zu kurzen Feierabenden, so schilt er die Zuchtdirn. Wenn sich die Magd mit der Bäuerin zerschlägt wegen heimlicher Wäsche oder geradehin wegen des Liebsten, so schilt sie die Zuchtdirn; und wenn der Stallbub' die Ochsen schlägt und er dafür vom Bauer eine Rüge bekommt, so schlägt er nicht mehr die Ochsen, aber die Zuchtdirn. Da geht das Mädel wohl hin zur Bäuerin und sagt weinend: „Mutter, die Leut' geh'n all' so viel los auf mich!"

Und die Bäuerin entgegnet: „Haben schon recht, das ist dir gesund, mußt auch was gewohnt werden!"

Und die Mali will gar nicht mehr reden mit der Zuchtschwester, sondern blickt sie über die Achsel an und brummt: „Bist ein Patsch, und das sieht man gleich, wo du her bist. Wär'st blieben in deinem Hungerleidkotter und hätt'st Birnstingel kloben!"

Aber schau, so sehr können sie das Agerl doch nicht niederhalten, daß es nicht allmählich aufwüchse schlank und frisch, daß es nicht glatte Flachshaare und rote Wangen bekäme, daß sich an ihm nicht nach und nach das Busentuch wölbte über zwei sanfte Hügelchen. Und so merkwürdig hat sich nun die Zeit gewendet: der Knecht mag einen noch so großen Zorn haben auf den Bauer, so schilt er nicht mehr die Zuchtdirn; der Stallbub' mag noch so rauflustig sein gegen die Ochsen und gegen die Menschen, so schlägt er nicht mehr die Zuchtdirn. Im Gegenteile er wird gegen dieselbe zartsinnig, liebevoll.

Aber je mehr das Agerl in der Achtung der Knechte steigt, je mehr sinkt es in jener der Mägde, der Bäuerin und der Tochter des Hauses.

Die Bäuerin hat gemerkt, daß Fremde lieber dem Agerl nachblicken als der Mali! Ist nicht die Mali die Tochter des Hauses? Hat nicht die Mali die feinen, glatten Hände und hat nicht die Mali die wohlriechenden Nelkenöltröpfchen im Haare? Trägt ferner die Mali nicht das neue Samtjöppl und die goldene Kette um den blühweißen Hals? — „Du Agerl!" schreit die Bäuerin einmal, „trag' deinen geflickten Kittel und geh' barfuß, heuer kriegst kein Gewand und keine Schuh', das sag' ich dir! Und kämm' mir am Sonntag das Haar nicht alleweil so glatt, bind' das braun' Tüchel um den Kopf und zieh' dir's sittsam über die Augen herab, und duck' dich schön zu Boden und versteck' dich in der Kirchen ins hinterste Winkel, daß dich niemand sieht; 's mag dich so kein Mensch anschauen, bist gar nit so sauber, wie du meinst. — Hoffart! Das ging' mir noch ab bei der Dirn! Da soll sie lieber wieder den Bettelsack auf den Buckel nehmen und um ein Häusel weitergehen. Schau!"

Und das Agerl befolgt die strengen Worte der Bäuerin auf das Gewissenhafteste. Ein kurzes, dunkelrotes Kittelchen und ein braunes Lodenjöppl trägt es; und daß es das Kopftüchel über die Augen herabzieht, tut ihm sogar sehr wohl, denn wenn ihm die Burschen oft so in die Augen geguckt hatten, das war ihm widerwärtig. Barfuß geht es die ganze Woche, ob auf steinigem Grunde, ob über die Nesselheide.

Wenn des Nachbars kleines Büble, das auch keine Schuh hat, in dem Gestrüppe und Gesteine der Heide nicht weiter kommt und zuletzt gar laut zu weinen anhebt, so eilt das Agerl herbei, bückt sich zu ihm nieder und sagt: „So, jetzt knarz (klettere) mir da aufs Genick und reck' die Füßl auf beiden Seiten vor, und halt' dich gut an meinen Kopf; aber gib' Fried', sonst laß ich dich fallen!" Und so trägt das Mädel den Kleinen über die Hindernisse hinweg. Indes, das Büble ist zum Dank dafür recht unartig; wenn es sich gerade einmal fest und sicher an das Agerl geschlungen und geklammert hat, hebt es mit den Füßen langsam an zu krappeln und zu zappeln, so daß das Mädchen kichernd schreit: „Du verdrackter Bub', du kitzelst mich ja! Ich schmeiß' dich weg!" Aber es tät's doch nicht, selbst wenn es könnte.

Mit den Burschen wird das Agerl nach und nach anbandeln — das fürchtet die Bäuerin am meisten, sie hat das Mädel ja auf dem Gewissen. Holzapfelessig gießt sie auf die Haken und Bänder der Tür, welche in Agerls Schlafkammer führt; und jetzt soll nur einer kommen in der Nacht! Sobald er die Tür nur anrührt, schreien und winseln es die rostenden Angeln aus, daß das ganze Haus davon erwacht. Das will sie doch sehen, die Bäuerin, ob man so einem jungen Volke nicht genugsam werden kann!

Wohl ist auch die Mali schön und hat ein süßes Blut, doch die ist gescheiter, die bewahrt sich schon selbst. Und sie wird ja ohnehin bald einen Mann haben, sie kann sich einen aussuchen, sie ist eine reiche Bauerstochter.

Und es kommen die Freier. Freundlich grüßen sie das Agerl, das in seinem einfachen Kittelchen in Haus und Hof emsig den Arbeiten obliegt, und sie sagen zur Bäuerin: „Dein Töchterl, gelt?"

„Beileib' nit, beileib' nit!" entgegnet die Bäuerin schnell. „Na, das wär' nit übel, wenn ich so einen Patschen da zur Tochter hätt'! Eine Zuchtdirn. Kann sich ja gar nicht schicken, und so einfältig ist sie; — zu Tod' tät ich mich schämen mit so einem Kind. Ein Bettlerbalg ist's und ich hab's aus Barmherzigkeit ins Haus genommen, vor — Mali, wie lang' ist's schon, daß wir die Betteldirn ins Haus 'bracht haben?"

Nein, wahrhaftig, verrückte Leut' sind diese Freier; sie hören gar nicht, was die Mali antwortet, sie sehen in einemfort nur dem Agerl zu und lächeln, und stellen endlich Worte an die Zuchtdirn.

Diese sagt nur „ja" oder „nein" und blickt unverwandt auf die Arbeit und wird glutrot im Gesichte.

Die Freier gehen wieder davon.

Mali und ihre Mutter können es gar nicht begreifen und letztere sagt: „Ich bitt' dich, liebes Kind, so sei doch recht freundlich, wenn fremde Leute kommen, und halt dich sauber!"

Das Agerl darf aber nun nie mehr zu Hause arbeiten; es muß mit dem alten Knecht in den Wald, muß Bäume umhauen und absägen helfen, oder es muß auf dem Felde die ausgeackerten Steine wegschleppen — Arbeiten, die sonst von kräftigen Männern verrichtet werden.

Zu Weihnachten aber bekommt die junge Magd keinen Jahrlohn, denn sie ist eigentlich und jetzt auf einmal „ein Kind vom Hause". Sie bekäme Plätze mit besserer Pflege und mit Jahrlohn; sie darf aber nicht fort, die Hofbäuerin hat sie auferzogen; und sie will auch nicht fort, sie will dankbar sein für die Wohltat, und sie harrt aus in Fleiß und Aufmerksamkeit, und geduldig.

An Sonntagen auf dem Kirchwege suchen sich Burschen zu ihr zu gesellen, wollen sie ins Wirtshaus mitnehmen und ihr Wein und Kaffee zahlen.

„Dank gar schön! Wir haben schon daheim was,“ entgegnet das Mägdlein und eilt davon.

Und die Mali ist noch immer ledig, und die Freier fragen noch immer, auf das Agerl deutend: „Ist das dein Töchterl, Hofbäuerin?“

Das wird der Hofbäuerin endlich zu toll und sie meint, das müsse anders werden. Sie nimmt Baumöl und bestreicht damit die Haken und Bänder der Tür, welche zu Agerls Schlafkammer führt, sowie sie dieselben einst mit Essig begossen hat. Nun werden sie kommen, die Knechte in bloßen Strümpfen, die Burschen der Nachbarschaft, die Tür wird sie nicht mehr verraten; in einigen Monaten werden die Freier nicht mehr nach der Zuchtdirn fragen.

Aber das Agerl schiebt an jedem Abend fürsorglich den Holzriegel vor die Tür.

Da kommen eines Tages der junge Hochriegler und sein Pate ins Haus. Sie fragen zuerst, ob keine Kalbe zu verkaufen, sie gingen im Viehhandel um. Später, so beim Pfeifenstopfen, läßt der junge Hochriegler das Wort fallen: „Ist das Agerl nicht daheim?“

„Die Dirn ist im Holz.“

„Ich mein', wir suchen sie ein wenig auf, Göd,“ sagt er zum Paten, und sie gehen dem Walde zu.

Die Bäuerin schaut nur so. Ja, was wollen denn die mit der Dirn?

Sie erfährt es bald, denn es geht schnell: Das Agerl wird Hochrieglerin.

Bei der Hochzeit geht die Hofbäuerin immer Arm in Arm mit der jungen Braut und sagt: „Nein, aber die Freud', die ich hab'! Den heutigen Tag vergess' ich mein Lebtag nit. Dein Glück geht mir zu Herzen, Agerl, und wenn du meine leibliche Tochter wär'st, lieber kunnt' ich dich nicht haben, das kann ich wohl sagen. Allweg ist's meine größte Sorg' gewesen, daß du bei mir was gelernt hast und brav geblieben bist. Und das kann ich mir nit verhalten," fährt sie lispelnd fort, „wenn ich dich dem Hochriegler nicht alleweil so angelobt hätt', du wärst heute nicht die vornehm' Bäuerin."

Und zu Hause schlägt die Hofbäuerin vor Unmut drei Töpfe zusammen und brummt in sich hinein: „Sein Lebtag, da kann man wohl sagen, da hat eine blinde Henn' ein Weizenkorn gefunden. Eine Ungerechtigkeit ist jetzt auf der Welt — 's ist eine Schand' und ein Spott!" —

Nicht alle Ziehmütter sind so bösartig, und bei weitem nicht alle Ziehtöchter heiraten reiche Bauernsöhne. Viele dieser verwaisten Kinder verkommen und verkümmern körperlich und geistig aus Mangel an Pflege, oder unter der Wucht der Arbeit, welche ihnen über ihre Kräfte auferlegt wird. Den leidlich Ausgebildeten wird nach ihrem zwanzigsten Jahre regelmäßig das Schürzenband zu kurz, es mag Baumöl an die Türangel kommen oder Holzapfelessig.

Das ledige Kind.

Es sollte nicht sein, aber es ist. Und wenn sich der Prediger zehnmal auf den Kopf stellt — es ist.

Der Poldel hat einen Buben 'kriegt. Der Bub' ist als „lediges Kind" in das Pfarrbuch eingetragen worden. Der Poldel ist Strohknecht beim Pimperklangbauer; die Traudel ist Schafmagd beim Haberveit und das Ganze ist dem Anscheine nach wieder eine unmoralische Geschichte.

Der Traudel geht es nicht besser wie dem Poldel, sie hat auch einen Buben 'kriegt. Aber sie muß das kleinwinzige Hänsel auf dem dürren Laub in der Scheune liegen lassen und muß die Schafe pflegen. Die Haberveit hat sie aufgenommen für seine Schafe und nicht für ihren Hänsel, der im Laufe des Dienstjahres angerückt kam, und es hatte doch kein Mensch nach ihm geschickt.

Der Poldel geht nun einmal am Haberveithofe vorüber; — da hört er krächzen in der Laubscheune und das junge, schwache Stimmchen ist schon ganz heiser geworden.

Geht der Poldel in den Schafstall: „Du, Traudel, gib mir den Buben, ich laß ihn nicht verderben und versterben. Da keift die Traudel: „Was hebst denn du an mit dem Kind, du bist ein Unschlachtig, steckst es 'leicht in den Hosensack?"

Tut das Weib so übertriebene Reden, so muß der Mann nie eine Antwort geben. Der Poldel hebt das Büblein und trägt es auf den Armen, daß es schier lieblich ist, und trägt es dem Pimperklangbauer zu.

„Poldel?!" sagt der Bauer.

Der Poldel weiß gleich, was der Bauer meint. „Du hast vor drei Wochen ein Kindl kriegt, mein lieber Bauer Pimperklang; schau, ich hab auch so ein Glück gehabt. Der himmlische Vater ist manchmal so viel freigebig. Mir ist's auch recht, ich behalte mein Kind bei mir; jetzt Bauer, willst mich mitsamt dem Hänsel, so bleiben wir; willst uns nicht, so gehen wir um ein Häusel weiter."

Dem Bauer geht das Gesicht in die Länge; er kann den fleißigen Strohknecht nicht lassen; Stroh streuen in den Stall, Stroh schneiden für die Krippe, das ist für seinen großen Viehstand eine g'nötige Arbeit.

„Mein lieber Bauer Pimperklang," sagt der Poldel „ich verlang' es nicht, daß du mein Hänsel in die Wiegen zu deinem Fritzel legest; ich tu' mein Büberl in eine leere Krippen und will schon selber die Kindsmagd sein und will ich auch mein Geschaft mit Gewissen betreiben, wie eh vor Zeit und will dir die Halbscheid vom Jahrlohn nachlassen."

Der Handel wär' nicht dumm, denkt sich der Bauer; „Bleibst, und kannst deinen Balg bei dir behalten, Poldel," sagt er.

Von auswendig ist der Poldel nicht schön. Nicht Gott hat ihm seine krummen Beine zugeteilt, aber seine Mutter, die ihn verwahrlost. — Das darf beim Hänsel nicht so werden; keinen Groschen werd' ich ihm einstmalen vermachen mögen, aber seine gesunden Glieder soll er haben und seinen braven Hausverstand, so viel auf frischem Stroh zu haben ist.

So denkt sich der Poldel, gönnt sich Tag und Nacht keine Ruh', tut seine Arbeit und pflegt das Bübl. Und am

Sonntage ist er mit dem Kinde draußen unter dem Kirschbaume, daß der Kleine die grünen Blätter und die weißen Blüten und die liebe warme Sonne soll sehen können. Das Nachbarsvolk allmitsamt, das zur und von der Kirche geht, kichert und spöttelt über den Poldel; aber dieser schaukelt sein Bübl, und wenn ihn das Hänsel zuweilen holdselig anlächelt, so ist er in einer Glückseligkeit und sein Herz ist viel heller wie die Sonne und viel größer wie das Himmelreich.

Die Traudel ist einmal gekommen: „Du, gib mir den Buben!“

„Geh, du ließest ihn doch wieder liegen im nassen Laub. Du bist keine rechte Mutter. Schau, er will gar nicht zu dir — schau!“

„Der Töpp!“ rief die Traudel und ging davon.

Sie kam nicht mehr, sie schlug sich mit anderem Männervolk herum und übers Jahr war's in der Laubscheune wieder lebendig.

— Lege das Buch nicht aus der Hand, mein Freund. Der Poldel ist anders. Zwanzig Jahre bleibt er nun beim Pimperklangbauern, ist genügsam mit kargem Lohn, erfüllt rechtschaffen seine Dienstespflicht und lebt für sein Kind. Kleine Kinder, kleines Kreuz; große Kinder, großes Kreuz — das erfährt auch der Poldel. Des Bauers Fritzel ist ein wilder, böser Bub', der oft schlimm mit dem Hänsel spielt; blaue Flecken gibt's genug. Setzt sich das Hänsel aber zuweilen zur Wehr', so ist's gleich aus und das ganze Haus fällt her über den „Balg“ und über seinen sanftmütigen Vater, den Poldel.

Den „Druck“ kann der Poldel lesen. So sitzt er denn oft bei seinem Söhnlein in der Strohkammer und erklärt ihm aus einem alten „Traumbüchel“ die Buchstaben. „Das Traumbüchel selber, mein Bübel, das verlohnt's nicht, aber die Buchstaben sind doch gut; mit denselben Buchstaben können tausend brave Sachen geschrieben und gelesen werden.“

Das hat der Poldel davon, weil er sieht, der Pfarrer und der Amtmann und der Richter und die gescheitesten und vornehmsten Leute, die er kennt, verstehen zu lesen, und bei keinem einzigen hat er noch ein Traumbuch gesehen. Der Pimperklangbauer weiß den jungen Hänsel wohl zu brauchen. Kurze Stunden der Nacht liegt der Junge im Bett, er kauert sich zusammen, denn zu Füßen sticht das Stroh hervor und die aus verschiedenen Bestandteilen zusammengeflickte Decke ist auch kurz und schmal. Durch die Bretterfugen pfeift der Wind — draußen rauschen die Tannen.

Kaum hat er sich erwärmt, pocht es von der Bauernstube herauf. Freilich wohl hört der Bub' das Pochen, aber die Augen wollen nicht aufgehen; und wenn sie nicht aufgehen wollen, denkt er sich, so mögen sie halt zubleiben, und er verkriecht sich stärker in sein Stroh. Aber da pocht es zum zweiten Male und stärker, und der Bauer in der Stube schreit: „Na, Bub', magst heut' mehr nicht auf, wart', ich will dir den Weg gleich zeigen, herab!“ — Jetzt denkt sich der Hänsel, jetzt kommt er mit der Birkenliesl (Rute aus Birkenreisern geflochten zum Züchtigen der Kinder). Eilig springt er im bloßen Hemdchen aus dem Bett und schlüpft in die steife Lodenhose; — wenn man einmal in der Hose steckt, denkt er sich, dann geht's nicht mehr so gefährlich um wegen der Birkenliesl.

Wie nun der Bauer und die Liesl gar bei der Bodentür hereinschauen, schreit er schnell: „Ich komm schon, bin schon da!“ und seine Augen sind hellicht offen — Gott sei Dank!

Der Bub' ist noch nicht ganz fertig mit dem Anziehen, aber der Alte brummt schon wieder: „Heut' mag er mehr nicht weiter, jetzt schaust mir aber, daß du hinauskommst, die Schaf' röhren schon; die Schuh' mach' dir auf der Weid zusamm'."

Mein, die Schaf' hätt' er schon röhren lassen, und hätt' noch früher mit den Dienstleuten einen Löffel Suppe gegessen, aber die Birkenliesl — die versteht keinen Spaß!

So eilt er hinaus zum Stall, jagt die Schafe hin auf die Heide und dort knüpft er erst seine Schuhe zusammen, daß er die Riemen nicht abtrete. Dann setzt er sich hin auf den frischen tauigen Rasen und schaut den Morgenstern an — der ist auch ein Halter und die anderen kleinen Sterne um ihn sind seine Schafe — ei, hat aber der hunderttausend weiße Schafe und Lämmer! Die Sonne kommt. Was singen die Vöglein lieb auf den Lärchenzweigen! Die haben es gut, die können schlafen in den Federn so lang' es sie freut, und sind sie wach, so können sie fliegen und überall ist der Tisch gedeckt.

Die Blümeln, die da stehen! Soll der Bub einen Kranz flechten? Für Lämmer? — die haben das Zeug lieber im Magen als auf dem Kopfe.

Der Hänsel steigt auf einen Steinhaufen, klettert an Rainen und sucht Himbeeren und Johannisbeeren — der Herrgott hat sie wachsen lassen für ihn zum Morgenbrot.

Wie er satt ist, legt er sich hin in der Sonne und sieht den Schafen und Lämmern zu, sie grasen so geschäftig und lustig, sie laufen einander vor, schnappen sich einander die fettesten Blätter vor der Nase weg, die stärkeren stoßen die schwächeren seitwärts, die kleinen müssen warten, was übrigbleibt — nicht viel besser als bei dem Menschen.

„Wenn ich doch einmal größer wäre," sagt der Hänsel zu sich selbst, „größer, größer, daß ich nicht immer schafhalten müßte!"

Gegen die Mittagszeit hin, wie unten im Hause schon der blaue Rauch aufsteigt, ist es heiß geworden in der Sonne und die Schafe laufen. Der Hänsel treibt sie in den Hof, sperrt sie in den Stall, aber wie er in die Stube zum Tisch geht, haben die anderen schon abgegessen und für ihn ist nichts übriggeblieben, als eine Schale Suppe und ein halber Knödel; das hat ihm die Bäuerin vorgesetzt.

Kaum beginnt er zu essen, so schreit der Bauer schon wieder: „Kreuzschlapperment, wo ist denn der Bub'!"

„Aber mein," sagt die Bäuerin, „so wirst ihm doch zum Essen Zeit lassen, du hast gar alleweil eine Drängerei, zu was brauchst ihn denn schon wieder?"

„Lüstig (eilig) schöbertreten muß er gehen, 's kommt schon der Regen!"

Wie der Bub' das hört, wirft er ohnehin schnell den Löffel weg und lauft hinab gegen die Wiese. Da sind die Schoberstangen schon gesteckt und die Knechte und die Mägde schieben das Heu zusammen und der Großknecht faßt es mit seiner Gabel um die Stange. Lustig springt der Bub' auf den Haufen und lauft um die Stange und tritt das Heu zusammen, daß der Schober fest wird und nicht feuchten kann. Oft kommt der Kleine völlig unter die Bauschen und Haufen, und die Halme stechen ihm beim Knie, wo die Hose ein Loch hat, aber wacker kämpft sich der Junge empor und wickelt zuletzt das Heu um die Stange, daß der Schober eine Spitze kriegt zum Ableiten des Regens. Zuletzt streift er auf die Stange den Heukranz und nun ist er hoch oben und fertig. Aber, der Bub hält sich fest an die Stange — das wackelt so! „Was hast denn, Bub'!" schreit der Großknecht.

„Auweh, der Schober fallt um!"

Aber siehe, jetzt gibt ein Knecht dem Schober einen Stoß und das Bübl purzelt herab und verstaucht sich die Hand auf dem festen Boden.

Und so geht es fort auf der Wiese, und der Hänsel betet im geheimen ein Vaterunser, daß der Regen komme, und daß er wieder bald zum Schafhalter werden möge.

Der Regen kommt nicht, aber die Sonne sinkt und die Schatten werden immer länger; das Heu wird feucht und der Großknecht sagt: „Lassen wir's heut' gut sein." Dann kommt die Kathel vom Haus herab und bringt einen Hafen Milch und einen großen Laib Brot und Löffel, darauf setzen sich alle hin auf den grünen Rasen, der Großknecht schneidet das Brot auf, die Kathel schüttet die Milch in eine Schüssel und dann nehmen alle ihre Holz- oder Beinlöffeln und beginnen zu essen.

Auch der Hänsel will einen Löffel nehmen, aber da sagt der Großknecht: „Bub', du wirst nicht Zeit haben zum Milchessen, nimm' dir ein Stück Brot und geh' schafaustreiben!"

So nimmt das Bübl sein Brot und geht, um die Schafe auszutreiben. Am Brunnen trinkt es Wasser und denkt sich: Jetzt muß es schon wieder gut sein bis zum Nachtmahl. —

Aber am Abend, wenn die Schafe schon im Stall sind, muß der Bub' erst die Ochsen weiden, die den Tag über am Pflug waren.

Und wie er doch endlich zum Abendessen kommt, fallen ihm die Augen zu. Er sucht sein Bett unter den Dachbrettern auf, dort kriecht er hinein, kauert sich zusammen und schlummert bis zum nächsten Tag mit seinen neuen Freuden.

Der Poldel sieht und hört das alles, wie sie mit seinem Kinde umspringen, aber er sagt nichts, darf nichts sagen. Das Herz tut ihm weh.

Der Hänsel wächst auf; er hat gerade Beine und anstatt des Höckers eine schöne, hohe Brust. Er ist ein wenig rauh und derb, aber ein netter Bursche. Der Poldel ist nicht mehr jung. Und nun machen sie es umgekehrt. Der Hänsel ist Strohknecht beim Pimperklangbauer und pflegt seinen Vater. Es mag am Werktag oder Feiertag, in der Kirche oder in der Taverne sein, allweg sind sie beisammen, der Junge und der Alte. Der Alte geht am Stock gebückt einher, aber er hat seine Freude an dem „Buben", und er lebt in dem Buben, und er geht hoch aufrecht und ist wieder jung und guckt mitunter nach hübschen Mädchen um — in seinem Sohne.

Nun ist auch hier wieder dasselbe. Fritzel der Haussohn! Der reiche Bauernsohn und der arme Knecht! Es ist kein gutes Zusammenstehen.

Das Weibervolk blinzelt lieber nach dem Hänsel, als nach dem Fritzel. Es wird weiter nichts daraus, denn es kommt noch zu rechter Zeit der Kaiser dazwischen. Alljährlich schüttelt und rüttelt der Kaiser einmal an dem Stamme seines Volkes und wie reife Äpfel fallen ihm die frischen Burschen in den Schoß.

Aber vor Jahren, als die Militärdienstzeit noch um mehrere Ellen länger war als heute, gab es des Jahres mehr frische Burschen, als der Kaiser neue Soldaten brauchte, und so entschied zwischen den Tauglichen die Losung. Das Geschick muß es dem alten mühseligen Poldel gut meinen; der Hänsel geht frei aus; der Fritzel aber zieht Nummer zwei, da ist sein Bleiben so viel als sicher.

Einen Tag nach dieser Entscheidung geht der Pimperklangbauer zur Assentierungskommission. Er hat seinen breiten Ledergurt umgebunden und er schlägt mit der flachen Hand trotzig auf den Ledergurt; da klimpert es drin.

Noch einen Tag später erhält der Hänsel die Vorladung zur Assentierung. Der alte Poldel erschrickt; der Hänsel jauchzt auf und tröstet seinen Vater. Frischen Mutes zieht er mit den Rekruten von dannen. Es kehren die meisten wieder, es kommt auch der Fritzel zurück. Aber der Hänsel ist geblieben.

— Das heute untergehende Altbauerntum soll sich nur erinnern an seine Sünden!

Der Halbpelzer.

Der Halbpelzer oder Halbtrottel ist von Natur aus meist gutmütig. Fühlt er die Verachtung, die ihm wird, so kann er auch boshaft sein. Bleibt er trotzdem harmlos, so ist er nicht bloß dumm, sondern auch herzensgut, wie es der Bursche war, der mir aus der Reihe verschiedener Halbpelzer in Erinnerung lebt.

Das ist ein kleiner dicker Knirps mit einem großen Kopfe, der Kopf sitzt tief und fest zwischen den breiten Schultern; hinter der rechten Achsel erhebt sich ein Höcker. Wie er die Hände schon gern niederhängen läßt, wenn nichts anzugreifen ist — hängen sie ihm schier bis zu den Knien hinab. Die kurzen dünnen Füßlein sind so bestellt, daß vorn die Zehen stets gegeneinanderstehen, als hätten sie sich allerweg was Heimliches zu erzählen. Gott erbarm', sie hätten sich zu erzählen, wie sie erfroren sind, und es sind ihrer an den beiden Füßen nicht so viele, daß sie die Zahl der Wochen ausmachten, seit welchen sie schon in keinem Schuh gesteckt.

Dieser Junge — Adaml mag er heißen, und er ist der Armseligsten einer noch nicht — torkelt in dem Kieselhofe unter den Füßen der Knechte und Mägde umher, und wer ihn braucht, der gibt ihm nur einen Schupfer mit dem Stiefel, und wem er was nicht recht ausrichten kann, von dem bekommt er die Fußtritte.

In jedem größeren Bauernhofe muß so ein Schuhhabern sein, an dem sich jeder abwischen kann. Der Adaml ist recht zum „Schuldaustragen", oder wer im Hofe hätte sonst einen so breiten Buckel, wie der Adaml?

Der Kieselhofbauer hat den Jungen als kleines Kind einem Bettelweibe abgenommen und ihn zu erziehen und zu behandeln versprochen, wie sein eigen Kind.

„Streng mag der Bauer schon sein auf den Buben," hatte das Bettelweib gesagt, „der darf wohl einen Rüppler gewohnt werden auf der Welt, nur seine geraden Glieder laß' mir der Bauer nicht verderben!"

Der Bauer schenkte dem Weibe einen Laib Brot und behielt also den Knaben. Und die geraden Glieder? Jeder Großknecht dürfte Gott danken, wenn er ein solch' umfangreiches Haupt, so knorrige Arme und einen so kräftigen Rücken hätte, als der Adaml. Dieser Rücken war aber die Jahre her auch wacker erprobt worden, denn der Kieselhofbauer hatte ja eine gute Erziehung versprochen.

Da ist in dem Hofe eine Stallmagd. Sie ist noch nicht alt, aber streng in ihren Pflichten, und darf sich schon getrauen, zuzeiten mit dem Bauer ein Wörtl über die Dienstbotenordnung hinaus zu reden. Sie nimmt den armen Jungen oft in Schutz.

„Was geht denn dich der Halbpelzer an, Afra?" frägt sie der Bauer einmal.

„Was mich der Bub' angeht? Bauer, das hab' ich dir lang' schon sagen wollen, mit diesem Kinde hast du dir kein' Staffel in den Himmel 'baut. Schau dir den Adaml einmal an, hast du dein Lebtag schon ein solches Krüppelg'spiel gesehen? Wie der Adaml jetzt dasteht, ist er sich zu allem zu wenig, kann seinem Brot nicht nachkommen. Ich kann das nicht ansehen, Bauer, und in einem Haus, wo sie arme

Leut' so unter die Füße treten, mag ich nicht bleiben! Halt' mir's nicht für übel, Bauer!" — Sie bleibt aber doch, um den Jungen zu schützen.

Wenn der Adaml bei Tisch so unter den stämmigen Knechten kauert, so lugt nur sein Kopf herauf über den Rand; er sieht nie in die Schüssel hinein, sein Löffel kommt schier immer mit der lauteren Suppe zurück, nur in den seltensten Fällen liegt eine Brotschnitte d'rin. Nicht viel günstiger geht's bei den Knödeln und beim Sterz, und so kommt's, daß der Adaml nach dem Essen oft rechtschaffen gern ein Stückel schwarzes Brot verkiefelt. Da nimmt ihn denn die Afra mit in den Stall und gibt ihm eine Schale Milch und der Junge blickt ihr dafür treuherzig in die Augen und sagt: „Dank dir Gott, Kuhmensch, jetzt hab' ich gessen, jetzt mag ich schon wieder arbeiten."

Er hat eine rauhe, lallende, ja, wenn er in Erregung ist, eine fast bellende Stimme; die anderen Leute verstehen ihn kaum und höhnen ihn aus; Afra versteht ihn und ist zu ihm liebevoll wie eine Schwester. Sie besorgt ihm die Wäsche, bessert ihm die Kleider aus, und wenn der Reif des Herbstes kommt und es ist der Schuster noch nicht im Hause gewesen, so schenkt sie dem Adaml ein Paar alte Schuhe. Trotzdem hat er an seinen erfrorenen Füßen oft arg zu leiden und er wimmert die Nächte hindurch, bis wieder die Afra kommt und ihm kaltes Kraut oder labende Rübenblätter auf die Frostballen legt. Es verlachen ihn die anderen, weil er „Weibsschuhe" trage — er ist in allem der Spott des Gesindes.

Nach solchen Erfahrungen beginnt der Junge seiner Umgebung die Fäuste zu ballen und die Zähne zu fletschen; aber alle höhnen solcher Rache und drücken ihn mit Spott und Arbeitsüberladungen womöglich noch tiefer zu Boden.

Ein schönes großes Auge hat der Adaml gehabt, aber das beginnt sich nun immer mehr und mehr hinter den langen dunkeln Brauen zu verbergen. Nur wenn er im Stalle bei der Afra sitzt und ihr von seinem Leiden klagt, treten die hellen Augensterne wieder hervor, und je leiser er seine Worte spricht, je deutlicher und verständlicher sind sie.

Da kommt aber eine Zeit, wo den Burschen auch Afra nicht mehr versteht. Er war ihr einige Male mit runden glatten Kieselsteinen gekommen, wie sie unten im Talgrunde in Unzahl liegen, und hatte diese in verschiedenen Figuren auf ihre Kleidertruhe gelegt. Und einmal brachte er auch einen Strauß bunter, schillernder Nußhäherfedern und legte ihn auf den Hauptpolster ihres Bettes. Da fragte ihn Afra, was sie denn mit diesen Dingen solle? Darüber wurde er rot im Gesichte und schleuderte die Steine in die Stallstreu und zerzauste den Federstrauß, daß die Fetzchen flogen. Von diesem Tage an kam er lange nicht mehr in den Stall, und Afra mußte ihn endlich bitten, daß er ihr wieder die Kleider zum Ausbessern gäbe.

Einmal, an einem Sonntag, steht der Adaml unten am Bache und sieht den Forellen zu, die auf dem braunsandigen Grunde des klaren Wassers langsam hin- und herschwimmen. Und als der Fischer mit seiner langen Schnurstange des Weges kommt, hält er vor diesem die Hände zusammen und bittet ihn um die Erlaubnis, eine solche Forelle herausfangen zu dürfen. Da ihn der Mann nach längerem Fragen versteht und ihm die Erlaubnis erteilt, wirft der Bursche eilends den Rock und den alten dicken, fast formlosen Filzhut weg, daß die borstigen Haare emporstehen, streift die Hemdärmel auf und legt sich auf den Bauch hin an des Baches Rand. In wenigen Minuten schwänzelt ein weißbauchiges Fischlein in seiner Faust und Adaml johlt vor Lust. Der Fischer lächelt und schenkt dem Burschen die Beute. Dieser tut Wasser in den tiefen Hut, das Fischlein hinein und eilt so dem Hofe und dem Kuhstalle zu. Noch ist das Wasser nicht ganz versickert, als der Adaml damit vor der Stallmagd steht und röchelnd vor Laufen dieser den alten Filz mitsamt dem Inhalt hinhält.

„Was hast denn, Adaml, was tust denn, was willst denn? jetzt bringt mir der Kindisch gar einen halbtoten Fisch daher!"

Der Bursche aber grinst mit leuchtenden Augen und gurgelt: „Den mußt du braten und essen, weil du brav bist auf mich —"

Dann geht er davon.

Einmal sitzt Afra im Stalle auf der Kleidertruhe und neben ihr der Zimmerer-Nantl. Sie reden leise miteinander und die längste Zeit gar nicht — sie legen einander ihre Arme um die Nacken.

Der Adaml sieht es durch die Türfuge und als darauf der Nantl von der Magd zärtlichen Abschied nimmt und heraustritt, klettert ihm der Zwerg behende wie ein Eichhörnchen auf den Nacken und beginnt ihn zu würgen und erhebt ein kreischendes Zetergeschrei und fällt zu Boden. Der Nantl hatte ihm einen Schlag versetzt.

Nach diesem Tag bittet Afra den Halbpelzer nicht mehr, daß er ihr seine Kleider zum Ausbessern gäbe. Der Adaml weicht ihr auch aus; nur von der Ferne unbeachtet, wenn er sie sehen kann, bleibt er stehen und starrt auf sie hin.

Das ist zur Winterszeit. Und als hernach der Frühsommer kommt, stellt der Kieselhofbauer die Afra mit einer Herde von Kühen hinauf auf seine neu angekaufte Alm. Auch der Adaml als Halter zieht mit, und das zu seiner Freude.

Als die beiden Menschen einige Zeit in der Einsamkeit auf lichten Höhen sind, steht der verkrüppelte Bursche einmal einen ganzen Abend am Herde und sieht die Magd an und spricht kein Wort. Und als sie ihn zum Essen mahnt, steht er am Herde, und als sie das Gruß-Maria sagt, steht er am Herde, und als sie endlich zu ihrem Bette geht und die Schuhriemen zu lösen beginnt, steht er noch immer am Herde.

„Nach und nach wirst ein ganzer Narr, Adaml, das seh' ich wohl," sagt die Afra endlich.

Da wendet er seinen Körper, was er immer tun muß, wenn er den Kopf wenden will, und dann stolpert er über ein paar Milchkübel an ihr Bett.

„Wie mich der Herrgott erschaffen hat, so bin ich!" ruft er. „So lang' mich die Leut' niedertreten, kann ich nicht gerad stehen. Es ist meine Pein, daß ich ein Mensch bin."

„Adaml, du mußt eine warme Suppe essen und in dein Bett gehen. Du weißt, ich hab' nie was gegen dich gehabt."

„Ein Narr bin ich worden!" grölte er.

„Das hab' ich nicht gemeint, Adaml, du bist ganz vernünftig und brav."

„Nachher — nachher magst mich 'leicht!" schreit er auf.

Die Afra entgegnet: „Wegen dem, daß du nicht gar so sauber gewachsen bist, wie oft mancher Bursch, tät' ich dich gar nicht verschmähen."

„So willst meine Dirn sein?" ruft er.

„Will dich wie meinen Bruder halten, aber sonst — schau, ich hab' halt schon den Nantl, dem hab' ich's versprochen."

Der Adaml steht da und legt die rechte Hand in das wüste Haar. Er drückt seine Augenbrauen zusammen, sein Kopf will noch tiefer zwischen die Schultern schliefen. Endlich murmelt er: „Jetzt, weil ich weiß, wie's ist, will ich's anders einrichten."

Er wackelt hinaus, legt sich auf sein Stroh.

Der Zimmerer-Nantl ist ein hübscher, lustiger, lockerer Mann, aber — „laß' mir doch das gottverbannte Wildschützenleben!" hatte ihn die Afra zu tausendmal gebeten. So oft er hinauf in die Hütte kam, hatte er unter dem langschößigen Lodenrock sein zerlegtes Gewehr bei sich; dann und wann klopfte er gar in der Nacht an und keuchte mit einem gewichtigen Rehbock über dem Rücken zur niederen Tür herein.

So ist er auch jetzt da, mitten in der Mondnacht und sie sitzen zusammen neben dem Herd. — Da hören sie draußen Hundegebell und bald darauf Männerstimmen. Ja freilich, die Jäger sind es und sie poltern schon an der Hüttentür. Unter dem Herde ist die Nische für eine Hühnersteige, dort hinein verkriecht sich der Nantl, und die Afra wirft Geäste und Reisig darüber, wie es für das Herdfeuer bereitet ist. Dann schleppt sie das Wild und das Gewehr in die Milchkammer und beginnt laut zu zanken, daß auch in der Nacht noch keine Ruhe sei und was die Polterer da draußen denn wollten?

„Hat uns lang' genug genarrt," rufen die Jäger in die Hütte stürmend, „aber heut' kommt er uns nicht aus. Wir haben den Schuß gehört, den Wilderer über die Höh' laufen gesehen und seine Spur führt zu dieser Hütte. Wenn du uns den Wilddieb verleugnest, Brentlerin, so geht's nicht gut her!"

„Mein, verleugnen — ja, ich —" die Afra bringt kein Wort hervor. Zitternd bläst sie in der Ofenglut einen Span an. In der Angst, daß die Männer die Herdnische durchsuchen könnten, deutet sie gegen die Tür der Milchkammer.

Und als die Jäger mit gespanntem Hahn und der Fackel in die Milchkammer treten, kauert neben dem toten Rehbock, die Büchse in der Hand, ein höckeriger, zwerghafter Bursche.

Die Männer stutzen einen Augenblick über diese erbärmliche Gestalt, dann fallen sie darüber her, entwinden ihm das Gewehr und binden mit einem Riemen seine Hände so fest aneinander, daß sie dunkelblau anlaufen.

Der Bursche schweigt, er läßt mit sich machen, was sie wollen.

Die Magd ahnt wohl, was das heißen solle; ihr zulieb will er den Wilderer retten, sich selbst opfern; sie erwartet, daß der Nantl aus seinem Versteck hervorkriechen und den unschuldigen Jungen befreien werde. Aber sie laden dem armen Burschen den Rehbock auf seinen Höcker und führen ihn davon mit Fluchen, mit Stößen und Schlägen, und der Nantl kriecht nicht hervor. —

Als es endlich wieder still ist in der Hütte und draußen, steckt der Mann seinen Kopf durch das Reisig und flüstert: „Tausend Sapper, aber jetzt wär' ich bald ankommen!"

Da schreit die Afra: „Hörst, Nantl, du bist ein Schurk, daß du den Adaml so kannst fortschleppen lassen. Wenn du nicht augenblicks nachläufst und dich selber angibst, so bist bei mir nimmer daheim!"

Sie reißt die Tür auf und er springt hinaus.

Da ist es still, da verlischt der Span in der Hütte, da strahlt das Mondlicht zu dem Fenster herein. Die Afra liegt schlaflos auf ihrem Lager und stöhnt.

Es vergehen Tage, der Nantl kommt nicht und der Adaml auch nicht. Da geht sie hinab zum Kieselhofbauer und sagt ihm alles. Und antwortet der Bauer:

„Man meint, er hätte genug zu tragen an seinem Buckel, und jetzt nimmt er noch die Sünden anderer auf sich!"

Der Einleger.

„Ih bin, ih bin da Neamt auf da Welt,
Ih hab', ih hab' ka Feld und ka Geld,
Ka Hütterl, ka Kammerl, ka Fensterl g'hört mir,
Ih bin, ih bin auf der Weit im Quartier."
(Karl Morre „'s Nullerl".)

Ich habe die guten Eigenschaften — deren die Bauersleute besitzen — stets mit Vorliebe dargestellt, darf aber auch ihre Schattenseiten nicht vergessen. Diese sind so finster, daß ein wenig Aufklärung nicht schaden kann. Wenn wir von Armut hören, so denken wir zumeist an die städtische, die uns vor der Nase herumhuscht und wimmert und klagt und darbt. Sie ist in der Tat furchtbar, denn gräßlich ist's, zwischen Palästen und reichen Leuten hungern und verkümmern zu müssen. An jene tiefe Armut da draußen auf dem Lande, an jene willig oder verbitterten Gemütes ihrem Ende entgegendarbenden Märtyrer des Bauernstandes, an die bäuerlichen Dienstboten hat in unserer Zeit der Humanität bisher kein Mensch gedacht. Ei doch, man hat die kräftigen Bursche zu Soldaten herangezogen, um sie vielleicht als Krüppel wieder zurückzuschicken. Man hat ihnen Dienstbotenbücheln drucken lassen, in welchen ihre Pflichten weit stärker betont werden, als ihre Rechte; ein Paragraph ist, der unterwirft den Dienstboten schier ganz dem Willen des Dienstgebers; mildernde Nachsätze folgen, sind aber drehbar. Man hat auch viel Klage in den Zeitungen gelesen über die Dienstbotenmisère, aber immer war von den armen Dienstgebern die Rede, von den armen Haus- und Hofbesitzern, von den großen Ansprüchen, Anmaßungen, Lüderlichkeiten der Dienstboten. „Bei solchen Zuständen bin ich lieber Knecht als Bauer!" hat mancher Hausbesitzer ausgerufen, habe jedoch nichts davon gehört, daß einer mit seinem Knecht wirklich getauscht hätte. Die Dienstboten haben still geschwiegen, und wenn in unserer Zeit ein Stand nicht öffentlich jammert, so ist es der der bäuerlichen Dienstboten. Denen muß es doch wirklich sehr gut ergehen!

Indes jammern diese Leute nicht aus dem einfachen Grunde, weil sie keine Stimme haben, die man im Lande hören könnte, manche auch darum nicht, weil ihnen um die Gurgel ein Strick liegt, der zu jeder Zeit erforderlichenfalls enggezogen werden kann.

Der Dienstbote ist das Kind armer Leute oder auch das Kind eines Bauers, der einen der Söhne — seinen Nachfolger in der Wirtschaft — bevorzugt und die übrigen Kinder so sehr benachteilt, daß sie oft heimatlos werden und in fremden Häusern ihr Brot, durch Roheiten der Dienstgeber versalzen, karg verdienen müssen. Die Gerechtigkeit drückt zu Gunsten der Steuerzahler ein Auge zu.

Der Dienstbote hat in seinen besten Jahren allerlei Absichten. Er will entweder den Bauerndienst verlassen, in eine Fabrik oder in die Stadt gehen oder er will eine gute Heirat machen und so zur Selbständigkeit kommen. Andere hoffen vom Lottospiel Verbesserung ihrer Lage, ohne zu ahnen, wie hoch da ihre Dummheit besteuert wird. Wieder andere verlassen den Jahresdienst, verlegen sich auf die Taglöhnerei, weil diese sie gleich selbständiger macht, versuchen dies und das. Selten gelingt es einem, eine bessere Existenz zu finden, die meisten bleiben Dienstboten Jahr für Jahr, bis sie alt und untauglich werden zur Arbeit.

Und was nun?

Gewöhnlich sucht der betagte Dienstbote seine sich steigernde Unzulänglichkeit so lange als möglich zu verbergen, denn er weiß, wenn er sein Brot nicht mehr verdienen kann, was seiner wartet. Größere Gemeinden haben etwas wie ein Armenhaus. Sie nennen es Spital. Seine Insassen sind Sieche und Lahme, Krüppel, Kretins und Bresthafte aller Art. Ein gar unsauberer, verachteter Ort voll Hader und Elend. Und da soll der alte Dienstbote nun hinein. Ist mancher noch froh, wenn ein solches Spital gar nicht existiert, wenn er als Bettler ziehen kann in der freien Luft von Haus zu Haus. Da ist es nun bis heute in solchen Gemeinden, die kein Spital haben, eingerichtet, daß der alte unfähige Dienstbote der Reihe nach von einem Hof zum anderen wandert, so daß er jährlich etwa ein- oder zweimal um die Runde kommt.

Das ist also der Einleger (oder die Einlegerin). Er schleppt sein Buckelkörblein mit sich, in welchem er all' sein Hab und Gut hat, und wird ihm im betreffenden Hause, wo er „eingelegt" ist, ein Winkel angewiesen, etwa in der Vorkammer, im Stall, auch im Strohschuppen, wo er das Körbel hinstellen und sich einheimen darf.

In einem Hofe bleibt er acht, vierzehn Tage oder auch länger, je nach der Größe des Gutes. Da soll er nun verköstigt und verpflegt werden. Man nützt ihn wohl aus, so gut man kann; es gibt im Hause immerhin Arbeiten, die auch ein mühseliger Mensch verrichten kann, als etwa Streuhacken, Mist krauen, Kukuruz schälen, Rüben kräuteln und dergleichen. Mitunter auch viel unangenehmere Verrichtungen. Der Einleger tut's, es ist ganz selbstverständlich; ja er selbst, der Greis mit weißen Haaren, kommt nur selten zum Bewußtsein, daß seine armselige Existenz ein Unrecht ist, von anderen begangen. Vom Essen wird ihm das Schlechteste im schlechtesten Geschirr gereicht. Mißratene verkochte Nocken mit ranzigem Fett, die niemand essen will, für den Einleger gut genug. Er torkelt damit in seinen Winkel — denn zu Tisch läßt man so einen alten Menschen nicht gern, der Unsauberkeit wegen — und ißt seine Sach' freilich wohl zumeist mit Appetit. Ist auch gut, wenn er einen eigenen Löffel besitzt, denn Löffel, mit denen der Einleger gegessen, will kein anderer mehr gebrauchen. Die anderen essen viermal des Tages; den Einleger vergessen sie bisweilen. Hat er jedoch einmal einen Trog voll vor sich, dann ist's kein Wunder, wenn er das rechte Maß nicht wahrnimmt und es unter Wimmern auf seinem Stroh hart büßen muß. —

Bart und Haare lassen sie ihm wachsen, so lang es will; Kamm, Seife, Bad — ach Gott, das ist selbst dem Hausbesitzer oft fremd, der Einleger darf gar nicht daran denken. Und er denkt auch gar nicht daran. Wenn sein Gewand nur nicht gar zu viel Löcher hat, nach anderem frägt er nicht. Das Hausgesinde weiß wohl, es ist auf demselben Weg, Einleger zu werden, und doch hat es zumeist Spott und Verachtung für das arme Geschöpf und nicht selten auch — körperliche Mißhandlung. Daß der Einleger demnach herb, verbittert und bissig wird und voll von Unarten und zuwideren Eigenschaften, es liegt auf der Hand. Wohl selten, daß eine gute Seele dem Notleidenden heimlich einen fetten Bissen zusteckt, heimlich ein liebreiches Wort sagt. — So verroht Armut und immerwährende Dienstbarkeit die Herzen.

Humor haben die meisten, denn sonst müßten sie ja zugrunde gehen trotz der Abhärtung an Leib und Seele. Auch die Religion ist ihre Stütze, und bei manchen die

Schlauheit und Verschmitztheit, in welchen die Not ja die beste Lehrmeisterin ist.

Im Mürztal war ein Einleger, der nachgerade zu den liebenswürdigen Menschen gehörte und bei allen gern gesehen wurde, die ihm — nichts schenken mußten. Der krump' Serafin war er geheißen. In Häusern, wo sie ihn schlecht behandelten, sprach er tage- und wochenlang kein Wort, verkroch sich ganz in sich selbst wie ein Igel, der nur die Borsten hervorkehrt. Wo er aber ein wenig Beachtung und Teilnahme fand, da sprang aus dem Alten der Schalk hervor und er ließ seine launigen Sprüche und Einfälle los, mit denen er wie vollgepfropft war.

So oft er etwas in seinen Bettelsack geschoben hatte, band er ihn allemal rasch und sorgfältig wieder zu und sagte: „Daß es nit wieder herausfliegt!“ — Wenn er irgend von einem reichen Schlemmer hörte, meinte er: „Ist halt gut eingerichtet auf der Welt; jeder Mensch hat sein Geschäftel, der eine tut prassen, der andere tut fasten. Aber lieber,“ setzte er dann mitunter bei, „lieber ist's mir doch, ich möcht's und hab's nit, als wann ich's hätt' und möcht's nit.“ Von einem Geizigen sagte er gerne: „Der macht sich auch seine Höllfahrt sauer.“ Und dem krumpen Serafin mag's wohl manchmal eingefallen sein, was uns das „Nullerl“ singt: „Wer den Leuten 's Brot anbaut, den hungern sie jetzt aus. Ist doch die Welt a Narrenhaus.“

Einer der ärmsten Einleger lebte zur Zeit meiner Jugend in der Semmeringgegend. Er war ein herabgekommener Hausbesitzer gewesen, der beim Eisenbahnbau sein Grundstück an die Gesellschaft verkauft hatte. Es wurde ihm zweifach überzahlt und das machte seinen Kopf wirbelig; bei so vielem Geld, glaubte er, brauche er sein Lebtag nicht mehr zu arbeiten, saß in den Wirtshäusern um, pachtete Jagden und trieb allerhand noble Passionen. In wenigen Jahren war sein Geld glatt dahin und er hatte noch dazu das Unglück, daß er sich durch unvorsichtiges Gebaren mit Pulver eines Tages das Augenlicht vernichtete. Obgleich sonst noch nicht mühselig, mußte er nun in die Einlege. Da hielten sie ihm natürlich überall seine Vergangenheit vor. Sonst vermag der Einleger wenigstens so viel, daß er durchgehen kann, wenn es ihm irgendwo gar zu arg wird, daß er in einem christlicheren Nachbarhause seine Zuflucht suchen oder im grünen Walde wohnen und sich von Beeren nähren oder wenigstens ruhig hungern und frieren kann, ohne Schimpf und Roheit leiden zu müssen. Unser armer Blinder konnte jedoch nicht fort, mußte aushalten; und ein boshafter Racker war, der behielt den Einleger allemal länger, als es seine Pflicht gebot, im Hause, um ihn den Hochmut recht fühlen zu lassen und ihn mit hämischen Anspielungen und herber Behandlung peinigen zu können. So seufzte der arme Mann wohl oft: „Wann ich nur mein Augenlicht wieder kunnt finden!“ Da traf er in einem schlimmen Bauernhof einmal mit einem anderen Einleger zusammen, der sich vor den Mißhandlungen der Leute auch nicht zu schützen wußte, weil er lahme Füße hatte. „Wann ich nur laufen kunnt!“ sagte dieser, „ich wollt' mir sonst gar nichts wünschen.“ Die beiden verbanden sich nun so, daß der Blinde den Lahmen auf den Buckel nahm und also von ihm geleitet mit ihm davonging. Jetzt war beiden geholfen, der Blinde hatte das Augenlicht gefunden und der Lahme konnte laufen. Beide waren nun imstande, ihren — „Wohltätern“ zu entkommen.

Am besten daran sind immer noch die schlauen und schalkhaften Philosophen, die an der Leute Eitelkeiten und Schwächen anmutig zu pochen wissen.

Da lebt heute noch einer, der in der Veitscher, Turnauer und Aflenzer Gegend umsteigt, obwohl er ein über und über verbogener Krüppel ist. Er könnte ja als Einleger in seiner Gemeinde sitzen bleiben, aber beim Betteln, sagt er, stehe er sich besser. Er bettelt aber nicht so kurzer Hand, sondern weiß der Sache Schick zu geben. Kommt er in ein Bauernhaus, so bringt er für die Küche einen Arm voll Brennholz mit, oder ein Sträußel Tannenreisig für Stubenbesen, oder ein paar Pilze, oder ein Körbl mit Waldbeeren, mit denen er der Bäuerin oder den Kindern ein Geschenk macht. Jetzt muß die Hausfrau „Vergelts Gott" sagen, aber sie gibt ihm auch was zu essen. Es bleibt keine Spur in der Schüssel, so daß er sie hoch aufheben und sagen kann: „Bäuerin, rat' einmal, was ist da drinnen g'west?"

Ob er etwan zu wenig gehabt? „Das nit, schon gar nit, gut ist's g'west und genug ist's g'west. Vergelt's Gott fleißig dafür! — Nur" — setzt er zaghaft bei, „daß ich noch ein Anliegen hätt'! Bäuerin, gelt, ein Faderl Zwirn schenkst mir. Vom Leibel da ist mir ein Knopf ausgesprungen, muß ihn wieder einhängen, den Saggra!"

Sie reicht ihm den Zwirnknäuel hin, und wie er fertig ist mit dem Knopf, steckt er den Knäuel so in Gedanken vertieft in seinen Sack. Die Bäuerin schielt etwas mißvergnügt hin auf diesen Vorgang. Und der Bettler weiß es, sie ist sonst eine Zange und nicht leicht etwas aus ihr herauszukriegen. Nun wendet er sich zu ihr und sagt mit allen Gebärden der Behaglichkeit: „Jetzt wohl, jetzt. Für heut' brauch' ich nichts mehr, für heut'. Aber für morgen möcht' ich mir halt gern ein warm Süppel kochen, und jetzt — denk' dir's — jetzt ist mir das Salz ausgegangen."

„Uh narrisch!" sagt die Bäuerin, froh, so leichten Kaufes davonzukommen, „das darfst ja nur sagen." Und gibt ihm Salz.

„Ah, jetzt wohl, jetzt wohl," macht der Bettelmann, „jetzt hätt' ich alles auf eine gute Suppen. Ich hätt' ein Salz, ich hätt' ein Wasser .... Grad ein Stäuberl Mehl kunnt noch gut sein dazu. Gelt, du kreuzbrave, liebe Bäuerin, du wirst mir nit gern einen Löffel voll schenken wollen?"

Das läßt ihn die kreuzbrave Bäuerin nicht umsonst gesagt haben und gibt Mehl.

„Uh, gelt's Gott!" ruft der Bettler und hält sein Mehlsäckl auf, „uh, gar zwei — drei Löffel voll gibst mir! Und noch einen drauf. All's zu gut tust mir's meinen, all's zu gut. Vergelt's Gott, schön!"

Wie er nachher im Begriff ist, seinen Buckelkorb sich auf den Rücken zu schwingen, hält er still und sagt: „Schau du, jetzt fallt mir g'rad was ein. Du Bäurin, du wirst mir's gewiß sagen können: Soll zu einem guten Süppel nicht ein Stückl Schmalz sein? Ja? Schau du, mir ist so was fürgangen. — Aber das ist! das ist! Jetzt weiß ich nit, wo ich ein Schmalz werd' hernehmen. Du verhöllte Sau! — Muß viel sein? Nit viel, meinst? G'rad so ein nußgroß Patzerl, meinst?"

Was bleibt der Bäuerin übrig? Sie murrt insgeheim, aber weil er gar so schön betteln kann! Sie schenkt ihm auch noch zur Suppe das Schmalz.

Tausend vergelt's Gott!" ruft er entzückt aus, „bis in den Himmel hinauf vergelt's Gott! Und oben bleiben im Himmel, alleweil oben bleiben! Und eine Freud' wird er haben, der lieb' Herrgott, über eine so kreuzbrave, mudlsaubere Bäuerin!"

Hierauf schleift er zum Nachbarhaus und dort macht er's ähnlich. Der Mann leidet keine Not, trotz seiner verkrüppelten Glieder. Sein Humor, der schlaue Geselle, nährt ihn.

So hat auch die Armut ihre Philosophie, ihren Geschäftstrick.

Aber hier sind nur Ausnahmen geschildert; die Regel zu beschreiben widert mich an. Es ist wohl wahr, die Armut und das Elend ist der richtige Dung für den Humor, weshalb es da unten auch viel mehr innere Überlegenheit und Seelenheiterkeit gibt, als da oben. Aber wenn zum Unglück, das man tragen muß, auch noch das Unrecht kommt, und man sieht, diese schlimmen Genossen wollen einen für's ganze Leben nimmer verlassen, so ist es auf die Länge doch schwer, bei Humor zu bleiben. Und bei naturrohen, sittlich unentwickelt gebliebenen Leuten ist es doch gar kein Wunder, wenn sie in ihrem Alter und körperlichen Unbehagen launisch, zänkisch, tückisch, klatschhaft, hinterlistig und sogar diebisch werden. Nun glaubt der Bauer, solchen Fehlern und Lastern gegenüber nicht verpflichtet zu sein. Er ist's aber. Der Dienstbote ist eben auch ein Produkt seiner Verhältnisse, seiner ganzen Umgebung, von der Kindheit an bis zum hilflosen Greisenalter.

Und wenn man genau nachsieht, dem braven Dienstboten und geduldigen Einleger wird es nicht viel besser als dem Nichtsnutz, in der Einlege für sich gibt es keine Abstufung mehr. — Als ein solches Leben, lieber im Arrest! Das Wort kann man öfters hören.

Jetzt frage ich nur, wer sich noch wundern kann, wenn niemand mehr bei den Bauern Dienstbote sein, sondern alles in die Fabriken und Städte will? Sie kommen freilich auch von dort noch rechtzeitig zurück zum Einlegerelend und noch dazu mit einer ganz anderen Zerrissenheit des Herzens, als wenn sie nichts, denn die Einfachheit des Landlebens kennen gelernt hätten.

In manchen Gemeinden wird jährlich einige Male, gewöhnlich zu den Quatemberzeiten, in der Kirche für die Pfarrarmen abgesammelt. Da gehen die Leute im Gänsemarsch um den Hochaltar und werfen Münzen auf einen Teller. Bloß einen Pfennig gibt keiner, weil wir keinen haben; die übrigen Scheidemünzen sind alle vertreten, sogar die alten Groschen von Anno 1836, die seit einem halben Jahrhundert nichts mehr gelten. Wenn nun aber gar ein reicher Bauer einen ganzen Gulden auf den Teller wirft, so glaubt er mit einem schwedischen Sturmbock die Himmelstür eingerannt zu haben. Die Pfarrarmen freuen sich auf die Verteilung wie ein Kind; aber wenn einmal zufällig ein größerer Betrag ist, so kriegen sie ihn gar nicht auf die Hand.

In Gegenden, wo Gewerkschaften oder Kavaliere die Bauernhöfe zusammenkaufen, um sie abzustiften, wird an die Gemeinde oder einzelne noch bestehenbleibende Bauernhöfe gewöhnlich Bargeld gezahlt, damit die Einleger, die der abgestifteten Bauernhäuser verlustig geworden, dafür entschädigt und versorgt werden sollen. Doch die Armen werden nicht immer der Absicht des Einzahlers gemäß verpflegt. Mancher alte Einleger simuliert Tag und Nacht: Wo denn's Geld hinkommt, das für die Armen gegeben wird! — Wackelt so ein alter Hascher wohl einmal zum Dorfrichter, bittet untertänigst, ob nicht doch ein wenig was abfallen möcht' für ihn auf ein Paar Winterschuh', auf eine warme Bettdecken, oder — was die Genußsüchtigsten sind — auf etliche Pfeifen Tabak. — Ganz umsonst bittet freilich selten einer, wenn was da ist, aber ich hab' auch schon gehört, daß der Gemeindevorstand dem Bittsteller mit dem Stecken gedroht hat oder gar mit dem Ausruf erschreckt: „Das Bettelvolk, derschießen sollt' man's!“

Wieder mein Humorist, der krump' Serafin war's, der

dem fluchenden Bauer auf solche Red' einmal geantwortet: „Wahr ist's, Herr Gemeindevorstand, wahr ist's. Derschießen, das wär' das allerbeste!" —

Das sind nur wenige Streiflichter ins Leben der Armen auf der Bauernschaft.

Ich gebe zu, daß es viele Ausnahmen gibt, Gemeinden, die ihre unglücklichen, altersschwachen Mitglieder nicht verkommen lassen, Hausväter, die den Einleger mit Güte und Fürsorge behandeln. Manchmal denkt doch auch einer der Reichen an das Sprichwort, daß an keinem Hause der Geldsack hundert Jahre lang vor der Tür hänge, wie an keiner Familie so lange der Bettelsack. Aber selten, selten denken sie daran. Da gibt es Protzen auf dem Lande, die ihr Geld im Wirtshaus und Kartenspiel wie Spreu über die Tische werfen, jeden Anlaß bei den Haaren herbeiziehen, um prunken und flunkern zu können, die aber grob werden wie eine Lodenriffel, wenn einmal von der Verbesserung ihres Gemeindearmenwesens oder gar von der Gründung eines Versorgungshauses mit geregelter und gewissenhafter Verwaltung die Rede ist. Wenn man so einen Ehrenmann dann sprechen hört, ja da fehlt keinem Einleger etwas, oder er ist selber daran schuld, wenn's ihm schlecht ergeht.

„Nur probieren!" sagt der Jammerer Hans. — Das ist der zumeist ungehört verhallende Klage- und Anklageruf von Tausenden, die in unserem schönen, gesegneten Lande in unverdienter Not sind und keinen Fürsprecher haben dort oben, wo die Gesetze gemacht werden.

Brave Arbeiter, erst von Besitzern und dem Staate ausgenützt, und im Alter eine solche Verlassenheit! — Soll das so bleiben?

Andere Bettelleute.

Das Weiblein besitzt irgendwo ein Häusel, das sagt es selbst, nur weiß kein Mensch wo, kein Mensch hat es noch gesehen.

Da kommt es so ungefähr zweimal des Jahres herangetorkelt; es hat ein kurzes Lodenjöppl an und ein grauleinenes Kittelchen, das aber schon recht abgeflickt ist, so daß man eigentlich gar nicht mehr sagen kann: es ist ein grauer Leinenkittel, sondern: es ist ein zusammengenadelter Habernsack. Die Schuhe, welche es vor Jahren von einem reichen Bauer geschenkt bekommen, „weil es mit demselbigen Bauer halt alleweil auf gutem Fuße lebt," sind mit Stroh umwunden, daß sie nicht so sehr Schaden nehmen auf den steinigen Pfaden dieses Lebens. Die Strümpfe — lassen wir die Strümpfe aus dem Spiele.

Eine geradezu wunderbare Kopfbedeckung trägt das Weibel, ein Überbleibsel aus alter Mode. Es ist ein brauner Hut mit einer nur kleinen runden Vertiefung, aber mit fabelhaft breiten, etwas abwärts laufenden Krempen, deren untere Fütterung in strahlenförmige Falten gelegt ist, so daß das Ding an einen ungeheuern Blätterpilz erinnert, zu dem das Weib nur der Strunk ist. Dieser Hut deckt das ganze Weibel und sein Eigentum. Ja, auch das Rückenkörbl deckt er zu mit all seinem Hab und Gut — sorglich verwahrt.

Man sieht überall die Sorgsamkeit und den Fleiß und die Klugheit; das ist ein musterhaftes Bettelweib. Ein wenig gebückt ist es und einen Stock hält es in der knochigen Hand — aber das ist nicht der Bettelstab, sie sagt es selbst, sie ist keine Bettlerin, sie hat ein Häusel und geht nur ein wenig „sammeln" zu den guten Leuten herum, die sie ja sonst auch zu Zeiten „heimsuchen" muß. Den Stock hat sie nur, weil ihre Beine schon wackelig werden — mein Gott, den alten Leuten geht's halt schon so.

Noch bevor das Weibel zu einem Bauernhof kommt, liest es im Walde oder am Gehege Klaubholz auf und schleppt so einen Armvoll davon mit ins Haus. Es kann damit völlig nicht zur schmalen Tür hinein, und während es noch ringt mit dem Eingange, sagt es: „Gelobt sei Jesu Christi, da trag' ich Euch ein' Handvoll Brennholz daher; seid doch alleweil rechtschaffen gesund miteinander?"

Sie legt das Klaubholz ab, setzt den Korb auf den Herd und hascht freundschaftlich nach der Hand der Bäuerin. „Kennt's doch das Weibel noch," piepst es unter dem Hute hervorlugend, „bin ja dasselb' spaßig' Weibel, ich; sind ja zusamm' aufgewachsen im Bauerndienst; bin auch schon etliche Mal bei Euch dagewesen, habt's wohl ein großmächtiges Haus da und ein' Grund dazu; unsereine tät' sich ihre Finger all' zehn abschlecken, wenn sie so einen Grund hätt'! Habt es wohl recht derrat'n beim Heiraten, Bäuerin; unsereins muß mühselig herumhatschen unter fremden Leuten und der Herrgott hat das Stückl Brot halt auch nicht auf der Haselnußstauden wachsen lassen. Und da muß eins halt so daherhumpeln und ein wenig sammeln gehen. Zum Donner hinein aber, Ihr schaut's ja gar rechtschaffen gut aus!"

Die Bäuerin ist auch just nicht unfreundlich mit dem Weibel, sie hilft ihm reden von einem und dem andern, und endlich geht sie um eine Schaufel Mehl oder um ein Bröckel Schmalz und beteilt das Weib.

Dieses sagt vieltausend vergelt's Gott, lobt das feine Mehl oder bewundert das reine, frische Schmalz, und läßt einfließen, daß man wohl drei Pfarreien abgehen könne, bis man eine Bäuerin finde, die sich so auf das Schmalzbereiten verstehe.

Die Bäuerin sagt: „Wie Gott will!“ möcht aber doch das Weibel überzeugen, daß sie in Erhaltung der Butter, des Selchfleisches usw. nicht geringere Geschicklichkeit besitze. Sie bringt sofort auch von diesen Dingen Proben, und das Weibl zollt stets seine unumwundenste Anerkennung.

Nun geht es aber an seinen Korb, nimmt Hüllen und Hüllen heraus, zieht nett geglättete Kleidungsstücke und einige zierlich in Lappen geschlagene Päckchen hervor und hebt endlich einen braunen Topf heraus, in welchen das Schmalz kommt. Dann sagt es: „Gelt, Bäuerin, du hast kein böses Aug' auf mich, wenn ich noch ein Eichtl raste da in deinem Haus?“ Hierauf wickelt das Weibel vorsichtig ein Päckchen auseinander, und in demselben befindet sich eine kurze, zierlich geschnitzte Tabakspfeife und eine braune Schweinsblase mit Tabak. Da wird nun gestopft und Feuer geschlagen und — das Bettelweib raucht.

Es raucht täglich seine drei Pfeiflein, und es kann's gar nicht mehr lassen. Es sitzt da auf dem niederen Stuhl, den Ellbogen auf das Knie gestützt wie ein Mann; den Hut hat es an den Korb gelehnt und um den Kopf hat es ein Tüchl geschlagen. Es hat sich ganz häuslich niedergelassen und plaudert und schwätzt nun, daß schier oft das Pfeifel ausgeht. Es weiß alle Vorfälle und Ereignisse der Gegend, die entweder vor vielen Jahren oder erst vor wenigen Tagen geschehen sind; ja es weiß mehr noch, es sagt der Bäuerin in allem freundschaftlichen Vertrauen, was geschehen wird. Der wird sein Haus verkaufen, die wird heiraten, ein anderer sterben, eine ledige Nachbarstochter wird das Wieglein brauchen in kürzester Frist!

„Geh'!“ sagt die Bäuerin mit ungläubiger Miene, aber da läßt das Weibel Rauchwolken steigen, Rauchwolken — das ist Entgegnung und Behauptung genug, das ist Besieglung seiner Aussage. Im Falle die Bäuerin nicht ananwesend ist, erzählt das Weibl derlei sich selbst oder dem Korb und wackelt dabei mit dem Kopf.

Zuletzt sucht es gar seine Nähgeräte hervor und beginnt an den schadhaften Stellen der Kleider zu schaffen. Bis dann die Bäuerin am Herde Feuer macht und das Abendmahl kocht, ist die Alte noch immer da; es ist ihr so bequemlich und warm geworden, und da hat sie das Fortgehen vergessen. Die Bäuerin will daran auch nicht gemahnen, die arme Haut mag ausruhen; es wird ihr eine Milchsuppe angetragen.

Aber das Weibel sagt: „Vergelt's Gott, g'rad zum Betteln bin ich noch nicht und ich koch' mir schon selber was.“ Und es bittet sich ein Geräte aus, sucht wieder die Vorratskammer im Korbe hervor und kocht sich richtig eine ganz tadellose Schmalzspeise, wovon es der Bäuerin einen Teil zu kosten gibt. Auch den Löffel hat es selbst bei sich, es ist gar delikat und säuberlich mit allem und täte ja nicht mit jedem beliebigen Löffel aus jedem beliebigen Geschirr essen — die Leut' haben so ungewaschene Mäuler, meint es. Wie das Weibl nun im behaglichen Essen ist, sagt es zu sich spaßhaft: „So wohl, so wohl, mit dem Essen muß man sich erhalten; viele alte Weiber erhalten sich zwar mit dem Spinnen.“

Und wenn es gar noch über die Nacht im Hause bleibt, so hat es wieder seinen eigenen Strohsack und seine eigene Bettdecke bei sich; alles im Korb. Das Weibel hat, wie es erzählt, ein einzigmal in einem fremden Bettzeug gelegen;

hätt' es aber durch die ganze Nacht ein Aug' zugemacht? Keine Menschenmöglichkeit!

So liebenswürdig und verträglich das Bettelweib sonst ist, aber ein einzig' Arg hat es, es weiß selbst nicht warum — mit Kindern kann es sich nicht begleichen. Es mag sie noch so zärteln und hätscheln wollen, alles umsonst; die größeren laufen davon oder verkriechen sich hinter die Mütter; die kleineren, die noch nicht laufen können, heben Lärm an. Eines aber bleibt wohl wahr, und die Mütter sagen es, scharfe Augen haben solche Menschen, die selbst keine Kinder haben, und mit diesen bösen Augen schauen sie den Kleinen manchmal übel an den Leib — weiß Gott! Manches dieser Weiblein fühlt sich durch den Umstand gekränkt, und es entschädigt sich anderweitig. Da findet sich auf all' den Wegen und Stegen des Hausierens wohl ein verwaistes Hündl oder Kätzl; das wird an Kindesstatt angenommen, und im Korb findet sich auch noch ein weiches, geborgenes Bettlein, und nun kann man sagen: das Weibel steht auch nicht mehr allein in der Welt.

So hilft sich der Mensch, der es in seinem Leben zu nichts hat bringen können, da er nun arm und einsam ist, der nicht einmal ein eigen Dach hat für den müden Leib — so hilft er sich in seinen alten Tagen. Wo er gute, barmherzige Leute weiß, die vergißt er nicht, denen hinkt er zu. Er legt sich die Sache so gut er kann. Er spielt noch als schwacher Greis mit dem Schicksal und lächelt. Er meint gar, er besitze was; er glaubt nicht, daß er Bettler ist; er trägt ja keuchend an seinem Eigentum, an seinem Korb, und er sagt auch noch im Scherz zu den Leuten, er habe irgendwo ein Haus; er sagt das so oft, daß er schier selbst daran glaubt, und nun glaubt er so lange daran, bis es wahr ist. Sie bauen ihm ein Haus, er legt sich hinein; der Korb, ja freilich, der muß heraußen stehen bleiben, und der Bettelstab — — ach, es war ja nur ein Stock für die schwachen Beine! — Steckt ihn auf den Hügel!

Hat ja auch seinen Ehrentag, der Bettelmann. Wir kommen dazu.

Da war einmal ein Bäuerlein — es ist aber noch nicht so lange her, daß man es wie ein altes Volksmärchen „es war einmal" einleiten müßte. Allein es war doch einmal, denn heute ist es nicht mehr, und das ist ja die Geschichte.

So lange das Bäuerlein war, mußte es in den langen Abenden seinem Weibe zum Spinnen und Hemdenslicken das Spanlicht halten. Da seufzte es oft dabei und sagte: „Arbeiten, das wollte ich gern den ganzen Tag, aber am Abend, wenn andere Leut' Ruh' und Rast halten, noch spanleuchten müssen, das verdrießt mich. Ich wollt' mir sonst gar nichts wünschen, als daß wir ein Kerzenlicht kunnten brennen und ich dabei meine Ruh' hätte." — Das war das eine. Jetzt hätte der Alte aber richtig auch noch einen zweiten Wunsch gehabt, und der war freilich viel unbescheidener als der erste. Zu Fuß war er schon schwach. „Aber," meinte er, „nach dem Fahren in einem fürnehmen Wagen gelustet's mich gar nicht. Auch das Reiten wollt' ich gern' den hohen Herren überlassen — ich wüßt' mir was weit Besseres. Einen Tragsessel, und daß mich zwei Männer täten tragen, wohin ich wollt'. Das wär' eins, das!"

Es ist ihm groß schlecht ergangen, aber seine Wünsche haben sich erfüllt. Es kam eine Zeit, da ruhte er sich aus auf der Bank und neben ihm brannte ein Kerzenlicht; dann kamen zwei Männer mit einer Trage, und auf dieser trugen sie ihn hinaus.

O ja, auch die Bergarmen lassen sich gut geschehen, wenn sie einmal gestorben sind, und da genießen sie ein Ansehen und eine Ehre, wie vielleicht ihr Lebtag niemals.

Einer, um den sich kein Mensch je gekümmert hat, wenn er draußen stand am Zaunpfahl, oder am Feld die Steine hervorgrub, oder von Haus zu Haus wankte und um einen Bissen Brot bat, oder wenn er krank auf dem Stroh lag in der verfallenen Scheune — der ist jetzt der Mittelpunkt eines ganzen Tages, der Mittelpunkt von dreißig oder vierzig Menschen, die seinetwegen die Arbeit eingestellt haben und ihm ihr Gebet schenken und das letzte Geleite geben zu seinem Grabe, in dem er just so gut und reich und weich liegt, wie die stillen Nachbarn rings um ihn. O armes Menschenleben, welches auf dieser Welt nur einen einzigen Ehrentag hat. Und wohl ihm! Wenn wir die Leute betrachten, jeder hat nicht das Glück, mit Ehren begraben zu werden.

Sagt ihm das, dem Bettelmann, als letzten Trost, bevor er stirbt. Vor wenigen Tagen kam er müd' und matt ins Haus, bat nicht mehr um ein Stück Brot, um ein Tröpfel Suppe, wie sonst, sondern nur, daß er abrasten dürfe unter dem Dach. Man hat gemeint, ein Mensch wäre es doch auch, und hat ihn in ein Bett getan. Einen bösen Fuß hatte er, kein Mensch wußte wovon, keiner fragte danach. Der Bettler ist seit undenklichen Zeiten in der Gegend und gehört eben dazu. Weiter ist's nichts.

Jetzt aber scheint sich der Alte einmal einen guten Tag antun zu wollen. Er stirbt.

Liegt im Bett und stirbt.

Die Anwesenden zünden ein Kerzenlicht an, auch wenn die helle Sonne zum Fenster hereinscheint; solches wird ja zumeist mit einem Lappen verhangen, so sehr sich das brechende Auge oft auch noch sehnen mag nach dem lieben Lichte dieser Welt. Dann beten sie Sterbegebete, stets darauf achtend, wann der Sterbende seinen letzten Atemzug tut. Denn so lange er lebt, muß man den Menschen noch quälen mit

Stoßseufzern und Zusprüchen, in denen immer wieder von der Gefahr vor Teufel und Verdammnis die Rede ist, und ihn ängstigen mit allen greulichen Zeremonien des Todes. Erst wenn er dahin ist, fängt die Liebe an. Das Sterbegebet wird unterbrochen und die Beschauerin verkündet: „Er hat's überstanden."

Nun kommt ein Bub' mit dem Glöcklein und geht läutend dreimal um die Leiche herum. Dann sagt jemand: „Jetzt wollen wir unserem Mitbruder die Augen zudrücken, daß er schlafen kann, und mit heiligem Gotteswasser waschen und das Gewand anlegen zur Auferstehung am Jüngsten Tag. Der Herr sei ihm gnädig!"

Sie schneiden seinen Bart, sie kämmen sein fahles Haar. Dann bringen sie dem, der in seinen schlechten Lappen so oft gezittert hat vor Frost, ein Sonntagskleid; die Hose ist vielleicht vom Knecht, das Hemd und der Rock vom Hausvater, die Zipfelmütze vom Stallbuben. 's ist nur schade, daß er von diesem schönen Gewand nichts mehr weiß. Am Jüngsten Tage aber, wenn er von den Toten aufersteht und ihn der Richter frägt: „Bettelmann, von wem hast du den guten schwarzen Rock?" — „Vom Bergbauer, Herr, in dessen Haus ich gestorben bin." — „Und die schöne Zwilchhose?" — „Von des Bergbauern Knecht, Herr." — „Und die rotgestreifte Zipfelmütze mit dem großen Boschen (Quaste)?" — „Vom Stallbuben, Herr." — Da kommt's dann auf, und sehr zu rechter Zeit, daß die Bergbauernleute gar wohltätig gewesen sind. — Es ist gut, wenn man einen vorausschicken kann, der den Herrgott umstimmt . . .

Nach dem Waschen hat das Waschweib das Wassergefäß hinausgetragen und auf dem Steinhaufen zu Scherben zerschlagen — ein „Bedeutnus, daß es der Tote zum letztenmal gebraucht hat". Vor Zeiten sollen solche Scherben von

Hexen gesammelt worden sein, die damit allerlei Spuk zu treiben wußten.

Dem Verstorbenen werden noch etliche Palmwutzel (Blütenkätzchen der Weide, die am Palmsonntag geweiht wurden) in den Sack gesteckt, dann legen sie ihn auf eine lange Bank zur Bahre und bedecken ihn mit einer weißen Leinwand, dem „Übertan“. Diese Leinwand durfte von der Leinwandrolle ja nicht abgeschnitten, sie mußte abgerissen werden; das Knattern verscheucht die bösen Geister. Die zugedeckte Leiche überspannt man hernach mit einem Faden, der mit drei aus Wachskerzen gebildeten Kreuzchen befestigt wird. Das ist das Siegel Gottes. Das Licht, welches beim Verscheiden gebrannt, darf nun nicht mehr auslöschen; es wird an das Haupt des Toten gestellt, neben Kruzifix und Weihwasserkessel und muß brennen bis zum Begräbnisse. „Das ewige Licht leuchte ihm!“ — Tiefere Seelenstimmungen drückt der Bauer selten durch Worte aus, viel lieber durch Zeichen, und die Totenklage spricht er durch Zeremonien.

An jedem Abende während der Bahrzeit kommen Nachbarsleute, um die Nacht über bei dem Toten zu wachen, zu beten, zu singen, auch wohl zu essen und zu trinken. Denn, wo eins „auf Erden liegt“, da darf man nicht schlafen. Während ein Toter im Hause ist, werden in demselben und auf den dazu gehörigen Grundstücken keine knechtlichen Arbeiten verrichtet und geht jeden Tag eine Person in die Kirche, um eine Messe zu hören.

Dann kommt der Tag der Bestattung. — 's ist der Bettelmann gewesen — aber denn doch auch ein christlicher Mitbruder, und wer weiß, ob man seine Fürbitte bei Gott nicht einmal zu brauchen hat! So kommen die Nachbarsleute herbei, um ihm die letzte Lieb' und Ehr' zu erweisen. Sie legen ihn in einen Sarg aus Tannenholz; ein Häuflein Sägespäne ist sein Kopfkissen. Die wachsblassen Finger sind über der Brust ineinandergeschlungen. Das Antlitz — es ist nichts mehr als ein lebloses Bild von einem, den sie einst den Bettelmann geheißen, aber man will ihm noch allerlei andenken, anfühlen: eine süße Ruh', den Frieden, aber auch noch ein Nachdämmern von Leid und Weh', von genossenem Gut und Dankbarkeit, etwas auch von Anklage und Verzeihung usw.

Das ist allzu spät. Das hat früher gestritten, getragen, geweint — vielleicht verzagt — ihr habt es allein gelassen.

Der Dorfarzt erscheint, um zu sehen, ob der Mann denn auch wirklich tot sei. Zum Glücke: Ja.

Da kannte ich eine arme Greisin und hörte eines Tages, daß sie gestorben sei. Mir war leid, daß ich ihr nicht öfter, wenn sie mir begegnet war, eine Gabe gereicht hatte, ich hätte das Versäumte so gerne gutgemacht. Nach einiger Zeit stellte es sich heraus, daß sie noch lebe und gesund sei. Ich ging nicht hin, um ihr einen Liebesdienst zu erweisen — sie wird mir schon einmal begegnen, dachte ich mir. Sie ist mir aber nicht mehr begegnet, sie ist bald darauf wirklich, und zwar in großer Armut gestorben.

So sind wir. Der Mitmensch erschüttert unser Herz, wenn er stirbt, aber wenn er wieder aufersteht, findet er die alte Starrheit, wie sie zuvor war.

Also der Dorfarzt sagt: „Der steht nicht mehr auf!" und sie fahren in ihrem Liebesdienste fort. Sie legen dem Toten Heiligenbildchen, Rosenkranzschnüre und Blumen in den Sarg, dann sagen sie noch: „Behüt' dich Gott, Mitbruder, beim Jüngsten Gericht sehen wir uns wieder!" und nageln den Deckel zu. Auf den Deckel ist ein schwarzes Kreuz gemalt, das seine beiden Querbalken umarmend über die Seitenwände des Sarges hinablegt. Das Kreuz läßt ihn nicht los, den alten Mann, aber jetzt bedeutet es kein Leid mehr, jetzt bedeutet es Schutz und Hut und Liebe.

Nachdem sie sich mit einem ausgiebigen Imbiß gestärkt haben, heben sie den Sarg auf die Türschwelle, und der Vorbeter sagt: „Gelobt sei Jesus Christus, daher kommen wir nimmer!" und hernach tragen sie ihn — ihrer zwei und zwei — auf Bahrstangen der Kirche zu. Es ist oft ein weiter Weg dahin. Es ist der Brauch, daß man den Toten genau auf demselben Wege dahinträgt, den er im Leben mit Vorliebe zu seiner Pfarrkirche gewandelt war. Aber wer weiß das bei einem Bettelmann? Der ist wohl stets den Weg gegangen, an welchem die meisten Häuser stehen; so tragen sie ihn heute an den Häusern vorbei, und kein Kettenhund rast mehr, wie sonst, da der arme Mann genaht war, und keine Stimme zetert mehr über das lästige Bettelvolk — aber in mancher Brust wird ein Gewissen wach und hebt an gar leise, aber ernst zu mahnen, bis eine Träne über die Wange rinnt.

Seht, so kommt auch der Ärmste und Verlassenste zu seiner Träne.

Vornehmerer Bauern Leichen werden auf Wagen oder Schlitten befördert, und erweisen ihnen Ochsen oder Pferde die Ehre. Da trägt sich's nach dem Volksglauben aber manchmal zu, daß die Tiere das Gefährte nicht weiter zu ziehen vermögen — denn der tote Mensch ist etwas anderes als eine Fuhr Holz oder Korn. Da muß sich ein unschuldiges Kind auf den Wagen neben den Sarg setzen — dann geht's leichter.

Beim Bettelmann ist des schweren Gewichtes wegen keine Klage. Glücklich kommen sie zur Kirche, die sie mit einer Glocke begrüßt. Eine ist heute genug. „Weiß Gott, wer die eine zahlt!" meint der Meßner. Der Priester kommt und spricht ein ziemlich stilles Gebet. Das Grab ist nahe an der Kirchhofsmauer, an der dieser Mann einst gerne gelehnt, die Krücke an der Seite, den Hut in der Hand. Das Grab ist eng und tief. Mancher macht einen langen Hals und schaut hinab. — Hoch oben im Kirchturmfenster sitzt ein vorwitziger Junge. Der hat früher am aufgeworfenen Grab ein halbvermodertes Stück von einem alten Sarge gefunden, in welchem ein Astloch der Geheimnisse ist. Durch dieses Astloch guckt er jetzt vom Kirchturm, als sie den Bettelmann mit Stricken ins Grab hinablassen. „Von Rechts wegen" soll er jetzt durch das Loch die Engel und die Teufel sehen, die am Grabe um den Platz raufen, und sehen, welcher Teil den Sieg davonträgt — aber sein Auge hat leider schon ein verhülltes Geheimnis geschaut, seither ist es verblendet und sieht jetzt durch das Astloch nichts als die etlichen Bauersleute, die herumstehen, nach der letzten Einsegnung noch Erde und Weihwasser hinabschütten, sich dann langsam seitabdrehen und ihre Hüte aufsetzen.

Der Totengräber beginnt mit dem „Untermachen", er schiebt ein Brett aus, an dem sich der ausgehobene Erdhaufen gestaut hatte, und die Wucht rollt dumpf und schwer hinab, so daß das Grab in einem Augenblick mehr als zur Hälfte gefüllt ist. In einer halben Stunde ist der Boden wieder gleich und anstatt des Bettelmannes ist ein leichter brauner Erdhügel da, der in wenigen Wochen grün sein wird. Denn die Natur beginnt allsogleich mit der Urständ nach ihrer Weise. Der Tote wird verwandelt und beteiligt sich am Leben in einer neuen Form.

Aber die Natur ist es auch, die das Menschenherz so geartet hat, daß ihm mit solcher Auferstehung nicht gedient ist. Sie wird daher wohl ihre Wege finden, um dieses Herz zu befriedigen. Hätte ich nur das Astloch vom Jungen auf dem Kirchturme, ich würde vieles sehen und euch erzählen können!

Politiker.

Wie die Leute überhaupt Politik treiben, darüber ließe sich manches possierliche Kapitel stellen. Am possierlichsten aber treiben die Bauern Politik. Am Werktag tun sie's nicht, und daran unterscheiden sie sich von den Stadtleuten. Am Sonntag tun sie's, denn eine Unterhaltung muß der Mensch auch haben.

Sitzen ihrer etliche beim Jagerhansel in der Stube. Ein paar Stamperln Schnaps — und Tabakrauchen dazu. Der Roß-Masel ist auch da; kommt weiter herum in der Welt, der Masel, als die anderen, denn er ist Pferdehändler und hilft eigentlich dem Kaiser regieren. Wenn Kriegsrüstung ist, so wird der Masel befragt, wo in der Gegend die besten Rösser sind. Freilich, der Masel kann schon was wissen. Sagt aber nicht viel aus; kaiserlicher Geheimrat könnte er sein, so geheim hält er's mit der Politik. Ja, wenn der reden wollt'! Im Jahre Neunundfünfzig, wie wir mit den Italienern Krieg bekommen haben, hat er's monatelang voraus gewußt, aber nicht ein Sterbenswörtel geplaudert. Erst später hat er's gesagt. Im Sechsundsechzigerjahr hat er's vorausgesagt: die Preußen kommen! Und sind richtig gekommen. Über die Donau haben sie freilich nicht mögen, weil die Österreicher in Maria-Taferl mit den geweihten Glocken so viel geläutet haben, daß den Lutherischen die Kurasch ist vergangen! Das Läuten und das Beten, natürlich hilft's! Hätt' der Benedek bei Königgrätz aufs Beten nit vergessen, es wär' anders ausgefallen. Der hat aber höllisch geflucht und sakermentiert. Na, so ist halt nachher die Sau fertig gewesen.

So pflegt es der Roß-Masel auszulegen. Aber erst wenn er ein paar Gläseln „Geist" in sich hat. Ohne Geist kann er nichts machen, der Masel, ohne Geist scheint er so wenig zu wissen, als die anderen.

Heute sitzt er unter den Bauern und erzählt. Sie sperren Mund und Augen auf, denn bei den Ohren allein können die Neuigkeiten unmöglich alle hineingehen, die der Masel vorbringt, sie sind zu groß.

Anfangs hat ihn der Zaun-Peter gefragt: „Nau, Masel, was gibt's Neues?"

Zuckt der Masel die Achseln und nichts weiter. Kommt das erste Glasel „Geist".

„Werden wir Krieg kriegen?" fragt der Peter.

Wieder ein Aufschupfen mit den Achseln: „Möglich ist's schon!" Und nichts weiter.

Nach dem zweiten Glasel tut er frischen Tabak in den Mund, denn Raucher ist er keiner, und fängt an: „Jetzt werden wir bald Sauerampferblätter beizen müssen; wie man hört, wollen die Ungarn keinen Tabak mehr ins Land lassen."

„Oho!" sagen die Bauern.

„Die Ungarn sagen, sie wollen mit Österreich nimmer zusammenhalten und sie wollen ihren König allein haben und erlauben es nit, daß er nebenbei auch noch Kaiser von Österreich ist."

„Sacra! nachher setzt's was!" knirschen die Bauern. „Jagerhansel, bring' noch ein Glasel!"

„Mit dem Russen, heißt's, soll's losgehn," bemerkt der Peter.

„Uns tut er nichts, der Ruſſ',“ berichtet der Maſel, „aber auf die Bulgarner hat er's ſcharf! Die Bulgarner, das ſind ſchon halbe Türken, die wollen dem Ruſſen das Rußland wegnehmen. Da hat der Ruſſ' geſagt: über mein' Leich' geht der Weg ins Rußland.“

„Kann ihnen auch ſo paſſieren, wie den Franzoſen, Anno zwölf,“ ſagt der Peter, „daß ſie einfrieren, und im Sommer, wenn ſie auflannen (auftauen), ſind ſie hin.“

„Kein Türk' iſt ſein Lebtag noch nit eingefroren,“ belehrt der Roß-Maſel, „der weiß ſich ſchon warm zu machen, mein Lieber, der tut ſengen und brennen!“

„Haus Öſterreich hat aber doch dem Türken Bosnien wegtan,“ meint der Peter.

„Iſt nur ein Köder, mein Menſch, nur eine Angel. Haben wir uns nur erſt feſt verbiſſen ins Bosnien, ſchwubs, wird der Türk anziehen und uns drin haben in der Türkei!“

„Iſt mir auch recht,“ bemerkt jetzt der alte Wagner-Toni, „nachher geh' ich kirchfahrten nach Jeruſalem ins heilige Land.“

„Daß aber das heilige Land noch alleweil den Türkenheiden gehört!“ ſagt der Peter kopfſchüttelnd.

„Weil ſie's nit hergeben,“ belehrt der Maſel. „Der Napoleon hat's eh haben wollen und hätt' dem Türken ganz Italien mitſamt der Romſtadt geben mögen fürs heilige Land, aber der Türk' hat geſagt: Na, das Italien mag ich nit; ſein mir z' viel Banditenrauber drinnen.“

„Mit Haus Öſterreich ſteht Italien jetzt ſo weit gut?“ fragt der Peter.

„Der Kaiſer Franz Joſef iſt mein Freund, hat der alte Viktor Emanuel geſagt.“

„Der Viktor Emanuel lebt ja gar nit mehr!“ wendet der Peter ein.

„Ist alles eins, hat's halt der Piemonteser-König gesagt."

„Uh Narr, Piemonteser-König gibt's auch schon lang' keinen mehr. Nur einen König von Italien."

„Na, so hat's halt der gesagt," verbessert sich der Masel, „aber die Tiroler, sagt er, möcht' ich haben! Das sind schneidige Leut', und schießen können sie wie die Höllteufel, soll er gesagt haben."

„Ja, die Tiroler werden ihm was pfeifen. Die werden ihm's akkurat so machen, wie dem Franzosen, Anno Neun!" ruft der Peter. „Ins Gebirg, wenn die Bauern nit wollen, kommt kein Feind herein. Piff! Puff! Hei, das möcht' ich sehen, was mir so ein Wällischer ins Suppenhäfen zu gucken hätt'! — Schaut's die Schweizer an! Ein kleines Häusl, aber fest bleiben sie."

„Hast nichts gehört, Peter," sagt jetzt der Roß-Masel, „kürzlich hat ein reicher Engelländer das Schweizerland kaufen wollen. — Verkaufen tun wir's nit, haben die Schweizer gesagt, aber verpachten auf ein Jahr, wenn du willst, und kannst nachher in unserem Schneegebirg umsteigen, so viel du magst. — Ob er zum Schneegebirg den Schweizerkäs auch tät' dazukriegen? fragt der Engelländer. Nein, den müßt er sich extra kaufen. — Auf das hat sich der Handel zerschlagen."

„Schon sakrisch viel Geld müssen sie haben, die Engelländer," meint der Toni.

„Ist keine Kunst, Geld haben, wenn ich die vielen Soldaten und das groß' Kriegführerwesen nit zu erhalten brauch!" bemerkt der Peter. „Bei den Engelländern wirst nit so viel Krieg finden, wie anderswo!"

„Ich denk', Engel werden sie auch nit sein, und wenn sie zehnmal Engelländer heißen."

„Wenn's wahr ist!" sagt der Peter, „Engländer heißen

sie nit der Engel wegen, aber weil sie so viel ein enges Land haben. Lauter Wasser. Ist mehr Fisch als Mensch, der Engländer. Deswegen soll er auch so kaltblütig sein. Beim Franzosen, sagt man, ist's umgekehrt, der tut lieber fliegen als schwimmen."

„Daß die Franzosen halt alleweil noch keinen Kaiser haben, glaub' ich!" bemerkt der Toni.

„Brauchen keinen," belehrt der Peter. „Die Franzosen, die tun abwechseln mit dem Regieren. Heut' zum Beispiel ist's ein Doktor, der regiert gut; da kommt ein Kaufmann und sagt: Ich kunnt's besser! — Gut, sagt der Doktor, so setz' dich du herauf, und steigt vom Thron. Morgen kommt ein Landwirt, der schreit: Nix nutz, Kaufmann, wie du regierst! — Wer's besser kann, sagt der Kaufmann, der soll hergehen. Einer um den andern. So sollen sie's treiben. Ob's wahr ist, weiß ich nit."

„Krieg führen will der Franzos, hab' ich gehört, mit dem Preußen Krieg führen," weiß der Masel zu berichten. „Soll ihm letzlich einen Brief geschrieben haben, der Franzos, dem Preußen. Da drin soll gestanden sein: Preuß', mit dir hab' ich noch eine Abrechnung. Von Anno siebzig her. Jetzt hab' ich eine Million Soldaten und neue Kugelspritzen, die viel besser sind, wie dieselben von Anno siebzig. Jetzt wollen wir's wieder probieren, wenn du Schneid' hast! Gilt's? — Der Preußenkönig ist hundert Jahr alt, der hat ihm geantwortet: Es gilt. Aber wenn du so gut sein willst und etliche Wochen warten. Ich bin mit meinen Soldaten noch nit ganz fertig. Nachher wollen wir uns schon verläßlich einstellen. — Auf das geht der Bismarck her, zerreißt den Brief, haut mit seiner Faust auf den Tisch und sagt: Wir sind gestellt! Heut lieber wie morgen! — Der Franzos soll sich nit mehr gemuxt haben." —

So ungefähr schaut drin im Hirtengebirge ein politischer Diskurs aus.

In meiner Jugend kam eines Tages ein Handwerksbursche in unser Haus, der wußte zu erzählen, daß der böhmische König seine Hauptstadt Prag verspielt habe, und zwar beim Brandeln (ein beliebtes Kartenspiel) im Wirtshaus; aber man dürfe sich kein gewöhnliches Wirtshaus denken, sondern einen goldenen Palast, und die Spielkarten seien von Seiden gewesen. — Derselbe Handwerksbursche sprach auch folgendes Prophetenwort: „Bei der Achtundvierziger Revolution hat man die gezählt, die gefallen sind; bei der Achtundneunziger Revolution wird man die zählen, die lebendig bleiben.“

Daß Josef II. nicht tot ist, weiß man im Volke allenthalben, er ist nur irgendwo eingekerkert, aber wenn die Zeit kommt, wird er das Volk erretten aus Not und Bedrückung. Übrigens aber ist der Antichrist im Anrücken, der will nur eitel Geld und Gut haben und dem Papst sein Land und seine Schlösser wegnehmen und Gold und Edelgestein aus den Kirchen rauben. Aber der Erzengel Michael wird dem heiligen Vater all seine Besitztümer wieder zurückerobern.

So pflegen die Leute Altes und Neues durcheinanderzustellen und manchmal vielleicht sogar eines durch das andere bedeutsam zu machen. — In Kriegsgefahr, wenn viele Soldaten ausgehoben werden, steigert sich die Phantasie der Leute ins Ungeheuerliche. „Alles muß fort, alles was Hosen trägt. Auch die Weiber müssen mit den Ofengabeln ausrucken. Wien brennt. Drei Feldherren sind schon erschossen worden. Jetzt heißt's nimmer, die blaue Donau, jetzt heißt's: die rote Donau. Man darf kein Salz und keinen Tabak mehr kaufen, alles vergiftet! Der Garibaldi ruckt an, der soll gesagt haben: heuer wird ein gutes Jahr sein, werden auf allen Lärchbäumen Österreicher wachsen!" Und so fort. Einer oder der andere hält eine Zeitung. Eine solche pflegt schon für sich zu übertreiben, der Bauer übertreibt weiter; wo sie aufhört, fängt er an, und mißversteht das Zeug und mischt allerhand durcheinander.

Manch alter deutscher Hintergebirgler, der sonst seine fünf Sinne ganz brav beisammen hat, wenn sich's um seine enge, greifbare Welt handelt, weiß heute noch nicht, daß ein Deutsches Reich existiert mit dem Kaiser in Berlin. Und er braucht's auch nicht zu wissen. Er ist im Steuerzahlen und Soldatenliefern ein guter Österreicher und in seinem Blute, in seinen Sitten urdeutsch. Er weiß auch das nicht; seine Sach' ist, daß er friedlich lebt und tüchtig arbeitet. Des Himmelkommens wegen muß er Sonntags fleißig in die Kirche gehen und des Durstes wegen auch manchmal ins Wirtshaus, wo nachher manchmal ein wenig in obiger Weise politisiert wird.

Was den Ernst anbelangt, weiß ich nur so viel: aus Kriegslust wird der Bauer nicht ausrücken, wenn aber der Feind einmal ins Land brechen will, dann nimmt der Bauer sein Beil oder seinen Knittel und schlägt gewaltig drein.

Da treibt er klipp und klar Realpolitik.

Die Komödiespieler.

Vieles ist von der „Kreuzschule“ und dem Passionsspiele der Oberammergauer erzählt worden. Schlichte Bauersleute haben sich der dramatischen Kunst ergeben, und zwar nicht aus Gewinnsucht, Ehrgeiz, Passion zu ungebundenem Leben, oder wie die Triebfedern heißen mögen, die heutzutage so viele Unberufene dem Theater zuführen; auch nicht der Liebe zu dieser Kunst willen, die Liebe allein wäre hier zu wenig; wie viele Dilettanten gibt es, und ihre schöpferische Kraft ist nichtig! Die Bauern zu Oberammergau haben ihr Pfund von anderswo. Ihr Spiel ist ein religiöses Gedächtnis- und Dankopfer, sie spielen das Leiden und Sterben des Heilands so gläubig wie der Priester die Messe liest.

Wäre hier die Darstellung nicht merkwürdig, so wäre es zum mindesten der Darsteller. Dieser ist so fromm und echt, daß er ganz und gar in seiner Rolle aufgeht, so sehr darin aufgeht, daß er vielleicht auch außer der Bühne in seiner Rolle zu wandeln scheint und zum mindesten von den Fremden als Petrus, Johannes oder gar als Christus angestaunt wird.

Selbstverständlich stehen die berühmten Volksspiele an der Ammer nicht vereinzelt da, aber diese wuchsen als edler, hoher Stamm hervor aus dem Gestrüppe des spiellustigen, zu dramatischen Darstellungen stets geneigten, an kirchliches Gepränge gewöhnten Volkes der Alpen. Im Mittelalter haben sich's auch die Klöster angelegen sein lassen, diese

Neigung des Volkes zu pflegen und haben ihm biblische Stoffe zurecht gemacht zur dramatischen Darstellung, und die Leute sagten: „A guati Komödie is ma liaba, wir a Predi.“ Aber die Leute haben die kirchlichen Dramen allmählich umgedichtet, daß oft Ungeheuer daraus geworden sind; so haben die Priester diese Sache nicht mehr unterstützt, sondern unterdrückt. Daher ist im ganzen die Zeit der Bauernspiele vorbei, gleichwohl in den versteckten Bergdörfern von den Gletscherwässern der Schweiz bis zu den klaren Waldbächen der Steiermark hin manchmal noch ein wenig Komödie gespielt wird.

Es sind viele Hindernisse da. Erstens sind die Spiele beschränkt auf eine gewisse Jahreszeit. Im Advent, in der Fastenzeit bis zum weißen Sonntage kann zur Darstellung aus der heiligen Geschichte keine Lizenz erteilt werden, weil die heiligen Geschichten oft in unheilige auszuarten pflegen. Ferner verbietet sich's zu Zeiten, da die Scheunen voll Heu und Stroh sind, von selbst, weil ja die Schauspielhäuser fehlen. Erst im Frühjahre, wenn Garben und Heu dahin sind und zwischen den Bretterfugen die Sonne zur einen Seite hinein, zur anderen heraus schimmert, kommt die Zeit zum Komödienspielen. Die lustige, die erbauliche, die greuliche Zeit!

Jetzt sind seltene Gäste da. Grafen und Könige mit funkelnden Zackenkronen und blutroten Mänteln gehören noch zu den Gewöhnlichen, es müßte denn einmal ein Wüterich dabei sein, wie der Etzel, der da sengen, brennen, köpfen und spießen läßt, was beim Talwirt an Lämmern, Schweinen oder Geflügel zu haben ist. Da aber häufig schon die echten Fürsten kein Geld mehr haben, so kann man's den unechten nicht für übel halten, wenn sie „pumpen“ oder beim Wirt am Freitisch sitzen. Der Wirt hat von ihnen ja doch seinen Gewinn.

Mehr Aufsehen im Dorfe, als die Könige, machen jedoch der „bayerische Hiesel“, die „Genovefa“ mit ihrem „Schmerzenreich“ und der schauderliche „Gollo“, der „Hans Wurst“, die „Adam und Eva“, der „Luzifer“ und gar der „Gottvater“. Auch diese Herrschaften haben zumeist Freitisch.

Die seltenen Gäste sind aber nicht weit her. Wer steckt dahinter? Das erzählt uns der Dorfdichter:

„Da Nochtwochta spielt in Erzengel mit Muat,
In Lucifar, den mocht mei Weib so guat,
Nau, und ih spiel in Gottvoda;
In Tod dabei, den gibt da Voda.
Van boarischen Hiasl spielt 'n Rauba
Da Herr Notar Zwick wulta sauba.“

Der Erzengel Michael trägt aber verwunderlicherweise einen Schnurrbart, daher vor dem Beginne die Ansprache: Man möge Nachsicht haben, denn der Schnauzbart gehöre nicht dazu, aber man wolle bedenken, so ein Ding wachse nicht so rasch, als es weggeschnitten sei. Am leichtesten zu besetzen sind die Rollen des Adam und der Eva; Leute, die gerne in den Apfel beißen, finden sich immer.

Das Mysteriöse der heiligen Schauspiele ist heute schier verschwunden, hingegen kommt in denselben viel spaßhaftes Element vor. Der Fremde würde manches für eine Parodie auf die Bibel halten können.

Von einer köstlichen Naivität sind die in diesen Volksspielen vorkommenden Anachronismen. Das „Krippelg'spiel“ ist die dramatische Darstellung der Geburt Christi. Hier sind z. B. Maria und Josef in steierischer oder tirolischer Tracht, die Hirten von Bethlehem reden im steierischen Dialekt, die heiligen Engeln singen Almjodler, die heiligen drei Könige schmauchen gemütlich aus kurzrohrigen Pfeifen ihr Kraut.

„Willst du auch Tubak han?“ frägt der Schwarze unter ihnen leutselig den heiligen Josef.

„Bedank' mich,“ sagt dieser, „ich nit Tubak rauchen kann.“

Im „Passionsspiel“ kommt Judas der Erzschelm zur Tür herein und redet so die Pharisäer singend an: „Gelobt sei Jesu Christ, ihr lieben Herren!“

„In Ewigkeit, Judas, was ist dein Begehren?“

„Ich will Euch verraten den Herrn Jesum Christ, der für uns am Kreuz gestorben ist.“

Nach dem Tode Jesu kommt der heilige Gabriel zum Gottvater und erwähnt, daß eben Christus gekreuzigt worden wäre. Gottvater springt von seinem Throne auf. Da fragt der Engel verwundert: „Ja, ist dem Herrn das etwas Neu's?“

„Hol' mich der Teufel!“ ruft jener, „wenn ich ein Sterbenswörtl davon weiß!“

In einem tirolischen Passionsspiele kommt folgende Stelle vor: „Longinus mit der Lanzen sticht Jesum in die Wangen, daß er laut aufschreit: Gelobt sei die heilige Dreifaltigkeit!“

Das sind der Proben nur etliche von dieser Art Volksdichtung. Doch wird derlei heute mehr und mehr gestrichen, es ist aber schade d'rum, denn was übrigbleibt, ist oft fades, inhaltloses Wortgeklingel, das die Schauspieler eben nur durch Extemporieren mit allerlei Spaß und Spott zu beleben suchen. Das Würdigste und Ergreifenste ist immerhin das Passionsspiel, welches sich textlich an die Evangelisten schließt. Dieses Passionsspiel bleibt dem Darsteller stets ein heiliger Gegenstand, den er mit frommer Seele erfaßt, ihn vergeistigt und sich in ihm tatsächlich oft hoch über sich selbst zu heben vermag. Da wird die Dorfscheune zum Öl-

und Kalvarienberg und die Darstellerinnen der Maria, der Magdalena sind nicht mehr blöde Bauernmädchen, sie sind Schwärmerinnen und Hellseherinnen und zeigen eine wunderbar ergreifende Frauenhaftigkeit. Christus, zum Ecce homo ausgestellt voll Ergebung, und dann vor den Richtern und dann ans Kreuz geschlagen der blasse, edelgeformte Leib, der sein dunkelgelocktes Haupt gegen Himmel hebt: „Vater, in Deine Hände lege ich meinen Geist!" — und zur Brust neigt: „Es ist vollbracht!" — wer sehe es diesem Christus an, daß er vorgestern abends als übermütiger Bauernbursche im Wirtshause der Liebsten wegen einen artigen Raufhandel gehabt hat! — Man sieht hier, was Begeisterung aus dem Menschen machen kann.

Die Ausstattung ist auch bei den Passionsspielen einfach genug; doch ließ sich eine Gemeinde dafür immerhin gern etwas kosten. Es lebte der Glaube, daß in Gegenden, wo des Jahres wenigstens einmal das „Leiden-Christi-G'spiel" aufgeführt wird, die bösen Wetter den Feldfrüchten nicht Schaden tun mögen.

Ferner beliebt sind das „Schäferg'spiel", „der bayerische Hiesel", der „ägyptische Josef" usw. Die Künstler dazu finden sich stets. Sie leben zerstreut in der Gegend ihrem Berufe und versammeln sich alljährlich ein paarmal zu Proben. In Jahreszeiten, da die Arbeit nicht dringend ist, tun sie sich zusammen und bilden eine kleine Wandertruppe für die nächstliegenden Dörfer. Sie setzen dabei gewöhnlich auch „ihre Sach' zu", denn die Einnahmen („der Zuschauer gibt, was guter Will', hat er wenig nit, so geb' er viel") decken die Auslagen nicht. Selbst der Liebling des Publikums, der Lustigmacher, trägt einen fadenscheinigen Rock.

Wo eine lustige Gesellschaft beisammen ist, da wird

gern etwas Dramatisches hervorgeholt oder ausgedacht. Viele der althergebrachten Gesellschaftsspiele haben dramatische Form; die meisten derselben beschäftigen sich mit religiösen Dingen. Wer das „Bischofeinweihen“, das „Lazarusbegraben“ einmal mitangesehen, oder gar eine „Faschingspredigt“ gehört hat, der könnte glauben, diese Leute seien die boshaftesten Antichristen, welche Bibel und kirchliche Zeremonie mit Hohn und Spott bedecken. Aber das fiele dem Darsteller nicht im entferntesten ein; er, dessen ganzes geistiges Leben fast nur in den kirchlichen Erscheinungen wurzelt, kennt eben für seine künstlerischen Bedürfnisse kaum eine andere Form als diese religiösen Gegenstände, die er also für alle Zwecke ausnützt.

In den Oberammergauer Spielen steht das dramatische Künstlertum des Bauers noch in schöner Vollendung. Sonst sinkt derlei heutzutage in den Grund. Der Geist der Zeit, oder besser, „der Herren eigener Geist“, der alles gleich machen will wie der Tod, duldet keine solche Absonderlichkeiten mehr. Die Leute, teils gedrückt durch die wirtschaftlichen Zustände, teils aufgeregt oder zerstreut durch allerlei Neuerungen, teils von ihrer Priesterschaft im Zaume gehalten, haben keine rechte Freude mehr am Fabulieren und Spielen. Das Fabulieren überläßt man den „Großvaterleuten“, die beim Ofen sitzen und von der guten alten Zeit erzählen; das Spielen den Kindern. Die wirklichen Tatkräftigen setzen sich — wollen sie ein Vergnügen haben — ins Wirtshaus zum Kartenspiel oder poltern auf den Kegelbahnen, oder schleifen auf den Rodelbahnen, oder verlangweilen sich den Sonntag in irgendeinem Winkel, wo sie die Beine von sich strecken und gähnen.

Und führen ein paar Übermütige doch in irgendeiner Scheune ihr „Komödieg'spiel“ auf, so werden sie von denen, die abwesend bleiben, verspottet, von den Anwesenden heimlich bekichert oder hell ausgelacht.

„Die aber spotten und lachen, können es selber nicht besser machen!“ sang zu Wensgau einmal der „Narr“ auf der Bühne; da riefen sie ihm zu, er solle den Mund halten, heutzutag' brauche man zum Belehren keinen Gemeindenarren mehr, es sei sich jeder selber genug.

Aus diesem Wensgau wäre überhaupt in unserer Sache manches zu erzählen. Es existierte dort nämlich eine wunderbare Abart des „Paradeisg'spiels“*). Und das Wensgauer Paradeisg'spiel, mit welchem sich eine fröhliche Dorfgeschichte verbindet, soll hier dargetan werden.

Wensgau ist in einem Hochtale der Alpen gelegen. Die Bauern von Wensgau tragen silberne Knöpfe an den Westen und silberne Schließen an den Hüten. Und die Bäuerinnen von Wensgau tragen noch immer Goldhauben und Samtjoppen und Taffetschürzen und noch andere sehr wertvolle Dinge. Die Ada trägt heimlich gar ein goldenes Ringel am Finger.

Wer ist die Ada, weshalb trägt sie das Ringel? Und von wem? Und seit wann? Ja, lieber Leser, das ist eben die Geschichte vom Paradeisg'spiel.

Da vom Paradiese die Rede sein soll, so bringt es schon die Sache mit sich, daß wir mit dem Gottvater beginnen. Und der Gottvater zu Wensgau war der Großbauer Kirchrigler. Er war als Dorfrichter grau geworden. Wohl hatte der Kirchrigler erst seinen fünfzehnten Geburtstag gefeiert, und dennoch hatte er nicht allein schon einen Sohn, der beim Militär war, sondern bereits eine erwachsene

---

*) Das echte, aus dem Mittelalter stammende „Paradeisspiel“ wird im steirischen Kindberg noch fromm und schlicht von Bauersleuten aufgeführt.

Tochter. Der Kirchrigler war vor mehr denn sechzig Jahren am 29. Februar geboren. Aber der Kirchrigler behauptet, er hätte von Natur aus noch nicht graue Haare, doch das Richteramt sei voller Sorge und Kummer, das hätte ihm kein gutes Haar auf dem Kopfe gelassen. Der Kirchrigler war das Haupt der Gemeinde. Der Pfarrer war nur ihre rechte Hand, der Schulmeister ihre linke, der Erzengelbader ihr rechter Fuß und der Luziferschneider ihr linker. Die absonderlichen Namen kamen vom Paradeisg'spiel, welches seit undenklichen Zeiten in Wensgau aufgeführt wurde und wobei der Bader den Erzengel Michael und der Schneider den Luzifer gab. Der Bader kam bei dieser Namensaneignung vorteilhaft weg; denn eigentlich hatte er den Namen Esel-Bader bekommen, weil er, da er schwach zu Fuß war, stets auf einem Esel zu seinen Patienten ritt. Hingegen trug der Schneider außer seinem schwarzen Bühnennamen den wohlklingenden Titel: „Himmelschneider". Dieser Titel kam lediglich von seinem Ehrenamte, denn der Schneider war Kirchenpropst zu Wensgau und hatte als solcher die Meßgewänder, Fahnen, Altartücher und den „Himmel" (Baldachin) in gutem Stande zu halten, beziehungsweise in guten Stand zu setzen. Zwar schaffte er nebst solchen heiligen Dingen auch Beinkleider und Joppen für Menschenkinder, doch war er zu obigem Titel eines himmlischen Hofschneiders wohl berechtigt, und der Luzifer lief nur so neben mit her und ergriff bloß einmal des Jahres vollständigen Besitz von dem Schneider, zur Zeit des „Paradeisg'spiels".

Dieses Paradeisg'spiel war sehr alten Ursprunges. Es ging die Sage, unsere ersten Voreltern Adam und Eva seien nach ihrer Vertreibung aus dem Paradiese in dieses Tal von Wensgau her versetzt worden, hätten hier gelebt und ihre Nachkommen hätten alljährlich zur Erinnerung an das Paradies ein Spiel aufgeführt, in welchem die Erschaffung der Welt, die Empörung der hoffärtigen Engel, der Paradiesgarten und der Sündenfall dargestellt wurden.

Und so sei dies Paradeisg'spiel hier entstanden und im Gebrauche geblieben.

Die Aufführung fand gewöhnlich zur Winterszeit, am zweiten Weihnachtstage statt, da hatten die Mitwirkenden Zeit, sich gebührend vorzubereiten und die Leute der Umgebung sich in Wensgau zu versammeln.

Der Kirchrigler gab seit vierzig Jahren den Gottvater und hatte sich so lange her weiße Locken angeklebt, bis ihm endlich selbst welche wuchsen. Mit solchen Rollen ging es freilich; der Gottvater und der Teufel sind nie zu alt und nie zu jung; der Erzengel Michael hilft sich zur Not mit Malerei; ganz anders aber steht's mit den Hauptpersonen, mit Adam und Eva. Eine und dieselbe Eva taugt nur für ein oder zwei Jahre, dann ist sie verheiratet, und so eine tut's nicht. Es ist noch nicht vorgekommen in Wensgau, daß eine Eva ledig geblieben wäre; es liegt auch in der Natur der Sache — Eva im Paradeisg'spiel kann nur die Schönste sein.

Jedes Jahr eine neue Eva, ein neuer Adam; das brachte die Direktion, und diese war der Luziferschneider, oft in große Verlegenheit.

Für dieses Jahr, von dem die Geschichte erzählt wird, hatte sich der Luziferschneider wohl schon ein Pärchen zusammengeguckt. Da war Alex, der Schulmeisterssohn, ein hübscher und lustiger Student, der für die Feiertage auf Vakanz daheim sich aufhielt, und da war Ada, die heitere, bildsaubere Tochter des Kirchriglers. Das war dieselbe Ada, die zuweilen heimlich das goldene Ringel am Finger trug, so an Sonntagen, wenn ihre Hand keine Arbeit hatte und unter der Schürze sein konnte. An dem goldenen Ringel hingen, wenn auch unsichtbar, zahllose andere, eine ganze Kette, und das letzte Glied an der geheimnisvollen Kette war wieder ein sichtbares goldenes Ringel, und dasselbe steckte am Finger des Schulmeistersohnes. Sie hatten es so eingerichtet, und das war der Fehler an dem Wensgauer Gottvater, daß er nicht allwissend war.

Zum Glücke wußte der alte Kirchrigler auch von diesem seinen eigenen Fehler nichts und meinte, es müsse alles geschehen, wie er es wolle. War er doch Richter und Gottvater seit vierzig Jahren!

Heute, es war ein Sonntagnachmittag im Advent, saß der Kirchrigler in seinem Stübchen und blätterte in der Bibel. Seine Tochter war in der Christenlehre.

Draußen vor der Tür klöpfelte sich jemand den Schnee von den Schuhen. Der Luziferschneider trat ein: „Gelobt sei Jesu Christ! — Fleißig, fleißig, Kirchrigler?"

„Zwar nit gar recht viel, nur daß ich ein wenig ins Büchel guck'. — In alle Ewigkeit, Amen! — Steigst auch daher, Schneider?" so entgegnete der Alte und legte seine Augengläser zwischen die Blätter.

Der Angekommene, ein hagerer Mann mit einem blonden Spitz- und Backenbart, setzte sich sogleich zum Tisch. „Der Pfarrer soll sich den Chorrock selber über den Kopf streifen, wenn er mit seiner Christenlehr' fertig ist!" sagte er. „Unsereins hat jetzt anderweitig zu tun. Der Wirtfranzl läßt schon die Tanzstuben ausräumen, der Schulmeister den Engelmarsch einüben, der Bader malt ein neues höllisches Feuer; kehr' die Hand um, werden die Weihnachten da sein, und ich hab' noch keinen Adam und keine Eva. Kirchrigler, ich kann dir nit helfen, deine Tochter muß her — den Adam will ich nachher schon auftreiben."

Der Richter hatte es gehört und trommelte mit den Fingern auf dem Buchdeckel. Er trommelte einen Marsch, und als er ausgetrommelt hatte, schloß er die Finger gemächlich in die Faust hinein und hob ein wenig den Graukopf. „Schneider," sagte er bedachtsam, aber mit einem Tone, der den Direktor nicht allzuviel hoffen ließ, „das Paradeisg'spiel ist in Rechten und Sitten aufgekommen, und ich halt' was d'rauf, und ich denk', so lang ich der Gottvater bin, wird der Namen Gottes nicht eitel genannt werden bei unserm ehrsamen G'spiel. Der Erzengel Michael hält sich gleichwohl auch brav; über den Luzifer läßt sich auch nichts übles sagen, nur tust mir mannigsmal die Zungen ein wenig zu viel hervor. Das darf nit sein, Schneider; der Luzifer ist ein Engel Gottes gewesen, und ist er gleichwohl durch seine Sünd' häßlich geworden, so lese ich doch nirgends in der heiligen Schrift, daß er deswegen die Zungen heraushängen hat lassen. Nachher, Schneider, tust mir auch mit der glühenden Ketten ein wenig zu viel herum, daß man oft sein eigen Wörtel nit versteht. Nur daß ich dir's sag', kannst es dessentwegen halten, wie du willst, machst sonst deine Sach' recht brav. — Ist so weit alles in der Ordnung — bis auf Adam und Eva, das aber ist dir ein leichtsinnig Volk! Weißt ja, wie er allfort Hallotria treibt, bal er sie halst. Freilich, 's ist so das alt' Herkommen und man kann's nit ändern, darf's nit ändern, jedoch halben meine Tochter geb' ich nit her dazu."

„Wenn ich aber einen recht sittsamen Adam tät wissen?" bemerkte der Schneider.

„Ist der Adam wie der Will, meine Tochter geb' ich nit her!"

„Aber eine muß doch wohl sein, Nachbar. Und wenn ich schon der Spielerhauptmann bin, so kann ich doch hergehen und kann dich anreden: Gottvater, jetzt aber gleich auf der Stell' erschaff' mir eine Eva!"

Der Dorfrichter lächelte ein wenig, fuhr dann aber gleich wieder ernsthaft fort: „Na, na, Schneider, gescheiterweis; wenn eins auch das Hallotrieren nit abbringen kann und das Halsen, und was noch so mitgeht, und was die jungen Leut leicht auf zeitlich und ewig verführen kunnt', so läßt sich das Ding doch anders machen. Und so sag' ich dir eins, wenn ich dir nit zwei sag': Meine Ada kannst haben als Adam; für eine Eva dafür sorgst du; nachher sollen sie machen all' zwei, was sie wollen."

Jetzt trommelte der Schneider. Und als er eine Weile getrommelt hatte, stand er auf und sagte: „Wie du meinst, Richter. Wenn, da wir's vierzig Jahr' in Zucht und Ehren mitgemacht haben, jetzt das alt' Herkommen auf einmal nit mehr sittsam genug ist, so — — und daß g'rad deine Tochter um so viel besser als wie andere, daß — — und du glaubst, daß einer, mit so zwei Mädeln als Adam und Eva vor der Leut' Augen Wohlgefallen findet, wenn — — je nu, meinetwegen."

„Schneider," sprach der Kirchrigler darauf, „verdrießlich darfst mir deshalb nit werden. Einer so heiligen Sach' wegen heben wir keine Feindschaft an, und ob der Adam so ein Lausbub ist, oder ein Mädel, das wird den Leuten gleich sein."

„Glaub's nit," entgegnete der Schneider, „will aber sehen, ob's geht; ich tu', was ich kann; und dank' dir Gott, daß ich mich auf deine Tochter verlassen kann, so oder so. — Gelobt sei Jesu Christ!"

Der Schneider war fort. Der Dorfrichter schmunzelte.

So hatte er wohl auch das durchgesetzt, seine Tochter konnte mitspielen und war ungefährdet. Mit sich zufrieden, zwickte er die Augengläser auf die Nase, schlug das Buch auf, und sein Auge fiel gerade auf den Vers: „Und Gott sprach: Lasset uns Menschen formen nach unserem Ebenbild. Als Mann und Weib erschuf er sie.“

Da kam Ada von der Christenlehre heim. Sie war hold und frisch, ein aufblühendes Röslein mitten im Winter. Als sie durch die Stube ging, hatte sie die rechte Hand verborgen unter der Schürze.

„Nu, Mädel, was hat er heut' gesagt?“ fragte der Alte.

„Zum Fenster tät er kommen —“

„Wer, der Pfarrer?“

Der Schreck stieß dem Mädchen schier das Herz ab in diesem Augenblicke. O weh, sie hatte an jemand andern gedacht; wie eins nur so gedankenlos was daherreden kann.

„Nu, weißt es schon,“ fuhr der Vater fort, „ins Paradeisg'spiel kommst heuer hinein. Richt' dir ein weißes Hösel zusamm'!“

Ada war verwirrt; sie glaubte den Vater nicht verstanden zu haben; ein weißes Hösel trug in diesem Spiele doch nur der Adam.

Dem Schauspieldirektor selbst lag daran, daß er den Leuten bewies, der liebe Gott sei ein Schneider gewesen und habe gleich die ersten Menschen mit einem schneeweißen Leinenanzug bedacht —.

Die Zeit nahte. In der großen Tanzstube des Wirtfranzl wurden Proben gehalten; allein der Kirchrigler ging nicht zu den Proben; er wußte seine Rolle auswendig von Wort zu Wort, er war seiner Sache sicher. Nie bei den Proben zu sein und doch der beste Spieler, das war stets sein Stolz gewesen. Er kümmerte sich auch sonst niemals um die Vorbereitungen, nur Ada fragte er jetzt ein paarmal, wie der Adam gehe. Nun, der ging gut; eine Eva war auch gefunden, und so übten sie sich Tag für Tag, und dann kam St. Michael mit dem flammenden Schwerte und trieb sie hinaus von der Bühne und hinein in die Rumpelkammer zu den alten Pferdegeschirren.

Der Luziferschneider und der Erzengelbader waren unermüdlich tätig. Es galt, neue Dekorationen aufzustellen und neue Kostüme zu bereiten. Für St. Michael war aus dem Kreisstädtchen eine Feuerwehrhaube verschrieben worden. Zu einem Schilde wurde ein großer Blechhafendeckel tauglich gemacht, auf welchen der Bader mit roter Farbe den „süßen Namen“ malte. Der Schulmeister drillte seinen Chor, denn es sollte sowohl Gesang bei offener Szene als Musik in den Zwischenakten sein. Der Adam selbst hatte im Paradiese eine Hymne und zwei Vierzeilige zu singen, und dazu kam ihm Adas liebliche Stimme wohl zu statten.

Die Tochter des Dorfrichters war ja Kirchensängerin zu Wensgau, und auf ihren holden Tönen glitten an den Sonn- und Feiertagen die Gedanken aller Männer und jungen Burschen in den Himmel hinein. Wenn oben gesagt worden ist, wer den Kopf und die Glieder der Gemeinde vorstellte, so muß hier nachgetragen werden, wer ihr Herz war. Und das Herz der Gemeinde, an das sich all' das junge Blut herandrängte und von dem aus alles Herzige kam, war Ada, die Kirchensängerin, die Tochter des Dorfrichters.

Alex, des Schulmeisters Sohn, hatte drin in der großen Stadt viele Mädchen gesehen, aber keines war ihm in seinen Studien so hinderlich, als Ada von daheim. Es ging mit sonderbaren Dingen zu, in allen Büchern und Schriften, aus denen der strebsame Student mathematisches und technisches Wissen schöpfen wollte, war Ada, die Dorfrichterstochter. Er hatte einmal in den Ferien auf dem Chore ihren Gesang mit der Geige begleitet, und seither begleitete sein Gedanke sie auf allen Wegen.

Dann hatten sie die Ringlein getauscht und — doch jetzt ist das Christfest da und der Tag zum Paradeisg'spiel, jetzt ist keine Zeit für solche Geschichten.

Schon am Christtage abends kamen Weiber und Kinder aus den Nachbarorten an und nahmen Herberge in Wensgau bei Bekannten und Verwandten.

Nach dem Segen in der Kirche schleppten die Musikanten Pauken und Trommeln, Baßgeigen und Blechinstrumente in das Wirtshaus. Wer aber sonst auf den Tanzboden wollte, der wurde zurückgewiesen. Es war die Generalprobe, und Adam und Eva spielten im neuen Kostüme.

Der Kirchrigler ging, eine Pfeife rauchend, die Dorfgasse auf und ab. Er wollte zeigen, daß er nicht einmal auf die Generalprobe anstehe, daß der Gottvater bereits in sein Fleisch und Blut übergegangen sei. Dann setzte er sich ins Gastzimmer zum Herrn Pfarrer und redete mit vielbedeutendem Kopfnicken davon, wie das wohl was Großes und Ehrendes sei für Wensgau, daß das Gedenken an die ersten Tage und Dinge der Welt alljährlich so würdig begangen werde. — „Das wird einer nirgends so finden und da mag einer gehen schon gleich so weit als er will. Und wollten sie das Paradeisg'spiel auch wo anders aufführen, so dürfen sie's gar nit, der Bischof erlaubt's nit, gelt? — Weil's halt nirgends so schön und feierlich g'halten werden tät', wie da bei uns in Wensgau."

Deß stimmten wohl alle ein, die an den Tischen saßen.

Der andere Tag begann in neuer Erwartung. Der Vormittagsgottesdienst war kurz und teilnahmslos, der nachmittägige Segen fand gar nicht statt.

Mit lustigem Geschelle kamen Schlitten von den Nachbardörfern und von weiter her, und die Gaststuben des Wirtshauses füllten sich, und endlich drängte sich alles die Stiege hinauf in den großen Tanzboden.

Der Eintritt war frei. Vor Jahren war es einmal dem Krämer Louis eingefallen, man könne ja zum Paradeisg'spiel Eintritt zahlen lassen, das gebe gewiß eine Summe, womit man einen Teil der Gemeindeauslagen bestreiten könne. Auf diesen Vorschlag entgegnete der Dorfrichter: „Sind wir denn eine Bettelkomödianten-Gemeinde? Das alte, ehrwürdige Herkommen für Geld verschachern! Das wär' doch ein ewiger Schandfleck für Wensgau! So ein Krämer tät gar den Adam und die Eva im Paradeis verkaufen und den lieben Herrgott noch dazu!"

Der Luziferschneider stieß den Krämer heimlich, daß er still sein möge, und so ist Tür und Tor zum Paradeisg'spiel offen geblieben bis auf den heutigen Tag.

Vor allem waren alle Dorfstühle und Bänke versammelt auf dem Tanzboden des Wirtfranzl. Gegenüber der Tür ging ein dunkelroter Vorhang nieder, auf welchem verschiedenartige und planlose Flecken und Flicken wohl das Chaos versinnlichen sollten, das vor der Schöpfung herrschte. Durch ein paar Dachfenster fiel noch ein wenig Tageslicht, doch waren die zwei Kerzen nicht überflüssig, die vor dem Vorhange brannten und unter der Aufsicht zweier Jungen standen, welche mittelst eines Schirmes je nach Bedarf Licht und Schatten auf die Bühne bringen sollten.

Unmittelbar hinter diesen Kindern des Phöbus kamen die Jünger Polyhymnias — der Schulmeister mit seiner klingenden Schar. Und an diese drängte sich, nach möglichst vorteilhaften Plätzen ringend, das Publikum in Haufen.

Zur selben Stunde noch schleppten drei bereits halbkostümierte Männer eine bauchige Getreidewindmühle durch den Zuschauerraum und hinter den Vorhang. Kein Mensch wußte, wozu hier dieses Geräte dienen sollte, nur der alte Schuster Wenz behauptete mit ernsthaftem Gesicht, die Windmühle brauche der Gottvater zum Windmachen, und den Wind zum Wettermachen, und aus dem Wetter entstünde Luft und Wasser und alles, und nicht das Wort war im Anfange, sondern die Windmühle.

Der Zuschauerraum hatte sich gefüllt und man war halb und halb zur Ruhe gekommen; die Leute flüsterten erwartungsvoll oder machten heimlich Späße, oder schwiegen. Der Herr Pfarrer und die Vornehmeren aus den Nachbarschaften saßen in der vordersten Bank; die Großen von Wensgau waren noch kaum gesehen worden; ihre Tätigkeit war ja hinter dem Vorhange. Der Kirchrigler war noch gar nicht da, und die Musikanten hatten schon den dritten Marsch gespielt, als er in einen langen, schwarzen Mantel gehüllt durch den Saal schritt. Alles drängte sich, ihm eine Gasse zu machen; viele grüßten, die meisten blickten ihn still und ehrfurchtsvoll an; er sah weder nach links, noch nach rechts, er fühlte bereits den Gottvater in sich, und unter dem eng zusammengezogenen Mantel trug er den langen, weißen Bart und das göttliche Kleid. Er hatte sein Kostüm zu Hause, zog sich stets zu Hause an; es schien ihm entwürdigend, bei den andern in der Ankleidestube sich vorzubereiten. Er mußte sich immer und allerorts als ganz und vollständig zeigen seiner erhabenen Rolle wegen sowohl, als wegen seines Dorfrichteramtes.

Hinter dem Vorhange klingelte es, da schwieg die Musik. Lautlose Stille, die Rückwärtigen standen bereits auf den Zehen und dehnten ihre Hälse.

Es klingelte wieder, und der Vorhang schrumpfte nach aufwärts zusammen.

Den Augen der Zuschauer bietet sich nichts Geringeres dar, als der Himmel. Der Hintergrund ist blau und mit Sternen besetzt; vor demselben der goldene Thron Gottes, er ist leer, aber drei Kerzen brennen an seinem Fuße. Ganz im Vordergrunde auf Wolkenballen liegen mehrere Engel in Strumpfhosen und mit goldenen Flügeln an den Schultern. Einige schnarchen, andere erwachen eben, richten sich halb auf und reiben sich die Augen.

„He!" schreit einer, „heut' ist blauer Montag; wer nit aufstehen will, der bleib' liegen!"

Ein anderer: „Wenn's der Gottvater sieht, so werden wir unsere Fetten kriegen."

Der erste: „Der Gottvater ist heut' nit zu Haus, der ist auf die Ster gegangen aus; der ist gegangen die Welt erschaffen, und will mit Himmel und Erden noch bis Samstag fertig werden."

Alle erheben sich in toller Freude: „Nachher haben wir nicht vonnöten, den ganzen Tag zu singen und zu beten, nachher laßt uns jubilieren und musizieren und hollodrieren, und schieben wir geschwind die Wolken zusammen, das wir einen schönen Tanzboden kriegen in alle Ewigkeit, Amen."

Der Erzengel Luzifer tritt auf mit goldenem Spieß und Schild und schwarzen fliegenden Haaren; das Antlitz ist scharf und dämonisch, obwohl man hinter der kühnen Malerei das harmlose Gesicht des Schneiders nicht ganz vermißt.

Der Erzengel Luzifer: „Da habt ihr recht, ihr englischen Brüder, tanzet und spielt und singt lustige Lieder. Wenn ich euer Herr und Gottvater wär': alleweil lustig täten wir sein, gebrat'ne Hendeln und den besten Wein und Feigen und

Zibeben woll't ich euch geben. Aber der alte Herr ist ein Brummbär, der kiefelt alleweil an seinem weißen Bart —"

Und so geht es fort. Luzifer zettelt gegen Gottvater eine Empörung an. Als Zwischenspiel kommt ein englisches Knäblein dahergeflattert und erzählt mit geflügelten Worten die Geschichte der Schöpfung und wie „mitten im Paradies steht ein einsichtiger Mann, der mag sich die Zeit nit vertreiben, eine Ripp' hat er, die er nit brauchen kann, damit tut ihn Gottvater beweiben".

Aber der Aufstand wächst, denn Luzifer verspricht auch den Engeln im Himmeln dasselbe, was Gottvater im Paradiese dem Einschichtigen tut, und da entsteht ein wildes Gejohle; schrille Musik fällt ein und Luzifer setzt sich stolz auf den göttlichen Thron.

In demselben Augenblicke hört man ein Donnern, die Lichter am Throne verlöschen und im Hintergrunde zeigt sich im Glanze mit wallendem Haar und Silberbart hoch und hehr — Gottvater. Er steht auf Wolken; er ist gehüllt in ein weißes langes Kleid, sein Haupt strahlt, sein Auge leuchtet, aber er spricht noch kein Wort; langsam erhebt er seine rechte Hand und winkt. Da erwacht von neuem das Donnern — es ist das Rollen der Windmühle; es blitzt, denn die zwei Lichtknaben vor der Bühne fächeln mit ihren Schirmen. Da naht der Erzengel Michael mit dem flammenden Schwerte, dem Hafendeckelschild und der Feuerwehrhaube, und verstößt Luzifer mit seiner aufständischen Schar aus dem Himmel in die unterste Hölle. Dann setzt sich Gottvater auf seinen himmlischen Thron und begrüßt mit tiefer, grollender Stimme, die durch den Bart fast erstickt wird, seine Getreuen und verkündet, daß „die Welt fertig mit Sonne, Mond' und Stern', und morgen ist Ruhetag, der Tag des Herrn!"

Da singen die Engel im Chor: „Ehre sei Gott dem Vater, und dem Sohn, und dem Heiligen Geist im höchsten Thron; Lob und Preis sei der Heiligsten Dreifaltigkeit von nun an bis in Ewigkeit."

Damit schließt der erste Akt.

Manch' Knäblein oder altes Weibel unter den Zuschauern hat während des Spieles vor Rührung geweint, oder wohl auch gekichert über das Treiben der Engel, über so manch' spaßhaftes Wort, das im Himmel gesprochen worden. Nun sind alle wieder ruhig und in neuer, andächtiger Erwartung. Wieder spielt die Musik, wieder tönt das Klingeln und wieder schrumpft der Vorhang zusammen nach aufwärts.

Adam steht mitten in den Rosensträuchern des Paradieses. Er hat ein weißes Beinkleid und ein kurzes Jackchen an. Das junge Gesicht ist wie „Milch und Blut", die blauen Augen lächeln unschuldig, die dunkeln Locken wallen lose über die Achseln nieder. Es ist ein schöner Jüngling, man merkt es gleich, daß ihn der liebe Gott selbst erschaffen hat als Musterbild für die Tausend und Millionen anderen.

„Das ist die Ada, des Kirchriglers Ada!" flüstert alles in Verwunderung. „Wenn das der Adam, wer wird die Eva sein?"

Adam singt zuerst, dann spricht er laut mit sich selbst, und nennt die Blumen und Früchte, die um ihn sind, und eine Anzahl Tiere. Man hört verschiedene Vogelstimmen, den Kuckuck, die Amsel, die Wachtel, den Finken; man hört aus der Ferne das Bellen der Rehe; man hört das Zischen der Schlangen, das Pfeifen der Habichte; man hört das Säuseln des Windes in den Gebüschen und das Rauschen eines Wässerleins.

Adam treibt Spiele mit den Blumen; er zerknittert ein Maßliebchen, rupft die Blütenblätter aus und sagt dabei: „Soll ich, soll ich nicht?"

Da teilt sich plötzlich ein Rosenbusch, Gottvater steht da und ruft: „Adam, bist du allein, wo ist die Eva dein?"

„Herr, sie schläft dort hinter dem Strauch, ich weiß nicht, soll ich sie wecken auf."

„Wenn sie schläft, so laß sie schlafen, sie wird dir schon noch geben zu schaffen. — Adam, ich bin dein Herr und Gott, und daß ich mich überzeug' von eurer Treu', so trag ich euch auf ein Gebot. Siehst du, dort am Wiesensaum, Adam, steht ein Apfelbaum. Davon müßt ihr kein Äpflein brechen, die Stengel tun stechen, die Frucht ist der Erkenntnis Sam', der Unschuld Tod und des Lebens Not, die tät' euch schauderlich machen erbrechen."

Adam verspricht, daß er schon aufpassen werde. Hierauf gibt ihm Gottvater noch einige väterliche Lehren, die in diesem Falle eigentlich mehr auf die Dorfjugend im allgemeinen gemünzt sind, als auf den durchwegs noch harmlosen Adam.

Die Tierstimmen schweigen, man hört wieder den Engelchor, und Gottvater verschwindet hinter dem Rosenbusch.

Nun geht Adam dennoch, die Eva zu wecken; man hört sie flüstern hinter dem Strauch. Der Vorhang fällt.

Der Vorhang zuckt krampfhaft empor, da geht eine Bewegung durch das Publikum. Der Rachen der Hölle hat sich vor ihm aufgetan. Überall ist schwarzer Rauch, sind blutrote Flammen, Drachen, Kröten und andere Untiere, phantastisch gemalt von dem sehr talentvollen Erzengel-Bader. Mitten in der Hölle steht eine schnaubende Esse und eine glühende Fleischbank mit Hacken, Zangen und Messern. Von allen Seiten hört man heulen und zähnklappern, und die

Lichtjungen vor der Bühne haben die weißen Schirme gegen rote verwechselt. Unter fürchterlichen Mißtönen trappelt nun eine Schar von Teufeln heran, mitten unter diesen der Fürst der Hölle, Luzifer, der sich sofort auf den Thron, die glühende Fleischbank, setzt. Er sieht ganz anders aus, als weiland im Himmel; die Farbe seines phantastischen Anzuges ist kohlschwarz und blutrot, um die rollenden Augen ziehen sich ein paar schwarze Ringe, und um das wüste Haar mit den wildragenden Hörnern schlingt sich eine goldene scharfgezackte Krone. Die linke Hand schleppt eine große Kette, die rechte hält als Zepter eine dreispießige Ofengabel.

Die Teufel umschwärmen seinen Thron und bedrängen ihn, sein im Himmel gegebenes Versprechen zu halten: „Verbrannt sind die Hendeln, im höllischen Feuer gebraten, der Wein ist hier auch nicht geraten, 's ist eine viel zu heiße Zeit, und verdorben ist uns alle Lustbarkeit."

„Der Alte, Eisgraue oben ist schuld," entgegnet der Luzifer mit schnaubender Stimme, „aber nur Geduld, Leutchen, nur Geduld; gibt's schon in der Höllen nichts zu lachen, so fahren wir ins Paradies, dort lebt ein Männlein und ein Weiblein, die sollen uns Unterhaltung machen. — Eva ißt die Äpfel gern."

Nun wird der Beschluß gefaßt, das Menschenpaar im Paradiese zu verführen. „Wer kann gut kriechen, hat eine glatte Haut und schmeichelnde Augen?" — „Ich, Herr!" rufen alle. — „So mag wohl einer als Schlange taugen. Leicht braucht er sich nit viel zu strapazieren, die Eva läßt sich gern verführen."

Zuweilen hüpft ein leichtfüßiger Lustigmacher hervor und gibt Schwänke zum besten, die sogar zweideutige Anspielungen auf mißliche Gemeindezustände zu Wensgau enthalten. Soll nicht sein das, und der Gottvater in seinem

Winkel ist sehr ärgerlich darüber. Mit dem Schneider wäre er heute zufrieden, der hütet sich sorglich vor aller Übertreibung. — Ein recht braver Teufel diesmal, sagt er zu sich selbst, aber den Lustigmacher hätt' ich gute Lust davonzujagen.

In der Hölle wird noch eine Weile Spektakel getrieben. Im Vordergrunde ist ein Teufelchen, das rührt in einem Kessel Schwefel und Pech durcheinander und denkt sich dabei die sieben Todsünden aus. Und wie es sie fertig hat, teilt es dem Höllenfürsten seine Erfindung mit. Luzifer entgegnet: „Deine Erfindung wird werden probiert bei den Menschen auf Erden, und schlägt sie ein, so sollst du in der Höllen mein Minister sein.“

Mit einem fürchterlichen Lobgesang auf den Höllenfürsten schließt der Akt.

Das Publikum ist sehr befriedigt und alles, auch der Teil, der die Komödie schon ein dutzendmal mit angesehen, ist gespannt auf den „Ausgang“. Die Burschen innern sich für die bisher noch rätselhafte Eva; andere freuen sich auf die Schlange und die Apfelgeschichte, und die älteren Männer und Weiber harren der Szene, wo Gottvater im heiligen Zorn den Adam ruft, den Fluch des Elends und des Todes ausspricht, und wo St. Michael kommt und das gefallene Menschenpaar, das nun mit Schrecken die Blößen bemerkt, die es sich gegeben, aus dem Paradiese treibt. Dann kommt zuletzt noch in bildlicher Darstellung das Tal von Wensgau, in welchem die Verstoßenen, Adam und Eva, sich ein Haus bauen — das erste Haus zum Dorfe Wensgau!

Gottvater rüstet sich hinter seiner Leinwandplache zur großen Szene. Der göttliche Zorn wird ihm heute nicht schwer werden, denn nicht allein die Anzüglichkeiten des Lustigmachers haben ihn verstimmt, sondern vielmehr noch ein kleiner Verstoß, den er selbst im Spiele gemacht. Er hatte statt Adam einmal Ada gesagt und dadurch unter den Zuschauern ein Gekicher erweckt; er trug das m wohl durch einige hm! hm! nach — aber es war und blieb fatal, und einem Gottvater, wie dem Kirchriglerschen, sollte so etwas nicht passieren.

Da trat jetzt der Luziferschneider zum Gottvater, und indem er sich für seine nächste Szene zwei Hörner am Haupte befestigt, sagte er: „Kirchrigler, weil's schon spät wird und du's nit gewohnt bist, so lang' im Wirtshaus zu bleiben, und du etwa gern nach Haus gingst, weil dein Weib, hör' ich, auch nit ganz wohl ist, so spiel' ich im letzten Akt deinen Auftritt, wenn's dir recht ist; es sind nur ein paar Worte zu sagen und hab' selbunder sonst auch nichts mehr zu tun.“

„Ich spiel' meine Rolle, wie's der Brauch,“ entgegnete der Kirchrigler.

„Deine Tochter tät' ich dir nach dem G'spiel schon ins Haus begleiten,“ sagte der Schneider.

Da sah ihn der Bauer befremdet an: „Was hast denn? Ich spiel' meine Rolle wie's der Brauch!“

„Rechtschaffen schön, Dorfrichter,“ versetzte der Spielhauptmann etwas verwirrt, „aber — wenn was sein sollt', weißt, übel aufmerksam tu' mir's nit; ich hab' mir einzig nit anders zu helfen gewußt — und das mußt bedenken, ich hab' getan, wie du's hast haben wollen.“ Die Hörner saßen fest, es klingelte, der Schneider eilte davon; der Gottvater sah ihm nach und schüttelte seinen grauen Kopf.

Nun kam der Erzengel Michael von der eigentlichen Ankleidekammer auf Gottvaters Seite herüber, denn das war die himmlische, von wo aus die beiden aufzutreten hatten. Der Richter zankte mit dem Bader der Feuerwehrhaube wegen, die er nicht für passend fand, als sich der Vorhang auftat.

Das Paradies mit dem Rosengarten und in der Mitte ein Apfelbaum. Wieder die Tierstimmen und das Wasserrauschen. Adam und Eva treten sich umschlingend auf. Die Eva ist eine schöne, schlanke Gestalt in einem zarten, weißen Überwurf; ihre Wangen sind bräunlichrot, ihre Locken sind blond und ihre dunklen Augen blicken sehnsuchtsvoll dem Adam in die seinen.

Die Zuschauer sind überrascht — das ist ein ganz fremdes Mädchen, kein Mensch kennt es. Der Gottvater guckt wohlgefällig zwischen den Tuchwänden hervor.

Eva steht still und blickt gegen den Apfelbaum. Adam will weiter. „Komm, meine Süße, es singen die Vöglein, wir wollen mit ihnen loben den Herrn!"

„Adam, ein Frühstück hätte ich gern," entgegnet Eva. Der Kirchrigler stutzt ein wenig über die schöne, fast männliche Stimme.

Eva fährt fort: „Ei, schau, lieber Mann, wie sind die Äpfel so weiß und rot!"

O komm' mit mir, es ist ein Verbot! Wer von diesem Baum genießt, der ißt den Tod."

„Das kunnt ich nit glauben auf alle Mittel und Weis'."

„Gott hat's selber gesagt, ihm sei Ehr' und Preis!"

„Aber wenn ich dich bitt', wenn ich dich gar schön bitt', ich weiß, Adam, so versagst mir's nit!"

Der Dorfrichter hinter den Vorhängen spitzt die Ohren und macht immer größere Augen. Das Ding kommt ihm jetzt gar nicht richtig vor.

„Siehst du," fährt Eva fort, „da oben die schöne Schlangen!"

„O Eva, liebste Eva mein, laß dich nur nicht fangen!"

„Die Schlange lacht so süß herab, sie tut uns ein Äpflein brocken."

„O Eva, liebste Eva mein, laß dich doch nicht verlocken!"

„Und wenn ich deine liebste Eva bin" — sie blickt den Adam schmachtend an.

Dem Dorfrichter geht es heiß und kalt über den Rücken. „'s wär doch aus der Weis'," murmelt er, „wenn er's richtig tät sein."

„Und wenn du meine liebste Eva bist," sagt Adam, „so laß ich dich nimmer verderben." Da lispelt die Schlange: „O esset, ihr Kinder, esset die Frucht, ihr werdet deswegen nit sterben."

„Und wenn ich deine liebste Eva bin — versetzt diese wieder und neigt sich zu Adam, und ihre Lippen berühren die seinen.

„Du Lotter, du Schulmeisterischer!" führt jetzt der Kirchrigler los, reißt dem Erzengel das rote Schwert aus der Hand, stürzt mit demselben auf die Bühne: „Ist mir das eine Art, ihr nichtsnutzig Volk! Auseinander! Ich leid's nicht, und eher hau' ich das ganze Paradeisg'spiel zum Teufel!"

Die beiden jungen Leutchen fahren erschrocken in die Rumpelkammer hinein; im Zuschauerraume ist ein Geflüster und Gekicher und bald darauf ein gellendes Gelächter.

„Wart', Schulmeisterbub! Wart', du Himmelschneider, dir meſſ' ich's!" ruft der Erzürnte und poltert den Fliehenden nach.

In demselben Augenblicke werden die Lichter ausgeblasen; da stößt der Gottvater im Finstern an die Windmühle, an den himmlischen Thron und an die höllische

Fleischbank, an alles mögliche, und die Bedrohten gewinnen Zeit, sich in Sicherheit zu bergen. —

Die Komödie war aus; sie war noch nicht aus, aber sie war aus.

Es war ein unsägliches Gehetz und Gelächter im Dorfe Wensgau. Der Gottvater war vernichtet für immerdar, allein dieser Umstand sollte der Herrlichkeit des Dorfrichters nichts anhaben. Der Kirchrigler hatte in derselben Nacht kein Stündlein geschlafen, und am andern Morgen noch vor dem Frühstück ließ er seine Tochter zu sich bescheiden.

„Hast mir eine saubere Ehr' gemacht gestern!" fuhr er sie an; „hast es brav heimlich gehalten, was du für eine Eva sollt'st haben; und das ganz' Dorf, die halb' Welt hat's gestern gesehen, was du für ein leichtsinnig Ding bist — nit so viel (er zeigte auf die Spitze seines Fingernagels), nit so viel besser wie die andern. — Dirn', ich straf' dich! — Ehr' und Rechtschaffenheit muß sein in meinem Haus, und was unrecht ist geschehen, das soll zu Rechten werden. Heiraten mußt ihn, den Schulmeisterischen!"

„Jeß Maria, Vater!" rief das Mädchen und fiel dem Alten um den Hals, „ich dank' Euch zu tausendmal."

„Was?!" sagte der Alte, ganz theatralisch einen Schritt zurücktretend, „du willst ihn heiraten, den Bettelstudenten, den Stadtspatzen! — Du, die einzige Tochter des Kirchriglers von Wensgau!"

„Aber auch Alex ist mein einziger Sohn," rief die Stimme des Schulmeisters durch die halbgeöffnete Tür herein, und nun kam gar der Schulmeister selbst festtäglich gekleidet nach, und an seiner Seite der Pfarrer und der Schneider. „Mein Einziger," fuhr der Schulmeister fort, „für den ich meinen ganzen spärlichen Erwerb eingesetzt habe, daß er was Rechtes hat lernen können. Gott sei Dank, fleißig, brav ist er geblieben. Die Studienzeit ist für ihn nun zu Ende; gestern erhielt er das Anstellungsdekret als Hilfsingenieur bei der neuen Eisenbahn. Kirchrigler, ich bin hier, daß ich Euch für meinen Alex um die Hand Eurer Tochter bitte."

War ein Ausweg? Hatten sie es nicht gehört, wie er zu Ada rief: „Heiraten mußt ihn!"? — Zudem wird sein Hans bald vom Militär zurückkehren und Haus und Hof übernehmen; der bildet sich zuletzt gar was ein auf seine Schwester, die Frau Ingenieurin.

Der Dorfrichter ließ den drei Herren Wein und Brot bringen, aber er sagte nicht ja.

Er sagte aber auch nicht nein. Er sagte: „Wollen schon noch reden davon. Daß ich der Sach' nachgerade entgegen wär', dasselb ist just nit. — Dir, Schneider, aber sag' ich's: Das letztemal ist's gewesen; das Paradeisg'spiel wird nit mehr aufgeführt!"

„Hi, hi, jetzt erst recht!" lächelte der Luziferschneider.

Na, das war eine Komödie!

Die Hebmutter.

Die Hebmutter?

Ihr habt sie doch alle schon gesehen, die große, wohluntersetzte Frau, die gegen Weiber und Kinder sehr liebevoll ist und eine weiße Haube trägt! Am linken Arm hat sie immer einen Handkorb — klein zwar, aber geheimnisreich. Sie wohnt in einem Hause gegen das Ende des Dorfes hin. Das Haus ist ebenfalls klein und geheimnisreich. Die Frau wohnt einsam und allein. Es gehen oft Dinge vor in dem kleinen, verschlossenem Hause, manches Tränklein wird gebraut, manche Salbe abgesotten. Außen, über der bunt angestrichenen Tür hängt das Bildnis der heiligen Jungfrau mit dem Kinde.

Das ist das Schild.

Die Frau ist geachtet im Dorfe und gesucht. Junge Ehegattinnen sind ihre besten Freundinnen. Wenn eine Trauung stattfindet, so steht sie mit ihrem Handkorb schon an der Kirchentür und denkt von der Braut: Bislang bist du die Stolze gewesen und hast zu Fronleichnam nicht mit mir gehen wollen, weil du das Kränzel getragen und ich das Häubel. Du hast gern die Augen niedergeschlagen und hast mich nicht hineingucken lassen in dein Herzel. Das wird jetzt anders werden. Wohl wirst du die Lieb' deinem Manne gestehen, aber mir wirst du erst noch mehr gestehen!

Und noch vor Abend weiß sie einen Moment zu erhaschen, um der Braut zuzulispeln, wie es mit ihrem Kränzl zu halten ist. Nicht auf einmal muß das verknittert und verdorben werden. Zuerst ein Blättl loslösen, dann ein Zweigl umbiegen, dann ein Knöspl entfalten, dann das und das —

So muß man's halten mit dem jungfräulichen Hochzeitskranze.

Und die freundliche Frau gibt dem jungen Weib noch andere Ratschläge.

Die Braut sagt: „Wozu brauch' ich denn das zu wissen?" schlägt aber die Augen nieder.

Wohl plätschert der Hausbrunnen manchen Tag und manche Woche, ehe sich etwas ereignet, was da aufgeschrieben zu werden verdient im Buche des Lebens.

Eines Morgens aber klopft es denn doch an der Tür der Hebmutter.

Die junge Bäuerin ist da.

Heute schlägt sie die Augen nicht mehr nieder; mit Offenherzigkeit erzählt sie ihr innerstes Empfinden.

Und die würdige Frau gibt heute keine Ratschläge mehr, sondern Verordnungen.

Die Bäuerin darf, abgesehen von anderem und anderem, nicht in die Sonne blicken, nicht ein einzelnes Auge zudrücken und das andere offen halten, keinem Hasen nachsehen und im Falle eines jähen Schreckens mit der Hand das Antlitz nicht berühren. Sie darf, selbst wenn es ihr sehr danach gelüsten sollte, nicht einmal Kreide oder Wagenschmiere essen, auch nicht Baumwolle.

„Ja da will ich dir gleich was erzählen," sagt die Hebmutter, „man darf nicht viel Spaß machen, und ich vergess' dieselb' Begebenheit mein Lebtag nicht. Kennst du die Schwaigraiterin in Mitterberg? Gelt? Schau, wie die zum erstenmal auf schwerem Fuß herumgegangen ist, hat sie einmal einen halbnackten Bäckergesellen gesehen und ihr ist die Lust kommen, daß sie dreimal in seine Schultern beißen möcht'. Darauf hat sie ihren Mann kniefällig gebeten, er möcht' ihr das doch zuweg' bringen, sonst müßt' sie sterben. Richtig hat der Schwaigraiter dem Bäckergesellen für den Biß fünf Zwanziger versprochen und ist der Bäcker bereit gewesen. Ja, du lachst gar. Zwei Biss' hat er ausgehalten, für den dritten ist ihm der Schmerz schon zu groß worden und er hat gesagt: ‚Schwaigraiter, ich halt nimmer still, dein Weibl hat verschnalzt junge Zähn'!' Da hat sie sich müssen zufrieden geben. Was meinst, das geschehen ist? In fünf Wochen drauf ist die Schwaigraiterin mit Dreilingen niedergekommen — zwei davon haben am Arm Zahnbisse gehabt, das dritte ein rotes Muttermal."

Und die Hebmutter verbürgt das Erzählte.

Dann vergeht wieder eine Zeit.

Endlich einmal mitten in der Nacht wird die Hebmutter geweckt, sie möge allsogleich zur jungen Bäuerin kommen.

Sie nimmt ihren Handkorb und eilt zur jungen Bäuerin.

Um diese sind bereits zahlreiche Weiber versammelt, auch die Godl ist schon da, und es wird viel gelispelt und geheim getan. Indeß, das Ereignis des Hauses ist vorüber, die Engel haben ein Kindlein gebracht, oder es ist auf einem Kochlöffel die Mur oder Mürz herabgeschwommen, oder eine Taube hats zum Rauchfang hereinfallen lassen — kurz, das junge Wesen ist da und befindet sich bald darauf in den Händen der Hebmutter.

Ein Privilegium dieser ehrenwerten Frau berechtigt sie, daß sie gebieten kann, von allem, was im Stübchen geschieht, zu schweigen. Sie leidet keine müßige Zeugenschaft, keine fremden Gesichter.

Wie ist es einmal der Baronin vom Schlosse drüben ergangen?

Sie wurde von einer reichen Bäuerin zu Gevatter gebeten und kam dann auch zur betreffenden Stunde in Goldschmuck und rauschenden Gewändern würdebewußt zu der Wöchnerin, um das Kind unter die Taufe zu halten.

Die Hebmutter war eben beschäftigt, das Kleine in einem Waschbecken zu baden und murmelte dabei Gebete. Sie flehte alle Planeten an, daß sie sich den jungen Weltbürger empfohlen sein lassen wollten; sie legte hierauf das Kind nackt auf den Fußboden und machte von demselben weg drei große Schritte nach rückwärts, um bildlich darzutun, daß es einmal allein und selbständig dastehen werde auf Erden, daß es sich selbst zu helfen suchen müsse. Bei dieser Handlung zeigt es sich auch maßgebend, ob der junge Mensch friedfertig oder händelsüchtig, von ernstem oder heiterem Temperamente werde, je nachdem er sich auf dem Boden ruhig oder schreiend und zappelnd verhält.

Die Frau Baronin sah diesen Dingen nicht ohne Befremden, aber doch lächelnd zu. Plötzlich wendete sich die Hebmutter, hüstelte, und ohne alle Umschweife spuckte sie der Baronin gerade ins Gesicht. Diese tat einen Wehschrei und taumelte ohnmächtig zurück. Wohl sprangen sie ihr bei mit Wasser und scharfen Tropfen, wohl warf sich die Hebmutter vor der Tiefverletzten auf die Knie und flehte um Verzeihung: Ihre Gnaden hätten mit beiden offenen Augen so auf das Kind hingeschaut und Ihre Gnaden seien doch eine Fremde im Hause, und darum habe sie, die verantwortliche Hebmutter, nicht anders gekonnt und habe, um die Folgen des ‚bösen Auges‘ von dem Kinde abzuwenden, das Unerhörte tun müssen, und sie lasse sich dafür totschlagen, aber sie bereue es nicht; es gäbe eben kein anderes Mittel gegen das ‚Verschauen‘ und ‚Verschreien‘, und das sei gottswahrhaftig und dafür lasse sie sich rädern und das sei ihr heiliges Vornehmen bis in die Ewigkeit hinein.

Die Frau Baronin war sich heilig bewußt, kein „böses Auge“ zu haben, aber es wird jedes fremde Auge, das aufs Kind fällt, so genannt. Halb betäubt ließ sie sich in ihr Schloß befördern und ihre Kammerfrau mußte an ihrerstatt die Patenstelle vertreten.

Das aus dem Leben der Hebmutter. Nie läßt sie die gewissenhafte Erfüllung ihres Berufes aus dem Auge und nie ihren Handkorb.

Es wären noch andere Dinge zu verzeichnen, die jedoch, wie man sagt, nicht aufgeschrieben werden können.

’s mag sein, ’s mag sein; ich weiß es nicht.

Die Godl.

An demselbigen Tage, als die junge Thalfriederin Hochzeit hielt, sind die Schwalben gekommen. Seitdem haben sie sich eingenistet auf dem Giebelboden des Hauses, durch dessen Dachfuge sich zuweilen ein Sonnenfaden spinnt in das gewahrsame Nest. Frau Schwalbe ist ein klein wenig unwohl; der Ammer und die Amsel kommen geflogen zum Nest, zu sehen, wie es ihr bekommt, der Gevatterin.

Der Tausend! Jetzt schwätz' ich von Vögeln, und ich hab euch von Menschen erzählen wollen! Zuvörderst von der jungen rosmarinfrischen Talfriederin. Sonnabend ist's; ein Juliabend, so süß und liebhold, daß man meint, die ganze Welt gehe Arm in Arm mit ihrem Geliebten — dem lieben Herrgott — im Garten spazieren. Die Talfriederin aber geht allein, nimmt nicht einmal ihren jungen Gatten mit, singt und trillert auch nicht wie sonst, wenn sie über die grüne Wiese hüpft. Nein, die hat heute ein Anliegen.

Zum Nachbarhofe geht sie, mit der Nachbarin hebt sie an zu plaudern, zuerst laut und lachend, dann ein wenig leiser und zuletzt nur mehr wispernd und flüsternd. — Und gerade das geheimste Geflüster weiß ich zu erzählen. „Laubhofbäuerin“ sagt man sonst zu der Nachbarin, welche die Talfriederin heute besucht, aber diese nennt sie „Liebhofbäuerin“, und 's ist doch nicht ihre Schwester, nicht ihre Jugendfreundin, nur die ehrsame Nachbarin. — „So nicht weit um die Faschingstäg' herum wirds halt fallen,“ flüstert die Talfriederin und legt ihren Blick auf den Boden, wo die Schuhspitze mit einem Holzsplitterchen Händel hat, „und daß ich dirs nur redlich sag', Liebhofbäuerin, oftmalen hab' ich mirs schon vorgehalten im Gedanken: wenn ich einmal wen sollt' brauchen, die Hofbäuerin müßt's sein, zu der hätt' ich das Vertrauen; keine andere tät' ich bei meiner Treu' gar nicht mögen —"

Es ist in der Küche; Mägde gehen ab und zu; die hantieren emsig am Herd, bei der Holzasen, beim Abwaschtrog; tuns aber mit möglichst wenig Geräusch und spitzen insgeheim die Ohren.

Die Talfriederin merkt das wohl, oder sie ahnt es vielmehr, darum ein wenig vernehmlicher zur Liebhofbäuerin: „Ja, und desweg', ich sag' dirs, Nachbarin, und du kannst mir's nit glauben, was das Jahr mit dem Kohlkraut für ein Kreuz ist! — Die Würmer fressen mir's schier bei Putz und Stingel!" — Und dann, da die Mägde wieder ein wenig achtloser sind, flüsternd: „Auf Windelzeug brauchst nit zu denken, Liebhofbäuerin, das schneid' ich mir schon selber zu, nur sonst tät' ich mich verlassen auf dich und ich bitt' dich gar schön!"

„Selb' freut mich, selb' freut mich rechtschaffen," versetzt die Hofbäuerin, „und schenkt uns der lieb' Herrgott das Leben, so erweis' ich dir's von Herzen gern, und ist die Zeit da, so laß mir's nur sagen."

Sie lispeln noch lange und plaudern laut von den Hühnern, Dienstleuten, Schweinen und was in der Wirtschaft vorkommt, und es hebt schon zu dunkeln an, als die Talfriederin treuherzig „Behüt' dich schön Gott, Gevatterin!" sagt und nach Hause eilt. Sie singt und trillert unterwegs, wie die Grillen im Grase; das Anliegen ist behoben.

Kümmert euch um die nächsten Monate nicht; sie sind eine freudvolle, leidvolle Zeit. Die Schwalben ziehen mit ihren flüggen Jungen ab, aber weit ehe sie wieder kommen, wird im Talfriederhofe ein ander' Nest genistet, zwitschert ein ander' Junges.

Da ist der Tag, an dem die Liebhofbäuerin ihr Amt antritt. Im festlichen Aufbausche kommt sie gerauscht. Sie kommt als Gevatterin und als „Godl" (Patin). Hat einmal einer so einen Godlanzug untersucht, hat von außen nach innen neun Röcke gezählt und ist dem Anstande noch nicht zu nahe gekommen! Die Hofbäuerin erscheint heute im Talfriederhause als ein gedoppeltes Wesen. Der Wöchnerin gegenüber, wie schon bemerkt, als Gevatterin mit praktischen Ratschlägen wohl versehen und überall beispringend, im Wettkampfe mit der Hebmutter die alte Sitte, die Schicklichkeit überwachend. Das ist ein wichtig' Amt, gehört eine ein- und umsichtsvolle Frau dazu. — Dem Kinde gegenüber aber erscheint die Hofbäuerin als Godl ausgerüstet mit aller Fürsorge und Liebe und Zärtlichkeit, mit kräftigen Segenssprüchen und weichen Windeln und endlich mit einem zierlichen Paketchen, gewahrsam verschlossen und hellrot bebändert, in welchem — nein, alles ausplaudern, das nicht.

Ich sage nur das: es ist sehr unartig von dem Neugebornen und es verrät wenig Erziehung, daß er der vortrefflichen Godl so häßliche Gesichter schneidet und ihr allbeide Ohren vollschreit von Dingen, die weder sie, noch er selbst versteht.

Doch man sieht dem Jungen viel nach und er wird trotzalledem in eine weiße „Fatschen" mit einem roten Streifen gewickelt, es wird ihm ein Häublein über den Kopf gestreift, das in seiner weißen, blauen und roten Schönheit allein schon der Mühe des Geborenwerdens verlohnt.

Und weit mehr noch, der Junge wird in die mildreiche Verwahrnis der Godlarme gebettet und zur Kirche getragen. Wer ist es, der ihn vom Teufel lossagt, zu dem er gekommen, er weiß selber nicht wann und wie? Die Godl. Wer ist es, der ihm den Eingang in die Kirche vermittelt, die er benötigen wird, er weiß selber noch nicht warum? Die Godl. Wer ist es, der ihm den Namen zuteilt, den er einst zu einem guten oder schlechten machen wird? Die Godl. Wer ist es endlich, der den jungen Erdbewohner unter das heilige Taufwasser hält, damit der „Heide" weggeschwemmt werde? Die Godl ist es. Und wer ist es zuletzt und allerletzt, der statt des Kleinen dem Pfarrer einen Zwanziger gibt für die heilige Taufe? — Kein Mensch kann jemals seiner Godl all' die Guttaten erstatten. Ein Nichtsnutz, wer einer umfangreichen Godl mutwillig die Röcke zählt; der Umfang berechtigt sich, sie hat ein großes Herz!

Es bleibt aber nicht bei dem allein. Kaum die Oktav vergeht, erscheint ein gewichtiger, hoch aufgegupfter verhüllter Korb im Talfriederhofe. Das feinste Backwerk, die größten Eier, die süßeste Butter, das fetteste Huhn! Säugling, Säugling, dir gibt Gott deine Zähne um ein gut Jährlein zu spät. Aber beruhige dich, deine Mutter hat deren einen Mundvoll, und was im Korb, kommt doch dir zugute.

Der Kleine — welchen Namen hat ihm die Godl beschert? ihr Mann heißt Josef; ist ihr denn, und mit Schick, der Josef auf der Zunge gelegen — der kleine Josef gedeiht recht prächtig; und alle Weihnachten kriegt er von der Godl sein Kletzenbrot, und alle Ostern seine roten Eier, und alle Pfingsten ein Körbchen Kirschen, und zu Allerheiligen ist ihm ein schön geflochtener, zierlich durchbrochener Allerheiligenstritzel gewiß. Und so oft der „Sepperl" in das Laubhofbauernhaus kommt, wird ihm ein „Sträublein" (Eierkuchen) gebacken und fein gezuckert vorgesetzt, und was er nicht an der Stelle mag verzehren, das steckt ihm die Frau Godl in den Sack. Und so oft ihm die Godl auf dem Schul- oder Kirchenweg begegnet, mag er schon lugen nach einem Kreuzer oder — kann er schön bitten — gar nach einem funkelnagelneuen Gröschlein.

Der Josef wächst „wie die Rüben auf dem Feld", und auf einmal bekommt er vom Schuster ein ganz närrisch' Paar Schuhe. Diese Schuhe laufen aus in der Nacht, aber nicht zu der Liebhofbauern-Godl, zu einer andern; laufen endlich gar am hellichten Tag zu ihr, es sind wunderliche Schuhe, es sind herzensgute Schuhe, es sind arge, böse Schuhe — es sind Freiersschuhe.

Die Liebhofbauerngodl geht das aber auch was an. Was sie wackeln kann, wackelt sie zum Krämer, kauft ihm all' seine Samtblumen und Papierröslein und Seidenbänder mitsamt den Schachteln weg, kauft ihm die feinste Leinwand ab, es ist schier keine fein genug, sie gehört ihrem Göden (Täufling) zur Brautpfaid.

Und am Hochzeitstage ist es auch, daß die Talfriederin ihrem Sohne ein gewahrsam verschlossenes, hellrot bebändertes Paket zusteckt. Es ist aber nicht von der Mutter, es ist von der Godl. Die Braut, die heute alles aufmachen darf, was kommt und schon da ist, öffnet das Paket. Ein paar hellichte Taler zwinkern ihr zu, oder gar ein rotwangig Dukatlein, und in einen heiligen Josef ist das Geld gewickelt; das Heiligenbild hat das Geld bewacht, daß kein böser Feind es hat anblasen mögen, daß es rein ist verblieben und ohne Verlockung und böse Begier, und daß der Segen Gottes daran hat gehalten bis zu diesem Tage; denn das Patengeld, das „Kresengeld", eröffnet zum guten Anfang die Ausgaben des eigenen Hauses, oder wird mit dem Brautschmucke verwahrt in der geheimsten Lade für Kinder und Kindeskinder.

Mit diesem Tage der Trauung verliert die Godl ihr Anrecht an den „Göden". Sein Weib ist da, das muß und will sein alles sein.

Aber wie der Josef voreh von seinem Schuster auf einmal die närrischen Schuhe bekommen hat, näht ihm dereinstmalen die Nähterin eine wundersame Pfaid. Er legt die Pfaid wohl an den Leib, vielleicht, daß er dabei noch ein lustig Liedel pfeift. Die Fäden sind weich, umweben ihn lind — das Auge will ihm sinken, ein letzter Atemhauch hebt all Lust und Leid. Die Sterbepfaid ist es gewesen, und bald künden es drei Kirchenglocken, daß der Gräber grabe, daß der Nachbar bete.

Ein Weibl hört's und hebt das Vortuch zitternd bis zu den Augen. Dann erhascht es seinen Stock und holpert dem Krämer zu: ihr Godlkind sei gestorben, sie wolle einen „Übertan" (Sargtuch) kaufen für die Truhe. — — Ei! lebt die Liebhofbäuerin noch? — Ja, sie hat gewartet, um an ihrem Patenkinde auch die letzte Pflicht noch zu erfüllen nach alter Sitte. Der Übertan, der unseren Sarg umhüllt und dereinst am Auferstehungstage unser Kleid sein soll, der ist nach der Väter Brauch die letzte Spende von der Godl.

Bei männlichen Kindern soll die Godl eigentlich ein Göd sein, ist es auch oft. Zumeist jedoch übernimmt das Weib des Göden seine Obliegenheiten und führt das geistige Band, das die Taufzeugenschaft geknüpft, fromm und treu durchs ganze Leben.

Der Winkeldoktor.

Das Häuslein steht nicht im Dorfe. Das hat sich zurückgezogen hinter die Felder und Wiesen, und dort am Waldessaum, unter den langästigen Schwarzfichten, bückt es sich nieder. Es ist aus Holz gebaut, hat aber große Fenster mit rotbemalter Einfassung, hat eine bunt angestrichene Tür, auf die der „Haussegen" genagelt ist.

Ferner hat es ein weit hervorstehendes Strohdach und einen hohen, hölzernen Rauchfang, aus welchem zu jeder Tageszeit bläulicher Dunst, oft nicht ohne Wohlgeruch, emporsteigt. Hinter dem kleinen Hause, auf einem Steinhaufen, liegen Scherben zerbrochener Glasfläschchen in verschiedenen Farben, deren einstigen Inhalt wir an einzelnen Glasstücken zum Teile noch kristallisiert finden.

Nun möchten wir wohl gern ein wenig hineingehen, aber die Tür ist verriegelt.

Der Kopf einer alten Frau, deren Augen von einer umfangreichen Brilleneinfassung eingerahmt sind, erscheint am Fenster und behauptet dreist, daß „kein Mensch daheim" sei.

Noch entschiedener protestiert gegen unser Pochen an die Türe der Kettenhund, welcher mit all' seiner Macht an der Kette reißt, so daß sein Bellen zuletzt schon in Gurgeln und Röcheln ausartet.

In dem Häuslein wohnt der Augustin Waibel, den wir heute besuchen wollen.

Ein Büblein vom Nachbar steigt barfuß daher, bleibt aber eine Strecke vor dem Häuschen auf dem Anger unentschieden stehen und ist ganz ratlos.

Zurück kann es nicht mehr, so lange es sich seiner Sendung nicht entledigt, und vorwärts kann es auch nicht, denn der Türkl, das ist ein gestrenges Tier, das hat dem Bübl letzthin das halbe Leinenhösel vom Leibe gerissen.

Wie der Kleine nun so dasteht, gibt es nur noch ein Mittel: er beginnt mählich zu grölen.

Das sieht und das hört die Frau am Fenster, und nun geht sie an die Tür, öffnet und schreit: „Jetzt geh' nur her, Natzl, ich bin schon da und der Türkl tut dir nichts!"

Und so huscht der Natzl an dem Kettenhund vorüber und ins Haus.

Die kleine Stube ist sehr reinlich gehalten und an den Wänden und Schränken, die da herum stehen, sind weiße Rosen und grüne und blaue Vögel gemalt und darunter auch der „süße Namen" mit seinen drei Nägeln und seinem roten Herzen — wohl lieblich zu schauen. Auf einem hohen Kasten liegen mehrere dickbauchige Bücher mit roten Schnitten und ledernen Klappen. Über dem außerordentlich rein gescheuerten Tisch vor den zahlreichen Heiligenbildern in Glas hängt der heilige Geist in Gestalt einer Taube aus färbigem Papier. Das Haus ist kinderlos, man siehts an der großen Ordnung.

An dem Tische sitzt ein alter Mann, von dessen Antlitz wir nur das glattrasierte zweieckige Kinn, den tiefeingefallenen Mund und die Spitze der Nase sehen. Alles andere wird durch einen grünen Schild der Tuchkappe verdeckt.

Der Mann liest in einem alten Buch, dessen gelbe Blätter an den Rändern und zwischen den Abschnitten mit weißen oder grauen Papierschnitzchen sorgsam ausgeklebt und beschlagen sind, denn der Zahn der Zeit und wohl auch

Hände der Menschen haben an dem Buche schon arg gewirtschaftet.

Und das Buch ist ein wahres und unersetzbares Schatzkästlein, wie es keines sonst auf Erden gibt — ein „Kräutterbuch, allwo die Kräutter vnd Wurzen, so GOtt der HErr für alle Gebrechen vnd Leibesnoth hat wachsen lassen, allmitsambt deren Gebrauchsanwendung zum Heil der Menschheit fürtrefflich beschrieben seind". Das steht mit großen, roten und reichlich verschnörkelten Buchstaben auf dem ersten Blatt des Buches zu lesen. Unten heißt es noch: Gedruckt in diesem Jahre — die einzige Unrichtigkeit in dem ganzen Werke, denn heute in diesem Jahre, da die Menschen so schlecht und ungläubig geworden, sind sie nicht mehr imstande, ein solches Buch zu schreiben. Darum eben ist das Buch, in welchem der alte Mann eifrig, und zwar mit Hilfe von zwei Fingern liest, ein unersetzbares Schatzkästlein.

Einmal kam der Schulmeister herauf in das Haus, um für eine kranke Ziege einen heilenden Trank zu holen. Dieser sagt über das Buch folgende Worte: „Waibel, Euer Kräuterbuch da ist seit hundert Jahren schon verjährt, so wie der Satz: Gedruckt in diesem Jahre."

Was war die Folge dieser Worte? Waibel sagte langsam und ruhig: „Dann hab' ich nichts für Euer Vieh," verweigerte den heilenden Trank und des Schulmeisters Ziege war verloren!

Zu diesem Manne nun tritt der kleine Natzl in die Stube.

„Was weißt?" fragt ihn der Alte, denn er fragt nie: Was willst du, oder was führt dich zu mir? sondern immer: Was weißt?

„Ja, mein Vater läßt den Schuster-Stindl bitten, wenn er halt tät' —" hier wird der Kleine unterbrochen. „Geh' nur, geh'!" sagt der Alte. „Der Schuster-Stindl tut nichts, und der Schuster-Stindl hat nichts. Und wenn dein Vater etwa einen Kranken hat, so soll er fleißig zu einem Arzt gehen und nicht zum Schuster-Stindl."

Jetzt erinnert sich das Bübl wohl, daß ihm sein Vater aufgetragen, zu dem Manne beileibe nicht „Schuster-Stindl" zu sagen, sondern „Herr Waibel". Freilich wohl war der Herr Waibel einmal Flickschuster gewesen, aber seitdem er in seinem Schatzkästlein die Geheimnisse der Medizin ergründet, flickt er keine Stiefel mehr und macht, außer wenn er in medizinischer Gelehrsamkeit spricht, auch keine neuen, kann es also füglich nicht zugeben, wenn man ihn mit einem Titel beehrt, den er gegenwärtig nicht verdient.

„Herr Waibel, Herr Waibel!" stotterte nun der Junge mehreremale, um den Schaden gut zu machen, und die alte Frau ergreift für ihn Fürsprache, indem sie sagt: „Der Hund hat ihn frei so viel erschreckt, daß er jetzt völlig nicht weiß, was er sagt."

Der Alte schüttelt den Kopf.

„Und was weißt?" fragt er noch einmal.

„Ich tät' bitten — meinen Vater, den druckts so im Magen, und ein Roß haben wir auch, das auf dem Stroh liegt und wild herumschlägt und nicht auf kann."

„Hast ein Wasser?"

„Vom Roß nicht, aber vom Vater," sagt der Kleine und tut ein Glasfläschchen aus der Rocktasche.

In diesem Fläschchen befindet sich eine Flüssigkeit, die der Herr Waibel sorgfältig betrachtet.

Der Knabe erzählt noch, wie dem Vater ist, aber der Alte hörte nicht darauf, wozu auch? das sieht er ja alles im Flaschl.

Er begibt sich sofort aus der Stube, man kann nicht

sagen wohin, denn man weiß es nicht. Dann und wann hört man ihn draußen in der Küche, dann hört man ihn eine Weile lang gar nicht, und dann hört man ihn wieder in der Küche und dann im Nebenstübchen, und endlich kommt er zur Tür herein und trägt eine ungeheure Glasflasche, wohl verkorkt und mit einem hellroten Papier den Kork überbunden. Der Inhalt der Flasche ist schwarz und trüb, aber es ist der Balsam des Lebens, teilweise den Heilquellen des Schatzkästleins entsprungen, teilweise aus den „Sympathiemitteln" zusammengesetzt. Die „Sympathiemittel", wenn auch nur wenigen Auserlesenen zugänglich, haben eine wunderbare Kraft, sie heilen die allerhartnäckigsten Krankheiten, selbst wenn sie durch Hexerei „angetan" sind. Darum haben diese herrischen Doktoren in der Stadt gar kein Glück im Kurieren, weil sie an kein „Sympathiemittel" glauben. Worin nun diese Mittel bestehen? — Das weiß der Waibel.

Also, er tritt mit der Flasche in die Stube und sagt zum Kleinen, der auf der Ofenbank sitzt: „So Bübl, das tragst mit, und dein Vater soll alle Stund zwei Eßlöffel davon nehmen, dann wirds schon besser werden!"

„Und das Roß?" wagt der Kleine schüchtern zu bemerken.

„Ja, glaubst denn, dein Vater sauft die ganze Flaschen allein? Dem Roß gießt's des Tags dreimal ein Halbseidel davon ein! Und deinem Vater sag', er soll in der warmen Stuben bleiben und kein Wasser trinken. Wenns noch nicht gut wird, so geb' ich ihm ein Pflaster, das wirds schon ausziehen!"

Somit weiß das Bübl alles. „Zahlen wird der Vater!" sagt es noch; dann hilft ihm die alte Frau an dem Türkl vorüber und dann läuft es, die kostbare Flasche vorsichtig mit beiden Armen umfangend, barfuß davon.

Herr Waibel setzt sich wieder zu seinem Buch und vertieft sich in das Studium. Die alte Frau bringt ein Gefäß mit Arnikablüten herein und beginnt in denselben nicht dazu gehörige Bestandteile auszuklauben; dabei schiebt sie nicht selten die Brillen über die Nase hinauf; die würdige Frau sieht ohne Brillen schon schlechter als mit Brillen, obwohl diese kein Glas haben, was den Vorteil bietet, daß sie nie geputzt zu werden brauchen. Der Alte muß an den seinen unaufhörlich wischen und reiben. Leute hatten der alten Frau schon gesagt, Brillen ohne Glas nützten nichts, und die Frau behauptet, sie sähe dadurch doch besser, was jedenfalls einem „Sympathiemittel" zuzuschreiben sein mag.

Schon wieder beginnt der Türkl zu bellen und an der Kette zu reißen und zu gurgeln, und gleich darauf tritt ein fremdes Weib herein.

Das sagt sittsam seinen Gruß und die beiden Alten sagen ihn sittsam zurück. Dann setzt sich die Angekommene auf die Ofenbank, sagt aber nichts, und wenn sie hustet, so hält sie ihr sorglich gefaltetes Handtuch vor den Mund. So bleibt sie sitzen, bis der Alte aufschaut und fragt: „Was weißt?"

„Halt eine schöne Bitt' hätt' ich, Herr Doktor Waibel! Ich bin eine da von der Schattenseiten herüber und mein Mann ist mir schon über ein ganzes Jahr krank. Zuerst ist ihm die Katz aufs G'nick gesessen (ein Ausdruck für Genickkrampf) und so hat's angefangen, und dann ist's alleweil schlechter worden und er ist aufs Bett kommen, daß wir ihn drei Tag und Nacht nichts als abgeleuchtet (mit dem Sterbelicht versehen) haben. Dann ist er wohl wieder besser worden, aber jetzt serbt (kränkelt) er so und geht herum wie ein Geist, und die Händ' und Füß' hat er mir völlig wie der Tod. Von drei Badern haben wir 'braucht und Hausmitteln haben wir angewendet; 's ist alles für die Katz! Und da haben uns die Leut' halt den Doktor Waibel angeraten und so bin ich da und ich tät' bitten, ist denn gar kein Mittel mehr für meinen Mann?"

Der Alte ist während dieser Erzählung über dem Boden auf- und abgegangen, hat ruhig zugehört, und wie das Weib fertig ist, sagt er langsam: „Doktor Waibel? Ist nicht da. Kenn' keinen Doktor Waibel."

Da sagt das Weib ganz erschrocken: „Du meine Zeit, jetzt, sie haben mich ja da her gewiesen!"

„Wer mir mit so was kommt und Schmeicheleien sagen will, der richtet bei mir nichts aus," versetzt der Mann ruhig und geht aus der Stube.

Das fremde Weib bleibt auf der Ofenbank sitzen — er wird schon wieder kommen! Es holt das Flaschl hervor und zeigt es der alten Frau. Die sieht es gegen das Fenster gewendet an: „Das Wasser ist rechtschaffen bleich, der Kranke hat's Zehrfieber."

Dann sprechen die zwei Frauen zusammen von diesem und jenem und die Fremde bleibt sitzen und wartet auf den „Doktor". Aber der Doktor kommt nicht. Man hört ihn weder in der Küche, noch auf dem Dachboden, noch irgendwo anders. Und er kommt nicht. Endlich geht die alte Frau selbst davon und die Fremde bleibt auf der Ofenbank sitzen und es wird Abend, aber der Doktor kommt nicht.

Jetzt beginnt die Arme zu flennen. Da ist sie so weit hergekommen, daß sie Hilfe finde für ihren kranken Gatten, und hier läßt man sie sitzen stundenlang, und nun muß sie fort am Abend und muß den weiten Weg in der Nacht allein machen, und wenn sie heimkommt, hat sie doch keinen Trost für den Kranken!

Sie hat den Alten beleidigt, weil sie ihn Doktor nannte; darum tut er ihr die Schmach und das Leid an. Aber, wenn er rechtlich befugt ist, Heilkunde auszuüben, so muß er ihr eine Medizin verabreichen, und wenn er nicht dazu befugt ist, so könnte sie ihn anzeigen, wenn das Gericht nicht so weit weg wäre. Sie denkt vielleicht daran, aber der Alte versteht verschiedene „Sympathiemittel" und zuletzt tut er ihrem Manne gar an, daß er auf der Stelle sterben muß! Sie schleicht still aus dem Hause und geht traurig ihrer Gegend zu, aber den Waibel zeigt sie nicht an beim Gerichte.

Und so vergeht im Häuslein am Waldrain ein Tag wie der andere.

Oft ist die ganze Ofenbank voll von Menschen. Eilboten sind herbeigeeilt und berichten atemlos von Schwerkranken, von Sterbenden; es handelt sich hauptsächlich darum, daß sie in ihrer Aufregung weder „Herr Doktor" noch „Schuster-Stindl" sagen. Gelingt ihnen zwischen diesen Titulaturen die goldene Mitte, so nimmt ihnen der Waibel ruhig das Flaschel ab und studiert, es aufmerksam gegen das Licht haltend, darin die Krankheit. Und wenn er dieses einmal tut, dann wohl dem Boten und dem Kranken! Der Waibel bietet die ganze Wunderkraft seines Schatzkästleins auf; wenn dann der Kranke dennoch stirbt, so geschieht es wegen Vertrauenslosigkeit zum Arzt oder aus Leichtsinn der Wärter.

Auch hinfällige Gestalten mit gelblich bleichen Gesichtern und verglastem Blick sind herangeschnauft. Wenn solche auf der Ofenbank sitzen und ihre großen Augen unstet hin und her rollen lassen, so meint man, sie seien schon einmal auf dem Bahrbett gelegen, und wenn sie sprechen, so gibt das einen hohlen, unheimlichen Ton, und wenn sie lächeln wollen, Gott erbarm', so wird' ein wehmütiges Grinsen daraus. Sie erwarten kein Heil mehr von der Medizin, noch von irgendeiner anderen Macht der Erde, und doch sind sie hieher gekommen mit großer Müh' und Not, aus weiter Ferne oft, auf daß der Waibel ihnen helfe.

Und der Waibel erscheint ihnen wie der Heiland, der jedem helfen könne, wenn er nur wolle. Dieser nimmt die Armen nun liebreich mit in das Nebenstübel; er frägt keinem: was weißt — er bedeutet ihnen nur, daß sie den Oberkörper entkleiden. Ist dieses geschehen, so knien sie nieder und nun beginnt der Waibel mit seinem rechten Daumen die bloßen Stellen nach allen Richtungen zu bekreuzen und dabei folgende Worte zu sprechen:

„Armer Sünder, du,
Die Erde ist dein Schuh;
Mark und Blut,
Der Himmel ist dein Hut.

Fleisch und Bein
Sollen von dir gesegnet sein,
Du heilige Dreifaltigkeit
Von nun an bis in Ewigkeit!"

Der Waibel tut auch manch' anderes noch, sagt auch Worte, die wir nicht verstehen können, weil sie schon zu stark in die „Sympathiemittel" einschlagen.

Und siehe, Kranke, die ohne Halt und Heil dem Grabe zuzusiechen schienen, werden nach dergleichen oft wieder gesund. So fest und zuversichtlich ist der Glaube an Waibels Wundermacht und so mächtig wirkt im Gemüte des Kranken ein zuversichtliches Vertrauen auf den Arzt und seine Heilart.

Freilich wohl gibt es in der menschlichen Natur Zustände, wo das „Abbeten" erfolglos bleibt; aber Herr Waibel hat auch sonst noch die verschiedensten Mittel. Für ein gebrochenes Bein stehen oben auf dem Dachboden unwiderstehliche Schrauben in Bereitschaft. Für Entzündungen trägt er das scharfe

„Aderlaßmesser" mit sich herum, und für den Zahnschmerz hängt an der Wand eine Eisenzange, das einzige aus der Stiefelslickperiode übriggebliebene Werkzeug. Zwar nimmt sie in ihrem jetzigen Beruf mit dem kranken Zahn auch gern den gesunden Nachbar mit, was indes die „Zahnbrechergebühr" nicht erhöht.

So vergehen die Zeiten. Herr Waibel weiß den Wert der Gesundheit zu schätzen, auch wenn er diese nicht immer zu geben vermag. Er macht glänzende Geschäfte und das alte Schatzkästlein füllt ein neues. Da schlägt einmal mitten in der Nacht der Kettenhund an, und zwar mit gewohnter Heftigkeit. — Ein drängender Krankenbote wird's sein. Diesmal nicht. Der Bezirksarzt ist's, in Begleitung zweier Gendarmen. Wollen die gar auch ein „Sympathiemittel" haben? Nein, nicht das. „Heilige Barbara und heiliger Johannes, sie sind schon wieder da!" jammert die Frau.

„Aufmachen, aufmachen, Waibel!" rufen sie draußen.

„Da wohnt kein Waibel," schreit die Alte durch das Fenster, „da wohnt der Schuster-Stindl!"

Jetzt kracht es, fliegt die Tür auf, da stehen sie alle in der Stube und der Waibel ist mitsamt der Schlafhaube aus dem Bett gesprungen. Er findet das in seinem eigenen Hause sehr zudringlich. Er muß die Männer in das Nebenstübel, in die Küche, auf den Dachboden führen, sie stöbern alles auf, sie werfen alles auseinander, sie fluchen, sie fragen den Alten, wo er seine Medikamente habe. Der zuckt die Achseln und breitet die Hände aus: „Ja, ich weiß nicht, was die Herren bei mir wollen? Medikamente, du heiliges Kreuz, wüßt' nicht, wo ich diese hernehmen sollte!"

Mittlerweile ist es seinem Weibe gelungen das „Kräutterbuch" in Sicherheit zu bringen. Nur auch noch des Kellerschlüssels will sie sich bemächtigen, da stürmen die Männer schon herbei, sie wollen in den Keller hinein. — Wird wohl nicht viel zu finden sein, unter dem Stroh ein wenig Erdäpfel. — Aber wie sie das Stroh entfernen, da finden sie Flaschen, Bündel, Werkzeuge, wie man sie im gewöhnlichen Leben nur selten sieht. Von nun an spricht der Waibel kein Wort mehr. Sie haben alles, sie wissen alles. — Und jetzt führen sie den Waibel fort zum Gericht und er kommt wochenlang nicht heim.

Die Alte zu Hause kommt deshalb nicht in Verzweiflung; das geht dem Waibel ja oft so, das gehört zum Geschäft, und die Leute gehen dann nur noch um so lieber zu dem Märtyrer. Mittlerweile führt die Frau das Hauswesen und auch das Geschäft fort; wenn die entsetzlichen Männer auch den ganzen medizinischen Vorrat im Keller mitgenommen haben, so ist ihr doch der Urquell von allem geblieben, das Kräuterbuch. Und auch sie versteht etwas in demselben, und auch zu ihr kommen die Leute in Not und Drangsal — und nun erst gelangen ihre Brillen auf der Nase zur vollen Bedeutsamkeit.

Und Herr Waibel kauert in einem Winkel des Bezirksarrestes und träumt von seinem Schatzkästlein und sinnt auf neue „Sympathiemittel" — und jetzt erst ist er der rechte Winkeldoktor. —

Der Lotterienarr.

Der Lipp, das ist ein Mann, der einmal gern lachte. Er war aber nicht Jünger jenes Philosophen, der die Welt belachte und sich selbst beweinte, nein, auch sich selbst belachte der Lipp. Bei allem, was er dachte, sprach und tat, lachte er still und heiter vor sich hin, lachte in seine Tabakspfeife hinein. Er hatte wohl Ursache zur Heiterkeit, denn ihm gingen alle Wünsche in Erfüllung, weil er sich eben nur das wünschte, was bei ihm leicht in Erfüllung gehen konnte. Der „liebe G'sund" und ein „leidlich guter Weg" für sein Fuhrwerk war ihm die höchste Gunst des Schicksals. Er war Kohlenführer und kam mit seinem schwarzen Gefährte jeden Tag von den Köhlereien im Gebirge in das Dorf Niederleut, wo die Gewerkschaften sind. Aber es gehörten die Kohlen nicht ihm und es gehörten die Pferde nicht ihm; und seine läßlichen Sünden waren die, daß er sich bis nun in sein fünfundzwanzigstes Lebensjahr herein noch gar nichts erworben hatte, als das tägliche Brot und den guten Appetit dazu. Unter solchen Verhältnissen hatte er freilich leicht lachen.

So saß er jeden Tag auf seinem hochgeschichteten Kohlenwagen wie auf einem Thron und hielt den Leitriemen der Pferde in der Hand, sang bisweilen ein keckes Standliedel und bot jedem Vorübergehenden, Vorüberfahrenden ein gutes Wort an. Nicht ein einzigmal kam er mit anderen Fuhrleuten des Ausweichens wegen in Streit; wenn ihm aber jemand ein Pfeifel Tabak schenkte, war er dafür so dankbar, daß er den Wohltäter, wo und so oft er ihm auch begegnen konnte, immer schon von weitem anlachte.

Der Lipp war durchaus zufrieden mit dem, was er war und hatte, gleichwohl er im Dorfe allerlei Dinge sah, die ihm gefielen. Da standen am Wege die Wirtshäuser, und er hätte den Durst dazu; da hatte der Kaufmann in seinem Glaskasten neue Taschenmesser und Peitschenstäbe aufgestellt. Eine silberne Sackuhr, wie sie dort im Eckhause zu kaufen, wäre ein unterhaltsam Ding den Bergweg entlang. Mancher der Dorfbürger hatte ein flinkes Rößlein und ein Steirerwägelchen d'ran und da saß er drin und kutschierte flott durch die Gassen und hatte eine feine Zigarre im Mund. Und wenn er wollte, so lenkte er um, fuhr lustig seinem Hause zu, wo das Weib war mit dem Kälberbraten, mit dem Kaffee . . .

Wer's hat, der braucht's, dachte sich der Kohlenführer, arm ist nicht, wer wenig hat, sondern wer viel braucht.

Beim Tabakverleger war des Lipp Haltstation; und während ihm sein Tabak ins Papier geschlagen wurde, sah der Kohlenführer die weiße Tafel an, die über dem Fenster stand. Auf der Tafel war geschrieben: „K. k. Lotto-Kollektur".

Da lächelte der Lipp nur so still vor sich hin: „Kriegst mich nicht d'ran, mir sind meine zehn Kreuzer, die ich hab', lieber wie dein Terno, den ich nicht krieg'."

Aber die Wirtshäuser standen halt immer an der Straße, und der Kaufmann und der Uhrenhändler öffneten jeden Tag ihre Glaskästen, und die Steirerwägelchen wirbelten Straßenstaub und Begierden auf, und die weiße Tafel beim Tabakverleger schrie dem Kohlenführer jeden Tag ins Auge: „K. k. Lotto-Kollektur!"

Wie geht der Spruch? „Wer alleweil setzt, ist ein Narr, und wer nie setzt, ist auch einer."

Ein Narr zu sein, das wäre dem Lipp doch zu dumm. Auch träumte ihm in der Nacht seines Geburtstages von sieben Rössern mit umgekehrten Füßen. Sieben Rösser haben achtundzwanzig Füße, gibt 7, 28, und letztere Zahl, wie die Füße umgekehrt, gibt 82. — Da legte er eines Tages zwei Silberzehner vor den Tabakverleger: „Für Zehni Tabak, für Zehni auf Ambo-Terno."

Der Alte gab mürrisch den Tabak, gab mürrisch den Setzschein, und der Lipp fuhr damit schmunzelnd seiner Köhlerei zu. Auf dem ganzen Weg dachte er an den Terno. — „Aber, das sag' ich: wenn ich was gewinn', die Halbscheid' davon geb' ich den Armen. Meine Pfarrkirchen soll auch was haben von der Sach'. Für mich behalt' ich nur, was ich notwendig brauch'."

Da gehen zwei Wochen hin. Und eines Tages erschrickt der gute Lipp bis in die Leber hinein. Wie ein Messerstich ist's ihm, als er die Nachricht erfährt, auf dem Brette stünden drei rote Nummern: 7, 28 und 82. Von der Kohlenfuhr' kollert er herab, in die Kollektur wirbelt er: „Herr Verleger, ist's denn wahr? Ist's richtig wahr? Die roten Ziffern da draußen, sind sie's? — Jesses und Josef, und wieviel krieg ich denn?"

„Dreihundert und etliche fünfzig Gulden," meint der Kollektant, „ja, aber heut' ist noch nichts da. Gib her den Schein derweil und frag dich in ein paar Wochen an."

Der Lipp fährt nach Hause. Er haut auf die Pferde ein, sie trotten heute gar so träge. Und wenn er unterwegs wen anspricht, so lacht er nicht mehr still dabei, er lacht laut. „Also, Lipp," redet er dann mit sich selber, „jetzt, was hebst an? Wozu brauchst du dein Geld?" — Wozu? — Wenn? Wieviel? Wann? — Es war kein Schlafen in der Nacht.

„Ein Rößl, Lipp, ein Rößl sollst du dir jetzt kaufen,

und ein feines Wägl dazu für besseres Fuhrwerk. Das Kohlenführen ist nichts mehr für dich. Mußt dich jetzt ordentlich weißwaschen, Lipp; neue Kleider, na, die verstehen sich von selber. Was sollst im Gebirg' oben? In Niederleut pachtest dir eine Wohnung, einen Stall; das Geschäft wird gehen; etlich' Jahrln und du hast ein Haus. Das Weib kannst gar schon früher nehmen. Bist nur erst weißgewaschen, Kohlenführer Lipp, du kriegst eine! Eine Tüchtige kriegst, eine mit Geld! — Kehr' die Hand um, bist Bürger von Niederleut, ein Großhändler. Na, Lipp, lug einmal, wer hätt' das gedacht, jetzt ist ein reicher Mann aus dir geworden." —

Endlich ist das Geld da. Es ist nicht ganz so viel, als der Lipp erwartet; die Steuer ist schon des Teufels, keinen Kreuzer hat sie gesetzt und will vom Gewinn was haben. Jetzt macht die Sach' nicht viel über dreihundert Gulden. — Dann, der alte, grämige Lotto-Kollektant — der sich ohnehin lediglich nur vom Tabakschnupfen zu ernähren scheint — der muß wohl bitten um sein „Gebühr". Fünfzehn Gulden oder zwanzig, weil Gott den Lipp schon so habe besegnet. — Ein saures Gesicht, das sonst gelächelt hat. Mit zweihundertachtzig Gulden Roß und Wagen und einen neuen Anzug und eine Taschenuhr! — es geht gerade noch (damals ging's noch), und daß etliche Groschen übrigbleiben. — Ein paar gute Tage muß sich der Lipp jetzt doch antun, hat ohnehin sein Lebtag nichts Rechtes genossen.

Lustig kutschiert er mit seinem neuen Gefährte, mit *seinem* Gefährte, durch das Tal, und dabei lacht er laut: man soll ihn hören, daß er da ist. Ist's aber zum Ausweichen, so zankt er wüst mit den Fuhrleuten. An den Türen der Gasthäuser stehen freundlich schäkernde Wirtinnen, alte und junge; ein frischer Trunk für den Ternomann, eine handvoll Hafer für sein Rößl! Geld findet überall höfliche Leute. Ja, mehr noch — bald hatte der Lipp auch ein flachshaarig Mägdlein bei sich auf dem Wagen.

Am neunten Tage nach dem Terno macht der Lipp seine ersten Schulden. Am Steirerwägel bricht ein Rad. — „Der Wagner ist so gut. Seine Sach' dafür wird er schon kriegen."

In die Lotto-Kollektur trägt er wöchentlich seinen Gulden. Wer oft und viel setzt, der muß doch wohl auch immer einmal gewinnen; dazu jede Nacht einen Traum, der auf allerlei Ziffern und Zahlen deutet. „'s kommt noch was nach!"

Aber es läßt so lange auf sich warten, und das laute Lachen wird nach und nach sehr kleinlaut. Der feine Wagen ist vertauscht gegen einen Karren. Die Kleider haben ihren Glanz verloren und sind fadenscheinig; die silberne Uhr — ei, wozu braucht der Lipp eine Uhr, wenn Mittagsstunde ist, da knurrt schon der Magen, und zur Nachtzeit schreit alle Stunden das Kleine.

„Gesperrt sind die Nummern, die unsereiner setzt, sonst müßten sie kommen! — Und sie werden noch kommen!" — Ein Stück Fleisch für das kränkliche Weib wäre nicht von Übel, aber die Groschen wandern in die Lotto-Kollektur. — Das Pferd ist auch verkauft; der Lipp hat das Lachen verlernt und grinsend nur mehr bewirbt er sich wieder um eine Kohlenfuhrstelle. Da, noch zu rechter Zeit — ein zweiter Gewinn in der Lotterie. Freilich nur ein Ambo mit vier Gulden. Aber der Lipp schreit's aus: „Seht ihr's! Seht ihr's! Hab' ich's nicht gesagt? O, es wird schon noch mehr kommen!"

Dieweilen freilich, dieweilen sitzt er wieder auf seinem schwarzen Throne der Kohlenfuhr, und seiner Familie ist zu Gnaden eine Waldhütte angewiesen worden. Nur einstweilen, meint der Lipp, er baut sich ja ein Haus, ein Haus in Niederleut.

Und so treibt er's noch heute. Er versetzt sein Geld in der Lotterie; er stiert mit gierigen Augen nach jeder Ziehung auf die herausgekommenen Nummern, aber es ist ganz verwünscht, die seinen sind „gesperrt".

Sein Gesicht ist wieder so rußig wie früher, aber das Lachen, das stille heitere Lachen hat er ganz und gar verloren, der arme Narr.

Und über dem Fenster des Tabakverlegers steht heute noch die Tafel und grinst auf reich und arm, auf alt und jung herab: „K. k. Lotto-Kollektur."

Aber endlich hört man, daß in Österreich solche Tafeln für immer sollen herabgerissen werden.

Der Schleuderer-Hansel.

Der einsame Bauernhof in den Bergen hat so gut seine Schildwache, wie der Herrenpalast in der Stadt. Vor dem Eingange, ein wenig abseits unter dem Dachvorsprunge, steht das Wachhüttel, dem fremden Eindringling schallt ein rasches „Halt, halt, halt!" entgegen und der Wächter schießt hervor gegen die Beine des Fremden, aber ehe er noch sein Ziel erreicht, reißt ihn die rasselnde Kette zurück und das arme Tier röchelt und knurrt und kann sonst nichts tun, als durch ein Gebelle die Bewohner des Hauses auf den ungewohnten Ankömmling aufmerksam zu machen.

Auch heute schlägt der Kettenhund an; die Bäuerin läuft vom Herde weg, wischt sich an ihrer Schürze schnell die Hände rein und guckt durchs Fenster. Da klappert schon die hölzerne Türklinke und herein schreit eine schneidige Stimme: „Schön guten Morgen Bäuerin! Dein Geldtrüherl mach' auf, der Schleuderer-Hansel ist da!"

Wie der Mann aber dasteht mit seiner Rückentrage, so ist keine Menschenmöglichkeit, daß er zur Tür herein kann. Er selber freilich steht winzig klein unter dem wuchtigen, grauen Ballen über der Holzkraxe. So trägt der Atlas die Weltkugel; aber das ist ja auch eine Welt, was unser Mann schleppt; aus allen Weiten trägt er eine Welt, eine ganz neue Welt von Dingen, Schätzen und — Wünschen herein in das stille, friedsame Bauernhaus der Waldberge.

Er ist ja — schaut ihn nur recht an, er ist nicht in

der Gebirgstracht, er trägt hohe Stiefel, in welchen das schwarze Beinkleid steckt, eine dunkle Weste mit einer Reihe von Pakfongknöpfen und einen kurzen, bläulichen Spenser, er trägt ein rundes Hütel mit schmaler, aufwärts geringelter Krempe, er hat einen langen, kräftigen Hals und ein hageres, bräunliches, bartloses Gesicht mit vielen wagrechten Runzeln an der Stirne, über welche das spärliche Haar niederhängt. — Es ist ja der „Krainer". In Krainland ist er daheim, hat Haus und Feld neben den Morästen, aber so mager, daß er mit dem Ackern und Säen oder Ernten bald fertig ist. Dann verläßt er Weib und Kind, trägt eigen Erzeugnis davon, oder kauft sich allerlei Waren ein in den Städten und geht damit hausieren im Gebirge, wo die Leute abgesondert sind und oft gar keinen Kaufmann unter sich haben, als den Schuhnagel- und Bandelkrämer.

So ist er jetzt da. Er hat sachverständig seine Trage im Vorhause auf dem Lehmboden niedergelassen und schiebt sie jetzt schiefseitig zur Stubentür herein. Nun ist auch schon das ganze Hausgesinde da. Es mag im Hofe eine noch so stramme Herrschaft walten, wenn plötzlich der Ruf erschallt: „Ein Krainer kommt! Der Schleuderer-Hansel ist da!" so ist es getan um alle Ordnung; der Stallbub' läuft von seiner Streu weg; die Kuhmagd von ihrem jüngsten Kalb; der Bauer selbst tut seine Hände auf den Rücken und geht gelassen im Hofe herum.

Die Bäuerin hat wohl zehnmal gesagt: „Tu' sich der Hansel keine Müh' machen mit der Kraxen, tu' der Hansel nicht auslegen, wir mögen nichts kaufen; 's ist just halt das Geld so viel klug (karg)." Der Schleuderer-Hansel schnürt ruhig den großmächtigen Ballen von der Holztrage ab und hebt an, ihn langsam aufzumachen und die Dinge auf dem großen Tisch auszustellen. Er merkt es wohl, wie die Bäuerin schon herschielt auf die Schätze, wie die Mägde schon alle lange Hälse machen nach den bunten Baumwollstoffen, nach dem „Blaudruck", nach dem gestreiften „Kittelzeug", nach dem Taffet; und jetzt kommen gar die breiten Schachteln mit den seidenen Halstüchern, so flammenhell leuchtend und so rot, wie noch gar nichts so Rotes im Hause gesehen worden ist.

Das ist jetzt ein Lispeln und sachtes Naherücken an den Tisch, und die Bäuerin fühlt, daß sie der Welt Verlockungen allein nicht mehr widerstehen kann, sie ruft den Bauern zu Hilfe.

Der Bauer aber hält sich fern, so lange als möglich, er hat in der Zeugkammer, auf dem Kornboden zu tun, und an allen anderen Ecken und Winkeln, er weiß wohl, wie teuer ihm heute der Eintritt in seine bluteigene Stube zu stehen kommt. Dennoch aber — er braucht Hosenträger, er braucht eine gestreifte Baumwollhaube — ein Druck und Ruck an der Klinke, und er steht in der Stube.

Nun wären die Gänse alle da, und der gute Krainer hebt an zu rupfen.

Einen färbigen Wollenstoff facht er auseinander und legt ihn über den ausgestreckten Arm, daß er schimmert und herrliche Falten wirft. „Das wär' a bißl a Röckel!" sagt er halblaut, „das neueste jetzt, aber im Mürztal draußen trägt schon jede Großbäuerin ihr Wollenröckel, ist auch schon mein letztes Stück. — Sehr sauber!"

„Wohl rechtschaffen ja," meint die Bäuerin, „aber wird halt so viel unmöglich teuer sein."

„Das Allerwohlfeilst, Hausmutter, wenn man's nimmt; zehn Jahr könnt Ihr's tragen auf die hohen Feste, und nachher erst auf alle Sonntag, ei freilich, freilich! Die Felberwirtin im Tal trägt ihr Wollenjöppel schon über fünfzehn Jahr, heißt das, nicht den Stoff, weil der schon gar der neueste ist; — ja wohl und zuletzt, mögt Ihr's selber nimmer tragen, könnt Ihr Kinderspenserln daraus machen. Ich sag's auf Ehr', Bäuerin, 's ist ein wohlfeil' Einkaufen und ich geb's um den Weberpreis, weil's das letzte Stückel ist. Kaufet, Leut', kaufet, der Schleuderer-Hansel ist da!"

„Ihr tätet mir schreien, wie Ihr wollt," meint der Bauer, „aber das hellblaue Wollenzeug schreit so viel arg in die Augen; das will angreifen. Und du, Bäuerin, gelt, du tätest so viel harb werden auf mich, wenn ich dir so ein Jöppel wollt kaufen." Einen unbeschreiblichen Blick von Schalkheit und Glück richtet die Bäuerin bei diesen allverheißenden Worten auf ihren Mann und er hebt nun an zu feilschen. Kaum ein Vierttcil des Verlangten bietet er für die Ware; da ist der Krainer wohl recht entrüstet; auf der Welt das größte Unrecht geschieht ihm — kopfschüttelnd über die Verblendung der Menschen beginnt er die Waren einzupacken. Der Bauer nähert sich immer mehr der Tür zum Davongehen und das Weibervolk wird immer kleinlauter. Der Hausierer wirft schon seinen Strick um den Ballen, aber noch einmal läßt er die Hände ruhen, wendet sich um und sagt dumpf: „Seid christlich, Bauer, 's ist Euere gute, von Gott angetraute Hauswirtin." Nicht seiner Ware wegen, aber die Verlassenheit der Bäuerin geht ihm zu Herzen und er weiß, wenn er den Bauer auf diesen Weg drängt, dann kann er nicht mehr weichen.

Der Bauer kehrt richtig wieder um und das Feilschen wird neuerdings aufgenommen; der Bauer rückt aufwärts, der Krämer abwärts. Ungefähr in der Mitte kommen sie zusammen, da reißt der Krämer seine geschnallte Trage wieder auseinander, greift hastig nach der Elle, mißt einen ganzen Berg von blauem Wollenstoff auf den nebenstehenden Lehnstuhl, und die Schere oder ein schnalzender Riß zieht die

Grenze zwischen mein und dein. Nun merkt der Bauer wohl, der Gang in die Kammer um die Brieftasche ist unerläßlich, kann auch nicht mehr aufgeschoben werden. Ja, es ist sogar angezeigter, er beeilt sich, denn die Bäuerin wird überraschend schnell vertraut mit dem Krämer und zupft an den verschiedenen Leinwandballen, blättert in den großblumigen Kopf- und Halstüchern, wühlt in der Zwirn- und Bänderschachtel und naht immer mehr und mehr den flammenden Seidenstoffen. Das ist eine fruchtbare Zeit für des Krämers Rechnung und diese wächst von Minute zu Minute, und die sachverständige Bäuerin hat sich, höchlich unterstützt von der Zungenfertigkeit des Krainers, eine artige Auswahl von allem beiseite gelegt, bis der Bauer mit der Brieftasche kommt.

Der Krämer wird immer wärmer. Der „Schleuderer-Hansel ist da!" ruft er, „und heut' ist der Vierzehnnothelfertag (oder der goldene Freitag, oder was anderes, das ihm Anlaß gibt), heut' verschleudert*) er alles, der Schleuderer-Hansel!"

Während all' dem berechnen die Mägde still das Verhältnis ihres Jahrlohnes zu etwa so einem Seidentüchel. Sie berechnen an den Fingern die Gulden, aber die Küchenmagd hat an all' beiden Händen nicht so viel Finger, sie muß auch noch die zwei Schürzenzipfel zu Hilfe nehmen: zwölf Gulden hat sie Jahrlohn! Sie denkt, wenn es sich wirklich und wahrhaftig zutrüge, daß man drei oder vier Gulden hinopferte für so ein vornehm' Ding, so sei das freilich wie ein ganzes Vierteljahr und mehr, aber man hätte hernach immer noch so viel wie andere, die nicht „für die Küche" sind. Nein, sie will aber doch lieber sparen, denn

*) Verschleudern, so viel als halb verschenken.

achtzig Gulden muß eins wohl beisammen haben, will man ans Heiraten denken. Sie hat ihren Drang schon völlig besiegt und will sich wegwenden von den eitel Schätzen — da läßt der Krämer das schönste und brennendste Seidentuch auseinanderflattern und wirft es kundig um den Hals und über den Busen der Magd. Nun ist sie verloren, sie sieht das schöne große Flammenherz über ihrer Brust, auf ihren Wangen spiegelt sich der ganze Seidenstoff, in ihren Augen leuchtet er, alles hat das Seidentuch entzündet. Die gute Magd hat kaum so viel Geistesgegenwart, daß sie ein wenig feilschte, die anderen müssen es für sie tun, sie fliegt nur gleich in ihre Kammer, in ihrer Bettdecke oder in dem Kopfpolster — sie weiß es im Augenblick selbst nicht — hat sie ihr Erspartes eingenäht.

Und wie sie dann das Seidentuch hübsch zusammengefaltet und in weiches Papier gewickelt in der Hand hält, und zuweilen ein wenig hineinguckt zum zarten Stoff mit der glühenden Farbe, da kann sie's immer noch nicht glauben, daß sie zu so großen Dingen auserkoren.

Nur die reichsten Bäuerinnen tragen sonst Seidentücher um den Hals, und das bloß an den höchsten Festtagen; wenn nun zum nächsten Fronleichnam gar sie — die Küchenmagd, mit so einem ins Dorf kommt — werden aber da die Leute gucken!

„He da, he, der Schleuderer-Hansel ist da!" schreit der Krainer wieder, und wie viel Geld er auch schon einkassiert haben mag, er denkt noch lange nicht ans Packen. Die Knechte poltern herein, ein paar haben wohl gar die klappernden Holzschuhe an.

Jetzt ein ander Bild, jetzt kommen die Mannsleut', denkt sich der Krämer, zieht aus seinem Tragkasten eine Lade heraus, voll von Taschenmessern, Geldbeuteln, Tabakspfeifen und allerlei Rauchzeug. Und Hosenhälter und Baumwollhauben und Sacktücher in Menge sind da, und Handspiegel und Kämme und Rasiermesser und Uhrschlüssel, kurz alles, was schön, nutzbar und wünschenswert ist.

Der Knecht nimmt wohl so einen Gegenstand in die Hand und wendet ihn langsam und besieht ihn von allen Seiten und spekuliert, wie das gemacht worden ist.

Da darf der Schleuderer-Hansel sein Mundwerk keinen Augenblick stehen lassen über „die feine ausgezeichnete War'", sonst läuft er Gefahr, daß der Knecht, hat er das Ding nach Herzenslust besehen, selbes wieder in die Lade zurückgleiten läßt. Des Knechtes wirtschaftliche Verhältnisse sind nicht immer so wohl bestellt als die der Küchenmagd. Zwar — Gott sei Dank — müßte er mindestens sechs Hände haben, wollte er seine Jahrlohngulden an den Fingern abzählen, aber er hat Auslagen, von denen das Weibervolk keine Ahnung hat. Da ist der Tabak, das Pfeifenzeug, die allmonatliche Sackuhrreparatur, am Sonntag das Wirtshaus, da sind die Schuhnägel für sich und seine Maid und andere Kleinigkeiten, die versorgt sein wollen, bis sie groß sein werden. Es hält schwer, und schier den Zungenkrampf kriegt der Krämer, bis er's so weit bringt, daß sich einer vielleicht doch einen Taschenfeitel kauft.

„Der Schleuderer-Hansel ist da, und heut' wird auf Schaden verkauft!" schreit der Mann wieder und sucht seinen Waren nochmals die vorteilhafteste Lage zu geben, aber der Türen sind zwei aus der Stube, durch welche sich seine Kundschaft nun nach und nach zurückzieht.

Doch noch einmal geht ihm ein leuchtender Stern auf. Er hört johlen und poltern, die Tür springt auf, die Kinder sind da.

Daß sie über den fremden Mann und den seltsamen Berg

auf dem Tisch ein wenig verblüfft sind, dauert nicht lang'; wie die gute Hausfrau auch wehren mag, sie klettern auf die Bänke und Stühle, und der Krämer weiß gleich die freundlichsten Worte für jedes und zieht schmunzelnd eine ganz besondere Lade aus seiner Kraxe. Die ist erst aller Herrlichkeit voll; Blasepfeifen, Mundharmoniken, Puppen, blutrote Roß und Reiter auf Wäglein stehend, und grüne Vögel, die wispern, wenn man ihnen in den Schweif bläst, und „Stehhansel", die nicht liegen bleiben und täte man sie zehnmal umlegen und auf den Kopf stellen.

Da schlägt die Bäuerin die Hände zusammen und ruft schier verzweifelt: „O, du meiner Tag', jetzt ist schon das Wahre! So tut doch Euere vertrackte Kramel einmal weg, Krainer! Ihr wißt einen Klenkas, wie eins nachher mit den Kindern fertig wird."

Da schleichen und hüpfen die Kleinen schon an die Mutter herum und schmeicheln und betteln um so ein Roß, um eine Harmonika, um einen Vogel um alles; und der Krämer sagt: „Freilich, freilich kauft euch die Mutter was, ihr seid ja frei so viel brav! Hebt schon an und geht in die Schul', gelt? Du Dirndl, geh' her zu mir! Wie heißt denn, he? Nani heißt? Nu weil du Nani heißt, so muß ich dir was schenken, seh!" — Er gibt ihr so ein Dingelchen, das sie „Stehhansel" nennen. Die Kleine hat ihren Finger im Mund, macht ein ganz verblüfftes Gesichtchen und getraut sich das Ding kaum anzugreifen. „Schau," fährt er dann fort, „ich hab' auch so ein klein Mädel daheim und dasselbe heißt auch Nani, und ein Bübel auch, just so wie der dort, der propre Bub'. Mußt dich nicht fürchten, Kleiner, ich tu' dir nichts, ich hab' die kleinen Leut' rechtschaffen gern."

Und so fährt er fort, der Schlaue, und weiß wohl warum er so tut. Die Kinder werden zutraulich und gewinnen Mut zur nachdrücklichen Bestürmung der Mutter; und die Bäuerin wird mild und wohlwollend gestimmt gegen den Mann, der sich durch Hausieren seine Sach' mühsam erwerben muß, weil er zu Hause auch eine liebe Familie zu ernähren hat.

Die Bäuerin steht abseits von allen Einnahmen der Wirtschaft; der Bauer nimmt für alles ein und gibt für alles aus. Die Bäuerin hat nur eine einzige Geldquelle: die Hühner. Eine gute Henne legt in der guten Jahreszeit durchschnittlich jeden zweiten oder dritten Tag ein Ei. Die Eier werden von der Wirtin oder der Pfarrerköchin zu Kreuzern gemacht. Und solche Kreuzer sind es, die nun die gute Bauersfrau hervorholt, um ihren Kindern eine höchste Freude nicht zu versagen. Nun endlich sind sie alle zufrieden, und der Hausierer schnallt seine Trage, schiebt sie mühsam vor die Tür hinaus, denn gar viel kleiner kann sie in einem Hause nicht werden, und hätte sie noch so viele Wünsche befriedigt.

Der Abschied wird rührend. „Behüt' euch Gott all' miteinand!" sagt der Mann. „Nichts für ungut, schön gesund bleiben beisamm'! Über den Winter hinaus, wenn mir der lieb' Gott das Leben erlaubt, steig' ich wieder daher und bring' allerhand schöne, nagelneue Sachen mit, und wohlfeil. Tut nur einen Beutel voll Geld richten für den Schleuderer-Hansel!"

Dann lädt er auf und geht von dannen, und lange sieht man den hohen, grauen Ballen des Weges hin noch wandeln und wanken, und der Kettenhund bellt, bis die Erscheinung verschwindet.

Im einsamen Bauernhofe aber ist alles noch eine Zeitlang berauscht von dem Glücke des neuen Besitzes, den eine kleine Welle aus dem reichen, wogenden Meere der Welt herangeschwemmt hatte.

Die Uhrhändler.

Auch bäuerlich Mann hat heutzutage seine Taschenuhr — einer und jeder. Heißt das, der sie nicht vergurgelt. Wer die Zeit vertrinkt, wozu braucht der eine Uhr?

Aber man weiß, daß bei den Bauernburschen nicht allein das Dirndlhandeln (tauschen), sondern auch das „Uhrhandeln" im Schwung ist. Eine und dieselbe ist einem und demselben nicht alleweil „seltsam". Geht sie gut, so ist vielleicht das Gehäuse nicht brav genug versilbert, oder die Schildkrötenschale hat einen Sprung. Geht sie mittelmäßig, so ist auf sie natürlich kein rechter Verlaß. Und geht sie schlecht, so muß damit einer angeschmiert werden. Bei solchen Tauschhandeln wiederholt sich freilich gar oft das schöne Märchen vom Hans im Glücke, der durch oftmaliges Umtauschen vom vollen Geldbeutel allmählich auf einen Kieselstein kam und dabei immer noch gewonnen zu haben glaubte.

„Freunderl! Ich hab' dir jetzt eine! Schön ist sie nicht, meinst? Nachher weißt du nichts. Daß man ihr's auswendig nicht ansieht, was sie nutz ist, das glaub' ich. Geh' du kennst nichts. Du kriegst dein Lebtag keine solche. Keine solche nicht, das sag' ich dir dreidoppelt!"

„Was kostet sie?"

„Der Uhrmacher hat gar keine mehr. Die ist seine letzte gewesen von der Gattung."

„Und die?"

„Ist nicht feil."

Eine halbe Stunde später tut der eine einen lustigen Pfiff in sich hinein — man kann auch in sich hineinpfeifen, man tut's zumeist, wenn man einen andern insgeheim auspfeift. Der „elendigliche Taschenbrater" ist glücklich weg.

Die alten großen, dreigehäusigen Spindeluhren stehen auf der Bauernschaft draußen heute noch teurer im Preis, als die neuen guten Zylinder- und „Chronometerwerke" in der Stadt. Die Uhrenhändler wissen, mit was sie den Bauernmarkt füllen müssen, wenn sie recht tüchtig gewinnen wollen.

Mit manchem alten „Knödel", wie man die halsstörrige Taschenuhr zu schelten liebt, sind schon so viele Liebhaber angeschmiert worden, als sie Stunden auf dem Blatte hat. Eine solche kommt dann zu einer gewissen Berühmtheit.

„Die hat der jetzt!" heißt's mit Spott.

„Die foppt den jetzt. Der mag sich seine guten Stunden auf einem anderen Zifferblatt suchen. Das ist ein reiner Säckelrauber, die!"

„Wenn ich das Geld hätt', was die schon dem Uhrzurichter eingespielt hat, ich kunnt mir damit eine goldene anschaffen, und kriegte die Kette mit den Frauenbildeltalern, die d'ran hängen, mit d'rein."

Der sie aber eben hat, der preist ihr alle Tugenden an, welcher eine Taschenuhr jemals fähig sein kann; wenn er sie trotzdem nicht an Mann bringt, und er ist mit ihr allein, dann geht's ihr nicht gut. „Rabenbradl du! Hast eh kein Funkerl Silber an dir, und zu Lohn, daß ich g'sagt hab', das ganze G'schlacht mitsamt der Ketten wär' feines Silber, zu Lohn bleibst mir jetzt wieder stehen, und hab' dich erst vor einer Viertelstund' aufzogen! Zu Lohn, daß ich g'sagt hab', Rubinensteine tut man in die besten Uhren heutzutag' gar nicht mehr hinein — weil sie dir herausgebrochen sind, wie einer alten Vettel die Zähn' — zu Lohn laßt mir jetzt auch noch den Zeiger abfallen — hast eh' nur einen mehr, du schandbar's Gespenst! Hin sollst sein!"

Er schleudert sie auf den Rasen, aber im letzten Auslassen noch so behutsam, daß sie sich nicht allzu sehr beschädigt. Dann schaut er sie eine Weile an und bückt sich. — „Nein," sagt er, „nein, Luder, liegen laß ich dich doch nicht, die Ehr' tu' ich dir nicht an. Mit dir muß noch einer angeschmiert werden."

Am Sonntag im Dorf auf dem Kirchplatz wird der Uhrhandel zumeist betrieben. Da gibt's auch Leute, die rein davon leben und gut leben. Denn es gibt umgekehrte „Hans im Glück!" Mancher hat sich von einer Zweiguldenuhr zu einer Zwanzig- und Dreißigguldenuhr hinangetauscht.

So ein „Uhrhändler" von Profession ist selbstverständlich auf allen Kirchweihfesten und Jahrmärkten. Mir steht aus meiner Jugend eine Gestalt, der „Uhren-Osel" geheißen, noch recht fest im Gedächtnis. Das ist ein wunderlicher Geselle gewesen. Dort geht sie behäbig wackelnd, die kurze, dicke Figur, weit ausgebauscht über und über — aber Fleisch und Bein sind das wenigste d'ran. Das Männlein ist außerhalb seiner Haut lebendiger als innerhalb derselben. Es ist voller Uhren. Nichts als Uhren.

Kommt er dann Sonntag ins Dorf, so errichtet er sich auf einem leeren Faß seinen Tisch. Noch ist Gottesdienst. Er muß sich gedulden, denn heute geht einmal alles nach dem Kopfe der Kirchturmuhr. Endlich ist der Strom da. Die Weiber schlagen sich zum Zwirn- und Bandelkrämer, die Dirnen (bei uns heißt man alle unverheirateten Weibsbilder und halberwachsene Mädchen Dirnen) und die Kinder ziehen sich um den Semmelstand, oder Kirschenkorb, oder um das Zwetschkenfaß herum. Etliche Männer trachten dem Tabaksladen zu oder verschwinden höchst rätselhaft in der Nähe des breiten Einfahrtstores zum goldenen „Löwen". Eine große Zahl der Männer aber — junger und alter — gruppiert sich um den Uhrenhändler, und jetzt hebt das Geschäft an.

Der Osel handelt. Das Merkwürdige ist nur, daß seit vielen Jahren, da er in der Gegend das Geschäft betreibt, alle Uhren, die er verkauft und vertauscht, die solidesten Silbergehäuse und Beschlachte haben; jene aber, die er eintauscht, von eitel Pakfong oder Blech sind, so lange er noch um sie feilscht. Er hat, gibt und nimmt Spindeluhren, Ankeruhren, Zylinderuhren, Repetieruhren, Chronometer — was weiß ich, wie sie alle geheißen werden. Ich habe die meine schon seit sieben Jahren im Sack und kenne sie nicht mit Namen. Wäre sie nur so gutherzig wie jene längstvergangene, von der ich zum Schluß erzählen will!

Mit Uhrgläsern — der Osel war ein gelernter Glaser — hat er den Handel angefangen, und dann reiste er jährlich zwei- oder gar dreimal in die Stadt, um dort die ältesten und zerfahrensten Uhren zu kaufen und die neuesten und besten nach Hause zu bringen.

Heute — es ist nun freilich ein längst entschwundener Tag — geht's um sein Faß noch höher her wie gewöhnlich, heut' wird etwas ausgeschrien. Eine Uhr wird verlizitiert — ihr lieben Leute — eine merkwürdige Uhr! „So ist's ja auf der Welt, Glück und Ehr' kriegt man nicht zu kaufen!" ruft der Osel, „das muß man lizitieren. Und wer das Glück hat und diese Uhr kriegt, dem muß man auch die Ehr' geben. Denn das Zeugel da — 's ist nicht groß, 's ist auch nicht verjuramentiert, ob es von Silber ist, oder sonst was wert — aber wenn's ein Engländer sieht, das Dingel, wie ich's jetzt halt' in der Hand, so sind auf der Stell' hundert Dukaten mein. — Drei Gulden zum ersten!"

Sie fahren um ihn zusammen. Sie lärmen und lachen und stoßen sich die Ellbogen in die Weichen. Sie steigern mit und jagen sich gegenseitig während seiner hellausklingenden Rufe lustig hinauf.

„Nur nicht balgen und drücken, Leut'!" so fährt der Uhrenhändler fort, „fein still sein und losen. — Vor vierzehn Tagen ist der Dräuberl-Franz gehenkt worden, das wißt ihr. — Vier — fünf Gulden zum ersten! — Der Dräuberl-Franz hat drei Leut' umbracht und einen Schuster. Darum haben sie ihn gehenkt. Wenn er's nicht getan hätt', hätten sie ihn leben lassen. — Acht Gulden fünfzig zum ersten! — Wie ihn der Henker eingraben will, findet er im Hosensack vom Dräuberl-Franz diese Taschenuhr — zehn — fünfzehn — neunzehn — zwanzig Gulden zum ersten! — Und die Uhr ist noch gegangen! Der Dräuberl-Franz ist maustot gewesen. Die Uhr ist mit ihm gehenkt worden und ist noch gegangen! — Dreißig Gulden zum ersten! — Zweiunddreißig Gulden zum ersten! — Und geht heut' noch! Und ist dabei gewest, wie der Dräuberl-Franz die drei Leut' hat umgebracht und ist gehenkt worden! Und geht heut' noch — geht ohne End' und Aufhören! — Fünfunddreißig zum ersten! — Zum zweiten! — Fünfunddreißig zum ersten! — Zum zweiten! — Fünfunddreißig Gulden zum! Wer gibt mehr? — Fünfunddreißig Gulden zum — dritten!"

Der's am wenigsten vermeint, dem ist die Uhr in der Hand geblieben. Dem alten Leckenbauer.

„Geldbeutel!" murmelte er, und zog seine Brieftasche heraus, „jetzt wollen wir sehen, ob du sie wert bist!"

Hätte er gestern an den Schragen-Bartel nicht eine Kuh verkauft — wohl als „tragend", während sie „gall't" (unbefruchtet) war — der Geldbeutel wär's nicht wert gewesen.

Etwas kleinlaut nahm er die erstandene — die gleichsam

vom Tod und vom alten Leckenbauer erstandene — Taschenuhr in Empfang, und trostbedürftig fragte er, ob's doch wohl gewiß wahr sei, „daß sie ohne End' und Aufhören gehe".

„Das versteht sich bei einer Galgenuhr," sagte der Osel, „nur auf's Aufziehen mußt nicht vergessen."

„Ja freilich," bemerkte näselnd ein anderer — der Rockschneider von der Lehne —, „das Aufziehen ist eine Hauptsache, wenn eine Uhr gehen soll. Du selber wärst es."

„Was?" fragte der Leckenbauer.

„Aufgezogen. Schau, die Uhr" — der näselnde Schneider hielt sie ans Ohr — „diese Uhr da muß einen Herzfehler haben, weil der Puls so ungleich geht. Alle Stund' kann sie der Schlag treffen. — Und der rostige Flecken da, am Blechgehäuse! 's ist recht schön, die Uhr von einem Raubmörder besitzen, aber — ich für meinen Teil — Blut möcht' ich doch kein's d'ran haben."

Es gingen nicht fünfzehn Minuten um, so war der Rockschneider Eigentümer der „Galgenuhr". Der Leckenbauer besaß hingegen nun eine eisgraue Greisin, halbblind auf dem Zifferblatt, halblahm am Gehwerk, zahnschartig die Räderchen, runzelig und zerdrückt das Pakfongbeschlacht — aber eine ehrliche Uhr. Und der Leckenbauer war's zufrieden oder tat so — freilich insgeheim wünschend, daß sich gestern der Schragen-Bartel von ihm nicht hätte anschmieren lassen sollen.

Der Uhrenhandel wird auch unter den Weibsleuten betrieben, aber beileibe nicht auf offener Gasse, sondern unter Dach und Dämmerung. In der Bauernschaft ist der Brauch, daß der Bursche seinem neuerwählten Dirndl eine Sackuhr gibt. Das ist statt des Verlobungsringes. Sie trägt das Uhrlein treu und zärtlich hinter dem Busentuche verwahrt und vernimmt an ihrem Herzen allezeit das traute Ticktack.

Ist das nicht unendlich sinniger als ein leb- und inhaltloser Ring am Finger? — Freilich, wenn sie einmal den Uhrschlüssel verliert, scheint es selbstverständlich, daß sie sich mit dem Anliegen an den Spender der Uhr wendet. Nicht immer! Es gibt auch andere Leute, die Uhrschlüssel haben. Und bei solcher Gelegenheit wird dann getauscht. So bedeutet bei den Weibsleuten der Uhrenhandel geradezu Untreue. — Ein häßliches Wort. Die gute Uhr, deren beständig vorrückender Zeiger still und ernst auf die fliehende Zeit weist, auf das schwindende Leben — sie wird Judaslohn. — Eben weil's so rasch dahingeht, dieses Leben, muß man's nach Gelegenheit und Laune beim Schopf fassen und ans Herz reißen! sagen die einen. — Eben weil die Zeit so kurz, sollen zwei Menschen, die sich einmal gern haben, treu zusammenhalten, sagen die andern.

Und der Zeiger der Uhr mißt die Stunden jedem vor, und jeder — zu frommem Liebesglücke oder zur Falschheit.

O du geliebtes, verachtetes Uhrlein, das ich einstmals besessen! Der mir's angepriesen, glaubte mich damit zu übervorteilen, weil sie arm und schmucklos war am Leibe und bisweilen ein wenig rasten wollte, wenn die Triebfeder ihrer Pflicht nicht gerade allzu stark gespannt gewesen.

Da kam ich einmal zu einem süßen Kinde, und das bat ich um ein Stündlein Glück. Ein einziges, das mag sie gewähren. Der Nachtwächtersruf um Mitternacht schreckte sie auf, aber ich berief mich auf die Uhr, es sei das Stündlein noch nicht aus. Der erste Hahnenschrei endlich hat ein Ende gemacht — der Zeiger wies treuherzig noch die versprochene Stunde.

O du geliebtes, verachtetes Uhrlein, du hast mir's gut gemeint!

Der Schmalz-Pater.

Wenn man eine leichte Börse und schwere Füße hat und man möchte gern weiter, so ist das unselig. Das Fahren geht nicht wegen der leichten Börse und das Gehen nicht wegen der schweren Füße; da ist es schier das beste, man setzt sich auf einen Stein und philosophiert.

So saß ich einst als junger Mensch auf einem Steine des Pustertales, im schönen Land Tirol.

„Heda, Bursche, woher, wohin des Weges?" rief eine Stimme neben mir.

Ein Mann in brauner Lodenkutte, mit einem breiten Hut, einem derben Wanderstock und einer Reisetasche stand da. Ein Franziskaner.

Er war nicht mehr jung, aber sein Gesicht sah aus frisch wie eine Pfingstrose.

Meine kecke Antwort: „Von Innsbruck kommt der Bursche und in alle Welt will er und jetzt verdrießt ihn das Wandern."

„Dann bin ich sehr froh, daß Ihr kein Hexenmeister seid," entgegnete er lustig, „kehr' um die Hand, machtet Ihr aus so einem alten Franziskanermönch einen gesunden Esel und setztet Euch hinauf und rittet in alle Welt!"

Von dieser Gattung war er, fröhlich und drollig. Wir sind dann miteinander gegangen. Er war aus Innsbruck, war bis Brunnecken gefahren, und kam nun eine gute Strecke zu Fuß her. Er reiste in Geschäftssachen, wie er sagte.

„Per pedes ist mein Leben," sprach er, und sein Rosenantlitz lächelte, „ich bin noch ein Bursche aus der alten Zeit, wenn's auch nicht ganz mehr so rüstig geht, denn in so einer Wollenkutte ist's unbequemer zu wandern als im Handwerkeröckl, das läßt sich nicht leugnen, aber fechten läßt sich's doch auch darin, und besser noch. In der letzten Nacht fuhr ich über den Brenner; bin zum erstenmal in meinem Leben auf dem Dampfwagen gewesen — ein sündhafter Vorwitz, und ich tu's in meinem Leben nicht mehr; allen heiligen Patronen hab' ich gedankt, als ich in Franzensfeste war, und hernach schlief ich doppelt gut auf dem Heu. Heut' nach der Meſſ' machte ich mich gleich zu Fuß auf, aber mein schwerer Korb, den ich trug, ließ mich froh sein, als ich mit einem Postretourwägel auf das Mitfahren unterhandelte. So fahr ich bis Brunnecken. Als ich absteig, will dieser Mann Gottes von einem Postillon, daß ich ihm ein Trinkgeld gebe. Ein Narr, der was gibt, wenn er nichts hat, denk' ich mir, aber er meinte, ich wäre schmutzig! — Schmutzig! antworte ich, o, im Gegenteil, Freund Gottes, blank bin ich! — Der Mann brummt, aber meinen Korb läßt er mir doch weiterfahren bis Innichen."

So plauderte mir der Mann vor und dann schritten wir lustig mitsammen.

Mein Gefährte trug Sandalen und schritt damit sehr weit aus; wir holten sogar einen Stellwagen ein. —

„Wißt Ihr, warum so ein Marterkasten Stellwagen heißt?" fragte mich die Pfingstrose plötzlich. „Ja, weil er nicht von der Stell' kommt!"

„Was euch so ein Postillon für ein beweinenswerter Mensch ist, nit?" bemerkte der Mönch später, „vor jedem Wirtshaus bewässert er seine Pferde und sich selber beweint er."

Der Mann hatte recht, ich hatte das früher durch das

Inntal erfahren. Die Fuhrleute scheinen mit den Wirten förmlich Kontrakt geschlossen zu haben, letzteren so viel Reisende als möglich ins Haus zu schmuggeln, und wer in die düstere Stube mit den rauchigen Kruzifixen nicht will, der muß sich das Warten im Wagen gefallen lassen, bis sich der Kutscher genügend „beweint“ hat.

Auf vielen Wiesen arbeiten die Mähder. Ich bemerkte meinem Gefährten, daß ich den Heuduft liebe, worauf er mir antwortete, daß er den Heuduft auch sehr liebe, und daß er sich deshalb schon heimlich in Verdacht habe, er müsse ein Esel sein. Der Esel kam diesmal auf mich.

Die hohen spitzigen Hüte der Tiroler, die man im Pustertale sehr häufig sieht, nannte mein Mönch „Sternstecher“.

Aber die Tiroler sind unter diesen Sternstechern sehr schmuck, die Männer wie die Weiber.

Einem Bäuerlein, das ein paar Ochsen leitete, die durch ein Kopfjoch den Heuwagen zogen, rief mein Gefährte zu: „He, Landsmann, Euere Ochsen und unsere Stadtleut haben das gleiche Amt, sie arbeiten mit dem Kopf!“

Da kam das Bäuerlein heran, küßte dem Pater die Hand und schmunzelte: „Hochwürdiger Vater, bist wohl recht gemein!“

Damit meinte er, daß der Mann sehr leutselig sei.

„Kennt Ihr das Mittel, auf billige Weise blaue Farbe zu erzeugen?“ fragte mich plötzlich mein Mönch.

Ich sah ihn an; wie kam er doch, während er mit der Nase die letzten Stäubchen seines Tabaks aus der Dose sog, zu dieser Frage?“

„Nun so will ich Euch's sagen,“ fuhr er fort. „Man nimmt einen Schusterjungen und einen Knieriemen und balgt den ersteren mit dem letzteren.“

Mich fingen diese Handwerkerwitze nachgerade zu ärgern an, meine Füße schmerzten mich und ich war nicht zum Trefflichsten gelaunt.

„Wie kommt Ihr jetzt zu solchen Bemerkungen?“ fragte ich den Mönch.

„Weil ich,“ antwortete er, „auf diese Weise einmal zur blauen Farbe gekommen bin und sie gefühlt habe. Ich erzähl' Euch die Geschichte, wenn Ihr wollt; aber lieber Mann Gottes, Ihr geht ja verteufelt elend, setzen wir uns aufs Leder.“

Ich war einverstanden und wir setzten uns unter einen Lärchenbaum. Darauf musterte mein Mann nochmals seine Dose, doch ohne jeglichen Erfolg, es war kein Stäubchen mehr drin. Endlich kam er ins Erzählen:

„Bin einmal ein Schusterbub' gewesen voll Pech und Ruß und Boshaftigkeit. Hab' mir aus lauter Vorwitz nicht zu helfen gewußt, und immer den Meister, der schon alt und kurzsichtig war, hab' ich im Zug gehabt. So mach' ich mich auch einmal d'ran und beklebe seinen Dreifuß mit Pech und Leim; der Meister kommt, setzt sich auf den Stuhl, bleibt seine paar Stunden sitzen, heißt es auf einmal: die Frau Amtmännin ist draußen und will mit dem Meister sprechen. Der springt auf — da klebt's am Sitzleder — er zerrt und reißt, vergebens — er lauft mit dem Dreifuß einige Male in der Stuben umher, da tritt die Frau Amtmännin zur Tür herein; der Meister ist in Verzweiflung und grüßt und setzt sich, gleich wo er steht, nieder, daß die Amtmännin das Unheil nicht merkt; diese aber rümpft die Nase: Wenn unsereins kommt, so erhebt man sich! — Der Meister vergießt Angstschweiß — in mir wogt's und wogt's — ich lache laut auf. Seht, das war's, und als die Amtmännin sehr ungehalten fortgegangen war und der Meister endlich das Anhängsel mühevoll abgelöst hatte, nahm er seinen Knieriemen und mich und fabrizierte die billige blaue Farbe. Das ganze Firmament schleppte ich auf dem Rücken mit, als mich der Meister hierauf davonjagte. Dann begann meine Wanderschaft. Die Welt ist schön und wunderbar und an jeder Tür gibt's eine Klinge, mit der man fechten kann! Eines Tages kam ich zu einem Kloster und focht mich hinein. — So ein Mordskerl und betteln! Pfui! ruft der Guardian, als er mich sieht. Das frappiert mich, ein Mordskerl und betteln, das geht allerdings nicht, denk' ich. D'rauf steh' ich im Kloster auf einige Tage in Arbeit ein und flick Schuh und Sandalen und gewinne dabei die Überzeugung, daß es in den Klostermauern nicht gar so übel ist. Hunger und Durst wird in den stillen Räumen keiner gelitten, aber die Kasteiungen! Lebensgefährlich sollen auch die nicht sein, ließ ich mir sagen und — kurz, es kam so weit mit mir, daß ich im Kloster blieb und mich nach wenigen Jahren für den Orden auszubilden begann. Mehrere Male bin ich wohl in die Zelle gekommen, aber endlich begann doch die Bosheit und der Vorwitz abzusterben und ich widmete mich ganz dem gottseligen Leben. Es ist besser für mich, wie im Handwerk, und in Innsbruck läßt es sich leben."

Er hatte erzählt, wir zogen weiter.

Hinter Innichen holte der Pater in einem Hause seinen Korb, den ihm der Postwagen bisher befördert hatte. Im Korbe stand ein umfangreiches Blechgefäß, dessen Zweck ich nicht erraten konnte.

Doch ich erfuhr es bald. In einem der nächsten Häuser, die am Wege standen, sprach der Mönch zu und bat in frommer, demutsvoller Weise um — Rindschmalz für die hochwürdigen Franziskaner in Innsbruck. — —

Das ist einer. Aber ein seltener, obschon in den Klöstern

manch lustiger Bruder zu finden ist. — Dort sind zwei andere, ebenfalls mit gutem Humor.

Es ist ein schwierig Wandern für sie, in ihren braunen Kutten mit den großen Zinnbüchsen auf dem Rücken. Der eine sinkt zuweilen bis über die Knöchel in den Schlamm des Weges und tritt manches Steinchen auseinander mit seinen breiten Sandalen.

Sein Begleiter ist dünn und leicht, und käme die Schwere der Zinnbüchse nicht in Betracht, er zerträte 'leicht keine Ameise auf dem Boden. — Ich küss' die Hand, Ehrwürden!

Im Bauernhofe werden sie schon bemerkt, und: „Die Schmalz-Pater kommen!" geht es durch das ganze Haus; da eilt die Bäuerin geschäftig ordnend durch Stub' und Küche, und der Bauer rückt die alte Bibel in Sicht auf den Hausaltar, und die Mägde wischen eilig ihre Hände rein an den Schürzen, und die Kinder vertauschen unter Beihilfe der Großmutter ihre geflickten Werktagsjacken gegen die Sonntagsjöpplein und jubeln dabei — aber die Vorratskammer seufzt.

Der Gewichtige tritt zuerst ein. Er geht schon viele Jahre lang als Sammler und kennt seine Leute.

„Gelobt sei der Herr und dem Hause Glück und Ehr!" Das ist sein Gruß, und diesem setzt er bei: „Zwei arme Priester mit dem Wanderstab täten bitten um eine klein Gab von dem, was Gott der Herr gesegnet hat auf Berg und Tal, im Kasten und im Stall; die Gab' kommt an die barmherzigen Brüder zur christlichen Krankenpflege für Seel' und Glieder; auf daß Euch Gott der Herr die Sünd' verzeih' und fernerhin seine Gnad' verleih'!"

Oder ein anderer Spruch: „Gelobt sei Jesu Christ! Der heilige Antoni (oder wie sein Klosterpatron eben heißt), der laßt dich schön grüßen, du mudelsaubere Schmalzkochbäuerin, du rechtschaffene, und laßt dich fragen, was dir das Christkindl soll bringen. Einen braven Mann, oder eine feiste Sau, oder eine Henn' und einen Hahn oder ein schneeweißes Büberl, ein klein's, mit krausem Haar, alle Jahr eins oder ein paar. Und daß ich nit vergess', laßt dich bitten, 'leicht kunntst ihm verehren ein Stückel Butter, oder ein Wutzerl Flachs, oder ein Schwarterl Speck — oder alles miteinander, dem heiligen Antoni. Daß er sich ein Pfaiderl kunnt machen und ein Süppel kunnt kochen — der heilige Antoni . . ."

Da sind alle mäuschenstill und schleichen heran, eins nach dem andern, um schämig den Priestern die Hand zu küssen. Diese heben sofort ihre Zinnkübel ab und setzen sich daneben hin auf die Bank; während der Magere fromm ergeben seine Hände in den Schoß faltet, hebt der andere schon mit den Kindern zu schäkern an. Diese sind gar schüchtern, ziehen sich zurück bis an die Wand und tun ihre Finger in den Mund, als wären es lauter Zuckerbretzen. Da sie aber das Gesicht des Paters gar so licht und heiter lächeln sehen, so schleichen sie nach und nach heran, werden zutraulich, sagen ihre Namen und verschwärzen sich wohl gar einander auf die Frage, ob sie brav seien. Da erzählt das Bübel etwa vom Geier, der eine Henne gestohlen, von seiner Schwester, die der Mutter ein Ei zerbrochen, und das Mädchen verrät, um sich an dem plaudernden Brüderchen zu rächen, daß dieser just gestern von der Mutter eins auf „hinten" gekriegt, weil —

So heben sie schon von Kindheit auf an, fremde Sünden zu beichten.

Der Hausvater will leutselig mit dem Mageren ein Gespräch anknüpfen, er erzählt, wie er sein Lebtag auf diesem

Berg heroben sitze, daß sein Großvater dieses Haus hab' erbaut und wie aber die Balken schon wieder recht arg wurmstichig seien, man sehe es gleich dort an der Wand. Und er weist gegen die Ecke am Tische, wo der Hausaltar ist mit der Bibel — auf daß es der Pater doch merken sollte, in welch' einem christlichen Hause er sich befinde.

Allein der Mann Gottes kümmert sich weniger um den Hausaltar als um den geschäftigen Schritt der Bäuerin, den man im Überboden hört. Er weiß es, jetzt holt sie Weißbrot, Käse und Butter und steigt zuletzt gar in den Keller hinab um ein gutes Tröpfel.

Und wahrlich, er hat sich nicht getäuscht; bald kommt die Hausmutter, deckt den Tisch mit einem Tuch, bringt Weißbrot und Käse, und setzt noch einen großmächtigen grünen Krug dazu, der fast zu sorglich hingestellt wird, als daß darin gewöhnliches Brunnenwasser zu vermuten wäre. Auch ist bei gewöhnlichem Brunnenwasser das Äußere so eines Kruges stets feucht und betropft, während hier — — es sind also alle Anzeichen da, daß — —

Lebhafter faltet der eine die Hände, und der Dicke, obwohl ein wenig gegen den Tisch schielend, setzt erhöhten Eifers seine Unterhaltung mit den Kindern fort und überhört die Einladung zum Tische ganz und gar.

Trotzdem braucht es keine außerordentlichen Zwangsmittel, die ehrwürdigen Brüder zum gedeckten Tisch zu bewegen, und der angeborene Wissensdurst läßt dem einen keine Ruhe, bis er sich überzeugt, inwieweit seine Vermutungen wegen des Kruges begründet sind.

Der Dicke hingegen ißt und trinkt, ohne scheinbar dabei an den Genuß zu denken; er beschäftigt sich immer in leutseligster Weise mit den Kindern, mit der Hausfrau, und sieht überall den Gottessegen, der in einem so gastlichen, freigebigen Hause ja unausbleiblich ist.

Indes, die Hausfrau ist schon wieder davon und kommt erst nach einer Weile mit einer schön aufgeputzten Butter, mit einer geselchten Schinkenkeul', mit fein ausgekämmten Flachsbündlein, aber sie geht damit nicht zum Tisch, bescheidentlich stellt sie die Gegenstände neben die Zinnkübel hin und sagt leise: „'s ist halt just nicht gar viel; wenn Hochwürden täten zufrieden sein und uns wollten einschließen in die heilige Meſſ', und über's Jahr wollen wir schon schauen, daß wir wieder was haben."

Jetzt tut der Dicke eine Ledermappe hervor, und da machen die Kinder schon lange Hälse und halten den Atem an.

„Lenerle, kennst die?" sagt der Pater zum Mädchen und hält ihm ein buntgefärbtes Heiligenbildchen hin, „das ist die heilige Magdalena. Willst auch einmal so fromm werden, gelt?"

Hierauf kriegt jedes das Bildchen seines Namenspatrons und die Bäuerin extra ein funkelndes Kreuzel auf die Brust, und der Bauer einen Jerusalemer Rosenkranz. Alles für das nichtig Stückel Fleisch und Butter.

Der kluge, alte Haushund aber sitzt vor dem Tisch auf den Hinterfüßen und zieht den Schweif ein und merkt auf die Vorgänge, die ihm nicht gefallen; es ist Geschmacksache, aber er, der Hund, muß sich aufrichtig gestehen, so ein nichtig Stückel Fleisch und Butter wäre ihm lieber wie alle Heiligenbilder und Rosenkränze.

Und noch während sie unter der lehrreichen Erläuterung des Paters, auf den Bildchen den Rost des heiligen Laurentius, das Rad der heiligen Katharina, den Kessel des heiligen Vitus und den Kelch der heiligen Babara bewundern, schleicht der Haushund unter den Füßen hin gegen die Butter — gegen die Schinkenkeule — da tut der bisher stummgebliebene Magere einen Aufschrei und deutet gegen das Entsetzliche hin . . . Hat das Vieh wollen den schönen Schinken schnipfen!

Da merken die Pater wohl das Unersprießliche ihres Säumens und bringen die Gottesgabe in Sicherheit.

Hernach ziehen die Schmalz-Pater davon und weiter von Haus zu Haus, bis die Zinnkübel voll sind. Dann kehren sie heim ins Kloster, und während die gesammelten Gaben den kranken Pfleglingen zugute kommen, gedenken die Sammler noch lange der Wege, die sie in Weltfreude gewandelt.

Der Viehhändler.

Die Birkenbäuerin hantiert geschäftig um den Herd herum und bereitet für das Hausgesinde das Mittagsmahl. Der Bauer sitzt auf einem breiten Stein neben dem Herd, steckt dann und wann eine glühende Kohle in seine Pfeife, kaut an dem Stummel und brummt halblaut: „Mich klemmt's schon saggrisch!"

Mit diesem Ausdruck sagt er seinem Weibe, daß er sich in keiner geringen Verlegenheit befinde. Die Bäuerin versteht den Ausdruck gar wohl, das Geld ist ihm wieder einmal ausgegangen.

„Du Narrisch, was täten wir denn, wenn du keinen Kreuzer Geld hättest?" entgegnet sie und stellt dabei die Sterzpfanne über das Feuer; „wir müssen ja wieder ein Weizenmehl haben und das Salz ist auch schon auf dem Neigel."

„Leih' mir ein paar Groschen von deinem Eiergeld, Nandl!" sagt der Bauer leise.

„Ja, meinst ich hab' gar so einen Haufen? Kann die Eier nicht alle gleich auf den Markt tragen, muß zum Kochen auch was haben und du ißt doch die Strauben (Eierspeise in Schmalz) gern. — Hast 'leicht gar nicht einmal ein Tabakgeld? — Nein, das ist wohl ein rechtschaffenes Kreuz mit den Mannleuten!"

„Das groß' Paar Ochsen tät' ich hergeben, wenn ein Kaufmann käm'; sonst sind solche Leut' alleweil vor der

Tür, aber just wenn man's gern haben möcht', find't keiner her."

Die Kuhmagd kommt in die Küche und beginnt hinter dem Herd aus gesottenen Kräutern, Kleien und Salz ein Getränke für die jungen Kalben zu bereiten, der Bauer und die Bäuerin haben ihr Gespräch abgebrochen; es ist nicht notwendig, daß gleich das ganze Gesinde weiß, wo jetzt wieder der Schuh drückt.

Es wird zum Essen. Der Bauer deckt den Tisch, schneidet Brot auf, und die Bäuerin geht hinaus vor die Tür, steckt zwei Finger in den Mund und tut einen lauten Pfiff. Bald darauf kommen von Wald, Stall und Wiese die Knechte und Mägde herbei; einige waschen sich die Hände, andere nicht — und dann treten alle in die Stube, sagen das Tischgebet und setzen sich zum Essen.

Man beeilt sich gar nicht so sehr dabei, denn die Essenszeit ist die einzige freie Zeit des Tages für das Gesinde. Aber der Bauer schaut schon alleweil auf die Uhr und sagt wohl gar seufzend die Worte: „Ja, ja, die Zeit verschwind't wie der Wind!" — Aber das Gesinde versteht so was nicht, es trägt seinen Löffel in dem gewohnt langsamen Lauf und der Stallbub' läßt seine „Suppenschaufel" gar oft eine Weile in der Schüssel stecken oder im Mund.

Noch sitzen sie beisammen, als die Stubentür aufgeht und ein Mann mit einem langen Stock in die Stube tritt. Der Mann trägt eine kurze, grünliche Jacke, rehfellene Langhosen, unterhalb der Knie aus Kuhleder, ferner einen braunen Brustfleck mit breitem, zierlich ausgenähtem Gurte. Der hasenhaarene Hut sitzt fest auf dem Kopf mit dem wohlgenährten Gesichte.

So tritt er ein und sagt: „G'segn Gott das Mittagmahl!"

„Bedanken uns!“ entgegnet der Birkenbauer, „schau, schau, der Michel! Hast du dich auch wieder einmal verrennt (verlaufen) daher.“

„Muß doch ein wenig schau'n, was ihr da heroben alleweil macht's in der Sonn'.“

„Sie scheint nicht rechtschaffen viel, heut'.“

„Halt ja! — Und ich hab' sagen wollen: Hast nicht ein schweres Paar Ochsen für mich, Birkenbauer?“

Der Birkenbauer entgegnet, daß er wohl ein Paar habe, welches dem Michel „anständig“ sein dürfte, daß er es aber nicht verkaufe. Der Bauer wird die Ochsen um jeden Preis geben, aber er weiß wohl, daß ihm eine derartige Sprödigkeit um einige Gulden mehr einbringt. Der Ochsenhändler Michel ist aber auch in seinem Fach so erfahren, daß er nicht gleich davonläuft.

„Geh', Birkenbauer,“ sagt er, „magst mir sie nicht ein wenig zeigen?“

Und der Bauer führt den Michel in den Stall und zeigt ihm die Ochsen, und diese gefallen dem Händler just nicht übel.

„Will dir nicht sparsam sein, Birkenbauer, und ich gebe dir zwei für die Vieher und ich zahl' dir's gleich auf der Stell'.“

Er gibt ihm zwei! — Dieser Ausdruck „zwei“ bedeutet in der Viehhändlersprache: Zweihundert Gulden.

Gott sei Dank! denkt sich der Bauer im geheimen, jetzt krieg' ich doch rundweg ein gut Stück Geld! Überlaut aber sagte er: „Nein, da wär' ich ein Narr, wenn ich diese Ochsen hergäb'; sind nicht feil!“

„Wenn ich mich aber gleich um zehn Gulden bessere?“

„Wird's nicht tun; ich hab' just meine Freud' an den Viehern, und aufs Geld steh' ich nicht an, 's ist mir halt doch lieber, wenn mir dieses saubere Paar Ochsen im Stall steht, als wenn mir die paar Gulden in der Truhe liegen!"

Der Michel läßt die Rinder langsam um die Krippe herumgehen, faßt an den Rippen des einen die Haut in die Faust und sagt, wie zum Ochsen redend: „Bist ein Eichtl weniger wie dein Kamerad; dir ist die Haut noch zu viel an die Knochen gewachsen. Bist dein Hundert nicht einmal wert, du; und in mir fängt es schon an abzureden."

Diese letzte Bemerkung beginnt den Birkenbauer zu beunruhigen und er sagt sogleich: Fünfzig zu zwei hätt' mir der Fleischhacker schon 'geben; find'st halt sonst kein solches Paarl in unserem Pfarrl!"

„Ich kenn's schon, daß ich mich verhau', aber daß wir zusammen doch wieder einmal einen Handel machen: Fünfzehn sollst haben zu zwei!"

Der Bauer hat es schon bemerkt, daß der Michel die Ochsen nicht fahren läßt, er sagt somit kurz und bestimmt: „'s wird's nicht tun."

Auf das hin ergreift der Michel eine andere Finte, er zieht seine Uhr mit dem Schildkrötengehäuse hervor und bemerkt, daß die Zeit schon sehr vorgerückt sei. Er sehe nun wohl, daß er umsonst hergegangen sei, drückt aber die Hoffnun aus, daß er mit dem Birkenbauer doch ein andermal ein Geschäft machen werde. Dann wünscht er noch viel Glück zu dem Viehstand und daß auch sonst alles wohl und gesund bleibe.

Das sieht denn wirklich aus, als ob er gehen wollte.

Und er geht auch; aber er kehrt noch einmal um und ersucht den Bauer um Tabakfeuer. Dieser zieht Schwamm, Stein und Stahl aus der Tasche und schlägt Funken; dabei aber sagt er: „Bist ein saggrischer Jud', Michel!"

„Tust mir ungut, Birkenbauer, bin dir gewiß nicht zu karg; hätt' die Vieher auch rechtschaffen gern gehabt.“

„Hörst, Michel!“ — der Bauer schafft stets mit Schwamm und Feuerstein — „sollst auch nicht sagen, daß ich ein Stein bin; gib mir noch fünfe d'rauf und nachher laß' ich dir's außer.“ (Lasse ich dir die Ochsen aus dem Stalle.)

Da eilt in diesem Moment die Bäuerin herbei: „Ja, Alter, meine Falcherln (Falben) wirst mir doch nicht verkaufen? Das wär' aus der Weis' und das laß ich nicht gelten!“

Da öffnet der Michel seine braune, bauchige Brieftasche, hält dem Bauer bar zweihundert und zwanzig Gulden hin und legt der Bäuerin noch einen blanken Silberzwanziger als „Leihkauf“ auf die Hand, und — das ist ein großer Augenblick — die Bauernleut fassen das Geld an und sind überwunden.

Aber die Überwundenen jauchzen im Innern; sie hatten die Ochsen kaum auf zweihundert Gulden geschätzt. Und der Überwinder, der Michel, jauchzt auch im Innern, denn er lebt bereits der Überzeugung, daß er bei dem Geschäfte seine fünfzig profitieren werde.

„Und für eine Handeljause bist uns auch noch nicht feil, Michel,“ spricht der Bauer, „geh' mit in die Stuben, mein Weib wird dir was kochen, und ich tu' derweil den Ochsen ein Schipperl Heu in die Krippe.“

Wohl, der Michel bekommt seine Handeljause, aber die Ochsen kriegen nicht ihr Schipperl Heu; der schlaue Birkenbauer sucht sie noch auszunützen, während der Händler bei Tische sitzt. Er spannt sie eilends ins Joch und führt noch ein paar Fuhren Garben vom Feld, und bis der Michel in den Stall kommt, steht das gekaufte Paar auch wieder an der Krippe und der Michel bemerkt: „Sie haben sauber ausgefressen.“

„Halt ja,“ sagt der Birkenbauer, „die Vieher fressen rechtschaffen gern; wirst sehen, wenn du mit ihnen heimkommst, so fressen sie dir wieder eine Krippen voll!“

Zuletzt, wie der Mann die Rinder mit einem Strick an den Hörnern zusammenfaßt und aus dem Stalle führt, kommt das Halterbübl herbei. Das weint gar sehr, als es seine Lieblinge, die Falcherln, davonziehen sieht. Aber der Michel weiß auch den Halter zu besänftigen; er reicht ihm eine Silbermünze.

„Seh', Kleiner, da hast was; kauf' dir einmal ein paar Semmeln dafür!“

Der Michel treibt die Ochsen davon, der Bauer schaut ihm schmunzelnd nach. Jeder ist vergnügt, den andern übervorteilt zu haben.

Der Bratelgeiger.

Dann und wann ein wenig bratelgeigen, dann und wann ein wenig hungerleiden — aber allzeit lustig; zum Nasenhängen keine Zeit und das Sterben sparen bis zuletzt.

Er ist seines Zeichens ein Schuhflicker, aber wenn ihn jemand „Herr von Drahtzug" nennt, so läßt er's auch hingehen, ja macht noch ein leutseliges Gesicht dazu. Er will überhaupt etwas höher hinaus, denn Schuhflicken, das kann jeder.

Und er hat's gar nicht nötig, sein armselig Handwerk zu pflegen — „er konn a Musi!"

Zwei alte Baßgeigen, wie er sagt, sind sein Eigentum; die eine lehnt hinter dem Ofen, die andere poltert draußen in der Küche und im Ziegenstall herum. Beide brummen, die erstere aber nur, wenn er sie streicht, die letztere auch, wenn er sie nicht streicht.

Wenn der Fritz auf dem Dreifuß sitzt, wenn er das starr verkrüppelte Beschuhe irgendeiner Kuhmagd in den Schoß nimmt, Schweinslederflecken auf die wunden Stellen paßt und endlich pathetisch den Pechdraht zieht — so sind das trübe Stunden seines Lebens, und die Baßgeige hinter dem Ofen ist versunken in elegische Träume.

Aber man sollte es kaum glauben, in dem starr verkrüppelten Beschuhe der Kuhmagd stecken unterschiedliche Gedanken — Weltgedanken. — Es muß nun doch wohl bald die Faschingszeit kommen. Diese Schuhe sind in ihren Jugendtagen auch daheim gewesen auf dem glatten Tanzboden, diese Schuhe sind damals wohl gefettet und kohlschwarz gewesen; diese Schuhe sind im sanften Kreislaufe umher gerutscht, oder auf den Spitzen gehüpft und haben sich mit anderen minniglich berührt; diese Schuhe, o, die Träume der Jugend kehren wieder! Der Fritz wirft die Arbeit in den Winkel und springt auf. Jetzt kommt ja der Fasching, und der Schwanawirt, und der Häuslbauer, und der Wolfgruber halten Tänze ab; ja, da muß er sich bewerben um die Musik — er stürzt hin auf die Baßgeige hinter dem Ofen, streicht sie, daß es summt und singt. Hei, da kommt ja wieder die schöne Zeit!

Sein Weib eilt von der Küche herein: „Bist schon wieder verhext, Fritzl! Gleich setz dich auf den Dreifuß. Haben eh' kein Brot mehr im Haus! Glaubst, du laufst jetzt wieder davon und verlegst dich aufs Bratelgeigen und ich werd' der Narr sein und daheimbleiben und Trübsal blasen? Ja, schleck' ein Salz, aft wirst durstig!"

Der Fritz bleibt in Ruhe; endlich entgegnet er gelassen: „Weiberl, wenn du jetzt fertig bist, so heb' ich an." Und er streicht in die Saiten und die Baßgeige brummt, und er singt dazu ein minniglich Liedel:

„Ein Zwiebel hat sieben Häut',
Ein altes Weib hat neun:
Und wo der Teufel selbst nichts richt't,
Da schickt er seine Kompagnie
Von alten, alten Weibern
Zum Stüblein herein!"

Jetzt ist's gut, daß er geht.

Und er geht hinaus aus seinem trauten Heim und fragt beim Schwanawirt, und beim Häuslbauer, und beim Wolfgruber an: „Ich bin überall, wie 's schlecht' Geld, und ich frag' dich, hast was dagegen, wenn ich dir zu deinem Faschingstanz die Musik mach'? Ich tät' den Lappenpatzer auch noch mitbringen, der blast die Blechpfeifen, und den Waschelzapf, der spielt die Geigen, und den G'schwaderbuben, der kann das Waldhorn. Du, das gibt a Musi! nix zweit's — umfallst!"

Und wenn nun der Ballgeber damit einverstanden ist, so beginnt in des Schuhflickers vielbewegtem Leben die Glanz- oder vielmehr die Klangperiode. Bald hat er drei Gesellen beisammen. Und dann kann man sie ziehen sehen durch das Tal, gekleidet in Wiesling (ein Gewebe aus Schafwolle und Garn). Wenn auch der Lappenpatzer ein Schneider, der Waschelzapf ein Weber, der Gschwaderbub' ein Strohdecker, der Fritz ein Schuhmacher, diese Wanderung ist kein Gang auf die „Ster", nein, das ist ein Künstlerwallen durch das Tal, und alle jungen Mädchenherzen hüpfen ihnen entgegen.

Mit diesem Durchzug der Musikanten ist nun das Zeichen gegeben zur allgemeinen Rüstung. Jedes Mädel bestürmt seinen Burschen, der Bursche wieder seinen Dienstherrn um die Erlaubnis, an dem „Tanz" teilnehmen zu dürfen. Und der Dienstherr mag's erlauben oder nicht — die Nacht ist ihr Eigentum, damit können sie machen, was sie wollen.

Und der Tag ist da -- gewöhnlich ein Sonntag. Den ganzen Nachmittag schon kreischt die Blechpfeife, summt die Geige, schmettert das Waldhorn und brummt die Baßgeige des Kapellmeisters, und es bestätigt sich glänzend das Sprichwort: Wer gern tanzt, dem ist leicht gegeigt, und wer gut schmiert, der fährt gut. Aber erst zur Dämmerung, wenn auf dem Tanzboden die zwei Kerzen angezündet werden, nahen die Leute scharenweise, Paar an Paar. Die Burschen sind gleich in Hemdärmeln, die Mädchen mit hochgeschürzten Röcken, wie's die Bequemlichkeit eben verlangt — und nun bricht der Jubel los. —

Heute muß der fetteste Braten her und der beste Wein

— warmer gewürzter Wein, und — „Dirndl, wenn dir der Sinn steht nach Kaffee, oder Met, oder Holländertee, oder wenn du willst von der Kuh das Hirn oder vom Ochsen die Nieren, vom Kalb die Zungen oder vom Lamm die Lungen, ein ganzes Schwein, lebendig oder tot, es sei dein!"

Lob sei dem Wirt — weiß ist seine Schürze, grün sein Kappel, rot seine Nase, blau sind seine Schwänke, farblos seine Witze. „Eßt, eßt meine lieben Gäst'!" schreit er, „mir ist leid, daß ihr das eßt und jetzt sollt ihr kosten meine Graßäst'!"

Und all' Tag ist nicht Kirchtag. Heut' lassen sie den Herrgott einen guten Mann sein, und alles, was Küche und Keller zu bieten vermag, alles muß „in Abrahams Schnappsack spazieren".

Und zur Freude gesellt sich immerdar gern das Liedel. Wenn es sich heute findet das junge Volk, wenn es sich nähert das Paar: eine Liebeserklärung in Prosa braucht es nicht; die Lieder dazu sind längst schon fertig:

„Mein Herzerl is treu,
Wochst a Zweigerl dabei,
Brockst es oh, so g'hört's dein,
Oba treu muast ma sein!"

Und die Entgegnung:

„So sei holt mei Schotz,
Oba sog'n deafst es nit,
Wann's d' Leut' a mol wiss'n,
Ast mog ih dih nit!"

Wo Bündnisse geschlossen, da können auch Bündnisse gelöst werden:

„Ei du, mei du,
Bist neama mei du,
Hon an ondern Meidu,
Is ma liaba wia du!"

Kommt dann und wann ein oder der andere Bursche in die Lage, seinen Nachbar um eine Gefälligkeit zu ersuchen:

„Geh', leih' ma dei Dirndl
Zan Umaslankirn,
Die Meine is broch'n
Und konn sih nit rührn!"

Aus ökonomischen Rücksichten lautet der Bescheid:

„Und 's Dirndlausleih'n
Däs tuat holt ka guat;
Ma kriagt's neama z'ruck
Wia ma 's ausleih'n tuat."

Anderes und anderes kommt dazwischen. Irgendein alter Fuhrmann, oder ein Köhler oder Steinklopfer taut auf, trollt sich mitten unter die Tanzenden hinein, hopst im Takt und dreht sich und klatscht mit den Händen auf seine aschgrauen Lederhosen und schnalzt mit den Fingern, mit der Zunge, wirft jedem vorüberfliegenden Mädchen Kußhändchen zu, liebäugelt selbst mit den Musikanten und verkündet in übermütiger Lust ein neues Evangelium:

„Buama, seid's lusti,
Hiazt braucht's neama z' bet'n,
D' Höll' is vasunk'n
Und gonz vulla Lettn" (Schlamm).

Die Geigen und die Pfeifen sind ohne Ruh und Rast, und dem Fritzl blüht die Seligkeit im Gesicht. Nein wahrhaftig, so was erlebt er daheim beim Schuhflicken nicht! Hier hat er bei all' der bunten Heiterkeit, bei all' den Scherzspielen der Jungen, bei all' den kecken Schnacken der Alten freies Essen, freies Trinken und freies Mitlachen. Mehr noch als das, harte Groschenstücke, klingende Silberzwanziger hüpfen auf den „Spielleuttisch" und tanzen dort noch eine Weile bei der tollen Musik, bis sie liegen bleiben.

Aber der Fritzl läßt nichts liegen als das glühende Eisen, er spielt ja ein Streichinstrument, er streicht ein.

Legen endlich die Musikanten ihre Instrumente auf kurze Zeit zur Seite, so wird den Gläsern auf den Boden geguckt und dabei werden die Leute gemustert.

Der mit den Pflugräderaugen! Die hat Holz bei der Hütten (hohen Busen)! Schau, derselb' hat Maulaffen feil! Die hat ihn auch auf dem Bandl! Die wär' recht zu eim Fensterglas, die Sonn' scheint ihr durch alle Rippen! Dort hat auch einer die Katz zum Schmer gestellt! — Ähnlich lauten die kritischen Bemerkungen der Musikanten, bis plötzlich ein Bursche aufbegehrt:

„Seid's mir saubere Musikanten! Hat sich's Pechmandel bei euch eingestellt?"

Das ist ein herber Vorwurf, denn er drückt die Vermutung aus, die Musikanten seien in Schlummer versunken. Unsere vier greifen nun sogleich zu den Geigen und Pfeifen. Und nun geht es wieder fort, wie nach der Schnur, wie nach den Noten; es schlägt Mitternacht — pfeifen und tanzen; es kräht der Hahn — pfeifen und tanzen; es lugt der Morgenstern zum Fenster herein — pfeifen und tanzen. Schreit einer: „Löschet die Kerzen, sie brennen dem Tag die Augen aus!" Aber immer noch pfeifen und tanzen. Vergebens röhren die Haustiere in den Ställen und verlangen ihr Frühstück, vergebens schimpfen die Spatzen auf dem Dach. Es wäre kein Halt, doch da werden endlich die Pfeifen heiser, die letzte Geigensaite springt.

Die Leute wanken betäubt ihren Häusern zu, für die Bratelgeiger beginnt erst der Feiertag und sie bekommen vom dankbaren Wirt die Reste „frisch gebraten" — den Ehrenbraten, der ihnen den Titel sichert.

Wilde Musikanten.

Woovon das kommt, daß der Älpler mehr natürlichen Kunstsinn und künstlerische Fähigkeit zeigt, als der Flachländer? Es liegt nicht allein darin, daß der Süddeutsche, der Alpenbewohner, ein regsameres Gemütsleben führt als etwa der geistesgewandtere Norddeutsche, und daß im Süden der sinngefällige katholische Kultus Einfluß auf das künstlerische Empfinden der Bevölkerung übt. Gewiß sind das wesentliche Gründe; doch vergessen darf nicht werden, daß in den Alpen die Natur selbst Künstlerin ist. Wer baut die gewaltigen Berge auf und schmückt sie mit den Wundergebilden der Felsen und deckt sie mit Gletschern ein? Wer malt die Steintafeln und die Seen und das Feuer des Alpenglühens? Wer gibt das Rauschen des Windes im Tannenwald, das Brausen des Sturmes in den Felsriffen, den klingenden Widerhall in den Bergwänden?

Vor allem die Musik hat in den Bergen ihre Heimstätte, sei es in dem Pastorale des Vogel- und Hirtengesanges, sei es in der Art, die der krachende Donner im Gebirge und der schmetternde Lawinensturz treibt.

Es ist behauptet worden, der Urkeim des Volksliedes entstamme dem Klingen der entschälten Baumstämme, die der Holzknecht in die Tiefe schleudert, dem Schreien des Rehes und den gezogenen Lauten der Haustiere. Das weiß ich nicht, gewiß aber deucht mich, daß die kräftige Lunge des Älplers, die leichte reine Bergluft, das leichtentfesselte Hallen und Schallen in Wäldern und Wänden dem Gesange förderlich ist. Das mächtig hinausgestoßene, eigenartig helle Jauchzen und Jodeln (dieses Lied ohne Worte) ist so ausschließlich alpin, daß es ohne Älplersbrust und Bergeshöhe nicht denkbar erscheint.

Da gibt es im Gebirge Leute, die fortwährend singen. Sie steigen bergauf und springen talab und singen. Bei der Arbeit, wenn solche nicht allzu hart ist, singen sie, an Feierabenden, im Wirtshaus, bei Spiel und Tanz singen sie; selbst auf heimlichen Liebeswegen, wo es am zweckmäßigsten wäre, auf stillen Socken zu schleichen und den Atem einzuhalten, singen sie ihre Vierzeiligen. Der einzige Weg in die Kirche geht ohne Sang, außer es wäre ein geistliches Lied, wozu die alpinen Kehlen übrigens meist zu wenig Mollton haben. Wenn die Lust allzu übermütig wird und mächtig, so springt plötzlich ein Juchschrei hervor, und

„Des Älplers wortlos Jauchzen sagt oft mehr
Als aller Weisen Lied und Lehr'." .

Das Singen im Gebirge wird nicht gelernt, außer es wäre zu kirchlichen Zwecken. Der Älpler wird schier singend geboren. Wer echten Volksgesang hören will, der lasse sich nicht betören von den als Tiroler kostümierten Bänkelsängern, sondern er trachte sich in einen „Heimgarten" einzuschmuggeln, wo das Dorf des Abends zur gemeinsamen Arbeit und Unterhaltung zusammenkommt. Übrigens ist es schwer, die Leute in Gegenwart von Fremden zum Singen zu bringen, da schämen sie sich, besonders die Weiber, sie wären ja eben so heiser, „als hätten sie Pelz im Hals", und es wäre ihnen der „Stimmstock umgefallen" und was dergleichen Redensarten mehr sind, mit denen sie sich zieren. Sind sie aber dem Fremden erst aus dem Gesichte, und wissen sie auch zehnmal, daß er sie hinter der Wand abhorcht, dann erheben sie ihre Stimmen und lassen's gar keck und scharf heraustrillern — die übermütigsten, wohl auch zweideutigsten Liedlein bisweilen, daß der Zuhörer oft gar nicht weiß, wie ihm geschieht.

Vor allem ist es das Hirtentum, welches dem Sange frönt und durch den Gesang sich mit der Herde versteht; so wie es tatsächlich Kühe gibt, die ihre Milch verweigern, wenn die Melkerin bei ihrem Geschäft nicht ein helles Jodeln losläßt.

In Kärnten und Steiermark haben es — dort besonders Thomas Koschat, hier Jakob Schmölzer — mit Glück unternommen, das Volkslied und den Volksgesang für geschulte Sänger und feinere Kreise zurechtzumachen, und, obzwar durch die Kunst ein wenig verfeinert, sieht oder hört man doch, welch ursprüngliche Kraft in den alten Weisen verborgen liegt.

Wenn wir noch einen Blick auf das wandernde Sängertum unseres Volkes werfen, so meinen wir nicht etwa die Harfenisten und Jahrmarktsänger, wohl aber die Schar der armen Kinder, die am Dreikönigstage von Haus zu Haus geht, um ihr Lied von den „drei Weisen mit ihrem Stern, sie essen und trinken, aber zahlen nit gern" gegen ein Stück Kuchen zu singen. Oder wir meinen auch das „Leichwachtsingen", wie die Leute sich in das Haus begeben, wo eine Leiche aufgebahrt ist, um an derselben Nachtwache zu halten und Totenlieder zu singen. Oder wir meinen endlich die Wallfahrerschar, die über Weg und Steg sich zur Ehre Gottes in die Kirchen und Wirtshäuser hinein singt. — Ist nicht Gelegenheit zum Singen und Jauchzen, so wird gepfiffen oder, wie der Älpler sagt, „gewischpelt". Das „Zweipfeifen", wobei zwei Männer mit kunstreichem Lippenspiel allerlei Volksweisen pfeifen, ist in der Tat eines der originellsten, oft sogar anmutigsten Dinge, die man hören kann.

Ich habe ein solches Pfeiferpaar gekannt; es waren zwei alte Bettelmänner, welche in meiner Heimatsgegend von Haus zu Haus gingen und für eine kleine Gabe Schelmen-, Hochzeits-, Kirchen- oder Totenlieder pfiffen, je nachdem Zeit und Anlaß war.

Das war denn allemal eine Freude für uns Kinder, wenn es hieß, die Pfeiferbettler wären da, wir sollten Kreuzer zusammensuchen, sie würden uns was pfeifen. Und wie sie so vor der Haustür standen, die weißbärtigen Greise, in zerflicktem Kleide und mit zerrissenem Leibe — der eine hatte um eine Hand zu wenig, der andere um ein Backenbein und um ein Auge, weil ihm einst eine italienische Kugel durch den Kopf gefahren war — und wie die traurigen Gestalten nun ihren Mund spitzten und mit begleitendem Mienenspiel die heitersten Weisen pfiffen, da schlich wohl das ganze Haus zusammen und horchte zu, und meine Mutter hatte nach einem solchen Zweipfeifen manchmal feuchte Augen.

Als endlich einer von den Pfeiferbettlern gestorben war und sonder viel Glockengeläute in die Grube gelegt wurde, und als die paar Leute, die den Alten aus Christenliebe auf den Kirchhof begleitet, davongegangen waren, blieb der andere noch kauern auf dem Erdhügel und pfiff dem Kameraden ein Liedel nach. Das mag auch von ihm so ziemlich das letzte Pfeifen gewesen sein, denn später ist er nicht mehr gehört worden.

Sonst geschieht das Pfeifen stets nur gelegentlich, wo in der Bauernstube oder Holzknechthütte ein paar Männer zufällig beisammen sind. Den Weibern ist das Pfeifen verpönt und heißt's, es erscheine auf solchen Lockruf der Teufel. Der Grubensteff hat zwar einmal behauptet, in dieser Beziehung sei ein Männerpfiff noch viel gefährlicher, denn er habe bei der Kirchweih in Sankt Mirten nur ein einzigmal gepfiffen und auf der Stelle wären drei Weiber dagewesen.

Eine ganz andere Sache als derlei Sänger- und Pfeifervolk ist der Kirchenmusikant. Das ist der Kunstmusiker des Dorfes, denn er hat die Musik gelernt. Der Schulmeister hat die ungelenken Finger des Knaben so lange mit dem Stäbchen gegerbt, bis sie die Geigensaiten, oder die Klarinettlöcher, oder die Trompetenklappen richtig begriffen. Der Schulmeister hat dem Jungen so lange das Ohrläppchen gedreht, bis diesem das Musikstück recht ins Gehör gegangen war.

Es ist kein Wunder, wenn im Angesichte solcher Tatsachen die Burschen nicht Musik lernen wollen und daß der Schulmeister allerlei Redekünste und Hinterliste aufbieten muß, um etliche Schüler dranzukriegen. „Das tät' ich an deiner Stelle schon," sagt er, „daß ich das Geigen und das Blasen lernen tät'! Der Mensch, der Musik kann, kommt alleweil gut durch die Welt. Schaut's an die Hasenauer Musikanten, verdienen sich bei der Tanzmusik an einem Tage mehr als andere im Monat. Und was sie sich in den vier Faschingswochen mit Geigen und Pfeifen erwerben, das wollt' ich nicht hergeben um den ganzen Jahrlohn vom stärksten Bauernknecht. Ich nicht, ich, daß ich's hergeben wollt'! Ich schon, ich, daß ich Musik lernen tät' an eurer Stell'."

Etliche beißen an. Aus der Schule getreten, nutzen sie ihre Sonntagsfeierstunden zur Übung und blasen oder geigen dem lieben Herrgott ein Loch in seine wunderschöne Welt. Und nach Jahren führt sie der Schulmeister, der auch Regenschori ist, auf den Kirchenchor, und wenn sich nachher die Gemeinde hell verwundert über das gottlos prächtige

Hallen und Schallen da oben, so kann er wohl mit Stolz auf seine Bande zeigen: „Die hab' ich mir selber erschaffen!"

Wie nun aber die Musikanten nach dem Gottesdienst im Wirtshaus zur Lustbarkeit aufspielen wollen, da zieht der Regenschori andere Saiten auf und sagt: „Bratelgeigen, das leid' ich nicht! Ich hab' mich nicht mit euch abgeplagt wie ein Zugvieh, daß ihr Lumpenmusik machen sollt, sondern brave Kirchenmusikanten begehr' ich!"

„Das wollen wir ja sein, Herr Schulmeister," sagt vielleicht einer. — „So!" ruft der Regenschori, „das wollt ihr sein! Vormittags dem Herrgott aufspielen und Nachmittags dem Teufel!"

Das wäre auch in der Tat unschicklich, meint nun einer der Burschen, und so wolle er dem Herrgott lieber gar nicht aufspielen. Und fällt ab. Aber die anderen tun nicht so. Es ist des Herrn Pfarrers wegen, daß sie auf dem Kirchenchore spielen; es ist auch der Ehre wegen. Und einmal im Jahre, gewöhnlich zu Fronleichnam, was für den Musikanten der musikalischen Prozession wegen wohl der strengste Tag ist, fällt ein guter Trunk aus. Und wenn einer der Musikanten heiratet, so spielen ihm und der Braut die anderen Hochzeitsmärsche und Tänze auf, und wenn einer von ihnen in den Kirchhof getragen wird, so gibt ihm die Musik das Ehrengeleite.

Von den „Künstlern" nun wieder zurück zu den Kunstliebhabern, zu den wilden Musikanten.

Wer kennt es nicht, das Ding, welches trotz seiner großen Einfachheit gleichsam alle Instrumente in sich vereinigt, so daß durch einen Hauch des Mundes alle Töne lebendig werden, von der hellen Hirtenpfeife an bis zu den tiefen, feierlichen Klängen der Orgel! Das Lied, das man hineinhaucht, schallt in feinem aber vollem Chore eines wohlbesetzten Orchesters wieder zurück. Wer kennt die Mundharmonika nicht? Dieses Instrument spielt sich selbst, kein Wunder daher, daß es die meisten Liebhaber hat. Vierzig Kreuzer kostet eine solche Harmonika, die, auf beiden Seiten spielbar, oft über achtundvierzig Kläppchen hat. Man bekommt sie auf allen Jahrmärkten, Hausierjuden tragen sie ins Haus und selbst der Dorfkrämer hat nebst seinen Baumwoll- und Spezereiwaren auch Mundharmoniken auf dem Lager. Kinder mit sieben Jahren haben in solchem Spielzeug ein Musikinstrument erhalten und sind virtuose Mundharmonisten. In dem einen Hosensack den Taschenfeitel, in dem andern die Mundharmonika, so geht mancher Alpenbursche durchs Leben und braucht je nach Bedarf eins ums andere. Mitunter, in Regentagen oder langen Winterabenden, verpflichtet er damit eine ganze Gesellschaft, denn es läßt sich bei seinem Instrument zur Not auch tanzen, und ist der Reigen nur erst im Gang, so klemmt der Musikant die Harmonika zwischen die Lippen, stößt den Takt nur so hinein, nimmt eine Schöne um die Mitte und tanzt mit herum.

Und ist irgendwo eine, die nicht Anwert hat beim Tanz, die kauft sich selber eine „Maulwetzen", musiziert sich selber was vor und tanzt mit sich selber — hat solchergestalt keine Not mit dem Liebsten und braucht kein Spielleutgeld zu zahlen.

Nebst der Mundharmonika ist auch die Ziehharmonika bekannt. Die ist nicht auf fremde Lungen angewiesen, sie hat ihre eigene aus Tierfell, und sie bläst sich selber, wenn sie nur auf- und zugeschoben wird, und zwar viel lauter als die Mundharmonika. Trotzdem genießt sie die Neigung der Leute nicht in dem Maße wie die „Maulwetzen".

Ein ganz anderes und für das weibliche Geschlecht noch schier Gefährlicheres ist die Maultrommel und der Maultrommler.

Maultrommeln, das sind zwei kleine Brummeisen, schlüsselförmige Instrumentchen mit leicht erregsamen Stahlzünglein. Die beiden Eisen sind gleichtönig, doch wird an das Zungenhäklein des einen ein Wachsknötchen geklebt, was den Ton entsprechend tiefer macht. Diese Eisen klemmt man zwischen die Zähne, eins am rechten, das andere am linken Kiefer, mit den Fingern schnellt man die Stahlzünglein, während man in dieselben eine Arie hineinhaucht. Die Arie surrt und säuselt nun ganz seltsamlich in den zitternden Zünglein und ist das eine überaus eigenartige Musik, mit der man freilich keinen Reigen in Bewegung setzt, doch aber — wenn der Maultrommler danach ist — Weiber närrisch machen kann.

Wie Jerichos Mauern durch Blechinstrumente gefallen sind, so fällt vor dem Surren der Maultrommeln in stiller Samstagnacht der Fensterschuber und was mit zusammenhängt, da werden die beiden Eisen rasch in den Sack gesteckt und das Spiel des „Maultrommelns“ wird wohl mit dem Munde, aber ohne Instrumente, fortgesetzt, gehört somit nicht mehr eigentlich in das Bereich unserer Musikanten. —

Der bekannteste und verbreitetste der wilden Musikanten in den Alpen ist der Zitherspieler. Das ist eine echt steirische Sache.

Die Harfe des alpinen Volksliedes ist die Zither, aber nicht jene vervollkommnete moderne Zither, mit der es herumziehende Künstler bisweilen zu einer bewunderungswürdigen Fertigkeit bringen. Solche Zithern wären für den gewöhnlichen Bauer schon deshalb unmöglich, weil eine derselben den ganzen Jahreslohn eines fleißigen Knechtes kosten würde, nicht von der Zeit und Gelenkigkeit der Finger zu reden, die zur Erlernung des Zitherspieles erforderlich wären.

Mein Vater hatte drei Vettern, und jeder besaß eine

Zither mit zwei Saiten, die sie sich selbst gezimmert hatten und auf denen sie an den Feiertagen ihr inneres Leben ganz leidlich offenbarten. Dieses innere Musikleben bestand aus einem halben Dutzend Steirertänze, oder, wie sie sie nannten, die „Altweltischen", die den übrigen Hausbewohnern auch allemal scharf in die Füße fuhren. Mein Vater war ihnen aber in der Kunst weit überlegen, er spielte eine Zither mit drei Saiten und spielte auch Volkslieder und Jodler und mancherlei ungewöhnliche Weisen, aus denen wir nicht klug wurden. Und wenn wir ihn hernach fragten, was das gewesen sei, antwortete er: „Nichts". Es waren von ihm erdichtete Tonzusammensetzungen, wie sie ihm gerade in die Finger kamen und die er nach ihrem Verklingen selbst nicht mehr wußte.

Den Anschlagring, den der Zitherspieler an seinem rechten Daumen hat, kannten wir nicht, wir nahmen ein Stück Fischbein in die Hand und hieben und kratzten damit frisch auf die Saiten los. Demnach war der Ausdruck: „Zithernschlagen" ziemlich treffend. Mein Vater sah es nicht gern, wenn zum „Zithernschlagen" getanzt wurde, obwohl die scharfen, schrillen Töne das Gepolter der Bergschuhe leicht übertönten. Als wir später einmal einen Kunstzitherspieler hörten, wußten wir nicht, was das für eine fremdartige Musik sei, bis mein jüngerer Bruder das Instrument erguckt hatte und uns mit dem Bericht in Erstaunen setzte, das Zeug schaue schier aus wie eine Zither, nur daß es viel größer wäre und über und über gewichst, wie des Amtmanns Stiefel, und daß es gewiß etliche Dutzend Saiten hätte.

„Etliche Dutzend Saiten!" rief mein Vater, „nachher nicht, nachher ist's keine Zither, nachher ist's was anderes."

Es gibt nun wohl manchen Älpler, der seine Holzaxt weglegt, das Zitherspielen lernt, damit sein Brot verdient und ein heiteres Leben führt. Im Winter geht er in die Stadt, und vermag er's schon nicht, den Konzertsaal zu erobern, so wirft er sich scharf in die steirische oder tirolische Tracht, auf dem Hut Gemsbart und Hahnenfedern, und spielt in den Wirtsschänken. Kommt der Sommer, so geht er wieder dem Gebirge zu, spielt in Touristenherbergen und Sommerfrischen, verdient sich viel Geld und kommt erst wieder bleibend in seinen Heimatsort zurück, wenn er ins — Armenhaus muß.

Viel Geld verdienen und Armenhaus! Das ist zumeist der Lebenslauf des Volksmusikanten. Was dazwischen liegt, ist unter Brüdern freilich auch eines Menschenlebens wert.

In Steiermark ist die Zither so volkstümlich, daß mancher den Wunsch hegt, wie schon das Lied sagt:

„Wann ih einmal stirb,
Müassen mih d' Steirer trag'n
Und dabei zithernschlag'n.“

Meines Wissens ist dieser Wunsch nur einmal erfüllt worden, und zwar dem Waisen-Toni in Krieglach. Als der in seinem geschlossenen Tannensarge lag, fiel es einem seiner Kameraden ein: der Toni hätt's Zithernschlagen gern gehabt. Wollten ihm zu guter Letzt eins aufspielen. — Er legte im Übermut die Zither auf den Sarg und spielte einen „Steirischen“. Die Anwesenden aber hielten sich die Ohren zu, er möge um Gottes willen aufhören. Die Totentruhe war keine Resonanz fürs Zitherschlagen.

Ein der Zither verwandtes, aber wohl älteres Instrument ist das Hackbrett. Es ist das ein ziemlich breiter, flacher Resonanzkasten mit Metallsaiten, die mit zwei Hämmerchen geschlagen werden.

Das Hackbrettspiel wird in unseren Alpen auch kaum mehr gepflegt, und als ich vor einiger Zeit ersucht wurde, für ein steierisches Museum das Hackbrett aufzutreiben, fand ich auf vieles Suchen ein einziges. Und wo? Auf einem Kohlgarten an den Zaunstock gehangen und etliche Holzbälklein daran, die der Wind beständig hin und her und an die Saiten schlug. Das Ding war ein — Hasenschrecker geworden.

Eines der wunderlichsten Instrumente, das wohl auch zur Gattung des Hackbrettes zu zählen ist, hat der Hammerl-Hans zu St. Michael gehabt.

Da lagen auf Strohriegeln etliche dreißig Holzwälzchen, jedes etwa einen Zoll dick und von verschiedener, stets genau bestimmter Länge; sie waren derart nebeneinandergelegt, daß sie durch Hämmerchen wie die Saiten eines Hackbrettes gespielt werden konnten.

Sechsunddreißig Wälzchen, von dem kürzesten bis zum längsten, gaben sechsunddreißig Töne, die ganz kunstgerecht miteinander harmonierten. Und da gab's steierische Tänze und wienerische Walzer, Alpenjodler und Soldatenlieder — aber alles aus Holz.

Ein anderes wieder ist das Spielen mit Hämmerchen auf einer Reihe von gleichgroßen, aber mit Wasser ungleich gefüllten Trinkgläsern, mit welchen ein harmonisches Glockenspiel erzielt werden kann.

Unendlich ist das Reich der Töne. Und so lauschen wir den Schalmeien auf sonnigen Höhen, den Hirtenflöten und den Schwögelpfeifen und allem, was da in wogenden Tönen hervorquillt aus dem Menschenherzen, das sich vor glückseliger Lust oft kein Ende weiß. O, Preis und Lob dem, der die unsichtbaren Saiten gespannt hat über Berg und Tal, so daß die ganze Alpenwelt eine Riesenharfe ist, auf welcher männiglich Wesen das hohe Lied des Lebens spielt.

Die Wallfahrer.

Wären die Vergnügungsreisen nicht aufgekommen, ich ginge selber mit der Kreuzschar nach Maria-Einsiedeln, oder auf den Schutzengelberg, oder nach Mariazell, oder zu einer anderen Wallfahrtskirche, wie sie gerade in den schönsten Gegenden der Alpen erbaut worden sind.

So mit lauter guten Bekannten hinwandern über Berg und Tal, über Felder und Auen, und durch die schattigen Wälder manchmal ein Liedchen singen, unterwegs keine Kirche übersehen, in guten Wirtshäusern einkehren, mitunter eine hübsche Kellnerin in Ehren haben, weil sie ein Geschöpf Gottes ist, — ein solches Wallfahrten wäre meine Passion!

Und für eine solche Kirchfahrt täte ich meine Kreuzer zusammensparen Jahr und Tag lang — nicht anders als wie es die Mechtildis gemacht.

Die Mechtildis, wer ist denn dies, wenn man fragen darf? Nun, ein recht braves, sauberes Mädel ist sie und auch noch zu haben. Heißt das, 's selb' kann ich nicht für gewiß sagen! Wenn's wahr ist, was die Leut' reden — sie reden gar viel, wenn der Tag lang ist — so wäscht die Mechtildis dem Kranzbauern-Michel die Hemden und die Strümpfe; ja freilich, dann ist sie schon verheißen.

Und wenn wir das brave, saubere Mädel schon nicht selber kriegen, so wollen wir doch zum mindesten von ihm erzählen — versteht sich lauter Gutes und Erfreuliches.

Die Mechtildis also hat eine unbändige Freude, als es der Kirchschlager Pfarrer auf der Kanzel verkündet: „Heuer zum Frauentag geht wieder die Kreuzschar nach Zell; ich wünsche, daß sich meine Pfarrkinder daran recht zahlreich beteiligen. Für den Fahnenträger und den Herrn Kaplan, der auch mitgeht, wird heute abgesammelt."

Das ist in Ordnung. Und wer in der Seele das Bedürfnis fühlt, Gott zu Lieb' einen weiten Weg zu seinem herrlichen Tempel zu machen, dort Trost und Erquickung für das bedrängte Herz zu suchen — über den macht sich kein gescheiter Mensch lustig. Wo aber unter dem Scheine der Religiosität die weltliche Gesinnung ihr Spiel hat — dort darf man wohl auch in weltlicher Weise — wie es hier geschieht — davon sprechen.

Wir zweifeln nicht an dem kindlich frommen Gemüte der Mechtildis — aber hier kommt ihr sicherlich von der argen Welt auch ein Fünklein dazu, denn als sie auf der Kanzel das Verkünden hört, da wird ihr ganz heiß in der Brust. Sie weiß, wer gehen wird und sie geht ja auch mit, und das hat sie sich bei ihrem Dienstherrn zu Neujahr ausbedungen: sie will schon brav und fleißig sein, aber nach Zell will sie gehen mit dem Kirchschlager „Kreuz". Und sie spart jetzt schon im achten Monat von ihrem Mund ab — denn 's ist über eine Tagreise nach Zell und der Rückweg ist auch nicht viel kürzer, und zwei Gulden braucht man, mit eingerechnet das, was man unterwegs den Armen reicht und um was man bei den Zeller Krämern angeschmiert wird. Sollte aber das ersparte Geld nicht langen, im Gottesnamen, so verkauft sie dem Juden die Herbstschur ihres bluteigenen Schafes; zehnmal lieber geht sie den ganzen Winter ohne Strümpfe um, als sie bliebe zurück vom „Kreuz".

Und nun beginnt die Mechtildis zu beten, daß sie sich

bei der Wald- oder Feldarbeit doch nicht etwa einen Fuß breche, sondern daß sie kerngesund bleibe und insonderheit, daß die Kalbslederschuhe halten bis zu den Tagen der Zellfahrt.

Des Kranzbauern Michel läßt ihr sagen, seine Schuhe hätten noch gute Sohlen, und sollt's ihr um etliche Groschen nicht zusammengehen, so sollt' sie gerad' denken, sie hätt' einen guten Bekannten bei der Kreuzschar.

Die Mechtildis kann ganze Nächt' lang nicht mehr schlafen, stets der seltsamen Dinge gedenkend, die da kommen werden. Beten und singen wird sie, und auf steinigen Wegen und durch Wildnisse werden sie die Engel Gottes führen und — der Michel.

Endlich kommt der Tag. Die junge Maid hüllt sich in die frischgeglätteten Wallfahrtskleider; sie ist schier verklärt und mitleidig lächelnd blickt sie nieder auf das alltägige Treiben im Hofe, wo die Knechte wirten und die Hühner den Staub aufkratzen. Einen großen Laib Brot bindet sie sich noch auf den Rücken, das rote „Paraplui" — Regenschirm hat sie keinen — zwängt sie sich unter die Achsel und jetzt —

„Behüt' dich tausendschön Gott, Mechtildis!" sagt ihre Bäuerin, „richt' einen schönen Gruß aus bei der Zeller Mutter und bet' für uns auch was!"

Sie in ihrer Demut verspricht es — verspricht alles zu dieser Stunde; und noch befühlend, ob die zwei Gulden wohl gut ins Jöpplein genäht sind, geht sie still davon und der Pfarrkirche zu, wo sich die Schar versammelt.

Weit im Tal kann man die Glocke hören, wenn sie nun ausziehen mit ihren Brotsäcken und Pilgerstäben und Rosenkränzen und mit der flatternden Fahne — der alte Vorbeter unter ihnen und der junge Kaplan.

Und so wallen sie hinaus aus der Gemarkung und hin über Berg und Tal im hellen Sonnenschein, und bedauern die Leute, die sie arbeiten sehen und bedauern die Herrenwägen, die zuweilen vorüberschnurren. Daß kein Mensch auf Erden so glücklich ist wie sie, davon sind sie überzeugt — und das muß uns freuen.

Gebetet und gesungen wird, was das Zeug hält. Ist es so, daß Gott den Menschen den trefflichen Rosenkranz gegeben hat und die flinke Zunge zum Frommsein? — Das Auge mag sich weiden an den Dingen, die daheim nicht zu finden, und — „Gegrüßet seist du Maria, voll der Gnaden" — das ist doch auch kurios, jetzt tun sie dort unten in den Matten erst das Kraut anbauen — „und du bist gebenedeit unter den Weibern und gebenedeit ist die" — Füß' brennen mir schon wie Feuer auf diesem gotteslästerlich argen Weg! Das ist schon gar über — „die Frucht deines Leibes; heilige Maria, Mutter — gelt, Ihr schenkt mir ein Tröpfel saure Milch, man meint, die Seel' schwitzt sich eins heraus in dieser grauslichen Hitz'!"

Mancher möcht' allweg einkehren, aber der Vorbeter sagt: „Geht's, laßt's euch nit anfechten, die Wirtshäuser sind dem Teufel seine Kirchen!" Hat er aber selber Durst, so findet er schon die rechte Statt.

Besegne jedem Gott den frischen Trunk! Wir eilen ihnen ein Stückel voraus, wollen gern einmal unter uns selber sein und was Gescheites miteinander reden.

Zell liegt tief im Gebirge. Die Wege sind für den, der sie mit seinen Schritten messen muß, weit und, wie es im Worte heißt, gotteslästerlich arg! Mit spitzen Steinen gepflastert und mit Mühsal — und manche Wallfahrer gehen gern barfuß, damit sie an Schuhen sparen und Sünden abbüßen. Mancher Pfad führt über wilde Höhen, völlig bis zu den

Wänden, durchaus böse Gegenden, wenn Nacht und Nebel, Wind und Wetter eintreten.

Da war es wohl notwendig, daß sich aus der Hirtenklause, aus der Sennhütte ein Einkehrhaus, eine Herberge entwickelt hat, die nur im Winter verschneit und verödet liegt, im Sommer aber vom Treiben der Wallfahrer aus allen Gegenden durchrauscht wird.

So haben die Bauern auch ihre Touristenhotels. Kehren wir hier in ein solches ein und warten, bis das Kirchschlager „Kreuz" ankommt. — Ein stattliches Haus von außen; aus Holz gebaut, mit hellen Fenstern, an den Wänden die Schützenscheiben mit den schwarzen Augen — 's ist auch ein Försterhaus. Dann das leuchtende Schindeldach und die Schornsteine, aus denen es immer raucht — denn Hunger hat jeder, der hier ankommt. Hinter dem Hause an den felsigen Hügel gelehnt steht die Stallung; wohnt im Erdgeschoß das Geschlecht der Rinder und Schweine, in den Dachräumen ist begehrenswürdig Heu und Stroh — denn müde ist jeder, der hier ankommt.

Droben am Dachfenster ist die Hochwacht. Dort luget der borstenhaarige Kopf Friedels in die Welt hinaus, ob nicht irgendwo von einer Kreuzschar was zu sehen oder zu hören.

Eine Weile ist's verzweifelt still, nichts zu sehen, nichts zu hören als die Häher und die Steinlerchen — die bringen aber kein Geld. Auch ist der Sang der Sennerin und das Jodeln des Kühbuben, das aus der Ferne klingt, nicht zu versilbern. Guckt denn der Friedel noch eine Weile — halt, hörst es nicht wie das Summen einer Hummel? Es ist das Schallen eines Wallfahrtsliedes. Dort unten aus der Schlucht taucht eine rote Fahnenstange auf.

„Sie kommen!" schreit der Friedel. Dieser Ruf kostet

manchem Lämmlein, manchem hoffnungsvollen Ferkel das Leben. Selbst das harmlose Hühnervolk stiebt vor solchem Schrei, unheilvoller als der Pfiff eines Geiers, wild auseinander — denn ist etwa ein Prälatenwagen bei der Kreuzschar, so gehen auch die Hühner nicht sicher.

Und siehe, nach einer halben Stunde schwankt die rote Fahnenstange der Kirchschlager — die Fahne selbst tragen sie in einer Blechbüchse — über das Steinkar heran. Heller wird der Gesang, die Sänger sehen schon das Wirtshaus. Die Mechtildis geht etwas weiter hinterwärts — — 's ist ihr an diesem steilen Berge fast das Mieder zu fest gebunden — sie schnauft und sie hat in der rechten Hand das Paraplui und an der linken den Michel, daß es doch mag vorwärts gehen mit harten Kräften.

Mittlerweile ist es Abend geworden und von Kuppe zu Kuppe der Alpenhöhen heran kommen graue Nebel gezogen. Still, aber rasch, in dichten Ballen wogen sie heran und hüllen die Niederung, hüllen das Wirtshaus ein, und siehe, die fromme Wallfahrerschar thront in den Wolken des Himmels.

Daß sie aber auch noch ihre Leiber bei sich haben, die Seelen aus Kirchschlag, das weist das Poltern, unter welchem sie mit ihren staubigen Schuhen und Stöcken, mit ihren Brotsäcken, mit der Fahnenbüchse und der Stange in die Herberge einziehen.

Wer aber wollte nicht einziehen durch eine Pforte, über welcher der biblische Spruch steht: „Herr, bleib' bei uns, denn es will Abend werden!“ und das um so lieber, wenn über derselben Pforte, aber an der inwendigen Seite, in einem Kranz von Knieholzzweigen die tröstliche Satzung prangt: „Auf der Alm, da gibt's ka Sünd'!“

Vorläufig besetzen sie die Tische, tun ihre mitgebrachten

Brote, Krapfen und Schinken aus den Bündeln und lassen sich Obstmost bringen. Gott Lob, daß sie recht essen und trinken, dies weist, daß sie gesund sind. Gesund sein und auf Gottes Wegen wandeln — wer könnt' sich Schöneres denken! Leider, der gute Vorbeter ist so heiser, daß er kaum nach einem Gläschen Schnaps zu rufen vermag; und als er später zum Kartenspiel kommt, ist es mit seiner Stimme so arg, daß, wenn er ausrufen will: „Gestochen mit dem König, du verd —" ihm der verdammte Schneider mitten in der Kehle stecken bleibt. Und wie — ich bitt' euch — soll er morgen mit so einem Kerlchen im Halse wieder vorbeten! — Dem Fahnenträger ferner sind die Arme so steif geworden, daß er den Maßkrug nur mit Mühe an den Mund bringt, das Fingerhäkeln mit der Kellnerin aber nachgerade unmöglich scheinen will.

Von den Weibsleuten zieht sich ein guter Teil beizeiten zurück auf den Heuboden. Daselbst graben sie sich unter Gekicher und Geglucke Nester, lösen ihre Haarflechten auf und belegen die wunden Füße mit Unschlitt. — Ja, ihr Leute, 's ist alles verweichlicht heutzutag', vor Zeiten haben sich fromme Wallfahrer Sand und Glasscherben in die Schuhe getan, um unterwegs recht viele Sünden abzutun. — Ist denn das heutzutag' so sehr überflüssig? Ich glaube nicht! — Indes, meinen sie, was die Sünden anbelangt, so wären sie morgen um die Abendzeit in Zell, und da gäbe es Beichtväter genug. Und manches Mägdlein bildet sich noch ein, es habe gar keine Sünden zu tragen — der Toni-Natzl-Sohn, oder wie er heißen mag, sei weit stärker, der wäre so gut und trage in seinem Bündel auch ihre Sünden, die vorjährigen und die vom Winterfasching her, und auch die vom heurigen Frühjahr.

In der Gaststube geht es bis in die Nacht hinein lebendig

zu, bis der Vorbeter sagt: „Bigott, wir sind auf dem Kirchfahrtsweg; 's ist Zeit zum Schlafengehen!"

Noch eine Weile rauscht das Heu und das Stroh; — der Wirt hat sein Lebtag noch kein Stroh zu dreschen gebraucht, auf welchem Wallfahrer geschlafen — und endlich wird es still unter dem Dache, nur draußen braust der Wind in den Felsen.

Des andern Morgens, noch ehe der Tag anbricht, kriechen unsere Kirchschlager aus ihren Nestern hervor. Wieder ausgeruht und ernüchtert. Hastig kleiden sie sich an; mag vielleicht manche ihr Jöppel, ihr Schürzel in der Geschwindigkeit nicht finden oder unversehens in das Schühlein einer Nachbarin schlüpfen — doch in guter Ordnung verlassen sie die Herberge.

Es geht über Stock und Stein, durch Finsternis und Nebel, sie halten sich aber vorsichtig aneinander und gemächlich folgen sie dem Fahnenträger. Ihr Lob- und Bußgesang schallt in den Berghängen, an welchen der Schimmer des Morgenrotes liegt.

Und die Wallfahrer sind am selbigen Abend glücklich nach Zell gekommen. Mit der roten Fahne und mit Musik sind sie eingezogen in die große weltberühmte Kirche; und hoch auf dem Turm ist geläutet worden mit allen Glocken. Kommt auf achtzehn Gulden zu stehen, der Einzug; doch die Kirchschlager lassen sich's kosten, damit es bei den Zeller Bürgern heißt: Ja, die Kirchschlager, die können sich's kosten lassen!

Vor allem nun — und das ist auch das nötigste! — suchen die Kirchschlager Leute die Beichtstühle auf. Alles schon besetzt, und sieht man wieder einmal, wie sündig diese Welt ist. Nun, da sie warten müssen, werfen sie sich auf die Knie und rutschen kniend dreimal um den Gnadenaltar, der mitten in der Kirche steht. Die Mechtildis wohl auch. — Reiche Leute freilich, die können sich neue Schürzen und Unterröcke kaufen; unsere arme Magd aber rutscht aus Ersparungsrücksichten auf den bloßen Knien. Die großen breiten Steine tun ihr gar nicht weh, wo aber so ein kleines, scharfes Sandkörnlein liegt, und sie kommt darauf, da möcht' sie schier zusammensinken vor Not. Doch starkmütig überwindet sie den Schmerz. — 's wär' gut, wenn's ein wenig schneller ginge, denn ihr auf den Fersen nach rutscht der Michel.

Nach diesem Bußrutschen flüstert der Bursche zur Magd: „Ich denk', Mechtild, wir gehen erst morgen früh zur Beicht'."

Und nach solcher Eingangsandacht versammeln sie sich in einem Wirtshaus.

Wir aber hätten schier noch Lust, ein wenig in der Kirche zu bleiben, in welche durch die hohen Fenster das Abendrot strahlt, und in welcher vor dem Gnadenaltare ewig die stillen Kerzenflammen brennen.

Ein altes Weiblein kauert einsam davor und betet. Es betet von Herzen; es ist nicht gekommen, um sich zu ergötzen; es ist gekommen, um Trost zu suchen in seiner harten Lage, da es von allen Menschen völlig verlassen ist. Und das Mütterlein, das alles hat begraben, woran jemals sein Herz gehangen, das keine Hoffnung mehr hat auf dieser Erde, als die auf ein baldig Ende und auf das Wiederfinden der Lieben dort im Himmelssaal — es wird getröstet und gestärkt vor diesem Bildnisse; denn nimmer gebrochen ist die Wundermacht — lebt nur der Glaube.

Darum wollen wir still und ohne Lächeln an der Beterin und der Angebeteten vorübergehen und dankbar preisen den Allvater, der jedem, auch dem Ärmsten im Geiste, von seiner allgestaltigen Gnade spendet.

Genießen ja doch auch unsere Kirchschlager im Wirtshause von solcher Gnade, da sie guter Dinge werden und Gott einen guten Mann sein lassen. Unbefangen betrachtet, muß es ja anmuten, daß auch an religiösen Begehungen so viele weltliche Freuden hängen. Wo Gott ist, ist's halt überall lustig.

Wir freuen uns, daß unsere zwei Bekannten des andern Morgens ehestens Gelegenheit haben, an den Beichtstuhl zu kommen. — Der Michel kniet lange davor, dann schleicht er ganz duckmäusig gegen die Altarnische hin.

Bald, zum Glücke oder zum Unglücke, schleicht auch die Mechtild heran, nicht gar weit von dem Burschen kniet sie hin, blickt ihn aber nicht an, sondern tut ihr Bußgebet. Dann erheben sich beide, weichen sich aus und kommen immer wieder zusammen, und endlich draußen in der Kapell, in welcher der heilige Brunnen fließt, der Brunnen des Lebens, der gut ist gegen schlechte Augen, gegen Lahmheit, gegen andere Gebrechen und sonderlich gegen den Durst — dort ist es, wo sich die beiden jungen Leutchen wieder begegnen, und wo der Michel das Wort flüstert: „Mechtild!"

Das erstemal weist sie ihm keine Antwort, sondern lugt gegen ihre Fußspitze hinab.

„Mechtild!" sagt der Michel noch einmal.

„Was willst denn?" haucht sie.

„Was hat er denn zu dir gesagt?"

„Wer?"

„Na, der geistlich' Herr."

„Was wird er denn auch gesagt haben?" entgegnet sie unwirsch.

„Wird schon was gesagt haben," versetzt er.

„Was hat er denn zu dir gesagt?" ergreift jetzt sie die Frage.

„Zu mir?" murmelt der Bursche, „was wird er denn gesagt haben!"

„Wird schon was gesagt haben," erwidert sie hierauf.

„G'rad still ist er nicht gewesen," gibt er bei. — Und das ist am heiligen Brunnen der Diskurs.

Hierauf nimmt der Bursche den blechernen Schöpflöffel, der beim steinernen Becken an einem Kettchen hängt (weil es Wallfahrer gibt, die nicht allein das heilige Wasser, sondern auch den Schöpflöffel gern bei sich haben möchten), diesen Löffel nimmt der Michel in die Hand und schöpft und trinkt, daß alles Übel von seinem Leibe solle gebannt sein. Dann reicht er dem Mädchen das volle Pfannchen: „Willst auch?"

„Kann mir schon selber schöpfen," ist die Antwort. Sie schöpft aber nicht.

„Bist harb auf mich?" frägt der Bursche.

„Weißt, was mir der Beichtvater gesagt hat?" frägt sie entgegen.

„Ja, was wird er dir denn gesagt haben?" frägt der Michel wieder zurück.

„Er hat gesagt, ich und du — wir sollten uns meiden."

„Das hat er zu mir auch gesagt," versetzt der Bursche.

„Gelt ja!"

„Was hätt' er denn sonst sagen sollen?" meint der Michel, „das ist schon so der Brauch, das muß der Mensch nicht so krumm nehmen."

„Aber die Höll', Michel, die Höll'!"

„Meiner Seel', Dirndl, die Höll', die wär' mir auch zu dumm. Ob wir zwei nicht doch gleich heiraten sollten? Was meinst, Mechtild?"

„Auseinandergehen oder heiraten. Mir hat er's auch gesagt."

„Na also, ist's dir recht?"

Sie schweigt, und das ist auch eine Antwort.

Und darauf trinken sie Wasser.

Und nach all' den verrichteten Andachten kehren die Kirchschlager wieder zurück in ihr Heim, und am Sonntag darauf verkündet der Pfarrer, der vor Wochen die Wallfahrt verkündet hat, folgende Nachricht:

„Es wollen sich verehelichen: Der Bräutigam Michel Partensteiner, katholisch, großjährig, bisher im Dienste beim Kranzbauer. — Die Braut: Mechtildis Klinger, katholisch, minderjährig, derzeit im Dienste auf der unteren Leuth. Diese Brautleute werden zur Aufdeckung eines allfälligen Ehehindernisses verkündet heut' das erstemal."

So kann auch eine leichtfertige Wallfahrt einen ernsthaften Ausgang nehmen. Der Beichtstuhl hat schon auch sein Gutes.

Der Pechölmann.

Ein wohlbestellter Bauernhof hat gar verschiedene Kammern.

Auf dem Dachboden eines jeden Bauernhauses finden wir unter vielen anderen Räumlichkeiten und Gegenständen auch einen Winkel, in welchem ein uralter Kasten steht. Der Kasten ist gemieden, denn er steht nicht im besten Geruche. Selbst die Katze, sonst alle Räume des Hauses wohl durchforschend, besucht diesen Kasten nicht, weil seit Katzengedenken hier noch keine Maus gewahrt worden.

So bleibt der Winkel höchst einsam, nur daß die Spinnen hier einen zarten Schleier niederweben, als sei im Kasten das größte Heiligtum der Erde.

Da kommt eines Morgens die Kuhmagd in die Stube. Heute hat sie keinen Respekt für das Bauernstübel, hastig öffnet sie die Tür und jammert: „Bauer, geh' gleich, aber gleich, ich weiß nicht was das ist, aber 's will mir die tragend' Kuh hinwerden; sie liegt und röhrt und schlägt mit den Füßen, daß es ein Graus ist; nein, das weiß ich mein Lebtag nicht!"

Was tut der Bauer? Der Bauer geht in die Lauben und über die Stiege auf den Dachboden und gegen den finsteren Winkel. Den Schleier zerreißt er und öffnet den Kasten; nicht achtend den stechenden Geruch, nimmt er einen Tiegel heraus und eilt mit ihm in den Stall zu dem kranken Rind.

In dem Tiegel befindet sich eine glänzendschwarze, zähe Masse, wovon der Bauer nun mit einem Holzstäbchen der Kuh in das Maul streicht. Diese wird ruhiger, frißt nach einer Weile, erhebt sich endlich, frißt wieder Futter, und die Magd sagt: „Lob und Dank, weil's nur wieder besser ist, da bin ich wohl so viel froh; du Bauer, das Pechöl, das ist halt doch ein rechtschaffen gutes Mittel!"

Was hier die Magd behauptet, ist eine alte Geschichte, das Pechöl ist ein rechtschaffen gutes Mittel. Nicht bloß gegen Kolik, wohl auch gegen erhitzte Wunden, gegen Brand, ja gegen Gift — und das Pechöl ist, alles in allem, die Apotheke für den Viehstand.

Darum wird er auch gut und gastlich empfangen, der rußige, bärtige und pechige Mann, wenn er kommt mit seinem Korb, in welchem ein paar ungeheure Tonplutzer stehen. Man riecht ihn schon von weitem.

Der Pechölmann ist mitunter ein ausgedienter Soldat, der es für gut findet, mit dem nackten Betteln das kleine Geschäft zu verbinden. Das trägt doch auch ein Flaschel Schnaps, und wenn ihm irgendwo bei seinem Hausieren ein alter, zerhauter Kamerad begegnet, so sagt er: „Hallo, Bursche, komm mit — Schnaps, Speck — komm, mit!" Und seine Hütte wird zur Herberge alter, bettelnder Krieger. Und vor der Hütte ist die Brennerei, eine Destillationsanstalt mit Tontöpfen, mit welchen der Mann aus Waldharz das Terpentinöl, das „Pechöl" erzeugt.

Bisweilen ist der Pechölmann auch ein alter, halberblindeter Handwerker, der noch im Walde sein mühselig' Fortkommen sucht.

Zum meisten sind es aber Köhler und alte Holzleute, die sich durch das Sammeln von Harz und durch Erzeugung von Teer und Pechöl ihre Groschen zusammenlesen. Aber da hacken sie oft zu tief in die Stämme und es rieselt frisches Herzblut heraus, und die Bäume dürfen nicht ermordet werden. Darum muß so mancher Pecherer vor das Gericht. Und wenn er dort auch beteuert: „Herr Richter, 's wär' nicht geschehen, aber ich hab' ein krankes Weib!" so muß er trotzdem in den Arrest.

Freilich, wohl ist das traurig, aber wenn das Weib gesund wäre, so ginge es auch selbst mit, die Stämme anzuhauen.

Es ist denn einmal so in dieser Welt; da kommt die Armut und die Not und würgt den Menschen: „Jetzt auf der Stell' tu' mir eine Ungerechtigkeit, ein Verbrechen, sonst bring' ich dich um!" Und — der Mensch tut die Ungerechtigkeit, das Verbrechen— dann kommen die Diener des Gerichtes, und die anderen, vom Glücke Begünstigten, wenden sich entrüstet ab vom „Lumpen".

Gar fein und glatt geht das nicht ab, wenn der Pechölbrenner in den Bauernhof kommt. Der Mann hat mit seinem vielbeflickten, kleberigen, langen Lodenrock, mit seinen schwerbesohlten Stierlederstiefeln, mit seinem tiefherabhängenden braunen Filzhut und mit allem anderen, was an und um ihn ist — ein sonderbares Aussehen.

So tastet er nach der Klinke, öffnet langsam die Tür und in rauhen Tönen gurgelt er die Worte heraus:

„Kaft's Pechöl o, kaft's Pechöl o,
Da Pechölbrenna-Lipp is do!
Er pickt (klebt) dem Bau'rn in Beutl z'somm,
Daß ka Dugotn aussa konn;

Er geht in Stoll und hoalt (heilt) die Kua,
Und trogt da Bäurin Buda zua;
Aft schmiert er d' Menscher (Mädchen) ah noh on
Mit Pechöl, daß nix g'schechn konn!"

„Ist schon recht," sagt die Bäuerin, „geh' nur her, Lipp, rast' ab; zwei Seitl nimm ich, was willst denn haben dafür?"

„Goldene Schmalzkochbäuerin du!" entgegnet der Mann feierlich, „das muß ich dir sagen, daß sie mich wieder vier Wochen eingesperrt gehabt haben. Wegen dem Pech ist's hergangen, hab' halt ein wenig zu tief in die Bäum' gehackt. Mein' Tausendbäurin! die Bäum' hätten's gelitten, aber der Försterbub' hat geschrien. Was soll ich mich denn wehren, wenn ich nur ein klein' Hackl hab' und er seine Kugelpfeifen! Hab' mich forttreiben lassen. Schau, du meine röserlschöne Bäurin, und weil ich so lang' gesessen bin im Pech, und weil ich mir vier Wochen nichts verdienen hab' können, so möcht' ich halt gern ein Zwanzigerl haben fürs Krügel. Gelt, Bäurin, deswegen bist mir nicht bös'?"

Sie nimmt das Pechöl, zahlt es und zum Zeichen, daß sie nicht böse ist, setzt sie dem alten Mann ein Schmalzmus vor und sagt: „Da geh' her Lipp, tu's wegessen und beiß' ein Brot dazu!"

Und der Pechölmann sieht das Gericht lange an, als wäre es eine Wundererscheinung. Blitz und Holzäpfel! das ist ein Weltereignis in seinem Leben, wenn er vor einem Schmalzmus steht!

Er zieht seinen Hut ab, er wischt die struppigen Haare über die Stirn, er betet noch eher ein Vaterunser; dann zieht er seinen Holzlöffel aus der Hosentasche, setzt sich zum Herd, wo das Gericht steht und beginnt — gesegn's ihm Gott! — zu essen.

Dann stolpert er fort. Jetzt erst kriechen die Kleinen, welche sich beim Erscheinen des wüsten Mannes geflüchtet hatten, aus ihrem Verstecke hervor und sehen dem Alten durch das Fenster nach, bis er fortgehumpelt ist. — So hausiert er herum in der Gegend; und wenn sein Pechölvorrat alle geworden, so wandert er wieder hinein in den Wald zu seinem Brennofen, zu seiner armseligen Hütte.

Wie die Hütte des Pechölbrenners aussieht? Sie hat vier Wände aus rauhen Waldbäumen, ein Dach aus Baumrinden und einen Fußboden aus Erde. In einem Winkel dieses sichersten aller Fußböden ist ein Bund Stroh und über demselben ein alter Pelz — das ist das Bett, auf dem schon mancher Königreiche geträumt hat. In einem anderen Winkel der Hütte lehnen drei breite Steine, eine Höhlung bildend, aneinander — das ist der Ofen und der Herd, der eigene Herd! — Ein Schrank steht da, einige Töpfe stehen da und an der Wand hängt eine Axt und ein Rosenkranz.

Der Rosenkranz muß wohl sein, sonst täte der Bewohner dieser Hütte verzagen. Nur fleißig beten, du alter Mann in deiner armen Einsamkeit; das weißt du nicht, was die Menschen treiben draußen in der großen Welt.

Horche nicht auf, alter Pechölmann, für dich ist das nichts; hast nie einen Buchstaben verstanden — tätest den Verstand verlieren. Nur fleißig beten, das Pech wird schon einmal ein Ende nehmen, und dann fliegst du wie eine weiße Taube in das himmlische Paradeis!

Der Kohlenbrenner.

Ich bin einmal zur Herbstzeit im Hochgebirge drei Wochen lang bei einem Köhler eingeschneit gewesen. In den ersten Tagen wollte ich verkommen vor Langweile; ich hatte kein Buch und kaum einen Streifen Papier bei mir. Ich sah durch das halbverschneite Fenster der dunklen Hütte auf die Bäume hinaus, die ihre schneebeschwerten Äste tief herabhängen ließen, und ich sah auf den Meiler und wie aus demselben grauer Rauch aufstieg. Ich wollte dem Köhler, einem großen, hageren Mann, im Schneeschaufeln und bei dem Kohlenschüren helfen, er aber sagte: „Geht's nur gott's weg da, Ihr versteht's nix und seid's mir just im Weg!" Zu den Mahlzeiten kochte er Geißmilch und schüttete gesottene Bohnen dazu. Das mußte ich mit ihm essen.

Am dritten Tage fragte ich den Mann, ob er nicht Kleider auszubessern habe, ich verstünde das Zeug. Er sah mich an, dann brachte er mir alte, bereits mehrmals mit Wollenlappen überzogene Lodenkleider und rauhen Zwirn. Ich begann zu arbeiten. Ich tat später auch andere Geschäfte in der Hütte und am Kohlenmeiler.

In der zweiten Woche waren die Wege schon wieder gangbar, aber ich vergaß das Fortgehen.

Der Mann hatte mich nicht daran erinnert; erst als sein Weib heimkam, welches die frühere Zeit bei einem entfernten Bauern im Tagwerk gewesen, sagte der Köhler zu mir: „Ich kann Euch nit helfen, jetzt müßt Ihr schon auf dem Hüttenboden oben schlafen."

Ich bedankte mich für das Dach, bat um Verzeihung, daß ich seine Gastfreundschaft so lange genossen hatte und nahm Abschied.

„Ja, gewiß wohl," sagte er, „werdet Euch bedanken auch noch so! Ich bin Euch's schuldig geworden, Ihr habt mir mein Gewand rechtschaffen zusammengeflickt."

Zur selben Zeit habe ich das Köhlerleben kennen gelernt. Außer seiner rußigen Arbeit unterscheidet es sich nicht sehr von dem Leben anderer armer Waldmenschen.

Der Kohlenbrenner ist sehr arbeitsam. Seine Meiler, wovon jeder einzelne mehrere Wochen lang kohlt, zwingen ihn auch, daß er immer auf der Hut sei, sonst schlägt wo ein böses Flämmlein aus, und das brennt tief in den Geldbeutel hinein. So lange dichter, grauer Rauch über dem Meiler aufsteigt, geht's in Ordnung; wo aber blaue, halb durchsichtige Wölkchen hervorkommen, da ist die helle Flamme schon nahe. Die helle Flamme, die in den Kohlen schlummert, muß aber warten bis zur Esse des Schmiedes, dort mag sie hervortreten und gewaltig sein.

Der Köhler hat darauf zu sehen, daß sie bishin gezähmt bleibe.

Neben der Köhlerhütte ist gewöhnlich auch ein Gemüsegärtlein, aber die hohen Fichten wollen keine Sonnenstrahlen niederlassen; und wenn trotzdem noch wo ein zartes Pflänzchen hervorkommt, so kratzen es die paar Hühner aus, die des Köhlers Viehstand sind, und die ihm wohl das beste liefern, was der große Verköstiger für Waldleute hat — die Eierspeise am Sonntag.

In alten Zeiten sollen die Köhler Hexerei getrieben und aus Kohlen Gold gemacht haben. Heute haben sie das Ding verlernt und können es — der tauserd hinein! — halt nimmermehr zuwege bringen. Die Eigentümer des Waldes und der Kohlenstätten können es, sie verkaufen die Kohlen für schweres Gold — das ist ein einfaches Verfahren.

Die Kohlenbrenner sind eben nicht Eigentümer der Stätten, sondern nur gedungene Arbeiter, wie die Holzhauer und die Kohlenführer.

Der Köhler ist nicht so schwarz als er aussieht, und die Gedanken, die er hat, sind nicht so finster als der Rauch seiner Meiler und das Innere seiner Hütte. Er hat überhaupt nicht viel Zeit und Geschick zum Denken; wenn er irgend etwas hört und erfährt, so glaubt er's auf Geratewohl und ist's zufrieden.

Das ist der Köhlerglaube.

Sagen, Märchen, Fabeln, die er seiner Tage einmal erzählen gehört hat, ist er bereit mit seinem Leben zu verbürgen; er sagt davon nicht: das glaub' ich, sondern: das weiß ich! Man kann ihm widersprechen in seinem täglichen Geschäft, in seinen persönlichen Ansichten, er gibt es zu und läßt sich bestimmen; wer ihm aber wegen seiner Sagen, Märchen und Dinge des Aberglaubens in die Quere kommt, der hat's mit ihm verdorben.

Sein Aberglauben ist indes meist unschuldiger Art.

Ich erzähle hier eine lustige Geschichte, welche sich vor Jahren in den Sölkeralpen, sechs Stunden von Irdning im Ennstal entfernt, zugetragen hat. Sie gibt ein Beispiel vom Köhlerglauben.

Eines Abends zur späten Stunde zog ein Mann durch den Wald.

Nebel hingen am Himmel, der Sturmwind rauschte in den Wipfeln und peitschte dem Manne kalte Regentropfen in das Gesicht.

Der Wanderer hatte in der Finsternis den Weg verloren und stolperte über Wurzeln und Steine.

Jetzt stieß er auf eine breite zusammengerollte Baumrinde, wie sie auf dem Boden zahlreich umherlagen, und da kam ihm der Gedanke, zum Schutze gegen den schneidenden Wind und gegen den Regen in eine solche Rinde zu schliefen. Und bald stand der Mann mit der rauhen Kruste weidlich gepanzert da; ein wandelnder Baumstrunk.

Der Wanderer versuchte langsam über den Hang abwärts zu klettern. Der Sturm warf ihm einen abgerissenen Tannenwipfel vor die Füße. Jetzt fiel er und das war ein wunderbares Geschick, denn er stand hier nicht mehr auf. Er fiel auf eine jener Holzriesen, welche aus glattgeschälten Baumstämmen über Hänge zur Weiterbeförderung der Holzklötze angelegt sind, und hier begann er zu rutschen, konnte sich nicht halten und glitt abwärts. Die Holzriesen sind steil und lang und münden gewöhnlich in einen jähen Abgrund aus, über welchen die Blöcke lustig hinausfliegen und in die Tiefe zur Kohlstätte stürzen. — Das ist jetzt dein Schicksal, konnte der Mann noch denken während es weiter ging. Plötzlich fühlte er keinen Grund mehr unter sich, jetzt — jetzt lag er auf einem Haufen von Moos und Reisern.

Er stand auf und war höchlich verwundert, daß er aufstand.

Da war ein Männlein neben ihm, das schlug die Hände über den Kopf zusammen und eilte von dannen.

Der Wandersmann stand auf einer Kohlstatt, neben ihm waren zwei große Meiler, über welchen weißer Rauch emporstieg. Etwas abseits lag die Hütte.

Unser Wandersmann nahte der Hütte und klopfte an. Ein leises Gemurmel tönte ihm entgegen. Er trat ein und stand nun in einer niederen Stube, welche von der Flamme eines Kienspanes matt beleuchtet war. — Auf dem Herde lag ein Häuflein glühender Kohlen und neben dem Herd, an der

Bretterwand, war ein Strohlager, bei welchem mehrere Leute standen. Auf dem Stroh lag ein Weib und dieses hielt ein neugebornes Kind empor. Die Leute gewahrten den Fremden, der in seiner sonderbaren Bekleidung mitten in der Stube stand. „Heilige Maria, da ist er!" riefen sie aus. Nur der Köhler mit wüstem Haar und Bart stand ruhig da, sah den Fremden an und sprach: „Gelobt sei der Herrgott!"

Dann nahm er das nackte Kind aus den Armen des Weibes, hielt es ihm zagend vor. Der Wandersmann trat einen Schritt zurück.

„'s ist mein einzig Kind," sprach der Köhler mit bittender Stimme, „tu' mir's dreimal küssen."

Alle Kreuz! ist das ein Narrenturm? Was wollt Ihr denn?" sprach der Wandersmann und zersprengte sein Panzerkleid, daß es auf den Lehmboden fiel. „Ich komm' da herein, daß ich Euch bitte: Leute, gebt mir ein Obdach für diese vermaledeite Wetternacht, — und Ihr werft mir gleich die Nachkommenschaft an den Hals!"

„Bitten schön um Verzeihung, Herr," entgegnete der Köhler, „weil Ihr auf einmal so dagestanden seid, so haben wir halt gemeint, Ihr seid es."

„Der Gutsbesitzer von Adlergrub bin ich, und will hinüber in mein Haus, verlier' Euch in diesem höllfinsteren Nebel den Weg, wirft mich der Teufel über die ganze Holzriese in dieses Nest herein. Laßt mich da auf der Bank liegen; morgen mit dem ersten Hahnenruf geh' ich weiter."

„Haben keinen Hahn, Herr," sprach der Köhler, „aber ich weck' Euch schon. Habt Ihr Hunger?"

Hierauf setzten die Köhlerleute dem Manne gesottene Ziegenmilch mit Schwarzbrot vor: „Wir haben ein Brot, das jedem schmeckt, weil es keiner ißt, der nicht Hunger hat."

Später rückte der Kohlenbrenner nahe zum Fremden,

faßte ihn an der Hand: „Gelt, Herr, Ihr seid nicht bös', daß wir so dumm gegen Euch tan haben, als Ihr gekommen seid. Schaut's, wir haben Euch für den ewigen Juden gehalten. Ihr werdet wohl wissen —"

„Was denn?"

Der Köhler sprach einige Worte mit der Wöchnerin, verordnete dann die übrigen Hüttenbewohner, welche aus Speikern und Wurzelgräberinnen bestanden, zu Bette auf den Dachboden, stellte den Kienspanleuchter zurecht und begann:

„Der ewige Jud' — das ist derselbe, der dem Herrn Jesus das Kreuztragen versagt hat. Jetzt muß er zur Strafe dafür ewig wandern, und darum geht er noch immer herum in der Welt, und seine Kleider sind wie eine Baumrinde, und seine Arme sind wie die dürren Äste, und sein Haar und Bart ist wie Moos. Und da habt Ihr halt so ausgeschaut. Aber der ewige Jude hat ein Gutes; wie dort in Jerusalem der kreuztragende Herr vorüber gewesen ist, da ist unsere liebe Frau nachgekommen, und sie hat gesagt: Jude, weil du mein Kind gesehen hast, so sollst du eine Gnade haben. Wenn du ein neugebornes Kind küssest, so wird es Hochzeit halten; und wenn du es zweimal küssest, so wird es die silberne Hochzeit erleben; und wenn du es dreimal küssest, so wird das die goldene bedeuten. Und immer, so lang' der Schlaf des Kindes währt, wirst du Ruhe finden. — Seht, so hat unsere liebe Frau gesagt und deswegen haben wir heut' das getan. Nichts für übel halten."

Da stand der Gutsbesitzer auf, rieb seinen grauen Schnurrbart und sagte: „Habt Ihr schon einen Paten fürs Mädel?"

Nicht immer hat der Köhlerglaube so erfreuliche Folgen.

Der Ameisler.

Wer in den Wald geht, er kommt selten leer zurück. Zerrt er schon keinen Baumstamm hinter sich her, so hat er doch ein frisches Stöckl in der Hand; schleppt er schon keine Reisigfuhr, so trägt er doch ein grünes Zweigl am Hute; hat er schon keinen Korb mit Wildobst bei sich, so doch ein Sträußl duftiger Beeren; und trägt er schon kein erlegtes Wildpret, so krabbeln doch an seinem Leib Käfer und Ameisen auf und nieder.

Freilich nimmt der Mensch — der Erfinder des Wörtleins „Gerechtigkeit" — alles mit Gewalt und ohne etwas dafür zu geben. Ich wüßte auch nicht, was der Wald von ihm brauchen könnte, als etwa Ruhe, die der Mensch eben nicht gibt. Die Holzschläger, die Reisigschneidler, die Streukrauer, die Pechschaber und derlei „Freunde" sind ihm gefährlicher als sein Todfeind, der Borkenkäfer.

Doch der Waldparasiten gibt es auch noch andere, die ihn mittelbar schädigen, da sie ihm seine Beschützer verderben. Einst war der Bär und der Wolf des Waldes Beschützer, heute sind es weit unscheinbarere und harmlosere Wesen, die im Kleinen unermüdlich und allüberall arbeiten, um den Wald von den schädlichen Insekten zu befreien. Freilich hat der Wald nur ganz zufällig davon Vorteil, denn sie tun es aus Eigennutz sowie auch sie selbst wieder dem Eigennutze anderer, Stärkerer, zum Opfer fallen.

Da kannst du im Walde einem sonderbaren Mann begegnen. Seinem zerfahrenen Gewande nach könnte es ein Bettelmann sein, er trägt auch einen großen Sack auf dem Rücken. Über diesem Bündel und an all' seinen Gliedern, von der beflickten Beschuhung bis zum verwitterten Hut, laufen in aller Hast zahllose Ameisen auf und nieder, hin und her, in Schreck und Angst, und wissen sich keinen Rat in der fremden, wandelnden Gegend, in die sie geraten sind.

Der Mann ist ein Ameisler. Er geht aus, um die Puppen der Ameisen, die Ameiseneier, zu sammeln, die er in Markt und Stadt als Futter für gefangene Vögel verkauft. Er sammelt auch die Harzkörner aus den Ameisenhaufen, um solche als den in der Bauernschaft beliebten „Waldrauch“, der in den Häusern besonders bei Krankheiten als Räucherungsmittel dient, oder gar als Weihrauch zu den bekannten kirchlichen Zwecken zu verwerten.

Da geht der Ameisler in den Nadelwald auf die Suche. Vor dem Wildschützen erschrickt er nicht, aber dem Förster weicht er aus. Endlich findet er einen Ameisenhaufen, der ist zumeist an einen Baumstock hingebaut und in Form eines bisweilen meterhohen Kegels aufgeschichtet aus dürren Zweiglein und Splitterlein, aus den abgefallenen braunen Nadeln der Bäume. Er ist über und über lebendig und die unzähligen schwarzen oder braunen Tierlein rieseln beständig durcheinander hin und wieder, zu den tausend kleinen Stollen und Schachten aus und ein, jedes eine Last auf sich oder eine solche suchend; andere wieder Ordnung haltend, daß überall die gemächliche Emsigkeit herrsche und nirgends gestört werde. Die einen tragen ihre Puppen ins Freie, daß sie von der Sonne erwärmt werden; die anderen fangen Blattläuse ein oder Goldkäfer, die sie als ihre Melkkühe zu verwerten wissen. Die Puppen jedoch nähren sie mit eigenem

Safte. Die Verrichtungen sind vielerlei. Manche Haufen haben auch ihre eigenen Wegmacher, welche auf den begangensten Straßen die dürren Baumnadeln und Holzstückchen klein beißen. Trotzdem sind die Wege und Stege just nicht die glattesten und die bequemsten; eines der Tiere steigt über das andere und wird dann selber wieder niedergetreten, aber das macht nichts. Vom Haufen hinweg über Baumwurzeln oder unter Heidekraut laufen sie zu Tausenden und kehren mit Baumateriale, mit Harzkörnern, mit erbeuteten Käfern und Würmlein mühevoll, aber guten Mutes zurück. Die innere Ordnung und den mustergültigen Haushalt der Ameisen können wir Vorübergehende kaum ahnen. Aber wie ein kunstvolles Uhrwerk geht das fort den ganzen Tag, und nur wenn der Abend naht, oder bei Regen oder Gewitterschwüle ziehen sie sich in ihre Stadt zurück, zum häuslichen Herde, wo sie sorgfältig die Puppen bergen. Bloß einzelne steigen langsam an der Oberfläche um, wie Wächter auf den Wällen.

Über diese Gemeinde kommt plötzlich das Unglück.

Kaum der Mann in die Nähe kommt — sie riechen ihn, bevor sie ihn sehen —, geraten die Ameisen in eine größere Hast, sie laufen wirr durcheinander, überstürzen sich, purzeln eine über die andere hin, ergreifen Nadeln, Körner, um sie wieder fallen zu lassen. Anstatt sich in die Löcher zu verkriechen, eilt alles aus denselben hervor, so daß die Oberfläche des Haufens ganz schwarz wird und ein wildes Drängen und Wogen entsteht, wobei die wenigen Besonnenen die große Masse nicht mehr zu beruhigen vermögen.

Der Ameisler reibt seine Hände noch mit Terpentin oder einem anderen Öl ein, damit sie gegen die Ameisensäure gestählt sind; dann erfaßt er seine Schaufel und reißt den seit Jahren mit unsäglichem Fleiße kunstvoll aufgeführten Bau auseinander. Die Tierchen spritzen noch wehrhaft ihre scharfen Säfte gegen den Feind; aber nun, in dem Greuel und Schreck der Zerstörung, wo diese unter den Trümmern begraben sind, andere dem grellen Tage bloßgelegt, andere verstümmelt, erdrückt — denken sie an nichts mehr, als an ihre Kinder, die Puppen! Jede stürzt sich auf eine Puppe, um sie zu retten, zu verbergen; in den Trümmern der Stadt, das wissen sie, sind sie nicht sicher, also fort, hinaus ins Freie, in den Wald. Aber der Ameisler sputet sich, denn auch er will die Puppen, und bevor diese verschleppt sind, tut er seinen Leinwandsack auf und stopft und kraut und scharrt den ganzen Ameisenhaufen mit allem, was d'rum und d'ran ist, in den Sack. Der Haufen war gut bevölkert gewesen, wohl an fünfundzwanzigtausend Puppen mag er in sich geborgen haben — ein hoffnungsvolles Geschlecht, und jetzt im Sacke des Räubers!

Dieser bindet ihn zu, wirft ihn auf die Achsel, und eilt mit der Brut weiter durch Wald und Schlucht, um neuen Fang zu tun. Und findet er wieder einen Haufen, so macht er's wie mit dem ersten und die Ameisen, große und kleine, schwarze und braune, samt ihren Puppen, samt dem Nadelgefilze ihres Baues, samt ihren Harzkörnern und Vorratskammern kommen zusammen in den Sack, bis er voll ist.

Wir beschreiben den Jammer der Gefangenschaft nicht. Wir können vergleichsweise nur sagen: Wie wäre den Menschen zumute, wenn sie mitsamt ihrer Stadt und allem, was d'rin ist, in einen großen Sack gesteckt würden! Die Ameisen sind weit unseliger dran, sie bleiben lebendig! Allvergebens ist ihr Kämpfen um die Freiheit, in der Verzweiflung Wut, fassen sie sich gegenseitig an, wie es bei großem Unglück auch ja die Menschen machen und einander die Schuld geben. Die kleine rote Ameise ist die wildeste; sobald sie einsieht, all' ihr Mühen um die Freiheit wäre umsonst, fällt sie die Genossinnen an und erwürgt sie mit ihren Zangen. Eine gräßliche Meuterei entwickelt sich zwischen den verschiedenen Gattungen von Ameisen; in ihrer Raserei morden sie sich hin ohne Plan und Zweck, ein Beweis, daß auch das Tier in seinem Wahnsinn so tierisch werden kann wie der Mensch.

Der Ameisler sucht nun einen geschützten, sonnigen Anger. Dort breitet er auf dem Rasen ein großes weißes Tuch aus; am Saume des Tuches ringsum legt er grünes Laubwerk, über das er dann den Rand des Tuches zurückschlägt. Nun öffnet er den Sack und schüttet den ganzen Inhalt desselben mitten auf das Tuch. Einstweilen hat hernach der Ameisler nichts zu tun, er kann sich in den Schatten des nahen Waldsaumes hinlegen, Brot und Speck aus dem Schnappsack holen, auch Moschbeerbranntwein, wenn er welchen mit hat, mag sich hernach eine Pfeife anzünden und guten Mutes sein; die Ameisen sind von ihrer ärgsten Qual erlöst. Diese nehmen ihre Freiheit wahr, aber auch die Gefahr, die sie noch immer bedroht; sie eilen, laufen, rennen, um sich zu orientieren; sie kommen an den Rand, wo das grüne Blattwerk ist, das heimelt sie an, doch nicht an ihre eigene Rettung denken sie, rasch kehren sie zurück, jede zu einer Puppe, um sie aus dem Trümmerwerk ins Grüne zu tragen. Da sucht nicht erst jede lang nach dem eigenen Kinde, sie nimmt das nächste; die große Ameise die Puppe der kleinen, während die kleine schwer an jener der großen schleppt. Da ist alle Feindseligkeit vergessen und die Mörderin sucht das Ei der Gemordeten zu retten.

Der Ameisler schaut aus seinem Schatten dem Treiben und „Auslaufen" der Ameisen zu. Sichtlich wachsen die Häuflein der Puppen, die sie eifrig aus dem Wuste schleppen und am Rande abladen, wo das hingelegte Blätterwerk ist, so daß die Tiere glauben, dort schon fängt das freie Land an, während sie die Eier doch noch auf dem Gebiete des Feindes ablegen. Sie haben mit ihrem Rettungsversuch nur wieder für den Ameisler eine mühsame Arbeit verrichtet, haben ihm die Puppen vom Wust gesondert und in Häuflein gesammelt. Jetzt steht der Ameisler auf, nimmt sein blechernes Becherlein und füllt es immer wieder mit den angehäuften, gelblich-weißen Puppen, um sie in den dazu bereiteten Behälter zu tun.

Viele Ameisler, die das Geschäft im Großen betreiben, pflegen die Säcke an sicheren Orten aufzubewahren, bis sie eine größere Anzahl beisammen haben, schütten sie dann mitsammen auf das Tuch und gewinnen beim „Auslaufen" an einem Tage oft an dreißig Maß Puppen.

Finden endlich die Ameisen im Wirrsal des zerstörten Haufens keine Puppe mehr, so laufen sie davon; laufen über das Tuch hinaus auf den Rasen und fort. Von all' ihrer Habe besitzen sie jetzt nichts mehr. Arm bis aufs Blut, tun sie sich zusammen und gründen wieder Familien, und diese tun sich zusammen zu einer Gemeinde, zu einem kleinen Staat und beginnen allsogleich den Bau eines neuen Haufens. Gottlob, wenn der Winter noch fern ist, so können sie noch einmal fertig werden. Und gottlob, wenn er nahe ist, dann haben sie Feierabend und vergessen im Winterschlafe der Drangsal, die sie heimgesucht hatte, bis nach leid- und freudloser Ruhe in der Maiensonne ihr Leben wieder erwacht.

Hat der Ameisler die Eier untergebracht, so macht er sich an den toten Wust, der auf dem Tuche zurückgeblieben ist; aus diesem weiß er die wohlriechenden Harzkörner zu ziehen und kehrt sonach mit doppelter Beute in sein Dorf zurück, um im nächsten Jahre die Gegend wieder abzugehen, was etwa die Ameisen neuerdings beisammen hätten.

Ich habe solchem Treiben, besonders dem „Auslaufen", oft zugeschaut, weil die Meinung geht, daß der Wohlduft, der sich beim Ausschütten der Säcke verbreitet, kräftigend für die Brust wirken soll. Zwar hat mir die Roheit nicht immer wohl getan, mit welcher der Mensch die fleißigen Tiere beraubt; doch, du lieber Gott! wohin käme man mit solcher Weichmut auf dieser Welt, wo es der Mensch mit dem Menschen nicht besser treibt, wenn er die Macht hat! Hingegen wohl hat mir getan, das Hinauseilen der befreiten Wesen in die sonnige Welt zu betrachten und ihren Mut, mit dem sie neuerdings arbeitsfroh ans Werk gehen, nimmer verzagend, so lange der himmlische Tag ist über den Wäldern.

Wohl ist in vielen Gegenden unseres Landes das Ameiseln verboten. Man hat den Nutzen, den diese Tierchen für die Waldkultur bieten, schätzen gelernt. Wenn der Forstmann einst besorgt gewesen war um seine Bäume, da die Ameisen den Stamm auf und nieder rieselten, so freut er sich jetzt darüber, denn er weiß, daß die Ameisen nach den Larven anderer Insekten Jagd machen, die dem Baume gefährlicher sind als sie. Die Ameisen sind Fleischfresser, während dem Walde nur die pflanzenfressenden Tiere gefährlich werden, und um so gefährlicher, je kleiner sie sind, je weniger sie von den Menschen verfolgt und ausgerottet werden können.

Doch, was nützt das Verbot! Wie die Gemsen und Hirschen ihre Wilderer haben, so haben sie auch die Ameisen. Es sind Jahre, da man stundenlang in unseren Fichtenwäldern wandern kann, ohne einen Ameisenhaufen zu finden, um so mehr Raupennester anderer Insekten, Mücken und Käfer aller Art.

Der Ameisler betreibt nebst dem Sammeln von Ameiseneiern und Waldrauch gewöhnlich auch andere Dinge: er sammelt Wurzeln und Kräuter, die er in den Apotheken absetzt; versteht sich auf das Bereiten von Branntwein aus Wacholderbeeren oder anderen Waldfrüchten, den er gut verwertet; grast von allen Schlägen und Waldblößen die Erdbeeren, die er an lecker-lüsterne Sommerfrischler verkauft; geht bisweilen sogar im „Pechern" um und weiß überall zu ernten, ohne gesäet zu haben. —

Waldbesitzer haben mitunter der lieben Ordnung wegen all' ihre Waldfrüchte schon im Vorhinein an zumeist fremde städtische Unternehmer verpachtet, sie haben mit gewissem Vorbehalt des Waldes Heilkräuter verpachtet, und die Ameisen, das Harz und die Pilze, die Erd-, Heidel-, Him- und Brombeeren. Die Pächter haben ihre Polizei aufgestellt und das arme Weib mit ihren Kindern darf in solchen Gegenden nicht mehr in den Wald gehen, um Beeren und Schwämme zu sammeln.

Wir meinen, man müsse dem Pecher und dem Ameisler strenge auf die Finger sehen, aber im Walde das Eigentumsrecht allzu scharf auszunützen, das gefällt uns nicht. Einen ganz kleinen Vorbehalt hat sich Gott doch gemacht, als er diese Güter verteilte: Daß ich im Waldschatten den Kindern und Armen ein Tischlein decke, das bleibt mein eigener Wille.

Der Wurzelgraber.

Der junge lebensfreudige Bursche tut es nicht. Es ist gewöhnlich ein verabschiedeter Soldat, ein vazierender Holzhauer, ein abgedankter Köhler, ein alter Bauernknecht, der endlich einmal selbständig werden will. Da oben ist er frei, da oben führt er sein eigenes Haus und das Wurzelgraben kann ihm — meint er — niemand wehren; er gräbt in den heilsamen Wurzeln und Kräutern ja Menschenleben und Menschengesundheit aus!

Über den Winter freilich, da muß er sich unten im Tale in ein Bauernhaus verkriechen zum Winterschlaf — und ein wenig Korbflechten, Besenbinden und ein wenig Schuhflicken, das kann er ja, und dafür gibt ihm der Bauer gern das Dach und die Nahrung. Bis zu den Weihnachten und darüber hinaus ist der Wurzelgraber auch recht leutselig und erzählt Geschichten von dem Sommerleben in den Wäldern und Felsenhöhlen, und was das für Tage waren, als noch der Teufel in seine Hütte kam und ihm die Wurzeln schaben, die Kräuter trocknen half und mit ihm ein Pfeifl rauchte.

„'s ist völlig nicht zu glauben," meinen alle, der Wurzelgraber indes neigt vielbedeutend seinen alten Kopf und macht gedehnt: „Ja, meine Leut'! — Und man sollt's nicht meinen, wie ich mit dem Teufel bekannt worden bin; just zum Lachen hab' ich nichts gehabt! Zu allererst, wie er kommt mit seinen zwei Gamshörndeln und mit seiner Radiwurzen hinten, bin ich fest; hast ja deinen Stutzen mit der geweihten Johanniskugel bei dir, denk' ich, und damit jagst du neunhundertneunundneunzig solche Hörndlbuben zum Teufel. Aber durchgesetzt hat er's! Wie er so auf einmal neben mir steht und mich anglotzt, schrei ich: Was willst denn? Ei, gar nichts, gibt er d'rauf Red, ein' vergrabenen Schatz hab' ich dir zeigen wollen. — Brauch' deinen Schatz nicht! sag' ich ihm und setz' mein Stutzen an und, wie ich schon wild bin, setz' ich ihm das Rohr ins breite Maul und schrei: Probier' einmal die Tabakspfeifen da! — und druck' los. Was tut der gute Herr Teufel? Schön langsam spuckt er die Kugel aus und sagt recht gemütlich: Hast ein' saggrisch starken Tabak, Wurzelgraber, der tät' einen mit der Zeit wohl gar ein wenig die Lungel angreifen! — Kreuz und Hanselbank! Da heb' ich mich an zu fürchten, und wie ich den heiligen Nagel Christi nicht bei mir hab', so bin ich hin, wie des Juden Seel'! Wie aber der Schwarze den Nagel gesehen hat, da mag er sich denkt haben: Schau, der Wurzelgraber ist stärker wie ich. D'rauf ist er abgefahren."

Solche Geschichten weiß der Wurzelgraber, und die Zuhörer entgegnen: „Sein mag's just schon, aber 's ist völlig nicht zu glauben."

Kommt aber der Frühling in die Nähe, so erzählt der Wurzelgraber nicht mehr; er wird schweigsamer und geht einsam umher und sehnt sich fort vom Hof und von den Menschen, und spürt nach, ob nicht schon bald der Schnee schmilzt in der Wildnis.

Viele Tage lang schäumt der trübe, hochgeschwollene Gießbach durch das Tal, und wenn längst hier schon die Wiesen grünen und die gelben Dotterblumen blühen, braust noch immer der Gießbach.

Endlich sticht aus der rötlich grauen Erde der Felder in bräunlichen Keimen das Korn hervor; die Lärchen blühen in roten Zäpfchen, die Schwalben sind da — und der Gießbach wird kleiner und kleiner und zuletzt fließt nur mehr das gewohnte klare Wässerlein durch das zerrissene Bett.

Und nun ist der Wurzelgraber fertig zum Auswärts. Er ist eine rauhe, knorrige Gestalt von unten bis oben. Die Sohlen der Bundschuhe sind dicht mit Eisenhaken beschlagen; über den Wollenstrümpfen schaut das braune, sehnige Kniegelenk hervor; die Hirschlederhose schließt sich eng an die Oberschenkel und die kräftigen Lenden, und der abgetragene Lodenrock liegt nachlässig über die eine Achsel geworfen. Das grobe Hemd ist am Halse locker durch ein Tuch zusammengehalten; über der breiten Brust spannt sich der Hosenträger — sonst hat er weder Weste noch Brustfleck. Das hagere Gesicht hat der Mann hübsch glatt rasiert, aber die Haare, die schon ein wenig grau werden wollen, hängen wüst unter dem Hute hervor; der Hut selbst ist hoch und rund, mit einer grünen Schnur und mit herabhängenden Krämpen.

Auch hat sich der Wurzelgraber bereits die Holztrage mit dem Nötigen, ein paar Haken zum Graben, einen Wetterüberwurf aus Loden, ein wenig Mehl, Schmalz, Salz, Essig usw., umgehangen. In der knochigen Hand hält er sein „Griesbeil"; den anderen Arm hat er unter dem Rocke verborgen.

So steigt der Mann nun nieder aus seiner Dachkammer, tritt in die Küche, um sich am Herd noch das Pfeifel anzuzünden, dann sagt er zur Hausfrau: „So, Bäurin, jetzt bin ich's. Jetzt haben wir bald Pfingsten; bis nach Micheli hinaus werd' ich wohl einmal dahersteigen; und wenn ich zu Allerheiligen noch nicht da bin, Bäurin, so bet' ein Vaterunser für mich! Für die Einwohnung im Winter sag' ich: Vergelt's Gott! Red't mir nichts Schlechtes nach! Und jetzt tät' ich dich noch rechtschaffen gern um was bitten, Bäurin; gelt, ein Flaschl Weihwasser gibst mir wohl mit?"

Das tut sie. Darauf stolpert er über die Türschwelle und geht langsam über die Felder, durch das Tal, durch Engen und Schluchten, durch Geschläge und Wald und aufwärts, immer aufwärts, in die Alpenwildnis und gegen die Felswände.

Nun erst zieht er seinen unter dem Rock verborgenen Arm hervor, er hat an demselben ein zerlegtes Doppelgewehr, denn manche Rehe und Gemsen steigen da umher, die all' ihr Lebtag keinen Weidmann gesehen.

Dann findet der Wurzelgraber wohl eine verlassene Holzhauerhütte oder eine schirmende Felsenkluft, in der er sich häuslich niederlassen kann; oder er baut sich selbst ein Wohnhaus aus Baumrinden und Ästen und Moos, und wenn das alles fertig ist, so geht er an seine Arbeit.

Er steigt alle Schluchten und Hänge und Höhen ab; er gräbt Wurzeln; er kennt sie alle, er weiß von allen wo sie wachsen, wie sie zu bekommen, wozu sie taugen. Da bringt er Hirsch-, Wolf-, Süßwurzeln, er bringt Beinwurzeln, Brechwurzeln, Enzian usw. Er sammelt aber auch Arnika, Speik, isländisches Moos; er sammelt Schwämme; er schabt das Pech von Fichtenstämmen; er zapft den wohlriechenden Saft von Tannen- und Lärchbäumen; er holt die Harzkörner aus den Ameisenhaufen, er erklimmt alle Felskanten und sucht Edelweiß. Alles ist ihm recht. Alles weiß er zu brauchen.

Nicht allzuoft trifft er mit einem Jäger, mit einem Halter, mit einer Sennerin zusammen; er lebt allein bei den Tieren und Pflanzen und Steinen. Gegen unwirtliche Witterung, die um die Felszacken tost, oder die in Nebel oft tagelang im Gebirge braut, findet der Wurzelgraber genugsam Schutz in seiner sorglich gewahrten Wohnung oder in seinem Lodenüberwurf. Seine Nahrung besteht, außer wenigen Pflanzen und Mehlspeisen, hauptsächlich aus Wildpret, das er am offenen Feuer nahrhaft zu bereiten und gut zu würzen versteht.

Und verlernt der Mann nicht das Sprechen und das Denken? Nein. Er spricht mit den Tieren der Wildnis, mit seinen Wurzeln, mit allem möglichen.

„Ja, mein lieber Speik," sagt er, wenn er die genannte Wurzel aus dem Boden häkelt, „bin schon da um dich, fass' dich in die Butten und schick' dich ins Türkenland hinein. Die dortigen Weiberleut, die hupfen im Bad gern herum und du mußt ihnen das Wasser einbalsamieren. Wirst einmal gucken, mein lieber Speik im Türkenland drinnen!"

Oder er spricht zur Arnikablume: „Vor dir sollt' man wohl alleweil den Hut abnehmen, du bist der best' Arzt auf der buckligen Welt und der lieb' Herrgott hat in seiner ganzen Apothek' kein besseres Kräutel, wie dich!"

Oder er sagt zum Edelweiß: „Du bist nicht so schön wie das Veigerl (Veilchen) und du riechst nicht so gut wie das Nelkerl, und doch haben sie dich lieber, wie dieselben Blümlein allzwei. Das macht's, weil du aufgewachsen bist auf der Höh', und weil der schon eine kleine Kurasch haben muß, der dich hinabbringt ins Tal. Brauchst dir selber nicht so viel einzubilden, Edelweiß!"

Nicht selten kommt der Wurzelgraber ins Grübeln. Er denkt viel nach über Religion, aber er verliert den rechten Faden, weil er fern lebt von Kirchen und Menschen. Er kommt tief und tiefer in den Aberglauben hinein, denn dazu geben ihm manche Märchen und Sagen, die er aus seiner Kindheit kennt, und dazu gibt ihm seine großartige unerforschte Umgebung Anhaltspunkte. — Gott hat den Wald wachsen lassen, der Teufel aber das Dorngesträuche. Unter dem Dorngesträuche liegen Schätze, und ein Kranz von roten Dornröslein verdorrt auf dem Haupt der Jungfrau, bleibt aber frisch auf der Stirne der Gefallenen. Die Quelle, aus der man nach Sonnenuntergang trinkt, wäscht das gute Gedächtnis aus dem Kopf; wenn aber ein Flüchtling nach Sonnenuntergang Quellwasser mit flacher Hand über sein Haupt schüttet, so mögen ihn die Feinde nicht mehr verfolgen. — Eine einzige Wurzel gibt es im Wald, die der Wurzelgraber nicht mag, die Irrwurzel; wer unversehens auf so eine steigt, der verirrt sich im Wald und findet den rechten Weg nicht mehr. —

Zahllos sind dergleichen Sagen im Gebirgsvolke, und in dem Einsiedler fassen sie erst recht Wurzel und erfüllen ihn mit kindischer Furcht oder mit törichter Hoffnung. Und der Teufel, der Teufel, das ist immer das Schreckbild solch' armer Seelen. Sie leben wild wie das Tier, sie begehen Diebstahl an Wald und Wild, sie höhnen Sitte und Gesetz, aber sie beten unablässig um übernatürliche Kraft und Macht, sie rufen den Teufel an und beschwören ihn ängstlich, daß er sie nicht hole.

Bei allen Waldmenschen indes ist es nicht so arg, aber Weihwasser bedarf jedermann und der Wurzelgraber ganz besonders.

Na, wie ging's dem Wurzel-Toni, als er um sein Weihwasser kam?

Er kochte sich Erdäpfel, schnitt sie in Spalten und goß Essig daran; der Essig war schier abgestanden und der Toni goß den ganzen Rest an, und die Erdäpfel kamen ihm immer noch zu wenig gesäuert vor. Darauf, wie er sich zum Schlafen legen will, besprengt er sich mit Weihwasser. — Aber was ist denn das heute für ein Weihwasser, das beißt ja gottlos in die Augen? Freilich riecht er's jetzt, freilich bemerkt er's, freilich haut er die Flasche an die Wand, daß die Scherben spritzen, und flucht über des Teufels Anfechtung; — der

Toni hat sich mit Holzapfelessig besprengt und das Weihwasser hat er zu den Erdäpfeln genossen! — Er schloß in derselben Nacht kein Auge, und kaum der Tag graute, verließ er die Hütte, eilte hinab zur nächsten Kohlstatt, fragte den Köhler, wie's ihm denn allweg gehe und stahl ihm derweil das Weihwasser sammt dem Gefäß von der Wand weg.

Trotz all' dem gäbe er keine Haselnuß für seine Seele, wenn er nicht noch ein geweihtes Amulett an der Brust trüge; er meint, alle Bäume erschlügen ihn mit ihren Ästen und alle Wurzeln führten ihn in die Irre und würden zu Schlangen, und alle Blätter zu giftigen Zungen, und alle Felsen stürzten über ihn zusammen, wenn er das Amulett nicht hätte! Viele dieser Waldbewohner haben nämlich als unfehlbaren Schutz gegen den Bösen eine merkwürdige Reliquie, nämlich einen der drei Nägel Christi.

Einen solchen Nagel zeigte mir einst ein Pecherer und erklärte, daß von den drei Nägeln Christi den ersten der Patriarch in Jerusalem, den zweiten der Papst in Rom, den dritten aber er, der Pecherer, besäße. Alle übrigen Nägel Christi seien falsch. Wer nun den rechten Nagel hat, dem kann in Sturm und Brand, zu Wasser und zu Land wohl auch nichts geschehen.

Je mehr sich aber der Wurzelgraber vor dem Ungeheuerlichen der Phantasie entsetzt, je gleichgültiger und empfindungsloser wird er gegen die wirklichen Mächte und Vorgänge der Natur. — Wenn's ihm nicht aufgesetzt ist, vom Blitze erschlagen zu werden, so wird er vom Blitze nicht erschlagen. Und ist's ihm aufgesetzt schon von seiner Geburt aus, so mag er sich wahren, wie er kann, und verkriechen wohin er will, es vernichtet ihn der Sturm, es erschlägt ihn der Blitz!

In dieser Gleichgültigkeit wird der Mann auch fähig zur ruhigen Beobachtung der Witterungsverhältnisse; er gewinnt dadurch an Einsicht, und ein alter Wurzelgraber ist ein verläßlicher Wetterprophet.

Obzwar das hier Gesagte mehr oder weniger allen Gebirgsbewohnern eigen ist, so drückt es sich doch insbesondere deutlich an den halb verwilderten Waldmenschen aus.

Und verhärtet und verfinstert nicht etwa nach und nach das Gemüt dieser Menschen so sehr, daß sie endlich gar nicht mehr fähig sind zum gesellschaftlichen Verkehr? Nein. Der Wurzelmann bewahrt über all' das Düstere und Unheimliche seines inneren Lebens hinaus eine gewisse schalkhafte Gemütlichkeit, die sich nach und nach wieder zu Menschen sehnt. Der Wurzelgraber berechnet gar gut, auf welche Weise er seine gesammelten und bereiteten Gegenstände am vorteilhaftesten an Mann bringt und er besitzt eine gewisse überzeugende Rednergabe, um zu beweisen, daß seine Wurzeln und Kräuter und Harze die besten von allen sind.

Auch sinnt er in seiner Einsamkeit manches Schelmenstückel aus, mit dem er im Spätherbst die Leute unten im Tale foppen will. Da werden wohl wieder ein paar Begegnungen mit dem Teufel zum besten gegeben, so etwas verschafft Respekt für den ganzen Winter.

So vergeht der Sommer im Hochgebirge mit seinen Herrlichkeiten, von denen aber dem stumpfen Naturmenschen nicht eine auffällt. Wer hätte ihm denn gesagt, daß die Natur schön und herrlich ist?

Endlich werden die Tage kürzer und kürzer, die Kräuter sind nach und nach alle verblüht und es naht die trübe Zeit. Keinen Glockenton und keinen Juchschrei hört man mehr auf den Almen weit und breit; lange ist der Himmel noch blau und die Waldwipfel und die Felsen stehen reiner und klarer da als je. Aber kein Vogelsang mehr, nur dann und wann ein Gekrächze des Habichts, des Steinadlers —

und endlich kommt Nebel und Regenwetter und Schneegestöber.

Nun ist's Zeit.

Der Mann schafft seine Naturprodukte in das Tal, bindet seine Habseligkeiten auf die Holztrage und wandert abwärts durch die Wildnis und auswärts durch Schluchten und Engen gegen sein Dorf.

Die Leute erkennen ihn kaum; seine Kleider haben so sehr gelitten, Haar und Bart sind wüst und struppig; sein Gesicht ist noch hagerer und gebräunter, seine Augen sind noch tiefer und stechender als je.

„Jetzt bin ich da,“ sagt er kurz, „und jetzt müßt Ihr mich über den Winter schon wieder unter Euer Dach tun, ich flick' Euch die Körbe und die Schuhe; und wenn Ihr Besen zu binden habt — recht gern!“

Und wenn dann die Dorfkirchweih kommt, ist er schon wieder frisch rasiert und trägt bessere Kleider, und dann geht er ins Wirtshaus und gönnt sich seinen Krug und erzählt die Abenteuer seines Waldlebens.

So geht es Jahr für Jahr und so erwirbt er sich seinen Unterhalt.

Mancher kommt von seinen Hochwäldern auch zurück schon mitten im Sommer, und zwar mit gebundenen Händen und begleitet von ein paar handfesten Forstgehilfen, die ihn beim Wildern erwischten. Es geht der dunklen Zelle zu. Der Wurzelgraber schüttelt in einemfort den Kopf und murmelt zu sich: „Schau, schau, bist halt richtig auf eine Irrwurzen getreten!“

Wieder ein anderer kommt von seinen Hochwäldern gar nicht zurück; Schneestürme wogen und wühlen im Gebirge — und wenn Allerseelen kommt, läutet man auch für ihn die Glocken.

Die Sennin.

Vom September bis zum Juni stehen die hölzernen Hütten leer und im Winter schleicht der Rabe hin über die schneebedeckten Dächer und lugt wohl ein wenig zum Rauchfang hinab; aber öde ist es unten und die Menschen haben alle Nahrung verzehrt, eh' sie fortgezogen.

Die Menschen haben sich verkrochen in die Niederung, leben in den festen Gehöften und geselligen Dörfern und verkehren mit aller Welt, wie sie da unten sich ausbreitet zwischen den Bergen.

Wenn aber der Frühsommer kommt und die Hochmatten ergrünen, so öffnen sich unten die Tore, die Viehställe der Gehöfte, und bekränzt und mit klingenden Schellen, hüpfend und blökend ziehen die Herden den sonnigen Höhen zu.

Und hinter den Herden wandeln die Sennerin und der Almbub, ihren Bedarf für den Sommer auf dem Rücken tragend und die Rinder leitend bis hinauf zu den Almhütten, wo sie Welt und Menschen vergessen, vier Monate lang dahinleben in einfachster Weise. Ihr ganzes Bestreben hat sich darauf zu richten, daß sie dem Dienstherrn unten möglichst viel Käse und Butter gewinnen. Die Herde und der Stall und der Klee und das fette Blättergras, das sind Hauptsachen, nach etwas anderem hat die Sennerin, hat der Almbub nicht zu fragen.

Die Sennerin — in Steiermark Schwaigerin oder Brenntlerin genannt — schafft mit Kübeln und Behältern, bereitet das Stallfutter, besorgt das Melken. Der Almbub ist Hüter der Herde, treibt sie auf Weiden, abgemähte Wiesen und Heidegelände und führt sie abends wieder in den Stall.

Beide essen die gekochte Milch und den Sterz aus einem Topfe am Herde, dann zünden sie — wenn es finster geworden — den Kienspan an; sie bessert die schadhaften Stellen seiner Lodenkleider aus, die halten müssen bis zum Heimfahren; er nimmt dafür ihre, auf dem rauhen Alpenboden wundgewordenen Schuhe zwischen die Knie und zieht nach beiden Seiten den bepechten Draht aus und erzählt Wilderergeschichten oder brummt ein Liedel.

Die Sennerin und der Almbub — ob sie noch jung sind?

Ewig jung sind die alten Lieder, die er brummt, die sie singt. Die Leutchen mögen denken oder sagen wollen was immer, sie brauchen keine mageren Worte dafür, die sie erst unbeholfen zusammenstellen müßten, sie haben für alles ihren Gesang. — Draußen zieht die kalte Abendluft von den bleichen Gletschern herüber durch die Mondnacht, oder es liegt Nebel über den nächtlichen Firnen, oder es hebt sich in den Schluchten und Riffen der Hochschroffen ein Gewittersturm und läßt seine Blitze lohen und schmettern über der Hütte — sie schieben den Holzriegel vor die Tür. Dann sagt sie zu ihm: „Buberl, steig hinauf in dein Heu!" Und er lehnt eine Holzleiter an die Wand und klettert durch eine Öffnung hinan zum Dachboden und zieht seine Schuhe und seine Jacke aus und legt sich ins duftende Heu. Sie tut desgleichen und legt sich in ihr Bett. Und draußen im Stalle schellt oder brüllt eines oder das andere in der Herde.

Die Sennerin und der Almbub dürften kaum unter zwanzig Jahren sein?

Gar nicht. Sie ist eine starke Vierzigerin, die's ihr Lebtag verstanden, mit den Kühen und mit der Butterbereitung umzugehen; sie ist jeden Sommer heroben auf der Alm, seit sie eine Vierzigerin ist. Junge Weibsleute, das versteht der Bauer wohl, passen nicht auf die Alm, die wären hier oben gar allerlei Einflüssen der Witterung ausgesetzt und kämen nicht mehr so hinab, wie sie heraufgezogen.

Und der Almbub — ei Gott — der weiß es selbst kaum, ist er in den Fünfzigern oder Sechzigern, er weiß nur, daß er schon eine lange Weile auf der Welt ist. Es täte bei ihm nicht not, daß er den Kopf so gründlich durch einen dicken Blähhals gestützt hätte, außer den Namen der Rinder und den Erinnerungen an manches faiste Schmalzmus, so er auf der Alm genossen, ist nicht viel darin. Beim Vieh, da geht's, die Rinder sind dem guten Almbuben sehr zugetan, als ob er einer der Ihren wär'.

Das im allgemeinen die Poesie der Sennhütten, die so oft mißverstanden wird. Da gibt es viel Arbeit und Beschwerden durch den lieben langen Tag, und viel Ermüdung am Abend. Feiertage und Ausnahmen kommen nicht viele vor.

Indes gibt es doch auch Sennhütten, in welchen die Jugend spielt. Die Jugend und die Romantik.

Dort im Almhäusel auf dem Holzblock sitzt das Moidei und legt die Hände auf die Knie, daß sie ein Eichtel rasten mögen nach des Tages Last, und läßt sich die Haare flechten von der Burga. Das Moidei ist jung, aber die Burga ist noch jünger, daher schickt sich's, daß das Moidei zuerst sitzt, dann kommt die andere d'ran.

Andere Weiberleut flechten sich die Locken des Morgens, wenn sie aufgestanden sind — unsere Senninnen halten es zwar auch so, nur am Samstag machen sie ihren Putz, wenn es Abend wird, 's ist von wegen der Besuche. Die Almhütten haben nämlich eine ganz andere Zeit für die Visiten, als die Salons der Stadthäuser. — Fürs erste frisch gewaschen;

alsdann ein ungeflickt Röckel anlegen, hernach die Haar' auskämmen und ein paar Tröpfl Tannöl d'raufstäuben und endlich flechten. Ist eine allein, so nimmt sie die Haarsträhne zwischen die Zähne und tut sich's auch so. Sind ihrer mehrere, so hilft eine der anderen.

Wie dem Moidei der Haarkranz ums Haupt gewunden ist, sagt die Burga: „So, Alte, jetzt heb' dich weg. Will ich Frau sein und du Stubenmädel."

Ihre langen Locken sind schwer und weich wie Seiden und gülden wie Sonnenschein. Wer sie am Sonntag sieht, die Burga! Da weiß sie sich herzurichten wie die feinste Großbauerntochter. Schön sein, das ist ihre größte Freude auf der Welt. Einem Burschen, der ihr feine Tracht und Leibeszier kauft, möchte sie alles geben, das heißt, was sie nicht zur eigenen Frische und Schönheit selber braucht. Die Eitelkeit ist auch ein Schutzengel.

So sitzt sie auf dem kropfigen Holzblock und spitzt die Ohren, ob das Moidei ihr Haar nicht ein wenig loben werde. Weil das nicht geschieht, so sagt die Burga endlich zum Moidei: Du hast aber recht schöne Haar jetzt."

„Die deinigen wären mir schon noch lieber," antwortet die Flechterin. Da ist die Burga zufrieden.

„Seit wann steckst denn du keinen Rosmarinstamm mehr ins Haar?" frägt die Burga.

„Gefallt mir nimmer, so ein Besen," antwortet das Moidei. Daß ich erinnere: Der Rosmarinstamm bedeutet in manchen Alpengegenden die Würde der Magdlichkeit.

„Ich weiß schon," sagt die Burga, „der gefallt dir nimmer, seit der Mirtel-Knecht ist gewesen in deinem Vater seinem Haus."

„Möcht' schon wissen, was dich das angeht," spricht das Moidei scharf.

„So, wirst gar falsch (verletzt) sein desweg," ruft die Burga überlaut. „Einen Spaß muß man auch haben. Und ist's wahr, so fallt desweg der Himmel nit ein. Ich tät' selber einen nehmen, wenn mich einer möcht."

„Wenn du mit dem erstbesten zufrieden bist, wirst nit lang allein bleiben," sagt das Moidei.

„Geh, gift' (ärgere) dich nicht und sing' eins, 's ist ja heiliger Samstagabend," sagt die Burga.

„Gscheiter ist's schon," sagt die andere und hierauf heben sie an — die Ältere tief, die Jüngere hoch — zu singen:

„Es wollt' ein Sünder reisen
Wohl in die Römerstadt,
Drei Sünden wollt' er beichten,
Die er begangen hat.

Der Papst wird voller Zorn,
Und schaut den Sünder an,
Ewig bist du verloren,
Ich dir nicht helfen kann.

Er nimmt ein dürres Stabel,
Und steckt es in die Erd';
Eh' wird das Stabel grünen,
Eh' du wirst selig wer'n."

Sie setzen ab. „Du," sagt die Burga leise, „los' (horche) einmal, mir ist gewesen, als hätt' ich einen Schritt gehört da draußen vor der Tür."

„Mir ist auch so gewesen," antwortet das Moidei. Im selbigen Augenblick ist ein zwiefacher Aufschrei. Stockfinster ist's den Dirnlein plötzlich, fremde Hände halten ihnen die Augen zu.

Sie fassen sich aber bald. Gutbekannte Leute, die einen auf solche Weise blenden.

„Wer ist's?" ruft eine Stimme hinter dem Rücken des Moidei.

„Der Etscher Wastl!“ sagt diese.

„Himmelweit fehlgesprungen.“

„Wer ist's?“ frägt eine verstellte Stimme hinter dem Rücken der Burga.

„Wer wird's denn sein!“ sagt die Burga, „wenn's der Hirlacher Mirtel nicht ist, so ist's ein anderer.“

Kein übles Raten, Burga, ein anderer ist's nicht. Wie dir jetzt die Augen wieder frei sind, siehst du die Bescherung. Die Sennhütte ist voll von Männern. Und was für Männer! Der Kerntaler Franz, der Holzer aus dem Pusterwald, der Rößl Toni, der Kohlenführer des Bachgruber, der Salzberger Hans auch, der fort in der Gegend umschleicht und keinen Herrn hat, den sie nirgends gern mittun lassen, weil er tückisch sein soll und zum Verschergen (Verraten) aufgelegt. Und da ist der Hirlacher Mirtel, ein abgedankter Jagdgehilfe, ein verträglicher, unterhaltsamer Kerl, tut gern wildern und scherzen im Wald und bei den Weibsleuten.

Der Mirtel ist bisher zu dem Moidei gestanden, zwar nicht so öffentlich, daß der Pfarrer außer im Beichtstuhl davon hätte reden können.

Heute aber knirscht das Moidei. Was hat der Mirtel der Burga die Augen zuzuhalten? Der hat das Moidei zu verblenden und sonst keine!

Kecke Bursche sind es aber auf und auf. Festgespannte, abgeschlissene Bocklederhosen tragen sie, dicke Häute, die nur etwa an den Nähten ein wenig auseinanderklaffen, strotzend von den strammen Gestalten. Die Knie sind nackt und rauh wie Föhrenrinden. Buntgestrickte Wadenstutzen, Bundschuhe, mäusegrau und hart wie Holz, aber mit scharfen Hakennägeln beschlagen. Jeder einen Ledergurt mit Messingschnalle voran über dem Prachtstück der verzierten Bockhauthose. Die Joppen aus grobem Tuch sind hinten so kurz, daß über dem Gurte die „Rupfenpfaid" herausschaut. In der Hosentasche ein Messerbesteck, am Rücken einen strammgereidelten Tabaksbeutel mit dem zierlich gewundenen Pfeifenstierer.

Der Mirtel hat eine mächtige Weidtasche umgehangen, an welcher die Haare und Klauen jenes Tieres noch hängen, das sie einst als bluteigene Haut getragen hat. Über der Brust den kamelhaarenen Hosenträger, das zerfaserte Halstuch, auf dem Filz die kecken Hahnen- und Geierfedern. Nur der Kerntaler Franz trägt auf seinem Hut einen Strauß von Almrausch (Alpenrose) und wildem Thymian. In der Stirne wilde Locken, im Gesicht buschige Schnurrbärte und weiße Zähne darunter — da habt ihr die Kerle, wie sie leiben und leben.

An die Wand hatten sie leise ihre Gewehre hingelehnt, stopfen jetzt ihre Pinzgauer Pfeifen und holen aus der Glut mit zierlichen Zänglein Tabaksfeuer. Setzen sich dann zum Tisch; der Mirtel stemmt sich an den Holzblock, wo vorhin die Burga gesessen, faßt das Mädchen am Mieder und sagt: „Heut' hilft dir kein Gott und kein Heiliger, heut' mußt uns in der Hütten behalten."

„Ja gewiß auch noch!" fügt der Rößl Toni bei; „'s ist kein Spaß, wir können heut' nicht mehr hinab. Die Rabenklausen unten ist mit Jägern besetzt."

„Uih Jesseles!" ruft die Burga, „werd't's doch nit wieder auf das Gamsschießen aus sein!"

„Kannst dir's denken, daß wir die Kugelstutzen nicht zum Zähnestochern brauchen," lacht der Kerntaler Franz.

„Der Jäger sind heute ein Stuck er zehn," berichtet der Mirtel, „aber sie spannen (ahnen) was und meinen, wir wären auf der Speikleitalm drüben, weil wir dort etliche Handpöller mit Zunder gerichtet haben, daß sie jetzt vor einer Viertelstund' erst losgegangen sind. Da bei dir sind wir sicher, Burga, und können morgen auf den Dreispitzkofel hinauf."

Die Burga setzt ihnen frische Milch vor, bleibt dann in ihrer heiteren Gestalt bei ihnen, stemmt den Arm in die Seite und sagt lachend zu den Gästen, sie sollten sich's schmecken lassen.

Die Männer lassen aber die Pfeifen nicht aus- und die Löffel nicht angehen. Der Mirtel stemmt seinen Arm aufs Knie und frägt etwan ein wenig schalkhaft: „Na, und was ist's mit der Liegerstatt?"

Antwortet die Sennin singend:

„Das is a schlechter Schütz,
Der sih auf a Gamsel wagt
Und in der ersten Hütt'
Um a Liegerstatt fragt."

„Weißt," sagt hierauf der Rößl Toni:

„So geht's auf der Alm,
Denkt ka Dirn auf die Kalm
Und ka Schütz auf die Jagd,
Wann sie d' Liab amal plagt."

D'rauf die Burga:

„Wia höher die Alm
Um so frischer das Kraut;
A jed's Dirndl is a Narr,
Des an Jager z'viel traut."

„Schau," sagt der Kerntaler Franzl und nestelt mit der Pfeifenspitze seinen Schnurrbart auf, „sein tut das so:

Die Sennerin auf der Alm
Tuat ein Jauchschrei, ein halb'n,
Und den andern der Bua,
Wann er hinkimmt dazua."

Alsdann wieder der Mirtel:

„Und Sennerin auf der Alm,
Schau, was tuast mit ein halb'n,
Sei froh, wenn aner kimmt,
Der an ganzen z'sammbringt."

Abseits am Herd ist das Moidei. Es wäscht just den Käsbeutel aus und zerkratzt ihn mit den Fingern. Wenn sie jetzt die Burga so unter den Fingern hätte! Diese Schmeichelkatz! Der Mirtel hat sie — das Moidei — heute noch nicht ein einzigmal angeschaut.

Hinter dem Tisch in der Ecke lehnt der Salzburger Hans — ein blasser Bursch mit schütterem Bartanflug. Er raucht nicht und singt nicht, hat die Hände in den Hosentaschen stecken und schaut finster d'rein. Er ist weit hergekommen aus der Krimmel herauf — just der Gemsen wegen nicht. Er hat gemeint, er würde heute allein hier der Hahn im Korb sein. Jetzt ist er ungeschickterweis' unterwegs mit den alten Bekannten zusammengekommen und ist halt nicht der Hahn im Korb. Er hat noch kein einzig Wort gesprochen mit der Burga, und die anderen haben schon so oft gekräht. Indes — wenn alle Stricke reißen — so ist das Moidei noch da.

Das Moidei sieht aber immer nur den Mirtel und die Burga; alle Glieder zittern ihm vor Wut, und schon gar als der Bursche folgendes Liedel singt:

„Ich kenn' immer a Dirndl,
Hat a Strickl beim Bett,
Daß s' die Buab'n kann derhalten,
Sunst bleib'n s' ihr ja net."

Und wenn sie heut' dableiben, diese Leut', denkt sich das Moidei, so zünden wir ihnen das Haus über den Kopf an. Heilige Maria Schnee, behüte uns vor Anfechtungen! — Sie weiß aber noch ein anderes Mittel. Und wenn er nur erst zu Mittersill im Arrest sitzt, der Mirtel, nachher hat er gute Weil' zum Nachdenken über vergangene Zeiten — wird ihm das Moidei wohl einfallen.

Und eine Weile später, als sie das Spanlicht anzünden,

schaut die Burga um sich und ruft: „Jegerl, wer hat uns denn das Moidei gestohlen?“

„Kunnt mir's net denken, wer die Dummheit hätt' gemacht,“ entgegnet der Mirtel.

„Mirtel,“ sagt jetzt der Kerntaler Franz, „zwischen dir und dem Moidei ist's nit mehr so, wie voreh.“

„Die Mannerleut' sind schon so,“ versetzt die Burga. „Anfangs da betteln sie und betteln einer Leib und Seel' ab. Haben sie's, nachher — aus ist's und gar ist's!“

„Schau, Burga, du kennst dich aus!“ sagt der Rößl Toni und blinzelt auf das Dirndl. „Noch so jung und schon so erfahren!“

„Von mir selber kunnt ich's nit wissen,“ sagt das Dirndl. „Um so öfter hab' ich's von meinen Kameradinnen gehört. Ich hab' eine gehabt von Lienz herauf, hab' eine gehabt vom Pustertal, hab' eine gehabt von der Sprugger Gegend und eine vom Zillertal — haben alle das gleiche Lied gesungen. Die Buben sind auf der ganzen Welt nichts nutz.“

„So was soll eins doch eher probieren, als man es verredet.“

„Daß sie nichts nutz sind, hab' ich gesagt; daß ich keinen mag, hab' ich nicht gesagt.“

Der Hirlacher Mirtel klopft seinen Pfeifensattel auf der Tischecke aus und murmelt: „Ich denk', Mannerleut', wir machen uns auf die Füß' und gehen um ein Häusel weiter.“ Seit der Anspielung wegen dem Moidei ist er verdrießlich. Auch sind ihm heute zu viel Leute da. Einer irrt den andern. Der Mirtel hebt sich auf, nimmt seinen Stutzen: „Jetzt gute Nacht, wer dableibt!“ Und geht davon.

Der Kerntaler denkt: Heut' ist's einmal verfahren! Kneipt die Sennin noch ein wenig an der Wange, dann nimmt auch er den Stutzen.

Der Rößl Toni bleibt noch ein wenig kerzengrad' vor ihr stehen und lispelt ihr zu: „Über das, was du voreh gesagt hast, reden wir noch miteinander. Behüt' dich Gott dieweil!"

So geht die lustige Gesellschaft auseinander. Die Burga hantiert am Herd und trillert:

„Büabel, du schmierst dih an,
Wannst glaubst, du hast mih schon."

In der Hütte ist es still und dunkel geworden. Ein einziger Kugelstutzen lehnt noch an der Wand und auch ein einziges Mannsbild — der Salzburger Hans.

„Na, tust du nit mit deinen Kameraden davon?" ermahnt ihn das Dirnlein.

„Ah na."

„Warum denn nit?"

„Weil's mich nit g'freut. Weißt, Dirndl, mir gefallt's bei dir besser." Er tritt auf sie zu. Das Moidei kommt nicht zum Vorschein, draußen im Stall schellt ein Rind, sonst alles in der Ruh'. Die Burga bläst in die Glut, um den Leuchtspan anzublasen. Ihr Angesicht ist rot wie ein Rösl am Dornstrauch.

Der Bursche singt mit fast tonloser Stimme:

„Jetzt sein mir allein,
Die Nacht ist stockfinster . . ."

Der Sang erstickt in leidenschaftlicher Erregung. „Kimm her! Ein Küßl!"

„Wenn du desweg bist dageblieben," sagt das Dirndl, „so hast es nit gescheit angestellt. Vor aller Leut' hätt' ich dir schon eins gegeben, wenn's dich selig macht. Aber wo wir allein sind, da geb' ich kein's her!"

„Du!" stöhnt der Bursche und packt sie um den Leib.

„So! Gewalt brauchen!“ ruft das Mädl und erfaßt einen glosenden Baumast: „Da hast eins!“ und schlägt ihm den Ast über die Achsel, daß die Funken sprühen.

Er fällt wütend über die Burga her, einen Hilferuf stößt sie aus und taumelt. Da springt die Tür auf, und die Jäger stürmen herein mit vorgestreckten Gewehren.

„Die Wildschützen, wo sind sie?“

„Da ist einer,“ schreit die Burga.

„Ich?“ schnaubt der Salzburger.

„Wem gehört dieses Gewehr?“ fragt einer der Jäger.

Aus ist's. Der Bursche entkommt ihnen nicht. Von einem Futterkorb schneiden sie das Tragband los und binden ihm damit die Hände kreuzweis übereinander. So führen sie ihn davon und hinab in die Täler und zur Sünderkammer von Mittersill.

Das Moidei ist über diesen Vorgang gar überrascht. Es hat die Jäger gerufen, um sich an dem treulosen Hirlacher Mirtel zu rächen. Jetzt haben sie den Unrechten; der Vogel ist ausgeflogen und schäkert vielleicht in anderen Hütten um; die Alm ist weit.

Die Burga ist von diesen Ereignissen so sehr ergriffen, daß sie ein heiliges Fürnehmen tut. Sie gelobt sich alsbald einen festen Liebhaber anzuschaffen, damit das lose Mannesgezücht wisse, wem sie zugehört.

Der Wildschütz.

Der Älpler, den steten Kampf mit den Naturgewalten gewohnt und geringe Bedürfnisse hegend, der zumeist seine eigene Polizei ist, das Unrecht am liebsten mit der Faust straft, das Recht gern mit der Faust sucht, der keinen Sinn hat für die Glorie des Landes, noch viel weniger für die Vergrößerung des Reiches, der gar vieles, was aus Steuer und Staat hervorgeht, als die Vermehrung der Unterrichtsanstalten, Eisenbahnen, Vergrößerung des Heeres usw. für ein Unglück zu halten gewohnt ist, verzichtet auf die Staatshilfe, die also für ihn selten von großer Bedeutung sein kann, und so vermag das, was er vom Staate gleichwohl empfängt, niemals das aufzuwiegen, was er gibt, geben muß.

Und aus diesem Mißverhältnisse, das zum Teile heute noch besteht, entspringt vielfach eine gewisse Verbitterung gegen alles, was „Welt“ heißt, gegen den Bürger, gegen den Stadtherrn, der, wie der Bauer meint, nicht arbeitet. Wer bei dem Landmann nicht mit der Axt, dem Pflug, dem Dreschflegel, der Mistgabel, dem Handwerkszeug hantiert, der ist ein Müßiggänger. Daher Haß gegen die Besitzenden, Verachtung geistig Arbeitender; daher der häufige, wenn zumeist auch nur im Scherz gebrauchte Ausdruck vom „Herrnabschlagen“. In den dunkeln Gründen des Volkscharakters, unter der trägen Asche seines schwerfälligen, unbehilflichen Wesens glimmt ein Fünklein — der Keim des Kommunismus, dem jedoch die im Landvolke so überaus tief eingewurzelte Altständigkeit die Wage hält.

Das Bauerntum muß halt zufrieden sein mit dem, was man ihm vorgemerkt hat; es knurrt wohl, aber es liegt an der Kette trotz alledem.

Das Volk der Alpen hat eine Menschengattung in sich erhalten, die das kommunistische Prinzip recht praktisch durchzuführen weiß — die Wilderer. „Gott hat die Tiere des Waldes für alle erschaffen!" lautet ihr erster Grundsatz, der freilich schon durch den zweiten gefährdet wird: „Nicht für die Reichen, sondern für die Armen ist das Wild gewachsen." Zum Glücke wird dieses Prinzip nicht auch etwa auf den Wald, auf das Feld, auf das Metall in der Erde Schoß usw. ausgedehnt, denn dazu reicht weder der Gedanke, noch weniger die Macht unserer alpinen Kommunisten. Die armen Teufel begnügen sich mit dem Wilde, das sie trotz aller Verbote totschießen, um sich damit entweder den Hunger oder die Jagdlust zu stillen.

Früher waren die Wilderer in manchen Gegenden ein wirklich gefürchtetes Element. Es waren größtenteils arbeitslose und arbeitsscheue Gesellen, Soldatenflüchtlinge, verfolgte Raufbolde, die, weil sie aus dem Kreise der Menschen verbannt, in die tiefen Wälder, in das Geselse und in die hohen Regionen des Gezirmes geflohen waren, wo sie elende Schlupfwinkel suchten und sich durch Wildern ernährten. Da brachten sie oft lange Zeit zu in den feuchten Höhlen und halbverfallenen Almhütten, nichts von der weiten Welt verlangend, als das bißchen Pulver, das sie sich oft mit bewunderungswürdiger Schlauheit zu verschaffen gewußt. In den Rottermannertauern lebte ein „Wurzner", der einem der herrschaftlichen Jäger sechzehn Jahre lang das Pulver abgeschwätzt hatte, weil er so unsäglich „an der Magengicht leide, für die ihm frisches Schießpulver das einzige Labsal böte". Die Magengicht, das war aber der Hunger, den das Pulver, allerdings mittelbar, durch den Rehbraten zu kurieren vermochte.

In der Küche des Wilderers herrschte oft mehr als spartanische Einfachheit. Häufig war nicht einmal Feuer zur Hand. Als Nachtlampe hat in mancher Höhle ein verstopftes Glasfläschchen mit Glühwürmern gedient. Das Wild wurde mit Steinen mürbe geschlagen und roh verzehrt. War aber Feuer, so stand wieder nicht immer der Topf bereit, und oft genug geschah es, daß das Hirschfleisch zerkleinert in der Hirschhaut gekocht wurde, die, zu einem Sacke geformt, mit Wasser gefüllt, dem unter ihr lodernden Feuer zu trotzen vermochte. Die Suppe wurde aus gesottenem Heu gewonnen, die, wäre sie mit Zucker und Rum zubereitet gewesen, vielleicht ein mehr als gewöhnlicher Ersatz für unseren „russischen Tee" abgegeben haben möchte. Als Tabak wurden dürre Buchen- oder Ahornblätter benützt — und so hat Gott diese seine Wildvögel ganz gewissenhaft ernährt.

Die Wilderer — über die ganzen Alpen und weiter hin verbreitet — kannten nur einen Herrn: die mit ihren Gewalten und Schrecknissen sie zähmende Natur; kannten nur einen Freund: ihren Kugelstutzen, den sie mit vollster Sicherheit zu handhaben wußten; kannten nur einen Feind: den Jäger. Begegnete der Wilderer dem Jäger, so gab er sich, war eine Flucht unmöglich, die Wahl, den Mann rasch niederzuschießen, oder selbst auf die Kugel zu warten. Der dritte Ausweg, das Gewehr wegzuwerfen und sich gefangen zu geben, wurde meistens verschmäht. Das Leben im Kerker wäre zehnmal bequemer und jedenfalls sorgenloser und sicherer gewesen, als die elende Existenz in den Wildnissen, aber — „Freiherren" wollten sie sein und bleiben um jeden Preis, und „Freiheit oder Tod!“ — diesen Menschen ist das Wort nicht Phrase gewesen. Sommer und Winter, in Sturm und Schnee harrten sie aus! Keine Mühsal war ihnen zu groß, kein Unternehmen zu waghalsig, wo es sich um ihre Freiheit handelte. Von den Seinen im fernen Tale sehnlichst erwartet, gesucht, betrauert, irrte mancher Bursche in den hohen Wüsten, trug oft sogar eine Kugel im Bein, die ihm der Jäger zum Andenken zugesendet.

Der Jäger war auch nicht zu beneiden. Wenn er des morgens seine Weidtasche mit Brot, Speck und Schnaps füllte, um in den Wald zur Hahnenbalz zu gehen, oder zum Eintreiben von Hirschen und Rehen, oder ins Hochgebirge emporzusteigen, um die Rudel oder Gemsen auszuspähen, zu bewachen, so wußte er, er ziehe in Feindesland. Manch einem verbissenen Wildschützen verlangte es heiß nach dem Hirschen zu zielen, aber der „Jäger hat ihn schon einmal ins Unglück gebracht!“ — das vergißt er nimmer und für den ist die Kugel schon gegossen. Ein Beispiel aus dem Jäger- und Wildschützenleben, wie wild und falsch es da zugehen kann.

Josef, der Forstjäger, geht „auf den Hahn“.

Mitternacht ist vorüber, Frühlingsnacht, über die Alpen zieht eisig kalte Luft. Man sieht im Schimmer einzelner Sterne nichts als die matten Umrisse des Hochgebirges, und hört nichts als das Rauschen des tief unten strömenden Wildbaches. Noch balzt der Auerhahn nicht, noch bricht auch der Tag nicht an; der Jäger nimmt einen Schluck aus der Weidflasche, zieht den Überrock fester, hängt das Gewehr um und wandelt einen wohlbekannten Fußsteig über seichten, aber gefrorenen Schnee aufwärts.

Er geht „auf den Hahn“, nicht um zu schießen, das steht dem Gutsbesitzer zu, der zu einer großen Hahnenjagd auch bereits Gäste aus der Stadt geladen hat; Josef hat zu bewachen und geht eigentlich heute auf Wildschützen aus. Wohl schläft der Hahn noch, aber der Wildschütze ist schon wach und sicher auch irgendwo auf der Lauer; davon kann der Jäger überzeugt sein. Josef passiert eben die Stelle, wo man vor zwei Jahren seinen erschlagenen Kameraden, den Jäger Simon, gefunden. Der hatte einen Schuß in der Brust, und die Splitter seines Gewehres lagen um ihn herum und steckten teilweise im zerschmetterten Schädel des Unglücklichen. Josef stößt hier den Stock fester in den Boden und geht weiter. Erst ein paar hundert Schritte davon bleibt er stehen und horcht. Unten in der Schlucht ist es wie das Klopfen eines Ladstockes im Rohr. Josef beschließt, hier zu warten. Jetzt rauscht es über ihm in den Fichten und ganz nahe bei ihm meldet sich der Hahn. Das währt nun eine halbe Stunde, bis der Wildschütz heraufkommt, denn er kann sich nur während des Balzens nahen und muß in der Zwischenzeit stillstehen. Mittlerweile bricht der Tag an, es wird lichter, und Josef verbirgt sich hinter einem Baum. Der Hahn balzt lustig weiter, der Jäger horcht nur den Schritten, die ihm immer näher kommen — er hört sie — hastig eilt ein großer stämmiger Mann den Steig herauf und zieht die Büchse von der Achsel. In diesem Augenblick schweigt der Hahn. Josef kann dem Wilderer in das Gesicht sehen — er erkennt ihn, es ist der Köhler Hans. Der Hahn balzt wieder: nun findet es der Jäger an der Zeit, hervorzutreten, er steht vor dem Wildschützen, sagt kurz und fest: „Guten Morgen, Hans!“

Der ist etwas überrascht, faßt sich aber im Augenblick und erwidert ebenso kurz und trotzig: „Guten Morgen!“

„Du wirst nicht recht sein da, Hans,“ meint der Jäger, „was willst denn hier tun?“

„Den Hahn werde ich mir schießen," entgegnet der andere und will langsam weiter.

„Wirst mir aber deine Büchse geben müssen!"

In dem Augenblick schweigt der Hahn und fliegt ab.

Der Wilderer hat seinen Stock zum Schlage gefaßt. Schon will der Jäger an das Gewehr greifen, da fühlt er sich angepackt; — eine glückliche Wendung, ein fester Griff und niedersaust sein Kolben auf des Wilderers Rücken und Glieder, daß dieser das Gewehr fallen läßt und zu Boden taumelt.

Da liegt er und windet sich und das Blut fließt auf die Steine.

Josef starrt finster auf sein Opfer. „Hast jetzt genug, Hans!"

Keine Antwort.

— Ist er denn so schuldig, daß man ihn zugrunde richten darf? — so frägt es in ihm. — — Vielleicht hat den Mann die Not getrieben, er hat Kinder zu versorgen. — „Steh' auf, Hans, es wird so arg nicht sein!" sagt der Jäger. Er bedauert seinen Gegner: er kennt die Leidenschaft des Wilderns auch! War er doch selbst einer der berüchtigtesten Wilddiebe, bis ihn der Gutsverwalter nach aller fruchtlosen Strafe zum Forstjäger gemacht.

„Mach' keine blöden Possen, Hans, und geh' — sieh', da hast meine Hand, ich helfe dir auf die Beine."

„Nein, Josef, das wird wohl genug sein, du hast mir viel getan!" preßt der Wilderer heraus und tappt wie ein Halbblinder nach der dargereichten Hand: „Das geht alles so herum jetzt — du hast mir den Kopf eingeschlagen!"

Der Jäger richtet ihn auf und läßt ihn wieder niedersitzen, daß er das Haupt an einen Rasen lehnen kann.

„Der Hahn ist schon fort, gelt?" fragt der Hans.

Josef antwortet nicht, er trocknet das an der Hand hervorströmende Blut und legt Feuerschwamm in die Wunde.

„Ja, daß du so gut bist, Josef, und einen Schluck Branntwein, gelt, den gibst du mir auch?“

Der Jäger reicht dem Wilderer seine Flasche, dann verbindet er ihm die Wunde und fragt: „Ist dir nun besser? Schau, Hans, so grob hab' ich's nicht gemeint.“

„Viel besser,“ murmelt dieser. Seine Brust wogt hoch.

Josef netzt die Schläfe des Verwundeten mit Branntwein. Hierauf richtet sich dieser langsam auf. „Aber gar so schlagen, Josef!“ Er faßt des Jägers Hand: „Das ist wohl beinahe zu viel gewesen, und du kannst mir glauben, wir kommen auf der Hahnenbalz nicht mehr zusammen.“

„Laß das gut sein und geh' jetzt heim; wir haben nicht anders gekonnt und wollen das Heutige vergessen. Nur die Büchse, die mußt du mir lassen, Hans, es ist meine Pflicht.“

„Nein, Jäger, das mußt du mir nicht antun, schau, und wenn ich dir ihn abkaufen müßt', ohne den Stutzen da —“

Er greift langsam nach dem Gewehr, sein Arm ist noch matt — „Du weißt ja, wie das ist, Josef — ich könnte nicht leben; es ist ein Erbstück und immer meine Freud' gewesen — so habe ich dir — mit diesem Gewehr auch — den Jäger Simon niedergeschossen . . .“ In diesem Moment kracht es und mit einem matten Schrei sinkt Josef zur Erde.

„Ihr Hunde!“ krächzt der Hans, der nach dem Jäger geschossen, in wilder Lache auf. — Da knallt ein zweiter Schuß, aber oben im Dickicht — diesmal tut Hans den Aufschrei und macht einen hohen Sprung — stürzt dann zu Boden. — Jetzt braucht er die Ohnmacht nicht mehr zu heucheln — ein dichter Blutstrom quillt aus dem Mund.

Aus dem Dickicht eilt nun ein Mann auf den Jäger zu und reißt sein Halstuch zum Verband entzwei. Dem armen Josef ist nicht mehr zu helfen — mitten aus dem Herzen springt der Strahl.

Das ein Bildchen aus dem Jäger- und Schützenleben. —

Die Wilderer von Profession, gleichwohl alle ein und dasselbe Ziel verfolgend, lebten nie zusammen, sie sonderten sich, und traute einer dem andern nicht. Wo aber einer von ihnen in Gefahr war, wo es galt, dem Jäger eins zu versetzen, da waren sie einig. Häufig gingen sie mit geschwärzten Gesichtern um; ein andermal wieder trugen sie Zirmbüsche vor sich her, um den Jäger zu täuschen, der wohl für huschende Menschengestalten ein Auge hatte, aber nicht für wandelnde Sträucher. Sie wußten den spähenden Wildhüter durch Schüsse irrezuführen, die, im Gestein durch einen Zündfaden gerichtet, gerade auf einer entgegengesetzten Seite losgingen, als die war, wo die Diebe auf ihre Beute lauerten. Die Zeichen, womit sie sich einander bei nahender Gefahr verständigten, waren höchst mannigfaltig und geheimnisvoll; ein Elsterruf, ein Steinchen im Brunnentrog, ein Strohhalm an einem bestimmten Baum, das waren Zeichen und eine den Eingeweihten deutbare Schrift.

Wildschützengeschichten zu Hunderten werden im Gebirgsvolke erzählt, von den unterhaltsamsten Schlauheiten des Jägerprellens an bis zu grausamen Bluttaten. Und immer hat der Wilderer die Lacher auf seiner Seite, oder sein Verbrechen wird im Munde des Volkes zur Heldentat gemacht. Dem ehrsamsten Bauer kam es noch vor kurzem nicht bei, daß der Wilddieb auch ein Dieb sei; der Schuß ging nur gegen die reichen Leute und nicht gegen Gott. Als aber das Jagdrecht freigegeben wurde, so daß jeder größere Grundbesitzer Herr des Reviers war, da stand die Sache plötzlich anders und der Wilderer hatte nun nicht allein mehr den Herrschaftsjäger, sondern auch einen großen Teil der Bevölkerung gegen sich. Da wurde mancher Strolch aus seinem Verstecke getrieben; und manch' anderer mußte noch höher in die Alpenwildnis hinauf; dort, wo kein grüner Halm mehr wächst, im Eise konnte er — der die Satzungen der Gesellschaft nicht zu achten verstand — seine Heimstatt aufrichten.

Da war ein wilder Bursche bekannt, der hatte das Unglück, bei einem Sturze das Gewehr zu zertrümmern. Wie nun schießen, wie sich nähren? An verendeten Gemsen, die von anderen angeschossen, aber nicht zur Stelle erlegt worden waren, mußte er, den Raben gleich, sein Mahl suchen. An stillen sicheren Tagen stieg er nieder zu den Almweiden und sog den Kühen die Milch aus den Eutern.

Da war in Kärnten ein alter Mann, der hatte dreißig Jahre lang einsam im Hochgebirge gelebt, gehungert und gefroren. Als man ihn ins Tal brachte, konnte er auf dem ebenen Boden kaum gehen; die Luft, sagte er, sei so schwer, daß sie ihn zu Boden drückte. Auch mit dem Wasser war er nicht zufrieden, und im Winter stillte er seinen Durst mit Schnee. Bald darauf starb er — in seinem 75. Lebensjahre —, klagend, daß ihn die Leute, die ihn vom Hochgebirge gezerrt, in ein frühes Grab gebracht hätten.

Des Sonderbaren aus dem Wildschützenleben wäre viel zu berichten. Der Aberglaube spielt arg mit bei diesen Leuten. Da spinnen sich in dem düsteren Hirnkasten des Älplers, und besonders des Wildschützen, Ideen von einem „venezianischen Pulver", das ohne zu knallen losgeht und daher für Wilddiebe eine so gute Sache ist. Da gibt es „schwarze Kugeln", die nur vom Teufel selber zu bekommen sind. Sechs solcher Kugeln treffen allemal das, was der Schütz anzielt, die siebente aber trägt der Teufel hin, wohin es ihm beliebt. Da gibt es „Suchkugeln", die mit unendlicher Mühe und Sorgfalt gezaubert werden müssen. Wer Suchkugeln machen will, der muß fürs erste — 's ist eine seltsame Bedingung — unschuldig sein. Eine dreistämmige Speikwurzel muß da sein, die in der Osternacht, aber bei Neumond begraben worden ist. Ein Goldstück muß da sein, das noch in keines Juden Hand gewesen. Auf diese Dinge darf kein Sonnen-, Mond- und Sternenlicht fallen, sie müssen in eine hohle Nuß getan und die Nuß muß mit Ziegenbockhaar verbunden werden, das verbindet die Kräfte ineinander. Die Nuß wirft man ins kochende Blei, aus welchem nun unter Anwendung der Zauberformel, die als Hauptsache nicht verraten werden darf, die Kugeln gegossen werden können. Diese Suchkugeln suchen jedes Ziel, und sei es wo immer, das sich der Schütze beim Losdrücken des Schusses denkt. — Und — daß ich's nur gestehe — diese Suchkugeln sind auch die Ursache, weshalb ich keinen der mir bekannten persönlichen Wildschützen verrate. Wer bürgt mir dafür, daß zum Schornstein herab und zum Ofenloch heraus nicht plötzlich eine Kugel gesaust kommt gegen meine Westentasche? In derselben Lage ist der Bergbauer, der einen Wilddieb wohl anzugeben wüßte, sich aber aus Furcht vor dessen Rache nicht getraut, es zu tun. So haben derlei Dinge für den Wilderer praktischen Wert.

Als das Salzburgerland noch unter bischöflichem Regimente lag, wurden ertappte Wildschützen grausam bestraft. Da sargte man z. B. den Unglücklichen in ein Faß und übergab ihn so der reißenden Salzach. Oder man schmiedete ihn auf den Rücken eines Hirsches, und das freigelassene Tier schoß mit solcher Last dem Walddickichte zu, schnaubte durch das Gestämme hin, rieb sich an Bäumen und Steinen, wälzte sich auf dem Boden, konnte nicht ruhen, bis es den Mann stückweise von seinem Körper geschüttelt hatte. — Es half alles nichts, die so dem Tode Geweihten verfluchten unter gräßlichen Klagen alles Gewilde und alle Bischöfe der Erde; und die Nochnichterwischten gossen in ihren Höhlen frische Kugeln.

Heute sehen wir zwar die unheimlichen Gesellen — vor einem halben Jahrhundert noch die Romantik und der Schrecken mancher Gegenden — mehr und mehr aussterben. Ein Grund dafür ist eben die Verallgemeinerung des Jagdrechtes. Ein weiterer Grund ist die Humanität im neuen Militärwesen, die wohl niemanden veranlassen kann, sich dem Soldatenleben durch die Flucht zu entziehen und danach in den Wildnissen der Alpen ein Raubtier zu werden. Endlich hat das Gebirge heute viel bessere Wege als damals, die Touristenströme verbinden die Wildnis mit der Welt und das Gerichtswesen verfügt über längere Arme als einst.

So kann heute die Wilderei kaum mehr als Profession betrieben werden. Wohl aber wildert man aus Not, wenn der Erwerb zu gering und Weib und Kind hungern müssen, oder aus Liebhaberei, aus Leidenschaft. Schützen gibt es genug. Wer sieht es dem würdigen Bauersmann an, der, weil Besitzer von Haus und Hof, tagsüber ein großes Gesinde beherrscht und in strenger Sittsamkeit hält, der als Ehrenmann gilt bei der Nachbarschaft und weiter hinaus, weil er wohlvermögend ist — wer sieht es ihm im Sonnenlicht an, daß er zur Nachtzeit, wenn sein Haus schläft, mit dem Kugelstutzen in den Wald schleicht, bei Mondenschein nach Hasen und Rehen spähend? Und der fleißige Holzhauer, und der gute gemütliche Kohlenbrenner, der Halter und der Bergknappe, die im Schweiße des Angesichtes ihr Brot verdienen, wer ahnt es, daß sie heimlich wildern? Freilich, ein guter Nebenerwerb ist so ein geschossener Vierzehn- oder Sechzehnender, wenn es gelingt, ihn zu verschwärzen; noch mehr wert aber ist manchem das Vergnügen. — Dort — lug', dort zwischen den Büschen —! Mit dem Gewehrkolben langsam zur Wange — Finger an den gespannten Hahn — den Rehbock, der sich harmlos leckt oder im Grase schnuppert, fest auf die Mücke gefaßt — jetzt — jetzt — Blitz und Knall ist eins — das Tier macht einen Sprung zur Höhe und stürzt. — Das ist die Lust, wie sie der Kaiser nicht größer haben kann. (Der Kaiser geht ja auch mit der Büchs', will er sich einen guten Tag antun!) Und morgen, wenn der heimliche Schütze wieder in seinen geselligen Kreisen ist, wird toll über die verdammte Wilderei geschimpft.

Für jene, die sonst durch die Not zur Wilderei gedrängt worden, hatte besonders der unvergeßliche Erzherzog Johann in seinen Revieren eine nachahmenswerte Einrichtung getroffen. In der Hochschwabgruppe wurde nach den abgehaltenen Jagden das erlegte Wild stückweise zu einem unglaublich billigen Preise an die arme Bevölkerung abgetreten.

Die Jagdlust ist sowohl in wirtschaftlicher, als auch in moralischer Beziehung ein arger Schaden im Volke, aber auszurotten ist diese Leidenschaft bei den Älplern nie und nimmer; sie fällt erst mit dem letzten Stück Wild. Mit dem Einsperren oder einem anderen Abstrafen ist nichts bezweckt; ist die Sühne vorbei, wird wieder gewildert, nur etwas vorsichtiger als früher. Jagdbesitzer behelfen sich auf eine andere Weise. Sie pflegen den bekannten leidenschaftlichen Wilderer mehrmals des Jahres zu ihren Jagden einzuladen, da haben sie, wenn es ihnen darum zu tun, einen guten Schützen mehr und einen gefährlichen Dieb weniger. Noch besser aber ist es, der Wilderer wird zum Jäger gemacht; denn so einer ist dann — wenn er sich selbst auch zuweilen einen unzeitigen Schuß gönnt — anderen Dieben gegenüber der verläßlichste Hüter des Wildes; denn er kennt all die Schliche und Schlauheiten der wilden Schützen und weiß diese abzupassen und zu fassen.

All die Diebe in Bauernhöfen und Waldhütten, in Wildklausen, und selbst in Bürgershäusern, alle können aber nicht zu Jäger gemacht werden, und so wird fröhlich fortgewildert und das Erlegte bei heimlichem Mahle verzehrt oder davongeschmuggelt. Wenn sie reden könnten, die Hirsche, Rehe und Hasen auf unseren Wildpretmärkten, sie müßten Stücklein zu erzählen wissen von den verwegenen Burschen und schlauen, alten Kumpanen, denen sie wohl soundso oftmals entkommen waren, und wie endlich die böse „Suchkugel" doch das Ziel gefunden hat, das sich der Schütze beim Losdrücken gedacht hat.

Der Schaufelbub.

In den stillen Hochtälern der Alpen gibt es Gemeinden, die so klein und gesund sind, daß ein Totengräber dort nicht leben könnte. Darum ist oft gar keiner im Orte. Die Leute behelfen sich schon selbst. Das Sterben können sie allerdings nicht ganz lassen, aber wenn ein Fall eintritt, so werden ein paar Bauernbursche aufgeboten, daß sie im Kirchhofe ein Grab ausschaufeln.

Eigen ist's freilich, wenn so ein Junge von zwanzig Jahren voll Lebenslust und Übermut plötzlich vor einem vermoderten Sarge steht. Nur ein wenig berührt sein Spaten die Bretter, und sie fallen auseinander. Er starrt hin; — was ist das hier vor seinem Auge?

— Und hört ma wo zithernschlog'n,
So loßt's oan ka Rost, ka Rua;
's Geblüat hebt zan tonz'n on,
— — Und gach kimmt da Knoch'nbua!

Er wendet sich weg, ein kaltes Schauern geht durch sein blühendes Leben; — aber die Gebeine müssen heraus; sechs Schuh tief muß die Grube sein, so verlangt's der neue Gast — und einer verdrängt den andern — unten wie oben.

Wo aber eine Gemeinde so groß ist, daß zum Beispiel ein Arzt in ihr fortkommt, da kann wohl auch ein ordentlicher „Schaufelbub" leben.

Und wahrhaftig, er führt ein seltsames Gewerbe.

Er hat Haus und Hof und zahlt keine Steuern; er bekommt Brot, wenn andere verhungern, und das, woran er arbeitet, wird um so größer, je mehr er davon wegnimmt.

Nun? — Für das Beinhaus und den Friedhof verlangt der Staat keine Steuern; wenn jemand verhungert, so bekommt der Totengräber ein Geschäft, und das Grab wird um so größer, je mehr Erde er davon wegnimmt.

Der Totengräber ist heute unser Mann. Es ist selten, daß man ihm bei Lebzeiten einen Besuch macht.

Spätherbst; zu Allerseelen.

Der kleine Kirchhof liegt abseits vom Dorfe an einem Waldabhang. Er ist mit einem moosigen Bretterzaun umgeben wie die Kohlgärten, und da drin stehen einige braune und rote Holz- und Blechkreuze. Viele sind schon halb umgesunken und sind moderig und rostig, wie die, über denen das welke Gras steht. Ein gelbes Ahornblatt, längst schon seinem Zweig entführt, raschelt über den Boden dahin und hüpft und tanzt, als wär's in den Tagen der Maien . . .

Mitten auf dem Gottesacker steht ein hohes Kreuzbild mit einem Blechdache; unweit davon ist ein offenes Grab. Der Schaufelbub hat es schon lange bereitet, es sieht recht einladend aus, aber die Leute im Dorfe hängen so leidenschaftlich an diesen frostigen Nachsommerstrahlen und an den Herbstnebeln, daß unten in der traulich dunklen Grube schier die Schwämme wachsen. Für das Kind ist das Grab zu groß, der Greis meint, für ihn sei es tief, und der junge Bursche läuft in allen Weiten herum und weiß es gar nicht, daß ein Grab offen steht.

Am Rande des Gartens gegen das Dorf zu ist das gemauerte Totengräberhäuschen — an den Fenstern stehen Blumentöpfe — da drinnen blüht der Frühling.

Ei freilich hat der Alte ein Töchterlein, aber das ist ganz aus der Art geraten, es will nichts wissen von den

Toten, immer nur von den Lebendigen. Darum hatte ihm der Vater schon einmal gesagt: „Kind, du machst mir viel Kummer, du wirst es noch so weit bringen, daß einmal so ein Lebendiger kommt und dich holt!“

Der Alte ist ganz für die Toten. „Von diesen muß unsereins ja leben!“ meint er. Aber er hat doch noch andere Einkunftsquellen; er handelt dann und wann mit Knochen, die wunderbare Eigenschaften besitzen, er macht in Sargnägeln, die für die Eingeweihten Wert haben; außerdem sammelt er im Sommer Kräuter und bereitet Getränke für kranke Pferde.

Die Kleidung unterscheidet ihn nicht von den anderen Dorfbewohnern; an Sonntagen, wenn die Gemeinde vor der Kirche versammelt ist, würde man ihn gar nicht herausfinden.

Der Schaufelbub steht in Verkehr mit Geistern; abgesehen von denen beim Kirchenwirt, die ihm nicht selten gefährlich werden, hat er in gewissen Nächten Erscheinungen. In seiner Schlafstube hängen die Stricke, mit denen die Särge ins Grab gelassen werden. Wenn nun jemand in der Gemeinde stirbt, so fangen die Stricke an der Wand an zu rasseln und sich zu schlingeln: wenn das geschieht, so braucht der Schaufelbub nicht erst die Todesanzeige abzuwarten, sondern beginnt gleich an dem Grabe zu arbeiten.

Besonders früher soll es sehr oft zugetroffen haben; seitdem aber so viele Mittel gegen die Ratten aufgetaucht sind — der Zusammenhang ist noch nicht klar — bleiben die Stricke ruhig.

Ist nun ein Todesfall eingetreten, so hat der Schaufelbub außer der Bereitung des Grabes noch manches zu tun. Zuerst geht er von Haus zu Haus und sagt: „Nein, ich bin nur da von wegen dem, weil wir morgen den N. hineinschieben, und er läßt bitten um die christliche Lieb', daß Ihr wolltet mit in die Kirche und auf den Freithof gehen, und da tät' ich Euch eine Kerze geben und die zündet an zum ewigen Licht, und dem Verstorbenen sei die ewige Ruh'!"

Am Begräbnistag selbst hat er das Hinabgleitenlassen des Sarges zu besorgen. Nach der kirchlichen Zeremonie kniet er hin vor das große Kreuz und betet laut und sehr kräftig um Ruhe für die arme Seele. Während des Gebetes flüstert er wohl gar einem Nebenstehenden zu: „Ist der Verstorbene reich gewesen?" Und wird dieses bejaht, so beginnt er mit noch größerem Eifer zu beten.

Hierauf kommen die Angehörigen des Toten und bedanken sich des kräftigen Gebetes wegen und laden den Schaufelbuben ein, mit ins Wirtshaus zu kommen. Er scharrt noch notdürftig das Grab zu und eilt dann ins Wirtshaus.

Trotzdem das Geschäft des Schaufelbuben ein sehr ruhiges ist, gibt es in demselben doch viele Unannehmlichkeiten; den Menschen ist einmal nichts recht zu machen, nicht einmal das Grab.

Dieser will in der Nähe des großen Kreuzes liegen, damit er die Gebete, welche dort für die Verstorbenen gesprochen werden, möglichst aus erster Hand erhält; ein anderer will neben dem oder dem Verwandten oder Bekannten ruhen, damit er ihn am Auferstehungstage nicht erst zu suchen brauche. Ein dritter möchte einen ganz ungestörten Platz, wo später nicht mehr gegraben würde.

„Da legen sie einen heut' hinein," sagte einmal der alte Krautwascher, „und wünschen ihm die ewige Ruh', und in ein paar Jahren d'rauf tut's ihnen schon wieder leid um den Platz, sie graben auf, reißen einen heraus mit Haut und Haar und verstreuen die Knochen, einen da-, einen dorthin, und zuletzt kriegt sie der Beindrechsler oder der Phosphorbrenner — ja, das ist dann eine Kunst am Jüngsten Tag, wenn auf einmal die Posaune bläst: Allo marsch, auf! und meine Arme sind Spitzen an Pfeifenröhren und meine Beine sind lauter Zündhölzelköpfe und meine Hirnschale hat so ein Studiosus in der Stadt zum Zigarrenaschentiegel! Wo nun schnell alles nehmen und nicht stehlen?" —

Auch der Totengräber will etwas Apartes, denn auch er, der anderen eine Grube gräbt, fällt endlich selbst hinein. Seine eigene Ruhestatt hat er am liebsten mitten im Kirchhof. Er muß einst am Jüngsten Tage ja zuerst auferstehen — sagt man — und den Schutzengeln die Plätze zeigen, wo die Schutzbefohlenen liegen.

Da wir nun die Bekanntschaft einmal gemacht haben, so gestattet uns der Schaufelbub wohl den Eintritt in den Gottesacker, um einige Blätter jenes Buches zu lesen, welches das dichtende Volk geschrieben hat. Das Volk schreibt seine Gedichte auf Haustüren und Balken, auf Votivbilder und Martertafeln, auf Lebzelten und Schußscheiben, auf Tanzböden und Grabkreuze.

Wir wollen hier nur ein ernstes und lustiges Kapitel aufschlagen: „Das Grabkreuz." — Das Volk, das naive, gesunde da oben im Gebirge, hat es noch nicht zu jener Überfeinerung des Gemütes gebracht, die auf Grabhügeln nur in lauter, wilder Klage weint; auch noch nicht zu jener moderblassen Philosophie des Materialismus, die alles für verloren wähnt, was den Sinnen entrückt ist. Das Volk glaubt und hofft und wird bisweilen fast übermütig dabei und setzt dem Totenkopfe so gern einmal die Narrenkappe auf.

„Das Sterben ist bitter,
Das Gestorbensein süß!"

steht zu lesen auf einer Grabtafel zu Steyr; und ein anderes:

„Das hart' Sterben,
Das ich so lang hab' gefürcht,
Is vorbei.

Ich bin von allem Übel frei
Und leb' bei der heiligen Dreifaltigkeit
Von nun an bis in Ewigkeit!"

zeigt, daß es wohl gerechtfertigt ist, wenn manche Leute noch heute ihre Totenfeste mit Essen, Trinken und verschiedenem Schabernack feiern wie ein freudiges Ereignis.

Beliebt ist folgender Vers:

„Ich lieg' hier im Rosengarten
Und tu' auf meine Eltern (Kinder) warten."

Oder:

„Liebe Kinder, tut nicht weinen,
Daß wir schon gestorben sein,
Wir sind nur vorausgegangen,
Um bei Gott euch zu empfangen."

Ernster ist folgendes:

„Was ihr seid, bin ich gewesen,
Was ich bin, das müßt ihr werden,
Alle Blümlein wohl verwesen,
Und du wirst zu Staub und Erden."

Grabschriften, ähnlich dieser letzteren, haben zumeist Priester zu Verfassern; sie sind stets düsteren Inhaltes, sprechen von der Eitelkeit des irdischen Lebens und haben eine moralisierende Spitze. Von solchen sind die naiven Dichtungen des Volkes leicht zu unterscheiden.

Wenn wir auf einem Grabmal in Gröbming (Ennstal) die Worte lesen:

„Hier ruhet Kaydan Strobl, gewesen der
Hammerschmiedin ihrer Schwester ein Kind" —

oder:

„Willst mich mit Füßen tretten
So must auch ein Vaterunser bethen
für die Agatha Weissenbeckin,
geboren im 24ger Jar,
Und 1857 lag sie auf der Bahr" —

so werden wir hierin an der echten Volkstümlichkeit keinen Augenblick zweifeln können.

Im Wagrein ruft ein gutes Kind seiner Mutter folgendermaßen nach:

„Du Theire hast nun ausgeliten,
Und sangst so früh ins Grab.
Der Schöpfer lies sich nicht erbiten
Der dir ein beseres Leben gab.
Nun ligst du in der külen Erde,
Lieb gute Mutter du,
Bis wir dir einst folgen werden
Hinüber in die Himmelsruh.“

Auf demselben Kirchhofe ist auch folgendes zu lesen:

„Gatten, Kinder, Lebet wohl,
Lebet, wie man leben soll,
Mit Schmerzen bin ich aus Eiern Augen verschwunden,
Und kehret öfter bei meinem Grabe zu.
O! wünschet mir die ewige Ruh!

Auf einem Gottesacker im Raabtale an einem Wandkreuze heißt es:

„Hier ruht mein Oheim Peter Paule,
Sterben missen wir ale.
Thue frumb leben
So Wirth dir Gott geben
Antonie Pirstlingerin.

In St. Veit bei Schwarzbach findet sich auf dem Gottesacker folgende Inschrift:

„Hier in diesen Rosse Garten
Wo der Leib des Menschen Ruth
Mus an die Auferstehung warten
Bis der Posaunen schall sie Ruft.“

Auf dem Grabkreuze eines Tiroler Friedhofes steht zu lesen:

„Hier liegt Nothburga Stöger,
sie starb versehen mit den
K. K. Sterbesakramenten.“

Ein anderes:

„Hier ruhet Hanna Brandnerin, geborene Zuntnerin. Was Gott will, ist mein Ziel.“

Ein Martertaferl in derselben Gegend lautet:

„Hier ist am 10. März 1861 eine Lawine niedergangen und hat 5 Personen und 3 Böhm' derschlagen.“

In einem Friedhofe bei Oedenburg findet man folgende Inschrift:

„Hinter dises Kirchhofs Gittern
Liegt Hans Klaus
Er trank manchen Bittern“

— und weiter unten die Schlußzeile:

„Kelch des Leidens aus.“

Ein sinniger Spruch findet sich auf dem Kirchhofe zu Neuberg:

„Als Gattin blüht' sie mir,
Als Mutter sank sie nieder,
Als Mensch ging sie von hier,
Als Engel kommt sie wieder.
Sie ist vorausgegangen
Den Gatten zu empfangen.“

Eine andere Stimmung drückt die Grabschrift bei Lienz aus, die ein Tiroler seinem Weibe gewidmet hat:

„Hier liegt mein Weib Begraben,
Wünsch' ihr die ewige Ruh' zum Lohn,
Ich hab' sie schon.“

Eine pessimistisch angehauchte Inschrift steht auf einem Grabkreuze in Spital am Semmering:

„O Mensch, du mußt leben,
Und weißt nicht wie lang;
O Mensch, du darfst sterben,
Doch weißt du nicht wann.“

Und ein anderes, das viel zu formglatt und viel zu weltschmerzlich ist, um volkstümlich zu sein:

„Gott, du bist ungerecht,
Hast uns den Tod erdacht;
Erde ist nimmer schlecht,
Hat ihn uns leicht gemacht.“

Gar seltsam naiv und altertümlich klingt eine in Marmor gehauene Inschrift in der Kirche zu Fladnitz, welche einst die Gemeinde einem ihrer Seelsorger geweiht hat:

„Wold ihr wissen in der Erd
Wer alda begraben ligt
Weil er gelebt hat habt ihr ihm geehrt
Jetzt ihr ihm mit Fiessen tritt
M: Jacobus Schaffer sein Name wahr
Mit Achtundfünfzig Jahren
28 Jahr war ehr Pfarherr allhie
Und hat mit grossen Sorgen
Zu Abends auch und morgens fruhe
Seine Schefflein wollen ausborgen
Den 28. May anno 1708 mueß er von hier
Gedenkh der ihm mit Fiessen tritt
Bleibt Keinen aus bald ist's an Dir
Fir sein Seel all Gott bitt
Wan ehr werd sein in Himmels Sall
Bitt ehr fir euch auch allzumall.“

Ganz wunderlich wird einem zumute, wenn man die wilde Grabschrift auf dem Gottesacker in Bischofshofen liest:

„O theurer Vater, wie sanft er im Grabe ruht,
Während freche D=e=es Hände
Haschen nach Deines Erben Gut.
O liebster Vater, erhalte mir das väterliche Gut,
Bitte Gott, daß er vernichte
Die verfluchte Brut.“*)

---

*) Heute ist diese Tafel nicht mehr zu finden.

Wie doch ganz anders ergreift einen der Vers auf dem evangelischen Friedhofe in der Ramsau bei Schladming:

„Wie selig die Ruhe bei Jesu im Licht!
Tod, Sünde und Schmerzen, die kennt man dort nicht,
Das Rauschen der Harfen, der liebliche Klang
Bewillkommt die Seele mit süßem Gesang.
Ruh', himmlische Ruh' im Schoße des Mittlers,
Ich eile Dir zu."

An einer Kirchhofsmauer in Kärnten steht folgendes:

„Daß ich gestorben bin,
Das weißt Du;
Ob ich im Himmel bin,
Das fragst Du;
Nicht sterben, aber im Himmel sein,
Das willst du."

Ein anderes in demselben Lande:

„Ich muß von Euch, ihr Freunde gehen,
Lebwohl, auf Wiedersehen!
Wenn mir Gott seine Gnad' wird geben,
Und ich am jüngsten Tag
Meine Knochen wieder finden mag,
So steh' ich auf zum ewigen Leben."

Eine Totentafel bei Ischl — das Denkmal eines vom Baume gefallenen Bauers — sagt folgendes:

„Aufig'stiegen,
Abig'fallen,
Hin gewest,
Die Ehre sei der heiligen Dreifaltigkeit."

Grabschrift eines Kindes in Wartberg (Steiermark):

Schlaf, Kindlein, schlaf,
Du weißt nicht, was uns traf,
Wenn wir's gewußt, wie bald der Tod dich streckt,
Wir hätten dich für diese Welt nicht aufgeweckt."

Auf einem Kirchhofe im Lavanttale:

„Hier ruht der ehrsame Johann Misegger, er ist auf der Hirschjagd durch einen unvorsichtigen Schuß erschoßen worden aus aufrichtiger Freundschaft von seinem Schwager Anton Steger.“

Eine Bäuerin in der Gemeinde Veitsch (Steiermark) ließ ihrem verstorbenen Gatten zum Zeichen ewiger Treue einen schönen Grabstein setzen, auf welchem sie dem Toten folgende Worte in den Mund legt:

„Der Tod riß mich von dir,
Du Weib so brav und bieder,
O wein' und bet' bei mir,
Dann geh' und heirat' wieder.“

Zu Klagenfurt hat man einem Prediger die folgenden Worte auf den Grabstein geschrieben:

„Was in der andern Welt ist?
Wie oft hab' ich's gesagt,
Und konnt's nicht wissen.
Jetzt weiß ich's
Und kann's nicht sagen.“

In einem Dorfkirchhofe an der Traun gesteht ein Toter treuherzig:

„1840, in den Hundstagen
Hat mich der Blitz erschlagen,
Und seitdem bin ich todt.“

Auf einem Friedhofe des Pustertales:

„Im Leben roth wie Zinnober,
Im Tode wie Kreide bleich,
Gestorben am 17. October,
Am 19. war die Leich.“ (Maria Schober † 1835.)

Bei Graz auf einem Gottesacker finden wir die Worte:

„Frag nicht, wer ich war,
Ich will vergessen sein.“

Diese wenigen Beispiele zeigen, was hier zu zeigen ist. — Schaufelbub, wir danken dir.

Martertafeln.

Der Gebirgsreisende wird es kennen, dieses wunderlichste Archiv der Alpenwelt, dieses endlose Sterberegister von Verunglückten, durch das ihn seine Wanderungen führen und das ihm wohl zuweilen seine Lust an den Schönheiten der Natur verleiden mag.

Diese unscheinbaren Zeichen an Bäumen und Pfählen rufen dem harmlosen Wanderer, der gekommen, um sich an der Herrlichkeit des Gebirges zu ergötzen, ein ernstes „Habt acht!“ zu. Ein banges Gefühl der Ehrfurcht oder der Verlassenheit, das so viele beschleicht, die zum ersten Male in einer Alpenwildnis wandeln — es ist gerechtfertigt.

Die Täfelchen und Kruzifixe, die an Wegen und Stegen, in Wäldern und auf Auen, in Talschluchten und auf hohen Bergen stehen, prangen auf rohen Pfählen; unbeschützt vor bösem Wetter erzählt das bunte Farbenbild des Dorfkünstlers nur wenige Jahre von dem Ereignisse, das zur Stelle geschehen war. Bald auch ist die Inschrift verblaßt und verwaschen, nur das kahle, moosiggraue Brettchen starrt uns an wie ein Sterbender, der noch gern sprechen möchte, aber es nicht mehr kann. Wohl sagt uns die Tafel, daß hier an der Stelle ein Unglück geschehen, ein Mensch vielleicht verging unter der Elemente Gewalt — aber wir wissen nicht, welcher Art das Ereignis war — um so unheimlicher dünkt uns die Stelle.

Dem Älpler wird dort, wo er begraben liegt, zumeist kein Denkmal gesetzt; klein ist die Zahl der niedrigen Kreuzlein, die den Gottesacker zieren; hingegen an der Stätte, wo ihn mitten in seiner Lebens- und Schaffenskraft plötzlich der Tod ereilt, richten ihm seine Mitmenschen ein Merkmal auf, durch das sie dem Vorübergehenden mit Bild und Wort in rührender Einfalt die Todesart des Verunglückten erzählen und ihn schließlich um ein Vaterunser bitten für die arme Seele.

„Der Johann Georg Mosbichlers Sohn in der Ramsau ist in seinem 21. Lebensjahr allhie von einem fallenden Baum erschlagen worden. Gott geb' ihm die ewige Ruh!"

„Hier ist Michel Holzreuter, vulgo Knappenhans, durch einen Sturz über die sieben Klafter hohe Steinwand gestürzt, so daß kein Beindl an seinem Leib ist ganz geblieben. Kaum 30 Jahre lang hat er die Welt angeschaut, dann hat ihn der Herr zu sich genommen. Er bittet um ein andächtiges Vaterunser."

„An dieser Stelle ist der Halter Thomas Grabner von einem Donnerkeil getroffen worden. — Der Menschen Los ist hier beschieden, dem Tod entgeht doch nichts hienieden; denn Ort und Zeit hat Gott bereit! in Wasserfluten und auf der Gassen, im hohen Birg und auf der Straßen geht mancher in die Ewigkeit!"

„Hier ist der Handwerksbursch Christian Perger tot aufgefunden worden; was ihm überfahren, ist Gott bekannt, der seine Seele gnädiglich in den Himmel wolle führen."

„Dahier ist Franz Keiter beim Holzriesen von einem Block in die Brust gestoßen worden, daß er augenblicklich tot gewesen."

„Frommer Christ, schau in diesen Fluß hinein, da mußte das Leben der Maria Reg, vulgo Adlerwirtin in Kreuth, zu Ende sein. Sie ist über den Steg geglitten und tut um ein Vaterunser bitten."

„Da, bei der Köhlerei ist der Josef Pfleger, 47 Jahre alt, in den glühenden Kohlenmeiler gestürzt. Der barmherzige Gott bewahre ihn und uns vor dem höllischen Feuer, Amen."

„Hier hat die göttliche Fürsehung den siebzigjährigen Johann Filzmoser durch einen jähen Tod von dieser Welt abgerufen. — Vollbracht ist das Leiden, der Tod, das Gericht, nun ruhet er selig bei Jesu im Licht."

„Wanderer, hier halt an, und denk', was auch dir geschehen kann, hier hat ein wildes Rind die ehrsame Magd Johanna Moser umgebracht. Jetzt ist sie in der Todesnacht; sei ihrer mit einem Vaterunser bedacht."

Das sind einige Martertafelproben aus Steiermark. In ähnlichem Stile erzählen die meisten dieser schlichten Denkmale ihr Ereignis. Der Todesarten jedoch gibt es unzählige. Da ist einer erfroren, oder vom Gießbach mit fortgerissen, oder von einer Lawine begraben worden. Ein anderer hat sich im Nebel verirrt, ist über die Wand gefallen oder im Schnee umgekommen. Ein dritter ist vom Baum gefallen, oder unter die Wagenräder geraten, oder durch ein scheues Pferd geschleift worden. Durch rollende Steine werden viele erschlagen; im grundlosen Alpensee findet mancher sein Grab, der, ausgefahren auf spiegelglatter Fläche, von dem plötzlich hereinbrechenden Sturme überrascht worden ist. Auf Gletscherfeldern gehen Einheimische selten zugrunde, hingegen fordern, wie schon erzählt, in manchen Gegenden die Wildschützen ihre Opfer unter den Förstern und Jägern. Seitdem das Edelweiß ein beliebter Handelsartikel geworden ist, weist an wilden Felswänden manches Täfelchen die Stelle, wo ein gestürzter Edelweißsucher zerschmettert aufgefunden worden. Die Mehrzahl der unnatürlichen Todesfälle in den Alpen aber kommt bei den Bergknappen, Holz- und Fuhrleuten vor.

Man möchte sagen, daß von diesen Leuten wenigstens fünf Prozent eines gewaltsamen Todes sterben.

Daher leicht erklärlich die zahllosen Martertafeln in den Alpen, die den Wanderer zuerst erschrecken, dann beklemmen, bis er sie gewohnt wird und über die Ursprünglichkeit der Volkskunst und Volkspoesie erheiternde Studien treibt.

Manches Dorf hat seinen Martertafelkünstler. Es ist entweder ein Handwerker, der in freien Stunden die Kunst aus Liebhaberei betreibt, oder um sich damit ein kleines Taschengeld zu erwerben. In Tirol tut's der Herrgottschnitzer, der vermag der Sache schon größere Vollendung zu geben. Diese Menschen betrachten ihren Gegenstand meist von so idealem Standpunkte, daß sie darob die ungeheuerlichsten Fehler ihrer Gestalten ganz und gar übersehen.

Ohne Malerei geht es nicht ab. Stets im Vordergrunde ist die Szene des Unglückes dargestellt. Da sitzt der Verunglückte etwa regelrecht auf den Wellen eines Flusses und breitet die Hände aus, an welchen ein sechster oder siebenter Finger nicht selten zu entdecken ist. Oder er steht kerzengerade und hölzern wie ein Soldat auf der Wacht, des Baumes gewärtig, der auf ihn niederstürzt. Oder er schwebt, von einem Felsen springend, in schönstem Wagrecht in der Luft und hat vielleicht sogar noch die Arme über die Brust gelegt, wie ich das auf einer Martertafel des Pustertales sah. Wo aber das Arge bereits geschehen ist, da gibt es viel rote Farbe um den Leichnam; je mehr Blut, je bedauernswürdiger der Verunglückte. Ferner wird man über dem Haupte der Figur stets ein rotes Kreuzlein gemalt finden; dieses Kreuzlein zeigt an, daß der Arme bereits tot oder dem Tode sicher geweiht ist. Die Wasserwellen, die Bäume, die Felsen, die Wolken sind in architektonischer Regelmäßigkeit ausgeführt, und die stundenweit entfernt sein sollenden Berge sind geradeso scharf und grün gezeichnet wie der vom Künstler gedachte vorderste Punkt. Es gibt kaum eine Martertafel in den Alpen, auf deren Wolken nicht die Dreifaltigkeit oder die Muttergottes, oder eine andere Macht des Himmels säße. Oft ist es der Schutz- oder Namenspatron des Verunglückten, der ein Strahlenbündel niedergießt auf den Sterbenden. Das soll, wenn schon diesseits keine Rettung mehr sein kann, die Hoffnung auf das Heil in jener Welt bedeuten. — Ach, es ist ja wirklich praktisch und gut für uns Menschen, selbst in unseren schönsten Tagen praktisch und gut, die Hoffnung und das Ideal außerhalb dieser Welt zu verlegen; während wir hier Stück für Stück des Schönsten und Besten zugrunde gehen sehen, leuchtet, gepanzert gegen alles Irdische, in unsere Seele bis ans Ende das trostreiche Bild jener Welt. So ist der letzte Gedanke des in den Abgrund Stürzenden, oder des in den Wellen Ertrinkenden, oder des unter der Staublawine endenden Bauers — das Himmelreich, oder die bloße Neugierde, was der nächste Augenblick bringt.

Der Name „Martertafel" selbst soll die den Leib gewaltsam zermarternde, unnatürliche Todesart andeuten. Von der Votivtafel unterscheidet sich die Martertafel dadurch, daß sie immer das Denkmal eines Zugrundegegangenen ist, während die Votivtafel ein in Not und Gefahr gelobtes bildliches Andenken sein muß, welches aus Dankbarkeit für die glückliche Rettung zumeist in Wallfahrtskirchen und Kapellen, zuweilen auch an der Stätte der überstandenen Gefahr aufgerichtet wird. Die Votivtafeln sind noch viel mannigfaltiger als die ersteren, behandeln ihren Gegenstand oft mit vielem Humor, geben aber stets für die glückliche Rettung in hochgeschwungenen Redensarten Gott und seiner jungfräulichen Mutter und den Heiligen die Ehre. Die Wallfahrtskirche zu

Mariazell in Steiermark ist wohl einer der größten Sammelkästen von Votivtafeln und gibt in dieser wie auch in manch' anderer Beziehung unerschöpflichen Stoff für das Studium des Volkscharakters und insbesondere der Volksreligion.

Wir aber wollen wieder in die freie, wilde Natur hinaustreten zu den armen, aber so rührenden Denkmalen des Todes.

An Wegen und Straßen, die sich Flüssen entlang durch bewaldete Bergschluchten ziehen, können wir den meisten Martertafeln begegnen. Diese sind zuweilen auch zu Füßen eines Kruzifixes an den Kreuzstamm geheftet. Oft hängt an einem Kettchen auch ein riesiger, stets mit Rost überzogener Eisennagel, der von den Andächtigen als einer der drei Nägel, mit welchen Christus ans Kreuz genagelt worden, geküßt wird. Ein andermal ist vor dem Pfahle eine Kniebank angebracht, auf daß zum erbetenen Vaterunser sogleich einige Bequemlichkeit geboten werde.

Sehr häufig prangt die Tafel am Stamme eines buschigen Fichtenbaumes, und die Einsamkeit ringsum mit ihrem ewigen Rauschen des Wassers, oder mit ihrem schwermütigen Flüstern des Waldes, oder mit ihrer tiefen Stille, die nur zuweilen durch das Rieseln der Steinchen in einer nahen Schutthalde unterbrochen wird, ergreift uns seltsam an der Stelle, wo eine Weile vor uns ein Mitmensch den Todeskampf gerungen hat.

Im wildherrlichen Ennstale sah ich in der Nähe des brausenden Flusses ein Marterbildchen, welches einen hochgeschichteten Haufen von entschälten Baumblöcken darstellte. Auf dem Haufen obenan saß ein Mann, seine Tabakspfeife stopfend; über dessen Haupte, aber war das rote Kreuzchen, und aus den Wolken nieder von der Figur des heiligen Sebastian strömte das Strahlenbündel auf den Mann. Der untere Teil der Tafel mit der Inschrift war abgebrochen. Um so genauer betrachtete ich das Bild, konnte aber nicht verstehen, was nur bei diesem Tabakspfeifenstopfen Lebensgefährliches obwalten konnte. Ein Bewohner der Gegend kam des Weges, den fragte ich nach der Bedeutung der Tafel.

„Ha, halt ja," antwortete der Gefragte, „da hat's halt den Bastl umbracht. Der Herr sieht die Holzriesen, die dort vom Wald herabgeht. Da haben sie die Holzblöcke herabgelassen in die Enns; die Enns schwemmt sie fort zu den Hieslauer Köhlereien hinaus, da brauchen wir sie nicht zu fahren. Ist aber die Riesen zu trocken gewesen, die Blöcke haben nicht den rechten Schwung gehabt, sind vor dem Wasser niedergefallen und liegen geblieben. Und wie zu Zeiten schon was sein will, hat der Holzer Bastl die Blöcke wollen nach und nach in den Fluß arbeiten. Wie er auf dem Haufen oben sitzt und ein Bissel rastet, hebt euch die ganze Kramm an zu rutschen und zu rollen — der Bastl mitten drin. — Herr Jesus, mit mir ist's gar! schreit er noch, die umstehenden Leut' wissen ihm nicht beizustehen, und der ganze Holzblockhaufen kollert in die Enns. Einer hat's gesehen, wie der Bastl zwischen den Holzstücken noch seine Hand aus dem Wasser gereckt hat — weiter haben sie nichts mehr von ihm gesehen. In der Hieslau unten beim Scheiterrechen haben sie ihn stückelweis' herausgezogen."

Eine Martertafel im oberen Murtal stellt einen Waldanger vor, auf den mitten im Grünen ein kohlschwarzer Fleck gemalt ist. Dieser Fleck soll eine tiefe Grube versinnlichen, wie man sie gern grub, um Wölfe darin zu fangen. Man verdeckte das Loch mit Reisig und Stroh, legte ein Aas darüber, und wenn der Wolf dazukam, so brach er durch und war gefangen. Über der Wolfsgrube nun auf dem Bilde steht das rote Kreuzlein und geht der Heiligenstrahl nieder von der Dreifaltigkeit. Die Inschrift darunter heißt: „150 Schritt hier seitlings vom Weg ist auf einem nächtlichen Heimgang Peter Wieser, Knecht beim Bauer in der Leuten, den 13. Juli 1839 in die Wolfsgruben gefallen. Ein Tier ist darin schon gefangen gewesen, und von weitem ist es gehört worden, wie der Peter Wieser mit der Bestie gerauft hat. Zerfleischt fanden sie ihn des Morgens — gestorben in seinem 56. Lebensjahr. Wanderer, stehe still und bete ein Vaterunser."

Mitunter können Martertafeln auch zu was anderem gut sein. In der Nähe eines Städtchens in Kärnten hart an der Straße fand ich eine Tafel, auf welcher sieben aufgebahrte Leichen gemalt waren und drüber der heilige „arme Lazarus", der seine Strahlen auf die Toten warf. Die Inschrift lautete: „Ich und mein Weib und meine fünf Kinder, das Sterben tut weh, das Verhungern nicht minder. Bin der Schneider Zecke, Haus Numero siebzehn; ich arbeite billig und nimm auch zum Flicken."

Während wir vor anderen Martertafeln ratlos stehen und nichts zu tun vermögen, als höchstens das erbetene „Vaterunser" zu sagen und die schlichten Darstellungen zu betrachten — kann *diesem* Manne noch geholfen werden.

Bauernhöflichkeit.

Die Bauern, besonders die Gebirgsbauern, sind höflicher als wir anderen Leute. Ich gehe gleich an die Beweisführung.

Der bäuerlichen Höflichkeiten gibt es drei Arten. Erstens Höflichkeit des Bauern gegen seinesgleichen, zweitens Höflichkeit gegen seine Untergebenen, und drittens solche gegen seine Vorgesetzten. Er selbst gibt nur der letzteren Art den Namen; daß er auch gegen seinesgleichen höflich ist, ahnt er kaum; er ist es unwillkürlich, er hat's im Blute, es ist altes Herkommen und ihm angeerbt. Nur macht er's auf eigene Art.

Der Eigennutz wuchert unter den ungebildeten Menschen, sagt man, am unverhülltesten; nun ist es aber merkwürdig, wie der Bauer seine Eigensucht zu verdecken weiß. Immer und überall in seinem Handel und Wandel gibt er sich den Anschein, als suche er die Interessen anderer zu fördern, als stelle er sich selbst dabei in zweite Linie; fragt darüber bei Handelsleuten und Advokaten an. Freilich fällt er zuweilen aus der Rolle, und dann ist er das Tier, das mit bebenden Pfoten und fletschenden Zähnen rücksichtslos ums liebe Dasein ringt.

Indes, so ernst wollen wir's diesmal nicht nehmen; es handelt sich hier um Höflichkeit und Leutseligkeit — leichte Spielwaren, die eben schon unter der Etikette „Tugend“ in den Handel kommen.

Höflichkeiten sind die kleinsten Verkehrsmünzen, die wir haben; sie sind allenthalben gangbar, sie sind unentbehrlich, doch im allgemeinen deren ein Dutzend nicht einen Kupferbatzen wert.

Aber wenn diese Spielmarken fehlten! — Da möchte kein Hund noch länger leben. — Hunde selbst — sie wären denn besonders bösartig — beschnuppern, bewedeln, begrüßen sich, wenn sie zusammenkommen. Ochsen auf der Weide lecken sich die Haare, und ihre gegenseitige Gemütlichkeit hört erst auf, wo es sich um einen Grasschopf handelt, den jeder für sein hält.

Beobachten wir nun den Bauer unter seinesgleichen. Sei es in Haus und Feld, auf Wegen und Stegen, in der Schänke oder in der Kirche — er hat stets einen Gruß für den Nachbar. Ist's nun das „Grüßgott" oder das „Kuhmah" (Willkommen), oder das „Gelobt sei", oder das „Gesegne Gott", oder das „Gute Nacht", oder ist's ein anderer Ausdruck, den wir für keinen Gruß halten, der aber doch einer ist, weil er als Ansprache das freundschaftliche brüderliche Verhältnis zwischen dem Ansprecher und dem Angesprochenen ausdrückt. Wenn ein Landmann dem anderen ins Haus tritt, so sagt er häufig: „Geht's aussi in d' Sun!" (Geht hinaus in die Sonne!) Der Gegengruß ist: „Sie scheint halt nit gar viel," oder „Rast ab!" Oder es erreicht einer auf der Straße den anderen, so ruft er ihm zu: „Geh' stad!" oder „Nimm dir Zeit!" Ein anderer schreit auf dem Felde über den Zaun: „Na, bist auch schon auf, Nachbar? Du Saggra du, hast heuer ein schöneres Korn als wie ich. Na, Grüßgott!"

Übermütiger sind die Ansprachen der Burschen, besonders im Wirtshause. „Du Haderlump!" etwa schreit einer dem anderen zu, „bist schon wieder beim Saufen, und hast dir die Wochen nit einmal a Wassersuppen verdient!" „Recht hast," erwidert der andere, „bin schier so stinkfaul wie du! Wenn sie dir den Most in die Gurgel gießen täten, du stundst dein Lebtag nit auf vom Nest. Na, trink' einmal, setz' dich a bissel zu mir her."

Sonderbare Begrüßungen sind's, aber sie deuten auf gute Kameradschaft. Wenn hingegen einer zum anderen sagt: „Guten Morgen!" so mag man schließen, daß sie sich fremd sind oder einander nicht gut leiden können.

Wenn ein Fremder in einem Hause gerade zur Mahlzeit zurecht kommt, so wird er stets eingeladen, mitzuessen; ansonsten legt ihm der Hausvater den Brotlaib vor: „Kost' von unserem Brot, 's ist halt nit gut!" Für den Eingeladenen ist es Sitte, daß er sich eine Weile weigert, bevor er die Sache annimmt. „Ah, ih!" ist sein ständiges Wort, was so viel heißen soll als: „Ach, ich bin's nicht wert!" Oder er meint, bevor er ein Gebotenes annimmt: „Behalt's nur selber!" Und während er schon die Hände danach ausstreckt: „'s wär' eine rechte Grobheit!" Endlich greift er zu und sagt: „Ihr habt's rechtschaffen ein gutes Brot, vergelt's Gott fleißig!" Der Anstand erfordert es, daß er nur ein kleines Schnittchen nimmt.

Selbst eine Bitte bringt der Bauer gewöhnlich in negativer Weise vor, z. B.: Gelt, Michel, du wirst mir bis morgen nicht gern fünf Gulden leihen?" Er stellt sich einverstandener mit der abschlägigen Antwort als mit der Gewährung und wird erst grob, wenn diese abschlägige Antwort erfolgt ist.

Der Bauer ziert sich gern dadurch, daß er alles, was ihn und das Seine betrifft, dem Fremden gegenüber tief herabwürdigt, hingegen die Dinge des Fremden über Gebühr lobt und preist. — Deine Kinder sind stets größer und braver wie meine; deine Ochsen auch; — doch halt! sind deine Ochsen größer und schöner wie die meinigen, so will ich damit nur sagen, daß es mir nicht danach gelüstet, denn wollte ich sie kaufen oder eintauschen, so würde ich sie dir früher ordentlich verschimpfieren. — Dies ein Grundsatz bäuerlicher Lebensphilosophie.

In Gegenwart eines Nachbars wird nur selten ein ungebührliches Wort im Hause gesprochen; alles ist im besten Einvernehmen; selbst die Kinder sind sittig und beweisen dem Fremden ihren Respekt.

Eine beliebte Form der Höflichkeit ist, um die Beschäftigung zu fragen: „Was arbeitest denn heut'?" Oder: „Nit gar zu fleißig sein!" Besuche und Gegenbesuche im allgemeinen sind im Bauernhause nicht üblich, doch am Sonntag zur Nachmittagszeit gehen Männer und Burschen gern in die Nachbarshäuser. Dabei ist freilich von Höflichkeit oft nicht viel zu spüren. Da poltert so einer ins Haus, in die Stube, setzt sich sonder Gruß stumm auf die nächste Bank und das erste Wort, das er spricht, ist der Befehl an ein Kind im Hause: „Geh' Bub (oder Menschl), bring' mir ein Tabaksfeuer!" Aber das verschlägt nichts; der Gast wird artig behandelt, zur Jause oder zum Rosenkranzgebete eingeladen; daß er gekommen, zeigt ja eben, er habe Neigung für das Haus.

Die Teilnahme bei Unglücksfällen ist in der Bauernschaft nicht seltener auf bloße Höflichkeit zurückzuführen als anderswo. Was den Bauer ins Herz trifft, das macht ihn gewöhnlich stumpf und stumm, moralisch wie physisch genommen; wenn er beim Unglücke anderer die salbungsvolle Zunge braucht, weiß davon sein Herz nicht viel.

Der Bauer ist, solange eben sein persönlicher Vorteil nicht gefährdet erscheint, in der Regel rücksichtsvoll und artig gegen seine Nebenmenschen. Ausnahmen selbstverständlich gibt es auch hier.

Seine Untergebenen behandelt der Bauer nicht in jener herrischen, trotzigen Weise, wie man das bei anderen Ständen findet. Der Bauer ist mit seinen Dienstboten auf „du und du", speist mit ihnen an demselben Tische und bespricht mit ihnen die Fragen des Hauses. Ich kannte einen Grundbesitzer, der bei jeder Bürgermeisterwahl sich mit seinem Gesinde besprach, welcher zu wählen wäre, obwohl er dann ganz nach seinem eigenen Kopfe handelte.

Durchaus zuvorkommend ist der Bauer den Handwerkern gegenüber, die er ins Haus nimmt. Gleichwohl heimlich oft über dieses notwendige Übel fluchend, zeichnet er den Schuster, den Schneider, den Wagner usw. durch alles mögliche aus, und ergeht sich in Feinheiten nach seiner Art. Er spricht den Handwerker selten mit „du" an, sondern sagt „Ihr" oder „der Meister", oder auch z. B. so: „Tu' der Schneider essen! Der Schneider wird hungrig werden, wenn er nit ißt. Wir haben dem Schneider sonst nichts zu geben."

Eine Regel ist, daß jüngere Leute einen Älteren, wenn dieser verheiratet ist, mit „Ihr" ansprechen; unerhört wäre es bei den Kindern, zu ihren Eltern, Paten usw. „du" zu sagen. Es gibt Verhältnisse, in denen der junge Hausvater seinen alten Knecht mit „Ihr" anspricht, während dieser jenem gegenüber das „du" gebraucht. Das „Er" gegen ganz fremde Leute gilt für höflicher als das „du". Zuweilen gebraucht der Bauer gegen Fremde auch das „Wir". „Von wo sind wir her, wenn ich fragen darf? Schaffen wir was? Fremde Leute, als Hausierer, Bettler usw., werden mit „Ees" (Ihr) angesprochen.

Als Dankeswort für ein Geschenk hat der obersteirische Bauer zwei Formen; ist das Geschenk eine Speise, etwa ein Stück Brot, ein Krug Most, oder gilt es nach einer Mahlzeit, zu welcher er geladen war, so sagt er: „Vergelt's Gott!"

Ist das Geschenk ein anderer Gegenstand, ein Kleidungsstück, eine Dienstleistung usw., so gebraucht er das „Dank dir Gott!"

Selbst dem Bettelmann bringt der Bergbauer eine gewisse Höflichkeit entgegen. Fürs erste beantwortet er auf jeden Fall dessen Gruß; dann fragt er, was jener begehre und entschuldigt sich vielleicht schließlich, wenn er dem Verlangen nicht nachzukommen vermag.

Meine Mutter, von Herzen eine Gönnerin der Armen, fragte den Bettler stets: „Was wölt's denn?" Wollte sonach der Mann die freigestellte Wahl stets ausnutzen, so begehrte er zumeist das Köstlichste: „Ein Stückel Rindschmalz!" „Wir haben halt jetzt kein Rindschmalz," sagte hierauf die Mutter gewöhnlich. Der Bettler: „Oder einen Speck!" Die Mutter: „Der Speck ist wohl auch gar geworden." Bettler: „So gebt mir ein Fleisch!" Die Mutter: „Mein lieber Gott, wir haben schier selber das ganz' Jahr kein Fleisch." Daraufhin rief einmal ein alter „Abschieder" (vom Militär Verabschiedeter) aus: „Ja, zweg fragt's denn, Bäuerin, was einer will, wenn's nachher nichts habt's!" Meine Mutter hatte keine große Auswahl an Gaben, entweder sie konnte eine Handvoll Mehl reichen, oder ein Stück Brot, oder einen Löffel Sterz, der von der Mahlzeit übriggeblieben war.

Wenn Bettelleute räsonieren, so bedeutet das, meint der Bauer, immer gute Zeiten, und nur selten gebraucht er sein Hausrecht, sondern trachtet die grollenden, drohenden Leutchen auf gute Art los zu werden. Hieran mag Aberglaube und Furcht freilich auch so viel Anteil haben, als angeborene Gutherzigkeit und herkömmliche Höflichkeit.

Nun der Bauer gegen seine Vorgesetzten.

Im allgemeinen hat der Landmann seine Norm wegen des Hutabnehmens. In seinem Dorfe zieht er den Hut vor der Priesterschaft, vor dem Arzte und bisweilen auch vor dem Gemeindevorstande, wenn dieser kein Bauer ist. Vor seinesgleichen lüftet der Bauer die Kopfbedeckung niemals. Hat er es jedoch mit dem Steuerbeamten, mit dem Bezirkshauptmanne, mit dem herrschaftlichen Arbeitgeber zu tun, so wird seine Höflichkeit nicht selten zur Kriecherei. Man weiß ja, wie oft ein Bauer nach dem „Herein" noch an die Tür klopft, ehe er sie furchtsam öffnet. Man weiß auch, um wieviel Schritte vor der Tür er schon den Hut abgezogen und mit der flachen Hand die struppigen Haare geglättet hat, um nur recht höflich zu sein. Dann steht er gebeugt wie ein armer Sünder da; er heuchelt und schmeichelt, läßt sich abkanzeln und muckst nicht, wenn ihm auch dreifach Unrecht geschieht. Er kann sich die „Herren", wie er diese seine Vorgesetzten nennt, kaum anders als grob denken, und wenn ihm doch einmal einer freundlich vorkommt, so ist er innerlich beglückt und erzählt es aller Welt, was das „für ein handsamer Herr ist, recht kamod mit ihm zu dischgarieren". Für einen solchen blüht seine Dankbarkeit auf, und jedes freundliche Wort von seinem Vorgesetzten betrachtet er als besondere Gunst und Wohltat, die er nicht so leicht vergißt.

Die echte, oft uneigennützige Höflichkeit des Bauers jedoch kommt erst zum Ausdrucke, wenn der Mann mit Menschen aus höheren Gesellschaftsklassen verkehrt, von denen er unabhängig ist. Hier wird seine Umgangsweise freier. Selten wird dem Touristen ein grober Bauer begegnen; der Landmann mag dem Städter gegenüber verschmitzt, tückisch, schalkhaft, auf Vorteil lauernd sein, aber stets höflich. Der Bauer weiß es recht gut, wie oft und vielfach er das Stichblatt städtischer Witze und Hänseleien ist; aber er beherrscht sich und tut, als ob er nichts merkte. Mancher allerdings versucht, vor den „G'studierten" seine Naturweisheit leuchten zu lassen ihnen zu verstehen zu geben, daß der Gescheite den Vielwisser zuweilen doch in den Sack steckt. Andere wieder stellen sich vor dem Städter viel einfältiger als sie sind und entschädigen sich dafür mit dem stillen Bewußtsein, die gelehrten Herren hinters Licht geführt zu haben.

Die Städter, denen man sonst doch viel Schliff und Lebensart zuzuschreiben gewohnt ist, verkehren in der Regel nichts weniger als höflich mit den Bauersleuten. In herrischer Weise werden diese oft herumkommandiert auf ihrem eigenen Grund und Boden, und nicht einen Augenblick vergißt mancher Städter, seine Überlegenheit dem Landmann gegenüber zur Geltung zu bringen. Nicht selten auch wird die Taktlosigkeit begangen, über die uralten Sitten, die dem Bauer ans Herz gewachsen sind, über die schlichten Verhältnisse des bäuerlichen Lebens sich lustig zu machen und auf politischem oder religiösem Felde mit dem Landmanne Proselyterei zu treiben. Und das alles läßt sich der Bauer gefallen, verzieht nicht einmal den Mundwinkel, ist artig in Frage und Antwort und dienstfertig, wo immer er glaubt, damit den Stadtherrschaften zu schmeicheln. Wenigstens hält er den Hut in der Hand, bis ihm das Aufsetzen zwei-, dreimal befohlen wird.

Wenn ein Bauer und ein Städter nebeneinander auf der Straße wandeln, so wird ersterer seinen Gang so einrichten, daß der Städter auf dem besseren, glatteren Teil des Weges zu gehen kommt. Bei jedem Brunnen, bei jedem Zaunschranken, bei jedem Stege wird der Städter Gelegenheit haben, die zarten Aufmerksamkeiten seines bäuerlichen Begleiters wahrzunehmen, selbst wenn dieser auch kein umsichtiger Fremdenführer ist. Und kommen sie zum Bauernhause, so wird es der Bauer kaum unterlassen, seinen Weggenossen zum Eintritte unter sein Dach zu laden, wird vielleicht noch die Bäuerin aufrufen, daß sie frische Milch und Butter bringe oder ein anderes Labsal und wird Gastfreundschaft üben an dem, der ihn vorhin aufdringlich bevormundet oder gar gehänselt hat und zu dem er tatsächlich keine allzu große Zuneigung verspürt. Es ist ja sicher, Stadt und Land werden sich nimmer gut miteinander vertragen. Auch der Bauer macht, wenn er gegen die gebildeten Klassen nicht etwa gar verbittert ist, sich wenigstens lustig über die „Herren", aber er tut es hinter ihrem Rücken, während er sich anderseits etwas einbildet, mit denselben zu verkehren. Er ahnt vielleicht doch, daß er in solchem Umgange manches lernen könnte, jedenfalls ist es ihm auch der Abwechslung wegen zu tun, und schließlich wirft das unter seinen Genossen ein vorteilhaftes Licht auf ihn, wenn es heißt: „Der weiß mit den Herren umzugehen; der ist auch mit den Stadtleuten gut an; der ist nicht dumm!"

Der Bauer weiß, daß der Städter für Höflichkeiten empfänglich ist, und weiß endlich auch, daß ein artiges Benehmen gerade hier bisweilen irgendeine erfreuliche Vergeltung findet. Ursachen genug, das Auge zuzumachen, wenn der Städter etwa mitten über sein grünendes Kornfeld springt und die Wegschranken angelweit offen läßt, während der Handwerksbursche, der so etwas triebe, mit Hund und Stock zurechtgewiesen würde.

So übt der Bauer nach seiner Art Höflichkeit gegen jeden, der darauf Anspruch macht. Über seine Grobheit wäre freilich auch ein Kapitel zu schreiben, ein viel größeres als dieses ist — würde aber nicht anmutig ausfallen. Hier habe ich nur zeigen wollen, daß auch unter dem Landvolke gangbar jene Spielmünze, die, nur in etwas anderer Prägung, den Salon beherrscht, und daß, wenn Stadtherr und Bauer zusammenkommen — von beiden letzterer gemeiniglich der Höflichere ist.

Bauerneitelkeit und Übermut.

1.

In keinem Stande findet man Althergebrachtes so fest erhalten und gestützt, als im Bauerntum. Dieses ist in der Zeiten Lauf und Taumel scheinbar das einzig Beständige, so beständig wie der Boden, auf dem es steht, wie die Scholle, die seit Urzeiten die Kornähre in gleicher Form hervorbringt. Jede Neuerung, die von Staats wegen etwa oder nach anderen Bedürfnissen der Zeit im Bauerntum eingeführt werden soll, bedarf mehrerer Geschlechter; die eine Generation entsetzt sich vor der auftauchenden Neuerung, die zweite versucht sie, die dritte erst erkennt sie an. So ist's mit der Bauart der Häuser, mit den landwirtschaftlichen Maschinen, mit dem Versicherungswesen, so war es mit politischen Errungenschaften, so mit der Schule. Nur wenige Dinge finden rasch Eingang, wie das Petroleum; andere, wie etwa neue Düngerwirtschaft oder Ausbreitung der Viehzucht auf Kosten des Ackerbaues, werden in unseren Ländern abgelehnt. Trotz aller neuen Verkehrseinrichtungen, trotz allen Umschwunges der gesellschaftlichen Bestrebungen und Bedürfnisse treibt unser Bauer seine Acker- und Wiesenwirtschaft noch so, wie sie sein Großvater getrieben hat. Dies trotzige Festhalten an abgelebten Dingen muß dem Bauer verhängnisvoll werden, dann wird man sagen: Der Bauer ist zugrunde gegangen an seiner Beständigkeit.

Es ist nun aber possierlich zu sehen, wie trotz dieser elementaren Beständigkeit auch im Bauernstande die Mode ihren Veitstanz reigt. Ich meine die Kleidermode. Bei den Männern tritt sie bescheidener auf; daß man heute statt kurzen Lederhosen die französischen „Pantalons“ trägt, daß man seine Schafwollstoffe durch fremde Baumwollzeuge verdrängen läßt, geschieht mehr aus Gründen der Zweckmäßigkeit und der Kostenfrage, gehört also nicht ins Bereich der Mode; wohl aber die Verzierung,.Verbrämung des Gewandes, besonders die Schnitte der Taschen, die Knöpfe, das Schlingen und die Farbe des Halstuches, der Hut mit allem was darauf ist. Selbst auf die Hemden erstreckt sich die Bauernmode und weiß ich Gegenden, wo Bauernburschen an hohen Festtagen in „Krausen und Kresen“ gehen. Den Haarschnitt, die Bartform bringen sie vom Soldatenleben heim. Auch auf die Genußmittel erstreckt sich die Mode; der Kaffee fand allerdings Eingang vor allem, weil er schmeckte, das Tabakrauchen aber kommt vom Nachahmungstrieb, der das Übelbefinden nach den ersten Versuchen wacker überwinden hilft. Im ganzen wechselt bei den Männern die Mode langsam und selten. Der Gemsbart auf dem Hut, das silberne Gehänge der Taschenuhren mit seinen alten Talern, eingefaßten „Wolfszähnen“, die Benagelung der Stiefel mit den Eisenbeschlägen usw. vererbt sich fort vom Großvater auf Kinder und Kindeskinder.

Anders ist's bei den Weibern; diese stehen in näherer Beziehung mit dem wechselnden Mond und haben dem wechselnden Monde die wechselnde Mode abgelernt.

Bemerkenswert jedoch ist es, daß sich die Bauernmode nicht an jene städtische, die „Herrenmode“, lehnt, die in Paris gemacht werden soll. Wohl steht eine gewisse lose Beziehung zu ihr, doch im ganzen ist die Bauernmode selbständig, sie wird nicht eingeführt wie der Pfeffer, sie entsteht im Lande selbst und man weiß nicht recht wie. Die Grenze zwischen der Herren- und Bauernmode geht durch das Kleinbürgertum der Dorf- und Marktbewohner. Unter diesen gibt es Leute, welche lieber die geringsten der „Herren" als die Fürnehmsten der Bauern sind. Sie gehaben und tragen sich städtisch, werden als die „Herrischen" zur Zielscheibe des Bauernwitzes. Jener Teil des Kleinbürgertums aber, welcher wohlhabend und wohlgeachtet sich in seinen Sitten, Tragen und Betragen mehr auf die bäuerliche Seite schlägt, der biedere Dorf- und Marktphilister „nach altem Schrot und Korn" ist der Tonangeber der Bauernmode. Dem Kleinbürger erscheint es wünschenswerter, ein Großbauer zu scheinen, als ein Schneider oder Drechsler oder sonst ein Handwerker. Der Bauer wiederum dünkt sich feiner und gebildeter, wenn er sich in seinem Gehaben auf den Handwerker, den Krämer, den Wirt hinausspielen kann, und so treffen sich die beiden Teile. In manchen Gegenden der Steiermark, vor allem im verkehrsentlegenen „Jackelland", auch auf dem Hienzenboden, sind wohlhabende Bauerntöchter an Sonntagen von den „Bürgerstöchtern" ihrer Dörfer nicht zu unterscheiden.

Das erste Hauptstück der Bauernmode ist, eine stattliche Figur zu machen. Möglichst weite, umfangreiche, aufgebauschte Kittel, welche die Trägerin wie eine wandelnde Pyramide erscheinen lassen, sind bei den Bauernweibern immer schön. Zu den enge um die Beine sich schmiegenden Röcken der Städterinnen, welche nicht einmal dem gewöhnlichen Schritt freien Spielraum ließen, hat sich die Bäuerin niemals verstanden, außer es geschah aus Sparsamkeitsgründen. Wer sich viel Stoff nicht kaufen kann, muß sich freilich mit engen Kleidern begnügen. Hingegen hat die

Bäuerin die Krinoline rasch aufgegriffen, eine Mode, welche ihr wie ihrem etwaigen Anbeter ebenso rasch wieder zu windig geworden ist. Derselbe Effekt des Breiten, Aufgedonnerten läßt sich viel solider durch eine entsprechende Anzahl Unterkittel erreichen, und heißt es, daß jede Dorfschöne neun Kittel am Leibe haben muß, um ganz schön zu sein. Wird der umfangreiche Kleiderbausch, mit dem sie kokettiert, später naturgemäß ersetzt, dann allerdings fällt ein Unterrock und der andere weg und wird als Windelzeug verwendet.

Auch insoferne stimmt des Bauers ästhetische Anschauung mit jener des Städters überein, als er das Weib erst dann für vollendet hält, wenn es einen Kamelrücken hat. Diesen Kamelrücken erzeugt die schöne Bäuerin, wenn sie hinter den Hüften über dem Sitzteil einen Polster bindet, der dann die darüber angezogenen Röcke weit ausbaucht. Schon vor vierzig Jahren hat dieser Kamelrücken, allerdings in etwas bescheidenerer Weise als später bei den Städterinnen, bei den Bäuerinnen Mode gemacht. Ich erinnere mich an eine Faschingsunterhaltung daheim bei unserem Dorfwirt, bei welcher die Fankel-Kathel, eine überaus muntere herlebige Dirn, das Unglück hatte, während des Tanzes mit ihrem Liebsten das Hinterpolster zu verlieren. Er fiel unter die Füße der Tanzenden und wurde unter schallendem Gelächter und unter Gejohle mit den Stiefelspitzen hin und her geschleudert: „Da hat eine den Hintern verloren! Welcher gehört er? Sie soll sich melden!" Obwohl die Fankel-Kathel rückwärts erschreckend schlaff abhing und ihren Kittelsaum wie eine Schleppe nachschliff, sie meldete sich nicht. Da bemächtigten sich mehrere tollwitzige Burschen des Polsters und wollten ihn versteigern.

Versteigerer war der stotternde Hansjörgl, der hielt das Polster hoch über die Köpfe, warf ihn von einer Hand in die andere, schleuderte ihn in die Luft, fing ihn wieder auf und rief: „Da-da-das ist der F-F-Fankeldirn ihr Po-Polster! W-W-Wer gibt?“ — Keiner gab, jeder lachte, die Fankel-Kathel zog mit Schand' und Spott ab.

Etwas Unechtes an den Weibern, das kann der Naturmensch, der Bauer, am wenigsten leiden. Ein gutwattierter Busen, wenn er aufkommt, bringt der Trägerin keinen Gewinn! Auch die Farbe muß echt sein, sonst könnte es einer wohl passieren wie der Haberer-Lena. Diese ging eines Tages ins Heidelbeerpflücken aus. Und als sie im Walde war, fiel es ihr ein, ihre etwas verblaßten Wangen ein wenig mit dem blutroten Safte der Heidelbeeren zu färben, damit sie dann bei der Nachmittagsvesper auf den Wangen ihre züchtigen Rosen habe wie des Nachbars Mariann'. Schon das Handspiegelchen betrog sie, so daß sie auf Rat desselben um ein gutes Drittel zu viel auftrug; als sie aber hernach zur Kirche kam, brachen die einen, die sie sahen, in stilles Entsetzen, die anderen in helles Gelächter aus: die rosenfarbigen Wängelchen hatten sich verfärbt zu einem tiefen Zwetschkenblau. Von dieser Zeit an wurde die Lena das „Blauwangerl“ geheißen und mußte diesen Namen tragen, bis sie als Blaßwangerl ausgestreckt lag auf dem Brett. Ja, in solchen Dingen versteht der Bauer keinen Spaß, und mancher moralischen Verirrung in der Mode und Eitelkeit hat der Volkswitz ein Denkmal gesetzt, das länger vorhält, als das Kreuzlein auf dem Kirchhof.

Hingegen hat es der Bauernbursche ganz gern, daß sein Dirndl „fein und g'statzt“ dahergeht, heißt das, wenn deswegen sein Geldbeutel nicht zu stark angegangen wird. Bei den Bauerndirndeln selber wird jeder Luxus in der Kleidung, jede Ausartung der Mode entschuldigt mit einem: „Jetz tragen sie's so.“ Da gibt's alsdann seidene Kopftücher mit langen Flügeln, Maschen und Bändern, Spitzentücher mit Kölner Wasser besprengt! Das „Bondschurl“, die Joppe, muß lange Schößeln haben, je länger, je vornehmer, auch mit artigen Knöpflein und Schnürlein geziert sein. Unter derselben das Mieder ist freilich eine Fischbeintortur, durch welche das Mägdlein Sünden abbüßt, die es vielleicht noch gar nicht begangen hat. Aber — „jetz tragen sie's so!“ Keine Satzung, sie mag des Leibes oder der Seele Heil bezwecken, befolgen die törichten Menschlein so willig, ja so lüstern, als die tyrannische Willkür der Mode.

Freilich schmeichelt sie oft nicht allein der Eitelkeit, sondern auch der Sinnlichkeit, dem Hange nach Verweichlichung. Die Kalblederschuhe sind der Dorfschönen lange nicht mehr lind genug; dieselbe, welche an Werktagen ihre oft ganz niedlichen Füßlein in Stierhaut zwängen muß, oder gar in plumpe Holzschuhe, watschelt an Sonntagen in feinen Tuch- oder gar Samtschühlein daher. Und manche, die an Werktagen mit Steinkrampen und Mistgabel hantieren muß, steckt am Sonntag auf ihre Pfoten feingestrickte Handstützeln (fingerlose Handschuhe), damit ja die Haut von der Sonne nicht gebräunt oder eigentlich damit man die sonnengebräunte und grobe Haut nicht soll sehen können. — Keine grobe Haut? Na, so zeig' sie einmal, Schatzerl, und wirf weg das dumme Zeug, das weder vor Kälte noch vor Hitze schützt. Überlasse derlei Kindereien den Stadtdamen, die bei feinen Festlichkeiten ihre Händchen mit Handschuhen bedecken, ihre Arme usw. aber nackt herumtragen.

Von den reichen und wirklich schmucken Goldhauben der Großmütter sind unseren Dirndln nur noch die goldenen Ohrringlein hängen geblieben. Auch die Männer tragen solche, sie sollen „gut sein für die Augen“. — Wenn schon nicht für die des Trägers, so doch für die des Beschauers, heißt das, wenn die Ringelchen hübsch geformt sind und nicht etwa ganze Klumpen von Talmigold daran baumeln, was wohl das Ansehen eines Indianerschmuckes gibt.

Ein weitläufiger Vetter von mir hat oft behauptet, ich würde es noch erleben, daß man güldene Nasenringlein trüge, am rechten Flügel eins und am linken Flügel eins. Nun, wir wollen ja sehen, wann es den Schönen einfällt, ihr Riechhörnlein so klüglich zu schmücken, daß die Bursche ihre Uhrketten anhaken und so die Dirnlein bei der Nase herumführen können.

In der Mitte gescheiteltes und glattgekämmtes Haupthaar gilt bei den Weibern von jeher als ein Zeichen der Tugendhaftigkeit. Daher ist es auffallend, daß die jungen flügge werdenden Dirndl mit Vorliebe ihre Haare auflockern, aufkrausen oder gar zu Ringlein drehen und sie so über die Stirne herabhängen lassen. Ausgeworfene Netze, in die sich mancher Knab' schon arg verfangen hat. Ist das ein Wunder? Da sogar jener Dorfkaplan im Beichtstuhl, als ihm durch das Sprechgitter das krause Haar eines Dirnleins die Stirne kitzelte, ausrief: „Laß ab, mein Kind, laß ab! Der Teufel wirbt um meine Seele!"

Und wenn man so ein für den Sonntag hergerichtetes Dirndl dann beobachtet, da ist's ein heller Spaß zu sehen, wie Eitelkeit und Koketterie ihre Automatenkünste abspielen! Das wendet, biegt sich und dreht sich, tut schämig und züchtig, beäugelt sich unter der Maske des Augenniederschlagens; hebt ein wenig den Rocksaum, aber nicht des taunassen Grases wegen, sondern damit man den weißen, gesteiften Unterkittel sehen kann. Denn gesteift müssen die Kittel sein, rauschen und knistern müssen sie, das ist die Hauptsache.

Die Mode der Kittelfarbe und Zeichnung wechselt auch fast jedes Jahr. „Jetz tragt man sie rot" — jetzt geblümt, jetzt gesternt, jetzt gestreift usw. Mancher Dorfkrämer ist klug genug, von irgendeinem Stoff, der ihm auf dem Lager bereits zu verderben droht, seiner Frau oder Tochter einen Rock machen zu lassen. „Die Kaufmännin tragt's!" Da will es die Wirtin auch so haben, die Schmiedfrau ebenfalls, darauf kommen auch schon die jungen Bäuerinnen und Bauerntöchter und — die Mode ist gemacht.

Unweit von meiner Heimat war ein Kleinbauer, der ein stattliches, resches Weib und drei ebenso stattliche Töchter hatte. Diese vier Weiber machten für die ganze Gegend Mode. Der Stoff, den diese sich aussuchten, die Form, welche diese sich bei der Nähterin bestellten, war sofort mustergültig weitum. Wenn sie sich auf ein Kleid einen safranroten Wollstoff mit weißen Sterndeln kauften, so hatte der Kaufmann nichts Eiligeres zu tun, als sofort recht viel safranroten Wollstoff mit weißen Sterndeln zu bestellen, und nicht lange, so ging alles jüngere Weibervolk der Gegend in safranroten, weißbesternten Wollkitteln um.

Das Kleinbäuerlein wimmerte anfangs über das viele Geld, so ihm sein Weibervolk kostete, aber da ihm das nichts nützte, weil seine bessere Hälfte unter dem Safranroten die Hosen trug, so begann er schließlich stolz zu werden darauf, daß seine „Leuteln ein so schönes Vorbild" seien. Doch waren es nur die Weiber, die auf seine Töchter ihr Augenmerk hatten, an Mann gebracht hat er keine.

Es ist kein Spaß für den Mann, wenn er durch den beständigen Wechsel der äußeren Erscheinung seines Weibes immerwährend an ihre innere Unbeständigkeit erinnert wird, wenn sein Weib ihre Gefallseite stets lieber aller Welt zuwendet, als ihrem Freund, Beschützer und Ernährer.

So klug die Weiber sind, das haben sie noch nicht weg, was die Männer sich von den aufgedruderten Frauenzimmern denken. Beliebeln und heimlich auslachen tun sie die Aufgeputzten und heiraten tun sie die Einfachen. Denn sie wollen schließlich Weiber, nicht wie sie der Schneider, sondern wie sie Gott erschaffen hat. Und das ist ein Standpunkt.

2.

Ich denk', die Weiber lassen wir nun doch beiseite. Übermut ist nicht gerade ihre Sache, und Eitelkeit —? Die ist bei den Frauen keine Schwäche, vielmehr Vorzug und Tugend. Der Hang zu gefallen, schön zu sein, ist ja eine Tugend.

Aber die Männer laden wir uns ein, die gepuderten, geschniegelten, parfümierten, aufgeprotzten — das gibt einen Spaß. Hier jedoch weichen wir wieder den feinlebigen Pflasterschleifern und Gecken von Profession aus, deren Porträts die Salons der Kleiderkünstler und Friseurs schmücken; wir suchen den ernsten, oft sorgenbelasteten Mann der Arbeit auf. Wir lassen uns nicht schrecken von der Würde seines Standes, auch nicht etwa von der Weihe der Armut; uns gelüstet heute just einmal nach den Schwächen des Landmannes.

Die Kindheit und Knabenschaft schenken wir ihm, schenken sie ihm mitsamt der eitlen Freude über das erste Höslein, das ach so bald bös durchfeuchtet und durchlöchert ist; — schenken sie ihm mitsamt dem ersten Rauchversuch in der Wagenschupfe, der ebenfalls übel ausgeht. Meinetwegen in seinem sechzehnten Jahre packen wir ihn an, wo er ins Fenster lugt, wie's mit dem Schnurrbart ausschaut. In die Nase schnupft er hinauf, was hinaufgehört, und nun sieht er's: mutternackt ist die Oberlippe. Er schleicht zum Herd. — „Was willst denn mit der Kohle?“ fragt ihn die Mutter. „Die heiligen drei Könige male ich auf die Kammertür,“ sagt der Junge. In der Kammer dreht er den Reiber vor die Tür und mit Beirat des Fensterglases streicht er sich den Schnurrbart an. Zu scharf — versteht sich — darf der Flaum fürs erstemal nicht sein, er muß allmählich wachsen. Aber heut' will der Bursch noch in die Nachbarschaft gehen, es mögen dort die Kameraden und die Dirndln sehen, „daß er schon herfürsticht". Ein nächster Wassertropfen schwemmt die ganze Anlage wieder weg. Da rät ihm ein Kamerad: „Balbieren, balbieren muß man sich, wenn man will einen Bart haben!" Wohl kratzt der Junge insgeheim mit dem Schermesser. Gar vergebens. Manches Paar Schuh' muß er noch zertreten, bis allmählich die Härchen kommen etwas falb zuerst, bald aber brauner und dunkler, wie ein „Bockshörndl" (Johannisbrot) in der Farb'.

Nun geht er in den Wald hinaus und wichst mit Harz und dreht über den Mundwinkeln zwei Hörnchen.

Das, Gott sei Dank, wär' jetzt in Ordnung. Nun gehört ein rotseidenes Halstuch dazu, und eine silberbeschlagene Pfeife, und ein Federbusch, und ein Gemsbart. Die Haar' werden ein wenig mit Schweinefett eingelassen — sonst hat er sie nur mit Wasser befeuchtet; sie werden mit einem Kamm hübsch an der linken Seite gescheitelt und glattgestrichen — sonst hat er sie nur mit den fünf Fingern ausgekämmt. Wie steht's denn mit der Sackuhr? Ist eine da, die schlägt und repetiert, wenn man beim Knopf drückt, die ein Doppelgehäus' und vier Stein' (Rubinen) hat? Und an der gewichtigen Silberkette, ist ein Hirschbeind'l d'ran, oder ein Frauenbildeltaler, oder sonst ein Anhängsel, das über dem roten Brustfleck oder grünem Leibel bis gegen den Magen hinabbaumelt? Und im Sack der Gemsledernen, hoff' ich, ist ein Hirschschalenmesser, daran eine ähnliche Gabel, ein Pfeifenstocher mit der Gemsklaue, ein Schlagring und ein „hundshäutener" Geldbeutel.

Voreh' ist im Geldbeutel auch etwelches Silbergeld gewesen, und nur mit Silbergeld ist im Wirtshaus und am Spielleuttisch ausgezahlt worden. Heute ist höchstens noch ein Papierfetzlein in der Brieftasche, welches auf Treu' und Glauben versichert, das Silber ruhe in den Kellern der Nationalbank zu Wien.

Die bäuerliche Brieftasche ficht das nicht an, sie ist deswegen doch breit und bauschig; und der Besitzer zieht sie gern' hervor und weiß sie in der Hand anmutig zu wenden. Freilich ist es nicht immer ratsam, ihr Inneres genau zu erforschen; ich hab's, als ich so eine gewichtige Brieftasche seinerzeit auf der Straße liegen fand, einmal getan, ich tu's nimmer. In derselbigen Geldbörse habe ich fürs erste einen Versatzschein über eine Sackuhr gefunden, dann ein Amulett mit sieben kräftigen „Gebettern zu Schutz gegen Feuer und Wasser", dann eine Vorladung zu einer Tagsatzung beim Gericht, weiter ein Rezept mit dem Stempel der Bärenapotheke, und endlich ein vielfach zusammengeknittertes Schreiben mit den Worten: „Du dreiloser Man, wan du mi jez in stich last, so gehe ich Dich Klagen, und das will ich segn, das ich nur eh gud gewest bin und jez nichts von mir wissen willst. Johanna Braungartnerin." — Das ist der Inhalt einer Geldtasche gewesen, deren Äußeres manchen Strolch verleitet haben könnte, den Inhaber im Walde zu überfallen.

Vergangen ist die Zeit, in welcher der Großbauer und der Holzmeisterknecht mit Banknoten ihre Pfeife anzündeten; heute, sobald sich die Weissagung unserer Schwarzseher erfüllt, tun sie es wieder.

Der alte Sterlacher im Feistritztal hat eine Joppe gehabt, deren Knöpfe aus „Frauentalern" bestanden haben. Die Joppe ist zerrissen, die Knöpfe sind vertrunken.

Wie der Oberberger im Rabenwald seine Hochzeit gefeiert hat, ist vor seinem Hause zwei Stunden lang ein Brünnlein in den Wassertrog geronnen, bei welchem sich die Leute in meilenweiter Runde die Räusche geholt haben. Heute muß das alte Weibel, das dazumal die Braut gewesen, bei demselben Brunnen viel keuchen und pumpen, bis es einen Trunk Wasser hervorlockt.

Im Oberlande ist seiner Tage ein ordentlicher Großbauer nur mit Roß und Wagen in die Kirche gekommen. Das war ein gnädiges Nicken oder Ganzübersehen, wenn im Kirchdorf die Bürger höflich grüßten. Der Wagen ging nicht selten auf Federn, die Pferdegeschirre waren mit Silber beschlagen, den Pferden wurde Arsenik gefüttert, damit sie recht flink und feurig trabten. In der Kirche hatte der Bauer seinen gesperrten Sitz mit dem Messingplättchen, auf dem der Name stand. In der Sakristei strich er eine Banknote aus, damit der Pfarrer auf der Kanzel verkünde, der N. N. lasse ein musikalisches Amt lesen und stifte ferner ein ewiges Licht am Seitenaltar. Im Wirtshaus kam auf den Tisch, was gut und teuer; und saß ein Beamter dort oder gar einmal ein Stadtherr, so wurde klingend gezeigt, wer sich höher geben kann, der Großwaldbauer oder der Stadtherr.

Heute ist der Wald aus und das Geld auch. Der junge, kräftige Mann ist gefahren, der alte gebeugte humpelt zu Fuß.

Heute ist der Bauer noch stolz auf seine Rinder, auf sein gutes Heu, auf seine Bekanntschaft mit dem Herrn Pfarrer, auf die Rat- oder Richterschaft, die er im Dorfe zufällig bekleidet, auf seinen Kirchenstuhl und auf die gute alte Zeit, in der er übermütig gewesen.

Die körperliche Kraft des Bauers ist heute im allgemeinen nicht mehr die, welche sie noch vor fünfzig Jahren gewesen. Ich habe als Kind ihn noch gesehen, den alten Stiegerbauern, von dem man erzählt, wie er mit Roß und

Wagen einmal den Berg hinangefahren war. Der Mann saß behaglich im Wagen, das Pferd aber war altersschwach und vermochte das Gefährte nicht weiterzubringen. Da stieg der Bauer aus, nestelte das Pferd ab, legte es in den Wagen, spannte sich selbst an die Deichsel und zog Roß und Wagen den Berg hinan. Derselbe Stiegerbauer war es auch gewesen, der einst über Nacht seinen schlafenden Nachbar mitsamt dem Bett in den Wald hinausgetragen hatte.

Jetzt ist kein solcher mehr darunter. Die Burschen treiben bisweilen wohl noch Schabernak mit ihrer Kraft und mit ihrem Witz, der heute auch nicht mehr so urwüchsig ist wie voreh', da die Menschen weniger naseweis, aber klüger gewesen. Bei den Rekrutierungen hat man noch Gelegenheit, den Übermut der Bauern zu beobachten, doch ist derselbe hierbei mehr Galgenhumor, als lustige Tollheit. Bei Kirchweihen wird nur selten mehr eine Schlägerei veranstaltet zu dem Zwecke, um seine Kraft zu zeigen.

Stets stolz ist der echte Bauer auf seine Bauernschaft. Die „Herren" scheinen ihm von übel, er gibt aber tolerant zu, „daß sie halt auch sein müssen". Der Bauer ist wißbegierig und würde sich gern zum Lesen von Büchern und Zeitungen herbeilassen, aber er ist zu stolz dazu: „Die Bücherguckerei schickt sich nicht für einen braven, handfesten Bauern; das ist nur etwas für solch' Leut', die nichts zu tun haben." Übrigens ist er überzeugt, daß er aus seiner Sach' die „Herren" füttert und sagt's nicht ungern, daß der Bauer wohl den Herrn g'raten (entbehren) könne, der Herr aber ohne die Bauern verderben müsse.

Bemerkenswert ist, daß, je mehr durch das volkstümliche Elend der Bauernübermut herabgestimmt wird und allmählich verschwindet, die Eitelkeit derselben überhand nimmt. Wer auch mag's leugnen, daß sich das Volk verweichlicht!

Der ungebildete Mann verliert in dem Gleichmachungsbestreben des Zeitgeistes seine kernige Rauheit und wird weibisch gemacht. Es ist nichts Seltenes, daß der Bauernbursche Stiefelwichse, Bartsalbe, Haarpomade, Kölner Wasser vom Kaufmann holt, während sein Großvater wohl leider nicht einmal die Seife gekannt hat. Unsere Bauern heben sogar an, sich die Zähne zu pflegen, die Fingernägel zu regeln. Sie haben sich der Landesart entschlagen und tragen glatte Tuchkleider und befleißigen sich eines feinen Benehmens. Und trotzdem wenn man sie genau beguckt, ist's der alte Adam; nur daß ihr Blut etwas träger und dünner geworden ist, als das der Vorfahren gewesen.

Wenn der Apfel einmal etliche Klafter vom Stamme fällt und der Bauernsohn etwa ein Fuhrmann wird, oder im nächsten Eisenwerk ein Schmied, ein Schlosser, dann ist der Vornehmheit kein Ende. Man muß so Leute des Sonntags sehen! Wortkarg spazieren, stehen, lehnen sie herum, gespreizt und kerzengerad' — als hätten sie, wie das Volkswort sagt, „einen Tremmel geschluckt" — und beständig lassen sie ihr Auge über ihren schönen Wuchs, über ihre Beine schweifen, von deren Strammheit sie entzückt sind. Ihr ganzes Vermögen haben sie am Leibe hängen; hinten am Rockschößel bendeln schon die Schulden.

Bauerngastlichkeit.

Die Katz wascht sich! 's kimmt heut noch wer! Diesen Ruf hört man im entlegenen Bauernhof manchmal und er macht immer einiges Aufsehen. Wenn sich die Katz wäscht! Sie ist ja ein weibliches Wesen und putzt sich gern heraus, wenn sie ahnt, daß ein Fremder kommt. So schreiben es ihr die Hofbewohner zu und die Hausmutter selber reinigt den Tisch und die Schürze und die Hände, wenn sich die Katz wäscht. „'s kimmt wer!" das ist wie die Ankündigung eines Ereignisses, um so spannender, als man nicht weiß, wer es sein wird. Vielleicht ein „Umergeher", wie man die zweifelhaften Stromer nennt, die nicht eigentlich betteln und nicht eigentlich stehlen, gelegentlich aber doch beides tun. Oder es ist ein ehrlicher Bettler oder ein Hausierer oder gar der Herr „Diener" vom Steueramt, den man am höflichsten aufnimmt, aber am lebhaftesten verwünscht, obschon er „nix dafür kann, daß er gschickt wird". Es kann aber auch ein Stadtherr sein, so ein Bergsteiger, „wie sie jetzt alleweil umeinandergehen wie die Narren. Aber gscheit seins und Geld habns".

Beim Altbauernhof geht keiner zum Tor hinein, der nicht drinnen etwas Gutes erfährt. Wenigstens wird er eingeladen, er soll „ein bissel abrasten, der Berg da auffer ist hübsch stickl (steil)". Der Bettler bekommt seine Gabe, der Umergeher wird auch gefragt, was er will. Wenn er um „bissel was zum essen" ersucht, so kriegt er, was übriggeblieben ist; die Hausmutter fragt ihn noch, ob er selber einen Löffel bei sich hätte? Wenn nicht, so sucht sie aus der Tischlade einen hervor, wischt ihn an ihrer Schürze ab und legt ihn zur Schüssel. Ersucht der Fremde aber um nichts, sondern sitzt so da und sitzt nur immer da, dann fängt man an argwöhnisch zu werden. Ist die Bäuerin allein im Hause, so schreit sie in den Keller oder Dachboden Befehle hin, um glauben zu machen, es seien auch andere Leute daheim. Oder sie läßt den Kettenhund frei; wird aber selten dazu kommen, den verdächtigen Menschen fortzuweisen.

Wer zur Essenszeit kommt, sei es der Fremde oder der nächste Nachbar, der wird zum Tisch geladen, er soll „a wengerl mithalten, viel wird er eh nit kriegn." Die Artigkeit begehrt's, daß der Eingeladene sich eine Weile weigert, „sich ehren laßt", bis die Einladung wiederholt wird. „Aber so geh' her, setz' dich zuwer, zum Ehrenlassen zahlt sich's nit aus" und was der Redensarten mehr sind. „Nau, bin halt gleih so grob!" mit diesen Worten nimmt der Gast an und setzt sich zum Tisch. Befreundeten oder verwandten Besuchern, wenn sie außerhalb der Mahlzeiten kommen, wird extra was gekocht, ein „Sterz" oder ein „Eierschmalz", und wenn's hoch hergeht, gar noch Kaffee dazu. Nachbarliche Schickboten, die was auszurichten haben, werden selten entlassen, ohne daß die Hausmutter ein Stückel Brot reicht oder sonst eine kleine Essenssache.

Und wer am Abend kommt — sei es wer immer — und bittet um Nachtherberge, der wird angenommen. Nicht immer mit großer Bereitwilligkeit, gar manchmal mit ein wenig Brummen, weil „man kein Bett hat", weil „man immereinmal nit weiß, wer die Leut sein", weil „oft immer einer mit dem Feuer nit tut achting geben" und weil's halt „eigentlich verboten tut sein, fremde Leut' über Nacht zu behalten". Aber fortgeschickt wird doch niemand. Draußen ist ja das „wilde Birg", „der kalte Wind", „auf der nassen Erden soll kein Christenmensch schlafen". Im Altbauernhause wird auch der Hausierjud, so zuwider er manchen Leuten sein mag, wie ein Christenmensch behandelt, der „auf der nassen Erden nit schlafen soll". Und jeder, der über Nacht bleiben darf, bekommt eine warme Suppe. Dann wird er, wenn's kein Bett gibt oder der Gast aus irgendeinem Grunde als nicht recht bettfähig angesehen wird, hinausgeführt in die Scheune, auf Heu oder Stroh. Das tut stets der Bauer selber, der dem Fremden noch alles Feuerzeug abfordert. Es gibt ihrer aber solche, die das Feuerzeug verleugnen, nachher mit dem Streichholz die Pfeife anzünden. Am anderen Tag steht anstatt des Hofes eine Brandstatt da und kein Mensch weiß, „wie das hat geschehen können".

Mancher Bauer hat als Viehkäufer oder in anderen Berufsgeschäften zu wandern; in jedem Hause — er kann sich darauf verlassen — wird er aufgenommen, als gehöre er in den Hof, wird bewirtet und bekommt sein Bett.

Wenn im Bauernhause Wallfahrer einkehren, etwa auf der Rückkehr, und „ein schön Gruß von Mariazell" bringen, so werden sie besonders gut aufgenommen und verpflegt, wofür die Gäste damit danken, daß sie der Hausmutter ein „Zellerbreverl" oder ein „Wachsstöckel" oder eine „Rosenkranzbeten" oder ein anderes Andenken aus dem Wallfahrtsorte verehren. Wenn es sich gelegentlich zuträgt, daß ein junger Wallfahrer sich in die junge Haustochter verliebt, so heißt es, „wird der Segen Gottes wohl dabei sein". Und war ich einmal bei Wallfahrt und Hochzeit Zeuge, wie aus so einem bescheidenen Gaste der Hausvater geworden ist.

Indes gibt es unliebsamere Zusprüche im entlegenen Bauernhause.

Wenn die braune Bande kommt, die Zigeuner mit den schönen schwarzäugigen Männern, den wildlockigen Weibern, den halbnackten Kindern und den keifenden Hündlein, und wenn sie bitten um Obdach über Nacht! Da heißt es zuerst allerdings rauh und derb: „Wir behalten niemand! So ein Gesindel schon gar nicht!" Auf eindringliches Bitten meint die Hausmutter aber endlich doch: „Was sollen's denn machen im schlechten Wetter auf der freien Weid? Mit den kleinen Kindern! Sollen halt in Gottesnamen dableiben, in der Streuhütten können sie schlafen." Und kocht in einem Riesentopf Brotsuppe, damit sie auch was Warmes in den Magen kriegen. Am nächsten Tage, wenn sie abziehen, muß freilich der Knecht dabeistehen und achtgeben, „daß nix mitgeht". Aber so ein simpler Knecht hat viel zu wenig Augen; wenn die Bande davongezogen, ist fast allemal auch etwas „mitgegangen".

Der Tourist, wenn er sich im Gebirge verirrt hat und über ihn die unwirtliche Nacht hereinbricht, denkt: Wenn ich nur zu einem Bauernhaus hinabkommen könnte! — Keinem fällt es ein: Ja, werden sie mich, den Fremden, wohl auch beherbergen? Jeder, und käme er um Mitternacht, wird aufgenommen und nach Möglichkeit betreut. Und wenn der Tourist am nächsten Tage nach der Schuldigkeit fragt, so antwortet der Bauer, falls er von der neueren Gattung einer ist: „Was S' halt gern hergeben." Ist es aber einer vom alten Schlag, so sagt er: „Wegen destwegen seid's nix schuldig. Ist gern gschehen. Schaut's nur, daß gut heimkemmts."

Nun muß ich noch einer besonderen Art von „Gästen" erwähnen, die in sehr bösartiger Absicht kamen oder geschickt wurden, und die zumeist doch recht gerne gesehen waren.

In früheren Zeiten war es Brauch, und ich selbst

habe es noch miterlebt, daß einem Bauern, der die Steuer nicht zahlen konnte, ein „Exekutionssoldat" ins Haus geschickt wurde. Konnte dieser das Geld schon nicht mit Gewalt nehmen, weil eben keines da war, so hatte er als Hauslast so lange auf dem Hofe zu bleiben, bis die Steuer aufgetrieben war. Er hatte Dach, Kost und Verpflegung zu beanspruchen und konnte den Herrn spielen. Mancher spielte ihn auch, sich einmal gründlich entschädigend für den Hunger und die Mißhandlungen, so er in der Kaserne erfahren. Die meisten dieser Exekutionssoldaten fühlten sich auf dem Bauernhofe ganz vergnügt, verdienten durch freiwillige Arbeitsleistung reichlich Kost und Pflege, waren freundlich und heiter und hatten oft nur den einen Wunsch, daß der Bauer doch ja solange als möglich die Steuer nicht sollte leisten können. Solche Gäste waren als billige Knechte auf dem Bauernhofe natürlich sehr beliebt. Dieses Exekutionsverfahren trug daher durchaus nicht zur rascheren Einbringung der Steuern bei und wurde beizeiten wieder abgeschafft.

Ob man auch das zur Gastfreundschaft nehmen soll, was der Granegger in Alpel einst für jenen Soldatenflüchtling getan hat? Ich glaube schon.

Der Bauersmensch hatte dazumal noch den allergrößten Abscheu vor dem Soldatenleben, das ein gar elendes Hundeleben gewesen ist. Er entzog sich ihm, wenn irgend möglich, durch die Flucht. Zur Sommerszeit lebte er — um den beständig umherspähenden Häschern zu entgehen — in den Wildnissen nahezu wie ein wildes Tier. Den Winter über wohnte er in verborgenen Löchern der Bauernhöfte. Der Bauer hielt es für ein gutes Werk, solche Flüchtlinge zu verstecken und zu verpflegen. So hatte der Granegger in seiner Schaubkammer den Sagschneider Franz verborgen, der wegen Flucht aus der Kaserne schon zweimal Spießruten laufen mußte, trotzdem das drittemal wieder geflohen war. Wenn sie ihn jetzt noch einmal erwischen, wird er kurzab erschossen. So hatte der Granegger ein ganzes System eingerichtet, um den Mann zu schützen. Das Essen wurde dem Flüchtling in einem Strohbund verborgen in die Kammer geschickt, in der er gerne auf einem Schaube saß und sich die Zeit mit Strümpfestricken vertrieb. Manchmal kamen strenge Häscher in den Hof, um nach Flüchtlingen zu fahnden. Da trieb der Bauer irgendein Stück Vieh aus dem Stall zum Brunnen und knallte dabei mit der Peitsche. Dieses Knallen war das Zeichen für den Franz, sich in die Hohlwand zu verstecken, denn die Häscher kamen auch in die Schaubkammer und stachen mit ihren Spießen im Stroh umher. So ging's vom Spätherbst durch den ganzen Winter. Im März noch, ehe der Franz ins Hochgebirge flüchten konnte, bekam er die Lungenentzündung und starb. Jetzt der Tote machte dem Granegger mehr Sorgen als der Lebendige. Wenn er angibt, wer's gewesen, wird er hart bestraft. So führte er nächtig die Leiche hinauf in den Heugrabenwald und legte sie in eine verfallene Köhlerhütte, wo sie nach einiger Zeit von Häschern gefunden worden ist.

Bezeichnend für die Treue altsteirischer Bauerngastlichkeit ist eine Geschichte, die in meiner Jugend noch erzählt wurde, während die jetzigen Bewohner der Gegend allerdings nichts davon wissen. Im Fochnitzgraben (Pfarre Stanz bei Kindberg) steht der alte Fochnitzhof. Zur Franzosenzeit war es. Da wusch sich wieder einmal die Katz. Kamen zu diesem Hofe eines abends aus dem Mürztale drei „Blaufüchse" herein. Sie schienen müde und erschöpft zu sein und ersuchten in schlechtem Deutsch höflich um Nachtquartier. Der Bauer bewirtete sie zur Not und wies ihnen dann bescheidentlich zum Schlafen die Heuscheune an, die oben auf der Wiese stand. Den Franzosen war das recht, sie begaben sich in die Scheune, dessen einziges Tor sie von innen verrammelten. Um Mitternacht war's und ging ein Sturmwind, als es am Fenster der Fochnitzstube leise klopfte. Der Fochnitzbauer stand auf und wollte wissen, wer draußen sei? Und waren es etliche bewaffnete Bürger aus Stanz, die sofort fragten, ob nicht Franzosen im Fochnitzhofe übernachteten?

„Wohl, wohl," antwortete der Bauer. „Draußen im Heustadl schlafen's."

Die wolle man überfallen und kaltmachen.

Antwortete der Bauer: „Sie haben sich mir vertraut. So lang sie unter meinem Dach sind, darf's nit sein. Auch kann man nit hinein, sie haben, deucht mich, fest verrammelt."

Gut, so werde man den Heustadl anzünden. Die Äser müsse man alle ausrotten.

„Morgen, wenn sie auf der Straßen sind, meinetweg, was ihr wollt. Unter meinem Dach laß ich nix geschehen!"

Sie kümmerten sich nicht um ihn, sondern schickten sich an, ihr Vorhaben auszuführen. Da riß der Fochnitzbauer sein Schußgewehr aus dem Bettstroh, wo er es vor den Franzosen versteckt hatte: „Den ersten, der mir zum Heustadl geht, brenn' ich nieder!"

Die Stanzer Bürger sind unwillig abgezogen.

Bauernredner.

Das fürnehmste Fest im menschlichen Leben ist der Hochzeitstag. Der Alpenbauer hält dran. Außerdem kennt er fast nur noch kirchliche Feste. Volksfeste, Bälle, Arbeitsmahlzeiten mit Musik und Spiel, wie beim Ernten, beim Flachsbrechen, ist er nicht geneigt, als Feste zu bezeichnen, derlei nennt er nur Unterhaltung. Oft recht hoch geht es her bei solchen Unterhaltungen. Es werden dabei auch Reden gehalten, gerne in gereimter Form, die zumeist noch von den Vorfahren stammen und eingelernt sind. Jede dieser Reden wäre nicht geeignet für das empfindliche Ohr unserer Damen; ja selbst die Herren, besonders wenn sie Geistliche oder gar Polizisten sind, würden warnend klingeln, wenn in Bauernstuben eine andere Glocke vorhanden wäre als die bekannte, die vom Redner unter Gelächter der Zuhörenden bisweilen geläutet wird. Die kernigsten Ungehörigkeiten, die grauenhaftesten Parodien priesterlicher Verrichtungen und kirchlicher Vorgänge kann man da hören, und doch ist dieser offene Zynismus bei weitem nicht so schlimm als die feinverdeckte Lüsternheit und frivole Spottsucht anderswo. Der Bauer bezweckt mit seiner derben Rede weder eine Verlockung, noch eine Verspottung, er freut sich nur des Übermutes. Doch wollen wir uns auf diese Art von Bauernreden lieber nicht einlassen, sondern uns zu dem großen und wirklichen Feste des Dorfes wenden — zur Hochzeit.

Vormittags war die feierliche Trauung mit Einzug, Auszug, Musik, Böllerknall und allerhand alten Gebräuchen.

Von Mittag bis Abend waren drei üppige Mahlzeiten, die in der Zwischenzeit verdaut werden unter Tanz und Gesang. Und nun am Abende, wenn die Lampen und Kerzen angezündet sind, wenn die Männer in Hemdärmeln, den bebänderten Hut auf dem Kopf, ihre Schelmenliedeln singen und die Wangen der Mägdlein hold erglühen, kommt er auf einmal zur Tür herein. Es ist der Hochzeitsführer oder sonst ein Angesehener der Gemeinde, oder es ist einer jener wunderlichen Heiligen, die man auf dem Dorfe Fabelhans, in der Stadt Dichter heißt. Im Falle des Hochzeitsführers wird von ihm in hergebrachter Weise eine wohlgesetzte gereimte Rede gehalten, die man „Weiswort" oder „Danksagung" nennt. In letzterem Fall, nämlich wenn ein lang- und glatthaariger, oder ein borstiger Fabelhans auftritt, bekommt die Gesellschaft manchmal was Besonderes zu hören, Anspielungen auf den Tag, auf Gemeindezustände, auf Personen, ihre Eigenschaften und bekannten Fehler, stets in gutmütiger, häufig in witziger Form, zuletzt stets ausklingend in einen Dankruf und Glückwunsch.

Da oft an hundert Hochzeitsgäste geladen sind, deren Bewirtung etwas grob in den Sack reißen würde, so pflegen die Gäste ihr Gedeck selber zu bezahlen, jeder mit einem kleinen Überschuß, wodurch die Gedecke des Brautpaares und des Hochzeitsführers mit beglichen sind. So werden in den östlichen Alpen die Festgeber von ihren Gästen bewirtet. Den Leuten ihre Schuldigkeit, wieviel jeder für sein Gedeck zu „erweisen" hat, anzuzeigen, ist eigentlich die Hauptaufgabe des Weiswortes.

Und das herkömmliche Weiswort lautet also:

„Meine lieben Manner und Weiber, Bub'n und Dirndln! Ich heb' auf mein Glaserl mit guldenem Wein, und wenn ich jetzt kunnt der lieb Herrgott sein, dem Brautpaar wollt' ich schenken ein langes Leben und eine Butten voll Kinder daneben. Oder wenn ich kunnt der alt' Josue sein, heut' ließ' ich die Sonn' nit abigehn, sie müßt bis morgen schein'. Essen und trinken, tanzen und scheiben, und allerlei anderes hallodritreiben. Ein so lustiger Tag wird sobald nimmer sein. Nur der Speisemeister (der Wirt, bei dem die Hochzeit stattfindet) schaut finster drein. Da — fressen's, hätt' ich bald g'sagt, wie die Haferdrescher und saufen wie die Bürstenbinder — wahrhaftig, meine lieben Kinder! Und zahlen? — Will denn keiner dran denken? Zwar will uns der Speisemeister schenken das Bratel und den Wein, aber's Wasser dran möcht' er gern vergütet haben, und die Bein'. Die Manner und Lumpen, die ohnehin sind voller Schulden, denen laßt der Herr Speisemeister den ganzen Schmarn um drei Gulden. Die Weiber aber, die selten im Wirtshaus zu spüren, die will er heut' einmal rechtschaffen schnüren — jede durch die Bank, wie sie dasitzen, sie müssen dreihundert Kreuzer schwitzen! — Und wenn wir mit dem Zahlen fertig sein, nachher laden wir auch den Herrn Jesus ein, wie auf der Hochzeit zu Kana in Galiläa, auf daß er uns segne Wasser und Wein, die Hochzeitsgäst' und das Brautpaar, die Spielleut' und die ganz' Pfarr', und alle Schmarotzer und Spatzenschützen, die beim Ofen sitzen, Amen."

Die Spielleute blasen einen „Tusch", die Leute erheben ihre Gläser und es beginnt das „Gesundheittrinken". Der Speisemeister und sein Hausknecht gehen mit dem Teller von Person zu Person und nehmen das „Weisgeld" in Empfang. Hinterher kommen die Spielleute. Auch ihr Vormann hat einen Teller, auf den die Tänzer für sich und ihre Tänzerinnen das „Spielleutgeld" legen. Dabei singt jeder der Zahlenden einen lustigen Vierzeiler, dessen Melodie von den Musikanten allemal nachgespielt wird. Dieses Umherziehen des Speisemeisters und der Spielleute zu den zahlenden, singenden und trinkenden Hochzeitsgästen, vom ersten bis zum letzten, dauert bei großen Hochzeiten manchmal stundenlang. Es ist der Glanzpunkt des Festes für — den Wirt und die Musikanten. — Der Hochzeitsgebräuche sind übrigens fast in jedem Tale andere. Die hier erzählten kommen besonders in der oberen Steiermark vor.

Einmal hörte ich das Weiswort eines Fabelhansen. Das war ein kleines behendiges Männlein, zünftig als Schneider. In der Werkstatt schwieg er die ganze Woche lang. Sonntags aber, sobald der erste Tropfen Wein über seine Zunge rann, ging das Rädchen an. Er sprach und reimte aus dem Stegreif und war, wenn er anhub, nach eigenem Geständnis selber allemal neugierig, was da herauskommen würde. Dieses glattrasierte zierliche Männlein mit dem schwarzen nach rückwärts gekämmten Haar sprang damals flink und lind auf einen Tisch und begann mit heller, ein wenig singender Stimme also zu sprechen:

„Liebes Brautpaar und Hochzeitsleute!

Im heiligen Paradies, als sie fertig waren allbeide — Gott, dir sei Ehr', es ist schon lange her! — da küßt Gott Vater den Adam auf die Stirn — deswegen hat der's im Hirn; und küßt die Eva auf den Mund, auf daß sie viel schwatzen kunnt. Und sintemalen und alldieweilen das Weib den Verstand hat auf der Zungen, sagen's die Alten wie die Jungen; was sie von anderen für Geheimnis' wissen, die tun sie zeigen, die eigenen tun sie verschweigen. Und dessenthalb hat mir die schöne Braut just anvertraut, daß ihr heut' das Herz möcht' zerspringen vor Lust und Freud' und anderen Dingen, weil sie einen so braven Mann hat gefangen und daß so viel ehrenwerte Leut' sind zur Hochzeit 'gangen. Und da wollt' sie das Taschel auftun und dem Speisemeister vor allem die Hochzeit bezahlen, was die ehrsame Gesellschaft genossen, auf den Bescheidteller gelegt und in die Gurgel gegossen. Noch zu rechter Zeit stupft sie an die Seit' der Engel aus dem Paradies und said: Schönste Maid, Geld verschwenden willst heut'? Und aufs Jahr tut liegen das Kindel in der Wiegen. Und in sieben Jahren sind sieben Kindlein gefahren, schreien nach Brot und Brei und sonst allerlei. Bedenk's und gib Ruh' und mach' dein Tascherl wieder zu. Und laß den lieben Hochzeitsgästen die Freud' und Ehr', daß sie selber büßen, was sie verzehrt, daß sie dermalen auch fürs ehrsame Brautpaar bezahlen, auch für die Brautmutter lobesam, und für den Brautvater, den alten Stamm, der tanzen soll und ist eh schon matt, der predigen will und keine Stimm' mehr hat. — Just so hat ihr's der Engel gesteckt, das hat die Jungfrau Braut geschreckt und hat mir's anvertraut, sintemal sie nix verschweigen kunnt, weil sie Gott Vater geküßt hat auf den Mund. Und was gilt die Wett', das Stuck hat der Bräut'ger ihm abgeguckt und macht's ihm nach alle Tag — wozu er Gottes Segen hat und unsern Glückwunsch für tausend Jahr. Vivat das Brautpaar!"

Solche Ansprachen werden gar wohlgefällig aufgenommen. Und der Hochzeitleiter ruft bald dem Redner zu über den Tisch: „Magst was zu essen? Schmalznudeln sind da und Zwetschkenmus!"

„Wenn's sein muß!" antwortet der Fabelhans. „Wenn's schon nit anders kann sein, geb' ich mich drein und nehm' sogar Bratel und Wein!"

Bei Kindstaufen und Begräbnissen redet unser Bauer nicht, je näher der Kirche, je tiefer sein Schweigen. Im kirchlichen Bereiche spricht bloß der Priester, und zwar zumeist — Lateinisch.

Nur wenn ein Bauerssohn als Priester die erste Messe liest, die „Primiz", die gewöhnlich in der heimatlichen Dorfkirche abgehalten wird, da ergreift der Bauer wieder einmal das Wort. Da wird denn bei der Mahlzeit von einem der Angesehensten, am besten dem Gemeindevorsteher, bisweilen eine wirklich groß angelegte Rede gehalten.

Er spricht von dem endlich erschienenen Festtage, auf den die Gemeinde sich schon gefreut seit Jahr und Tag, von der Ehre, die der junge Geistliche über die Familie desselben, über die Verwandtschaft und über die ganze Gemeinde gebracht, und von der hohen Freude, die besonders den Eltern widerfahren, wenn sie noch am Leben sind. Und dann von dem priesterlichen Beruf: „Es ist eine schöne Sach', wenn eine Mutter zu dir schickt ihr Kind, daß du ihm das Glaubenslicht anzündest und es nit irrgehen kann auf der dunkeln Welt. Und wenn wir irrgehen und fallen auf dem halen (schlüpferigen) Weg, so hebst uns freundlich auf und weisest uns zurecht. Und wenn der Sünder mit der schweren Schuld demütig vor dir niederkniet, und du sprichst ihn frei und erlösest ihn von aller Schuld — das ist eine schöne Sach'! — Und wenn zwei zu dir kommen, denen langweilig worden ist allein, so gibst du sie zusammen und bindest sie mit der himmlischen Gewalt, dieweilen du selber keinen Gespons darfst haben von Fleisch und Blut. Die heilige Kirche ist deine Braut, so weit hat's keiner noch gebracht in unserer Pfarre — es ist eine schöne Sach'! — Und wenn du dem müden Wanderer die Wegzehrung reichest für seine weite Reis' in die Ewigkeit! Mußt nit verzagen, wirst ihm zureden, dem Sterbenden; wir all sind wie Blumen, wirst du sagen, die der Herrgott abbrockt, um daraus seinen Himmelskranz zu flechten. So wirst du ihn trösten — es ist eine schöne Sach'! — Und gibst uns allen, die wir dich haben aufwachsen sehen als braven Studenten, die wir heut' so große Ehr' und Freud' erleben vor deinem Altar, wenn's einmal heißt Urlaub nehmen, den lieben Segen mit ins Grab. — So danken wir Gott dem Herrn, daß er dich hoch hat gewürdigt. Und danken der Geistlichkeit, seinen Schulen und Lehrern, seinen Wohltätern und allen, die beigetragen haben zu diesem großen Freudentag. — Und ehe, daß wir Abschied nehmen von dir dem Sohn und Bruder, dem Freund und Pfarrgenossen, ehe wir das letzte Du zu dir sagen, dieweilen du von nun an geweiht an Statt Gottes stehst — eher bringen wir dar unser aller Gebitt: Wer dich unter uns einmal sollt' gekränkt haben, tu' ihm verzeihen. Und bringen dar ein demütiges Gebitt: Wenn du vor dem heiligen Altar wirst stehen, tu' unser gedenken. — Ihr, Ehrmeß'leut' allsamt — schenket die Gläser voll — unser lieber, junger, hochwürdiger Priester soll leben! Vivat! Er soll steigen drei Staffel — zum Pfarrer, zum Dechant, zum Prälaten hinauf! Vivat und dreimal Vivat!"

Und nun — damit der Gegenstand nach allen Seiten gestreift wird — noch eine der Juxreden, wie sie zu unterschiedlichen Gelegenheiten gehalten werden. Bei einem Flachsbrechemahl in der östlichen Steiermark sah ich, wie nach dem Essen einer als Kapuziner auftrat und eine parodistische Predigt hielt. Zuerst „las" er mit salbungsvoller Stimme das folgende:

„In der Zeit gingen drei Jungfrauen durch einen Wald spazieren und es begegneten ihnen drei Jäger. Der eine hatte keine Büchse, der andere kein Pulver und der dritte kein Blei. Hierauf gingen die drei Jungfrauen weiter und kamen in eine Stadt. Vor der Stadt stand ein Turm, und aus dem Turm gingen heraus drei Leut' und ein Schneider. Der eine war blind, der andere lahm, der dritte ohne Kleider. Und der Blinde sah einen Hasen, der Lahme lief ihm nach und der Nackte schob ihn in den Sack. Das," schloß der Redner, „sind die Worte, über die ich heute nicht zu euch reden will."

Hierauf räusperte er sich feierlich, strich seine Kutte über den großen Bauch, strich seinen angeklebten langen Bart und begann die „Predigt":

„Geliebte Zuhörer, Zwetschkenröster und Schafscherer! Ich will gleich anfangen mit den Weibsbildern. Da gucken sie kaum heraus aus der Fatschen, soll man ihnen schon von den Buben vorquatschen. Und ehe ihnen noch tut ein Häuberl passen, suchen sie schon einen Bräutger auf allen Straßen. Mich wundern nur die Alten, sie sein schon voller Kröpf und Falten, voller Runzeln und Zahnlucken, und doch tut ihnen 's Herzl jucken und zucken. Es ist ihnen keiner zu jung und keiner zu alt, keiner zu warm und keiner zu kalt. Ist einer krumm oder kropfad, voller Glatzen oder grauschopfad, hohlwangig oder ohne Zähn — schiech oder schön — so heißt's: Du kannst mit mir gehn. Die Jungen sein auch nix besser. Sie tun an kein' Himmel und kein' Höll' mehr glauben, außer wenn sie heiraten oder sitzen bleiben. Sie hören auf kein Wort und auf keine Lehr, außer sie kommt von lustigen Buben her. Vernehmt es mit Geduld und Aufmerksamkeit, meine lieben Zuhörer, Schuhflicker und Kohlenstörer. — Kommt ein Sonn- oder Feiertag heran, so ziehen sie sich gar sauber an, da krampeln und schmieren sie das Haar, das Biegeleisen ist ihr Hochaltar. Und kommen sie in die Kirchen, o Graus, im Beten richten sie gar nix aus. Die größte Andacht haben sie bei Pfeifen und Geigen, auf dem Tanzboden möchten sie den ganzen

Tag bleiben. Hupfen, sich zieren und Buben verführen, das sind die drei Haupttugenden, die sie g'spüren. Falschheit und Heuchelei treiben sie auch dabei, und wenn ein Kirchtag (Jahrmarkt) ist, wissen sie schon allerhand List, mit Schmeicheln und Lügen die Burschen ums Andenken zu betrügen. Die Sünden und Laster, die sie begehen, kann nit einmal der Teufel all sehen. Ja, alles Schlechte, das sich gar nit laßt ergründen, kann man bei den Madeln und Weibern finden. Jetzt will ich aber aufhör'n, sonst könnten sie verdrießlich werd'n — und das hätt' ich auch nit gern. Denn diese schlechten Weiberleut' sind den Mannern ihre größte Freud, Amen."

Zum Glücke ist es im Waldlande doch noch so, daß ein guter Teil der Zuhörer zu einer solchen Kapuzinade harmlos lachen kann. Der andere Teil lacht zwar auch, aber nur um glauben zu machen, daß er sich — nicht getroffen fühlt.

Es fällt wohl auf, daß solche Festreden sich vorwiegend auf religiösem Gebiete bewegen. Das Geistesleben dieser Waldbauern ist (wie schon früher gesagt) ausgefüllt, gefangen von religiösen und kirchlichen Vorstellungen. Daneben hat noch Heimatsliebe und Patriotismus Platz, die aber nicht im gesprochenen Wort, sondern im gesungenen Lied zum Ausdruck kommen. Die eigentliche, natürliche Festrede der Älpler ist das Lied, in ihm liegen alle höheren Gedanken und Gefühle gemünzt und fliegen in den Weihestunden leicht wie von selbst über die Lippen, während die gesprochene Rede doch ihre Mühe und — Gefahren hat. Denn das Steckenbleiben ist auf dem Dorfe noch viel unangenehmer als anderswo — nämlich weil dort der steckengebliebene Redner mit der größten Unbarmherzigkeit ausgelacht wird.

Bauernreinlichkeit.

Vierzig Jahre lang habe ich gezaudert mit diesem Kapitel. Mittlerweile ist das Waldvolk doch so weit hinauf, und die Literatur so weit herabgekommen, daß man's wagen darf. Und kann ich als Präludium gleich jenen Stallknecht als Muster der Reinlichkeit anführen, der sich das ganze Jahr lang nicht wusch, weil er der Meinung war, erst das Wasser mache die Krusten zu Dreck. Die Stalldungkrusten schälten sich zeitweise auf das allerreinlichste von der Haut los, während das Wasser ein Jauchenbad angerichtet haben würde. Diese besondere Auffassung von Reinlichkeit darf nicht verallgemeinert werden. In den meisten Gegenden der Alpen, besonders gegen Westen hin, — wenigstens heute schon — ist das Wasser nicht allein als „Weihbrunn", sondern wohl auch als Reinigungsmittel ein begehrter Gegenstand. Da herrscht oft die wahre Scheuerwut, aber in manchem Hause bekommt man den Fußboden, „auf dem man Strudelteige ausziehen könnte", wochenlang nicht zu Gesichte, weil er der Schonung halber mit Fetzen bedeckt ist. Diese Fetzen bleiben oft so lange darauf liegen, bis unterhalb der Fußboden wieder schmutzig ist, dann neuerdings gescheuert und neuerdings verdeckt wird — so daß die schönste Reinlichkeit ein Geheimnis bleibt. Mit nichts kann man das Herz einer echten Hausfrau tiefer verwunden, als mit schmutzigen Stiefeln, die plump in ihr Heiligtum treten. Daß in einem solchen

Hause auch alle Geräte blinken, daß die hölzernen Milchbehälter jeden Tag in Kesseln ordentlich gargekocht werden, um in den Fasern und Fugen nicht die geringste Unreinlichkeit aufkommen zu lassen, ist Regel. Mit der Kleiderwäsche dasselbe Verhältnis, und die Kinder werden an Samstagen nur gleich in Laugebottiche geworfen und mit Strohwisch und Sand abgerieben, so rücksichtslos, als ob es Sachen wären und nicht kreischende Wesen. In manchen alten Häusern vertritt Sand und Asche die Seife; der Sand soll, will man wissen, die Poren viel tiefer packen, die Haut viel frischer machen als Seife. Der alte Pechölmann zu Strahlwand, wenn er boshafterweise befragt wurde, weshalb er denn schon wieder ein so zerkratztes Gesicht hätte, antwortete allemal: „Weil ich mich halt mit Bachsand tu waschen!" Das war nicht richtig, ein weit schärferes Mittel als Sand, hatte er zu Hause, das ihm alle egoistische Unlauterkeit abscheuerte — eine kratzende Eheliebste.

Aber mit dieser besonderen Reinlichkeit im Volke des Waldlandes springt man nicht allzuweit. In Gegenden, wo große Armut ist oder wo die uralten Häuser stehen, sieht es anders aus. Ich weiß noch sehr viele jener alten hölzernen Bauernhäuser, in welchen Wohnstube, Küche, Schlafkammer, Vorratskammer und Hühnerstall ein einziger Raum sind. Die Stubendecke ist überzogen mit einer Rußkruste, der Fußboden mit einer feuchten Schmutzschichte, auf die man wie über einen Lederteppich schreitet. Herd und Tisch müssen vor jeder Mahlzeit von Katzen- und Hühnerspuren gereinigt werden. Von anderem kleinen und kleinsten Getier aller Art nicht zu reden. Ich habe an den Bewohnern solcher Häuser immer den Heroismus bewundert; wer ihn nicht hat, wie ich ihn in meiner Lehrlingszeit nicht hatte, der führt ein qualvolles Dasein. Was half es, wenn die Bäuerin überlaut ausrief: „Der Mensch muß nit so grauslich sein. Man weiß ja nit, wovon man fett wird!“ Und sie gedeihen wirklich in ihren Schmutzhöhlen, während unsereiner vor Ekel die Auszehrung bekommen könnte. Fragt hier nicht an, wie oft Hemden, Hosen und Bettzeug in die Wäsche kommen, wenn sie aber einmal an den Ort der Reinigung anlangen, dann ist es gleich ein fermes Fegefeuer. Die Pfaiden, Plachen und Bettdecken werden gekocht wie Sauerkraut, oder im heißen Ofen gründlich geschmort und gebraten. Eine radikale Abhilfe, zu der sie sich nur in äußerster Not emporraffen.

Bad? In Tirol hat die Bauernschaft ihre Badeanstalten, in denen sie es manchmal fast den Stadtleuten nachmacht. In den Ostalpen ist diese „Hoffart“ unbekannt. Da gibt es alte Leute, die seit ihrer Säuglingszeit nie in ein Bad gekommen sind. Sich nackt ausziehen und ins Wasser legen, gilt nicht bloß für höchst ungesund, sondern geradezu für sündhaft. Im Stifte A. sind einmal am heißen Sommertage drei junge Priester in den Teich gestiegen, haben bei dieser Gelegenheit entdeckt, daß sie schwimmen konnten und sich vorwitzig wie muntere Fischlein herumgetrieben. Der Abt, der im Parke lustwandelte, drückte zwar ein Auge zu. Aber Landleute, die am Ufer dahinschlichen, machten die ihren um so weiter auf. Sie hatten heimlich eine rechte Freude über die Erscheinung, wie da nackende Leutln umherplätscherten, als sie aber sahen, daß die beim Aussteigen ein geistliches Gewand anzogen, faßte sie Entsetzen „über die Sittenverderbnis des Klerus“ und wollten von da ab gar nicht mehr in die Stiftskirche gehen. Nur einer der Waldkerle sagte: „Bin schon lang nimmer beim Beichtstuhl g'west, wenn's aber noch einmal muß sein, dann mach' ich's mit einer der Forellen ab (er meinte jene, die im Bade waren), vor denen fürcht' ich mich nit um einen Batzen mehr." Ich hörte das von dem Manne, weiß aber nicht wie es gemeint war. Genug die kleine Wassertour hatte das Verhältnis verrückt.

Lieber als ein nasses, nehmen die Leute ein trockenes Bad, doch nicht aus Reinlichkeits-, sondern aus Gesundheitsrücksichten. Sie legen sich nackt in die heiße Sonne oder graben sich in junges Heu, das striegelt die Haut auf das allerwohltätigste und wirkt berauschend, so daß manchmal ein richtiger Katzenjammer nachfolgt.

Unter den Ärzten gibt es ihrer, die bei gewissen Leiden oder nach Krankheiten tatsächlich Bäder verordnen. Das sind auch solche, die man —! So kommt die Schlechtigkeit ins Land! — So weit sind viele, dieser „Naturkinder", daß ihnen der nackte Menschenkörper ohne lüsterne Vorstellung nicht mehr denkbar ist. Woher haben sie denn das?

Sitte ist, soviel ich weiß überall, daß die Leute an jedem Morgen Gesicht und Hände waschen. Mancher tut's am Brunnentrog. Andere sparen mit Wasser, das im Überfluß am Hause vorbeifließt und machen es so, daß sie das Wasser zuerst in den Mund nehmen, einen ordentlichen Backen voll, dasselbe dann in die hohlen Hände sprudeln und sich so das Gesicht waschen! Ist das nicht sinnreich? Erstens wird das Becken entbehrlich, zweitens das Wasser leicht erwärmt, drittens wird gleichzeitig der Mund ausgespült — und wenn du ihnen sagst, das Ganze sei eine Schweinerei, glotzen sie dich an — was dir denn schon wieder nicht recht sei! Zum Abtrocknen haben alle Hausgenossen ein gemeinsames grobes Tuch, wenn man es nicht vorzieht, das Gesicht sich mit den Hemdärmeln oder einem etwa vorhandenen Taschentuch abzuwischen. Das

Haar strählen sich die Männer mit den ausgespreiteten fünf Fingern durch, und die Toilette ist gemacht. — Ein besonderer Tag ist der Christabend. Da gibt's großes „Kopfwaschen“, da wird das ganze Haupt einmal gründlich in Arbeit genommen und bei dieser Gelegenheit auch Brust und Rücken mit Wasser bedacht. Das geschieht aber weniger aus Reinlichkeitsgründen, als des Festbrauches wegen und weil es heißt, daß am Kopf, der am heiligen Abend gewaschen wird, das ganze Jahr sich kein Grind ansetzen kann. Sie haben, wenn sie sich putzen, allerhand Gründe, nur den der Reinlichkeit nicht.

Wer in einem unserer alten Waldbauernhäuser essen will, der tut gut, wenn er vorher der Bäuerin nicht zu aufmerksam zuschaut beim Kochen. Ich möchte dasselbe übrigens auch in den Stadtküchen raten, in den Gasthöfen, Fleischereien, Bäckereien (usw.). Man muß es nicht just immer wissen, wie's gemacht wird. Die Leute haben übrigens ein trostreiches Sprichwort. Schmutziges Wasser, das über neun Steine rinnt, ist wieder rein, und neun glühende Kohlen brennen allen Unrat aus der Pfanne weg.

Mit Mißtrauen sind Bauernhöfe zu betrachten, in denen gar zu großer Kunstsinn herrscht. Da ist alles mit Farbe bemalt, Tisch, Bank und Schrank, Kübel und Kegel, damit das öftere Abscheuern überflüssig wird. Ich weiß ein Haus, wo sogar das Nudelbrett und der Strudelwalzer mit schönen Blumen bemalt sind! — Die bunten Strümpfe, die gestreifte oder geblümte Wäsche sind auch Blümel-Blamel; derlei soll nur den daranhaftenden Schmutz unbemerkbar machen.

Man muß jedoch die andere Seite auch ein wenig ansehen und lustig war es, als jenes Stadtschulmeisterlein den alten Dungführer erziehen wollte. Saß der alte Krauterer an seiner Mistfuhre, hatte in seinen krustigen Händen ein Stück Brot und ließ es sich schmecken.

„Vetter,“ redete ihn das vorüberwandelnde Schulmeisterlein an, „wolltet Ihr vor Euerm Imbiß Euch denn nicht die Hände waschen?“

„Ist eh wahr, das kann ich eh tun,“ antwortete der Bauer und wusch sich an der braunen Jauche behaglich die Hände. „Darf ich vielleicht auch ein Stückel aufwarten, Herr?“

Der andere dankte mit leidenschaftlicher Entschiedenheit. Als Philosoph hätte er allerdings die tiefsinnige Frage an sich stellen können: Was ist unrein? Ist dem Bauern der Dünger unrein? Der ist ihm unrein, wenn etwas anderes dazukommt, er will nicht Zusatz von Sand oder Struppwerk oder Scherben, er will reinen Dünger haben. Jetzt bekommt die Sache ein anderes Profil, allerdings nur für den Philosophen. Als Moralisten könnten wir beisetzen, daß den Reinen alles rein sei, wenn dieselben Schmutzhammel, die mit gewerbsmäßigem Behagen sich im Kot wälzen, anderseits nicht oft den größten Ekel von einer toten Fliege oder einem Haar in der Suppe hätten. Mir war ein wulstiger Schustergeselle bekannt, der gehabte sich so, daß ihm die Leute nur gerade gern auf zehn Schritte auswichen, wenn es möglich war. Dieser hielt sich in den Bauernhäusern über jedes Fleckchen im Tischtuche auf und rieb den Löffel unzähligemal mit seinen schmutzigen Fingern ab, bis er es wagte, ihn in den Mund zu stecken. Endlich kaufte er sich einen Silberlöffel, von dem ihm gesagt wurde, daß er im Gegensatz zu den Blechlöffeln nichts Unreines annehme, sondern alles Ekelhafte von sich stoße. Aber auch mit diesen Grundsätzen des Silberlöffels mußte es nicht weit her sein, denn der Löffel ließ sich den Schustergesellen ruhig gefallen und wurde bei ihm so unsauber, wie das gemeinste Blech.

Habe ich nicht schon zu lange verweilt? Sollen wir nicht lieber umkehren, bevor es noch dicker kommt? Ich habe meinen Zweck erreicht. Es soll nicht gesagt sein, daß es dem Landvolke im ganzen etwa an innerer Reinheit fehle. Das ist ein Kapitel für sich und wird kaum zu ungunsten der Waldleute ausfallen. An äußerer Reinlichkeit aber fehlt's, wenn's auch nicht mehr so schlimm ist, als früher. Und da sollten halt wieder die bekannten Leiter und Lehrer des Volkes fegen und scheuern. So weit, wie manche Nachbarvölker sind, wird unser tüchtiges lenkbares Waldvolk wohl auch zu bringen sein. Ich als Volksschriftner tue für die Reinlichkeit das meine, indem ich den Leuten manchmal tüchtig die Köpfe wasche.

Bauernseuchen.

Zu jenen Dingen, die mitwirken, mein Erdenleben sorglos und froh zu machen, gehört meine vielleicht sträfliche Gleichgültigkeit gegen Ansteckungsgefahr bei Krankheiten. Vor Bakterien (Bazillen) und dergleichem Gezücht habe ich keine allzu große Angst. Und zwar hauptsächlich aus dem Grunde, weil ihrer — zu viele sind. Was man mit jedem Atemzug einschlürft, das muß doch endlich der Körper gewohnt werden, dagegen muß er wohl abgehärtet und unempfindlich sein, wenn er überhaupt mittun will. Für immun freilich darf sich kein Mensch halten, sonst liegt er plötzlich blamiert in einer Influenza, oder gar in Scharlach oder der Diphtherie danieder. Aber ich glaube, daß eine ruhige Sorglosigkeit, die natürlich vernünftige Lebensführung nicht ausschließt, ein recht gutes „Präservativ“ gegen Infektion ist.

Wenn es nach dem Buchstaben der Wissenschaft ginge, müßte ich schon in meiner Jugend wenigstens ein halbes dutzendmal gestorben sein. Der ansteckenden Krankheiten gab's im Waldlande alljährlich; die Vorsicht der Leute dagegen war, zur Verzweiflung des Arztes, falls er darum wußte, gleich nichts. „Geschehen tut's, wie Gottes Willen ist!“ hieß es. Nun war allerdings Gottes Willen, daß viele Kinder an der Rotkrankheit, am Halsweh, Erwachsene am Nervenfieber, an den Pocken starben! Und in Gegenden, wo die Leute vorsichtiger waren, da war es Gottes

Willen, daß weniger Leute umkamen. Die Lebensführung der armen Waldbewohner war gewiß auch nicht danach; Erkältungen, Unregelmäßigkeit in Arbeit und Ruhe, in Essen und Trinken, schlechtes Wasser, ungelüftete Wohnung, Unreinlichkeit aller Art — es war nahezu wie eine systematische Vorbereitung, um von in der Nachbarschaft grassierenden Seuchen angesteckt zu werden. Und doch haben damals in jener Gegend Seuchen nie eine große Ausdehnung angenommen und von den Erkrankten sind allemal die meisten wieder gesund geworden.

Sehr oft wurden gefährliche Krankheiten gar nicht erkannt. Der Arzt wurde selten angerufen, oder er behandelte die Kranken nur vermittelst Botenberichte und Urinfläschchen. Die Kurpfuscher tauften auftretende Krankheiten nach eigenem Belieben. Da gab es „hitzige Gallfieber", „Herzwürmer", „Grasseln" und „Bläseln", „rotes Bauchweh" und „schwarzen Ausschlag", während tatsächlich Typhus, Ruhr, Scharlach, Blattern usw. wüteten.

Oft stand das Krankenbett in der Kinderkammer oder in der Gesindestube, manchmal nahe dem Eßtisch. Der schlechte Geruch in den überheizten, ungelüfteten Stuben wurde oft nur durch das Ausräuchern mit Wacholderreisig bemäntelt. Oder der Kranke lag im Viehstall, wo sich kein Mensch um ihn kümmerte, außer zu den Mahlzeiten, da ihm Essen gebracht wurde. Kurz, die Krankheiten machten kein Aufsehen, und wenn sie weitergriffen von einem Hausgenossen auf den andern, von einem Hof auf den andern, so wunderte sich niemand darüber und hieß es manchmal: „Ist gut, daß es ihn gepackt hat, nachher hat er's überstanden." Die Schuster-Ernestin in Alpel war der Meinung, jeder Mensch müsse alle Krankheiten einmal durchmachen, um endlich ganz gesund zu werden. Natürlich, je eher das vor sich ginge, je besser. Allerdings, vor manchen Seuchen gab es großen Abscheu, darum hielt mancher Winkelarzt — der mehr Psychologe als Arzt war — für gut, sie gar nicht mit Namen zu nennen.

Von einer vernünftigen Krankenpflege ist noch heute dort selten eine Spur, entweder man tut zu viel oder zu wenig. Oft die törichtesten „Hausmittel" oder — gar nichts.

Ein Holzknecht auf der Wölkeralm hatte mutterseelenallein in einer Heuhütte den Typhus überstanden. Und als er hernach befragt wurde, wie er sich denn ernährt, sagte er, hungerig sei er nie gewesen und den Durst habe ihm der Wiesenbach gelöscht. — Einmal war der Kohlenbrenner von Waldenbachschlag wochenlang nicht sichtbar geworden, und als man ihn später befragt, ob er einen Meiler abzukohlen gehabt hätte, antwortete er, in seiner Hütte auf dem Stroh sei er gelegen und habe sich einmal ordentlich ausgefaulenzt. Zuerst habe es ihn vor Frost so geschüttelt und sei ihm übel gewesen; dann habe er beim Atemziehen ein Stechen in der Brust gehabt und Blut sei gekommen. Dann sei er so müde gewesen, daß er sich gedacht habe: ah, ich bleib' liegen, und habe nur gedörrte Birnen und altgetrocknetes Brot gegessen. Es müsse so ein bissel eine Krankheit gewesen sein oder was, er sei nachher schier schwach gewesen, aber jetzt sei der Ungesund heraußen. Ja freilich war es „so ein bissel eine Krankheit gewesen" — die Lungenentzündung.

Im Schiedhofe hatten sie einen jungen, baumstarken Knecht. Der war in Fischbach bei einem Begräbnis Leichenträger gewesen. Dann heimgekommen hatte er sich niedergelegt, war krank gelegen und acht Tage später gestorben. Wenn es irgendwo in der Nachbarschaft „Leichwachen" gab, so waren stets auch Kinder dabei. Da durften sie in der Nacht aufbleiben, mit den Erwachsenen unter dem Sternenhimmel, oder im Dunkeln mit der Laterne über Feld und Heide gehen, durften die Leiche anschauen; dann wurden „schöne Totengesanger“ gesungen, dann bekam man Weißbrot zu essen, sogar Most zu trinken. Das war ein Fest. Als nun im Schiedhofe der Knecht „Simmerl“ gestorben war, erbettelten auch ich und einige meiner Geschwister die Freude, zur Leichwache gehen zu dürfen. Mit großer Ehrfurcht traten wir, vom Vater begleitet, ins Haus. Dort, unter der Bodenstiege, sahen wir schon das Totenlicht, ein Ölflämmlein im Wasserglase, und daneben die lange Gestalt, mit einem Leintuche zugedeckt. Wir knieten, wie es Sitte ist, davor nieder, beteten still ein paar Vaterunser und besprengten hierauf die Leiche mit dem „Sprenggrassel“, das im Weihwassergefäße lag. Die Hausmutter des Schiedhofes war schon hinter uns gestanden, die eine Hand über dem Busen, mit der andern nachdenklich den Kopf gestützt. Sie hatte wohl darüber nachgedacht, was das vor wenigen Tagen noch für ein gesunder, lustiger Bursche gewesen war, in dem vor Freudigkeit jedes Aderl hat gezuckt und ganz Alpel hat geklungen vor seinem Singen und Juchezen. Jetzt lag er da auf der schmalen Bank und rührte sich nimmer. Die Hausmutter trat ein wenig vor und fragte uns mit leiser Stimme, ob wir ihn anschauen wollten? Wir nickten: Ja. Hierauf schlug sie bei Haupten das Tuch zurück. — Wir erschraken sehr. Das war nicht der Simmerl mit dem freundlichen Angesicht und dem schwarzen Schnurrbart drinnen. Das war eine völlig schwarze, aufgedunsene Masse, in der man kaum Augen und Nase, geschweige andere Züge erkennen konnte. Einen widerlichen Geruch verspürten wir und dann hat die Hausmutter den Toten wieder zugedeckt. Am nächsten

Morgen sind wir in der langen Reihe von Leuten hinter dem Sarge hergegangen, fast drei Stunden lang, bis wir zum Pfarrdorfe kamen. Dort unter dem großen Kruzifix ist der Sarg auf die Erde gestellt und geöffnet worden. Es kam der Arzt, hielt die Totenschau und schrieb in den Totenschein: „Simon Kroisbichler, 29 Jahre alt, gestorben an den schwarzen Blattern."

Weiß nicht zu sagen, ob zur Zeit in der Gegend noch neue Blatternerkrankungen vorgekommen sind. Ich und meine Geschwister sind gesund geblieben.

Damals wurde auch von einem Weibe erzählt, das an schwarzen Blattern schwer krank lag und ihre zwei Kinder ins Bett nahm, in der Meinung, daß sie an ihnen gesunden werde. Sie genas auch; von den Kindern aber starb das stärkere, während das scheinbar schwächere mit dem Leben davonkam und ein Mann wurde, „dem kein Gift schaden konnte". Gerade umgekehrt wie dieses Weib hat's jene arme Häuslerin gemacht, die an der „häutigen Bräun" erkrankte. Als sie die Krankheit erkannte, schickte sie sofort ihre fünf Kinder zu einer Verwandten, und dort sollten sie ausrichten einen schönen Gruß von „Unserer lieben Frau". Während die Kinder fort waren, zündete sie ihr Bettstroh an, verbrannte sich und die Hütte. So hat diese Mutter die Ansteckung ihrer Kinder verhindert. Die Geschichte hatte eine Magd erzählt, die aus dem Böhmerlande als Deichgräberin eingewandert war. Aber die Leute im Waldland schüttelten bloß die Köpfe dazu. „Wenn schon unsere liebe Frau angerufen wird, die hätte ja auch so helfen können!" — Ob der fromme Glaube allemal vor Ansteckung schützt? Meiner Mutter Lieblingssprüchlein: „Erst hilf du dir, dann hilft Gott dir!" wird wohl wahr sein. Ein bißchen Nachsicht wird der Herrgott freilich haben müssen mit Leuten, die so grundeinfältig sind, daß sie die Gefahr gar nicht sehen und ihre rotwangigen Kinder an die Betten der Typhuskranken und zu den Särgen der an Blattern Verstorbenen schicken. Aber könnte diese Nachsicht nicht einmal in Zorn umschlagen? ... Es ist wohl geschehen, daß bei Seuchen ganze Bauernhäuser ausstarben, so daß — wie ein munterer Chronist erzählt — „der letzte sich selber die Augen hat zudrücken müssen".

Wirklich Angst hat der Bauer nur vor der „Pest". „Aber die kommt nimmer." Und doch, man braucht irgendeine Seuche kurzweg „Pest" zu nennen, und der größte Schrecken, die denkbarste Verwahrung dagegen wird Platz greifen. „Mir nix dir nix umfallen und tot sein," das allein kleckt ihnen auf Sehweite.

Ärztliche Aufsicht von Amts wegen ist zu jener Zeit und in jenen Gegenden unbekannt gewesen. Der Tod konnte treiben, was er wollte, er hatte keine Kontrolle. Wurde einer still und starr, so legte man ihn auf die Bahre, nach zwei Tagen in den Sarg und trug ihn dem Kirchhofe zu. In dem Kirchdorf allerdings mußte man dem Arzt einen Blick auf den Toten machen lassen. Ein flüchtiger Blick, eine leichte Betastung des Hauptes, anders habe ich dazumal eine Totenbeschau nie gesehen. Später kam eine Verordnung heraus, die Särge dürften im Dorfe nicht geöffnet werden, sie müßten vor der Ortschaft zur Totenbeschau anhalten. Heutzutage muß auch im Gebirge der amtliche Totenbeschauer ins Sterbehaus kommen, es darf vor der Schau das Begräbnis nicht veranstaltet werden. Heute werden doch auch im Waldlande bei Seuchen die Absperrungs- und Schutzvorschriften beobachtet, so weit das Auge des Gemeindearztes reicht. Nur reicht es nicht immer weit genug. Ein gewisser Grad von Sorglosigkeit gegen täglich drohende Gefahren wird im Landvolke ja immer sein. Abgesehen davon, daß allzu große Sorge um das leibliche Wohl nicht christlich ist, lebt noch immer der Fatalismus, der Glaube an die Vorherbestimmung, den der Philosoph weder bejahen noch verneinen kann. Seit die Naturwissenschaft das Gesetz von der Vererbung lehrt, kann der Fatalismus nicht einmal mehr als Irrlehre oder Aberglaube erklärt werden. Ist es den Leuten vererbt, das heißt angeboren, ob sie gesund oder krank, klug oder dumm sind, so ist es ihnen eben auch mit angeboren, ob sie den Gefahren ausweichen können, oder in dieselben hineintappen, und ferner, ob sie die Gefahren bestehen oder daran zugrunde gehen.

Bauernliebe.

Die Liebe anderer kann käuflich oder durch Tausch erworben werden; die Treue der Herzen hingegen gehört zu jenen Dingen, die man nicht erwirbt, die einem zugeweht werden wie der Blumenduft auf dem Felde. Die Liebe steht zwischen zweien Menschen als etwas Tätiges, sie jauchzt oder klagt, sie gewährt oder versagt. Die Treue schwebt zwischen beiden wie ein stiller, unsichtbarer Engel; in glücklichen Stunden merkt man gar nicht, daß sie zugegen ist, in Nacht und Frost aber fühlt man den warmen Hauch ihres Kusses. Die Liebe ist allen fühlenden Wesen gemeinsam, die Treue kommt nur bei edelgearteten vor, sei es im Menschengeschlechte, sei es im Tierreich. Die Treue wächst nicht in dem Verhältnisse mit den geistigen Anlagen, man kann im Gegenteile oft die Erfahrung machen, daß die Gescheitheit kein günstiges Klima erzeugt für die ebenso seltene als unvergängliche Blume.

Die Treue im allgemeinen war zu aller Zeit geschätzt, die Liebestreue jedoch hat ihre Feinde. So geht durch unsere Roman- und Dramenliteratur ein ganz merkwürdiger Zug, der wohl noch die Treue der unverehelicht Liebenden lobt, jene der Verheirateten aber lächerlich zu machen und auf das Eis zu führen liebt. Ich kenne aber eine Menschenklasse, welche Kraft, oder nennen wir es Ergebung, genug besitzt, sich in ein Bestehendes zu fügen und im (vielleicht manchmal unmoralischen) Zwange einen moralischen Halt zu finden.

In der Bauernschaft kommt der Ehebruch viel seltener vor als in städtischen Kreisen. In der Stadt kommt bei Liebesleuten die Treue vor der Trauung zur Geltung, auf dem Lande nach derselben.

Die Liebe auf dem Lande ist ein loses Ding. Da ihr die Wege und Tore allezeit offen stehen, so kann sie sich nur selten zu jener seelenverzehrenden Leidenschaft verdichten, wie sie der Dorfgeschichtenerzähler gern schreibt und das Stadtfräulein gern liest. In der Tat schäkert und flattert das herum:

„Ih hab' dih schon gern,
Aber lang' wird's nit währ'n,
A Stund', a zwei, drei,
Aft is's wieder vorbei."

Es kann aber auch wochenlang dauern, was mitunter schon einen Vorwurf nach sich zieht:

„Hast mih vierzehn Tag' gliabt,
Hast dih drei Woch'n g'schamt,
Ih hätt's ja die kurze Zeit
Ah nit verlangt."

„Hast mich gern? Hast mich gern?" Weiter denkt und fragt der Liebende nicht, er liebt in der Gegenwart, nicht in der Zukunft. Nur in der Stunde des Scheidens, zum Beispiel wenn der Bursche zu den Soldaten muß, regt sich schüchtern die Frage: „Willst mir treu bleiben?"

„Ja, ich bleib' dir treu!" sagt er, sagt sie, und sie glauben auch d'ran, aber schon liegt ihnen das Liedchen auf der Zunge:

„Ih bleib' dir ja treu,
Wie 's Röserl im Mai,
Wie 's Wölkerl im Wind,
Bis ih ein andere (ein anderen) find'."

Wie es die Herren Soldaten treiben, das weiß man ja; aber bisweilen wandelt den Hans doch das Heimweh an und er kauft sich ein mit buntem Rande schön bemaltes Briefpapier und schreibt der Grete einen Brief:

„Innigstgeliebte Margarethe!

So viel Stern am Himmel, so viel Sandkörnlein im Meer, so viel Blümlein auf dem Felde sind, so viel tausendmal grüße und küsse ich Dich!"

Die schwungvolle Epistel schließt mit dem „Dich bis ins kühle Grab liebenden Hans N."

So eine Zuschrift muß die Grete freuen, und sie kann den Samstagabend schon nicht mehr erwarten, wo sie diesen Brief dem Michel zeigen wird. Drauf muß sie auch antworten; sie selber kann das Schreiben nicht gut genug, als daß sie sich damit an einen Kaiserjäger wagen möchte. Der Michel ist so gut und schreibt für sie nach einem alten Konzept, und Gretes Brief wird nicht weniger schwungvoll, als es der vom Hans war, schließt aber mit dem guten Rat, nur schön gesund zu bleiben und sich recht zu unterhalten. Vom Michel kommt an den alten Schulkameraden ein schöner Gruß dazu.

Etliche Tage später vielleicht fühlt die Grete Anlaß, zu singen:

„Mein Herz is verwickelt,
Verwebt und vernaht,
Vernaht mit der Seiden,
Kann die Falschheit nit leiden.“

Und der Michel antwortet dem Mädchen mit heller Stimme:

„Dirndl, du schmierst dih an,
Du bist betrog'n,
Ih hab' mein Lebtag
Viel Dirndln ang'log'n.

Hiazt hat sih schon wieder
Der Hollerbam bog'n,
Und hiazt han ih schon wieder
A Dirndl ang'log'n.

Fertn und heuer
Und 's frühere Jahr
Han ih mei Dirndl g'foppt,
Und jetzt nimmt sie's erst wahr.“

Der Schmerz des betrogenen Mädchens ist groß, denn sie weiß für den Augenblick keinen Ersatz. Beseelt ist sie nur von dem Wunsche, seiner „Neuen“, dieser „rothaarigen Hex'“ oder dieser „schwarzschopfigen Schlangen“, die Augen auskratzen zu können.

Der Bursche ist seiner „Neuen" gewiß sehr zugetan, macht ihr aber kein Hehl daraus, wie er's zu halten gedenkt:

„Schön is die Hollerstaud'n,
Weiß is die Blüah,
Das sag' ih dir voraus:
Allein hast mih nia."

Sie geht ja drauf ein und schließt den Bund vielleicht unter folgender Bedingung:

„Bitt' dih gar schön, mein Bua
Wann du schon mein bist,
Kumm nur g'rad selm nit,
Wann der andere herein ist."

Die Burschen treiben es lustig fort in einer solchen Welt, die Gott so schön erschaffen hat; die Mädchen werden bisweilen in ihrem Wandel unangenehm unterbrochen. Ist ein junges Wesen da, so wird nicht allemal der Versuch gemacht, ihm einen Vater zu beschaffen; manche macht sich ihre große Auswahl zunutze und sie gibt die Ehre dem Wohlhabendsten, vielleicht dem einzigen Sohne eines reichen Bauers, der möglicherweise, um anderseitigen Wahlakten zu entgehen, rasch mit ihr in den Ehestand schlüpft.

Kurz, in den unehelichen Verhältnissen bei den Bauern wird Treue nicht immer verlangt und nicht allzuoft geleistet. Und wo wahre Treue vorkommt, da gibt es gebrochene Herzen.

Voll Wehe ist die Klage eines betrogenen Mädchens:

„Hast mih ans Herz druckt,
Hast mir in d' Augen guckt,
Hast mir viel Busserln geb'n,
Treu' versprochen fürs ganze Leb'n

Hab' kennt ka Herzenleid,
Hab' g'lebt in Seligkeit;
Hiazt hast an and're gern,
Und ih muaß sterb'n."

Selbstmord aus Liebe kommt in der Bauernschaft kaum vor; „Romeo und Julie auf dem Dorfe“ von Gottfried Keller ist eine schöne Dichtung, aber der bewußte „Doppelselbstmord“ von Anzengruber — es sei hier nicht weiter angedeutet, worin er besteht — beruht auf tausendfältiger Wahrheit. Wohl gibt es Fälle, daß das Bauermädchen aus unglücklicher Liebe an gebrochenem Herzen, der Bursche aus demselben Grunde an mißverstandenem Ersatze und gebrochenem Leibe stirbt — die Norm aber ist, nach dem gelösten Verhältnis rasch eine lustige, neue Liebschaft. Häufig kommt es vor, daß das Mädchen den alten Liebhaber, mit welchem sie etwa noch vor wenigen Wochen den Tanzboden besucht hat, zu ihrer Hochzeit mit dem neuen einladet, und der Verschmähte erscheint wirklich und bringt eine gute Gesundheit auf das Brautpaar aus und unterhält sich prächtig. Es möchte ihn wundernehmen, wenn er unter den Hochzeitsgästen nicht eine gewesene Freundin des Bräutigams fände!

So steht's einmal mit der lieben Prosa der Liebe da draußen, während der junge Städter in seinem süßen Gegirre nicht genug Reime auf „Treue“ finden kann, sie zuerst mit „Scheue“ paart, dann mit „leihe“, endlich mit „Reue“; damit ist er auch zu Ende.

Ich habe hier darum so ungescheut von der Flatterhaftigkeit ländlicher Liebe gesprochen, weil ich des Gegengewichtes sicher bin. Es gibt auch im Dorfe „wilde“ Ehen, welche, in stiller Stunde geschlossen, bis in den Tod währen. Paare, die sich in freudiger Jugend fanden, oft Dienstboten, ohne Möglichkeit zu heiraten, halten zusammen in Arbeitsplage, in Armut, in Anfechtungen, in allerlei Bedrängnissen; sie halten zusammen frei und treu, teilen ihre Lust, teilen ihre Leiden, teilen ihre Pflichten und ihre Kreuzer, gehen still vorbei an den Lästerungen der Prüden, an den

Flüchen und Verhöhnungen, tragen ergeben an dem Joche, das ihnen ein starres Gesetz, eine herzlose Gemeinde aufbürdet, halten zusammen bis in ihr kummervolles Alter und sterben endlich, ohne das süße Wort „Liebe" in ihrem Leben jemals ausgesprochen zu haben. Das sind die keuschen, glückseligen Herzen, deren jeder Atemzug ein Aufjauchzen ist:

„Mein einziger Schatz,
Du bist mein' Leben,
Du bist mein' Freud'
In alle Ewigkeit!"

Wohl auch an solche Gemüter schlägt bisweilen das Wehen des Mißtrauens, der Eifersucht, die Ahnung eines grenzenlosen Unglücks. Ausdruck leiht ihrem beklommenen Gefühle folgendes Lied:

„Nachst bin ih hin zu ihr,
's hat g'rad der Mond schön g'scheint,
's war alles mäuserlstill,
Es rührt sih nix.
Und gach, da fallt's mir ein:
Wann s' epper untreu wär!?
— — — — — — — —

Na, na, mein Dirndl,
Das kann's nit geb'n,
Da wär's ja aus
In alle Ewigkeit!"

Alle diese Zweifel schwinden vollständig, wenn der Priester erst seine Stola über die Hände eines Paares gelegt hat. Ob sie sich selbst gefunden und gewählt haben, oder ob sie zusammengekuppelt worden, aus was immer für Gründen sie miteinander die Ehe schlossen — ernst, gewaltig ernst nehmen sie des Priesters Wort von der „Treue, bis sie der Tod trennt". Vielleicht trägt es sich zu, daß eins oder das andere, oder daß beide für sich in finsteren

Stunden beten, der Tod möge sie doch bald trennen, vielleicht daß im glücklosen Herzen einmal Pläne wach werden, wie man dem großen Erlöser erfolgreich in die Hand arbeiten könnte ....

Wir erschrecken vor dem Statistiker, der es uns in Zahlen sagt: Je weniger Ehebrüche, je mehr Gattenmorde.

Doch das ist eben wieder nur die Schattenseite. Selten werden bäuerliche Ehen aus Liebe geschlossen; bisweilen ist zwischen den Brautleuten sogar eine persönliche Abneigung vorhanden; doch sie haben ausgeliebelt, keines hat anderseits mehr viel zu erwarten — so fügen sie sich nun praktischen Gründen, heiraten zusammen, gewöhnen sich zusammen, sind gegeneinander vielleicht kalt, rauh, brutal, aber leben sich einander an, und die gleichen Schicksale teilend, verwachsen sie im Laufe der Zeit so sehr ineinander, daß oft, wenn endlich eines von beiden stirbt, das andere rasch folgt.

Über manches, worüber wir Sophisten so leicht stolpern, hilft sich der Bauer durch seine versteinerten Grundsätze, zumal wenn solche mit seiner Religion gemeinsam gehen. Er kennt kaum eine schwerere Sünde als den Ehebruch; in der Liebe entschuldigt er mehr als der Städter, in der Ehe weniger. „Das ist der von Gott eingesetzte, der heilige Stand. Eine rechte Ehe trennt nicht Not und Tod, sie wird auch im Himmel noch sein."

Ich habe einen Bauersmann gekannt, dem im zweiten Jahre seiner Ehe das Weib erkrankte, in Schwermut und Irrsinn versank und in eine Irrenanstalt gebracht werden mußte. Der Mann lebte eine Weile still und einsam fort, endlich wurde es lautbar, daß er mit seiner Dienstmagd, einem hübschen frischen Mädchen, ein Verhältnis habe. Auf der Stelle zogen sich die Nachbarn von ihm zurück, mieden ihn auf dem Kirchweg, keiner setzte sich im Wirtshaus an seinen Tisch, er war verachtet wie ein Ketzer. Weit verbreitete sich die Kunde von dem Ehebrecher; wir Kinder wußten nicht, was das heißt, bekreuzten uns aber, so oft wir den Mann sahen, und fühlten halb Genugtuung, halb Erbarmen bei dem Gedanken, wie der einmal in der Hölle braten werde. Unter solchem Leumund ist kein Leben; der Mann verkaufte endlich seine Wirtschaft und wanderte aus. Sein armes Weib soll ihn überlebt haben.

Wer möchte den „Witwer bei lebendigem Weibe“ nicht entschuldigen! Und doch, wie ganz anders handelt die Treue in ihrer oft fast übermenschlichen Kraft! In meiner Heimat lebte ein Weib, dem noch in jungen Jahren der Ehemann in ein unheilbares Siechtum verfiel. Man riet ihr, man bot ihr die Mittel, den Kranken in ein Spital nach Graz zu bringen, wo er die zweckmäßigste Pflege finden würde. Aber sie ließ ihn nicht, sie arbeitete und darbte und sie pflegte ihren Mann bei Tag und bei Nacht. Wenn sie allein war, weinte sie, wenn sie um ihn war, machte sie ein fröhliches Gesicht und tröstete ihn, ermunterte ihn; nicht ein einziges Wort der Klage kam über ihre Lippen, sie war die liebe Geduld selber. Sie verblühte, sie verkümmerte, sie wurde kränklich, sie wurde alt an seinem Siechenlager, aber sie hielt aus und erquickte das alte, mürrische, armselige Wesen, das ihr — ach, vor langen, langen Jahren — am Altare angetraut worden, täglich mit ihrer Liebe und Güte. Endlich starb er. Am Tage seines Begräbnisses, nachdem sie das Holzkreuz auf sein Grab gesteckt, legte sie sich zu Bette und nach kaum zwei Wochen ruhte sie im kühlen Grunde bei dem, der ihres Lebens Inhalt — Glück und Elend gewesen.

Bauernhumor.

Gemütlichkeit ist eine dehnbare Haut, die sich über alles mögliche spannen läßt. Gemütlichkeit soll von Gemüt abstammen, ist aber seinem edelherzigen Vorfahren sehr entraten. Gemütlichkeit ist eine Vagabundin, die sich heutzutage mit den ungesittsten Gesellen herumtreibt. Im gewöhnlichen verstehen wir unter Gemütlichkeit den Gegensatz von Ernst, Zurückhaltung, Gemessenheit, von strenger Umgangssitte und Höflichkeit. Und was ist da nicht alles gemütlich! Gemütlichkeit besitzt nicht einmal einen Rock, sie läuft in Hemdärmeln um; sie ist bald mit jedem gut Freund, schäkert und hüpft mit dem nächstbesten Fremden und schmiegt ihm den Arm um den Nacken, und trinkt aus eines jeden Glas und ißt mit eines jeden Löffel und hat allweg gutmütig zwinkernde Äuglein. Sie nennt sich gern treuherzig, ist aber kein wahrer Freund, denn im Unglücke und selbst in Geldsachen schon hört die Gemütlichkeit auf.

Das wäre gar nicht schmeichelhaft, besonders für den Steirer, der sich des Rufes großer Gemütlichkeit erfreut. Indes aber ist die Gemütlichkeit des Landmannes etwas anderes als die des Städters. Die des Städters ist so oft eine verunglückte Nachahmung der ländlichen Natürlichkeit und des urwüchsigen Humors. Die Natürlichkeit und der Humor des Landmannes jedoch ist so häufig wieder was anderes als das, was wir unter Gemütlichkeit verstehen.

Eigen steht es, wo sich die „Gemütlichkeit“ mit der Roheit paart.

„Heut' ist's lustig," schreit der Bauer bei der Kirchweih, „heut' muß gerauft werden!" Sie sind ja unter sich und aus lauter Gemütlichkeit heben sie Händel an, und wenn einer halbtot geschlagen ist, so sagt der Täter ihm: „Mußt nit harb (böse) sein deswegen; schau, so hab' ich's nit gemeint."

„Bin auch nit harb," entgegnet etwa der Geschlagene, „aber wenn ich wieder auf kann, kriegst es zurück!"

Ein anderer „gemütlicher" Fall. Der schwarz' Toni war ein Lumpenkerl; er trieb sich in den Schänken und mit allerhand Volkwerke um. Des war sein Weib nicht zufrieden und oftmals weinte sie in ihre Schürze hinein: „Ach Gott, ach Gott, wäre ich ledig (unverheiratet) geblieben!" Da kam eines Tages der schwarze Toni halb besoffen und ärgerlich über ein verlorenes Spiel vom Wirtshause heim. Sein Weib schluchzte wieder, da packte ihn der Zorn, er faßte das Tischmesser, stieß es ihr in die Brust und sagte dabei mit weichmütiger Stimme die Worte: „So, meine Luiserl, itzt bist wieder ledig."

Einen gemütlichern Mord kann man sich doch nicht denken.

Ganz anders gemütlich ist freilich der Lackensepp. Das ist ein Großbauer in der Ratten, sonst ein sehr ernsthafter Mann.

Sein Gesinde hat großen Respekt vor ihm. Wenn er aber im Wirtshaus ist, wird er lustig. Fürs erste tut er den Rock aus, er hat allfort ein frisches Hemd an dem Leibe; dann tut er seine porzellanene Tabakspfeife hervor, auf welcher ein tirolisches Liebespaar gemalt ist, das miteinander Zither spielt, und auf der anderen Seite ein tirolisches Ehepaar, das sich prügelt. Dann bringt der Wirt des Lackensepp Stammglas, darauf ist ein taumelnder Mann zu sehen, der den Hut schief in den Kopf gedrückt hat und das Weinglas schwingt. Darunter steht zu lesen: „Heut' geh' ih 's nit hoam!“ Oder es liegt auf dem Stammglas ein Betrunkener unter dem Tisch und neben heißt's:

„Däs is a Lump, däs is a Lump,
Der mit an Rausch kimmt z'Haus!
Drum schlof ih mein Rausch, ih mein Rausch
Im Wirtshaus aus.“

Oh, der Lackensepp schläft noch lange nicht. Wein her! Den besten und viel! er bewirtet den ganzen Tisch.

„Und wan da gonz Rattnboch Wein wa,
Und wan da gonz Rattnboch mein wa,
Däs war a Welt!
Und olle Mühln bliebn da stehn in Birkfeld!“

Der Rattenbach oder die Feistritz fließt nämlich nach Birkfeld, und der Sepp meint, wenn der Rattenbach Wein und sein wäre, so würde derselbe gleich an Ort und Stelle ausgetrunken und so allen untenstehenden Mühlen die Treibkraft genommen.

Hernach wird im Chor gesungen; die Lieder sind alle gemütlich, sind alle in Hemdärmeln — ja, noch wunders, wenn sie's Hemd anhaben.

Spät in der Nacht muß sich der Lackensepp trennen von den lustigen Genossen. Er geht nach Hause, er hat keinen Rausch, aber der Wein ist doch ein feines Trankl! Unterwegs sieht er ein glimmendes Johanniswürmchen. „Herrgotts Vater!“ ruft er, „da kommt mir das Käferl entgegen mit der Latern' — zum Heimleuchten. Brav bist. Kriegst ein Trinkgeld auf Neujahr!“ Hernach hebt er mit dem Mondkipfel, das am Himmel steht, einen Diskurs an. „Du Mond!“ lallt er, „ein Musterkerl bin ich, vergleichs deiner. Du — du bist alle Monat einmal voll, und ich — ich alle Tag. Tralala! Sau — saufen muß der Kerl!"

Glücklich kommt er nach Hause. Still im ganzen Hofe. Alles schläft. Ist das ein langweilig Nest, so ein Bauernhaus! Der Sepp sagt es selbst; er möchte am liebsten die Knechte aufwecken, daß sie ihm helfen, etzlichen Schabernack zu treiben, 's ist allzu tausendlustig heut! Aber vor dem Gesinde muß der Großbauer stets ernsthaft sein. So will er mit dem Kettenhund anbinden: „Türkl, schau, Türkl, geh' her da! Ich laß dich los, Türkl, wir springen noch eins um." — Aber der Hund knurrt, er erkennt seinen Herrn nicht wieder.

So sucht der Sepp seine Kammer auf. Sein Weib schläft wie ein Maulwurf, und er weiß sich vor Lustigkeit gar nicht zu helfen. In allen Gliedern zuckt's ihm, was soll er nun anfangen? Die Oberdecke zerrt er dem Weibe aus dem Bett und hängt sie an den Wandnagel. Das ist ein feiner Spaß, er reibt sich kichernd die Hände. Da kommt ihm noch ein besserer Einfall, er hüllt die Decke dem Kachelofen über. Er jubelt vor Entzücken. Da erwacht sein Weib: „Was treibst denn, Seppel? Bist närrisch worden?"

„Na, du mei liab' Weibel," lallt er, „'s ist so viel gemütlich heut', so viel gemütlich."

Derlei ist ein unechter Humor, und nicht jener natürliche, schalkhafte, der den Älpler charakterisiert, der uns in alten Sprichwörtern und Volksliedern so oft antritt. —

Der wahrhafte, goldene Humor, der ist nicht so leicht bei der Hand. Da hilft kein Witz und keine Gescheitheit. Ich möchte sagen: der Humor ist eine Spätfrucht. Bei den Jungen ist er seltener zu finden als bei den Alten; bei den Reichen seltener als bei den Armen; bei schöngewachsenen Leuten seltener als bei Krüppeln — kurz, im Glück seltener als im Elend und in der Verlassenheit. Ist auch kein Wunder. Wo und wann sich die Leute zurückziehen von der äußeren rauhen, boshaften Welt, dort und dann hebt sich der innere Mensch an zu regen, zu sprechen, zu trösten und zu schalken. Oft, wenn das blutige Herz aufschreit im Weh, zittert und zuckt gern ein wenig Humor mit d'runter. Mancher, der in kleinem Mißgeschick schauderlich schilt und flucht, wird in großem Unglück ganz lustig und witzig — und hier ist der Witz Humor.

Als dem Reiter-Michel die Kornfuhr das erstemal umgefallen war, schrie er wütend: „Höllsaggra, vermaledeiter!" Als die Kornfuhr das zweitemal umpurzelt, sagt er schier gelassen: „Aha, geht richtig auch der Teufel paarweis'." Und als sie das drittemal fällt, stößt er ein Lachen aus: „Ist schon recht, alte Kraxen, jetzt kannst selber aufstehen — ich leg' mich auch ins Gras."

Gar markig ist der Ausspruch des alten Häusler-Natz. Ihr kennt die Geschichte. Der Natz baut Korn an und macht eine Wallfahrt auf die Meinung, daß sein Korn gut wachsen sollt'. Aber wie der Hochsommer kommt, steht's schlecht mit dem Korn. „Ho," grölt der Natz zum Pfarrer, „'s Beten hilft eh nichts mehr. Ist das ein Korn für einen Christen?"

„Aber, lieber Freund," sagt der Pfarrer, „Ihr werdet halt nicht gut gedüngt haben?"

„Hoi jo!" macht der Natz, „wann ich Mist han, brauch' ich kein Herrgott nit!"

Ob der Bauer so viel Herz und Gemüt habe, als der gebildete Städter? Darüber ließe sich reden, und sogar klug reden. Ich mache es aber noch klüger — und schweige davon. Gott hält seit Jahrtausenden die Wage in der

Hand, in welcher er die Herzen der Menschen wiegt! er hat sich noch nie gegen den Bauer ausgesprochen.

Das Herzens- und Geistesleben des Bauers, das ideale Sein fängt ihm so recht erst in religiösen Dingen an. Vor unserem Herrgott hat er Respekt, das läßt sich nicht leugnen. Und doch treibt er mit ihm gerne manch ein lustig Stückel. Anstatt daß der Trotzkopf zu Gott hinaufsteigt, muß Gott zu ihm herab, muß in seine Bauernjoppe, muß an seinen Tisch. „Komm, Herr Jesus, sei unser Gast und gesegne, was du uns bescheret hast. Weil du schlechte Jahr' schickst ins Land herein, mußt mit der schlechten Kost zufrieden sein." So lautet ein Tischgebet.

Da der Bauer mit der Bibel, wie sie ist, nicht viel anzufangen weiß, so übersetzt er sie gern in seine Dorfwelt. Bei der Geburt Christi, zum Beispiel, denkt sich der Bauer die Hirten in der steierischen Gebirgstracht, mit Hirschlederhosen und Federhut, also beten sie vor der Krippe des göttlichen Kindes: „Gelobt sei Jesu Christ, der am Kreuz für uns gestorben ist!" Und die Englein fliegen wie die Spatzen über die Bethlehemstadt hin und her und singen: „Gloria in excelsis Deo — dulieh, dulieh, dulieho!"

Einen besonderen Humor hat der Älpler in Liebessachen. Zu unserem Herrgott haben die verliebten Leut' nicht viel Vertrauen, der ist allzu streng in solchen Dingen. Da stecken sie sich schon lieber hinter die Heiligen, die wissen, wie es einem gehen kann, die haben selber was probiert auf der Welt.

Das meiste Zutrauen aber haben sie zur Mutter Gottes — das ist ein Weib, bei dem greift das Bitten an. Sie muß die Helferin sein immer und immer. Sind die Leute in Krankheit oder einer anderen Gefahr — sie rufen die Mutter Gottes. In Feuer und Wasser, in Blitz und Sturm, brechen Räuber ins Haus oder packt der Geier eine Henne —

sie rufen die Mutter Gottes. Im Sterben und im Sündigen, in Herzensnot und heißer Lieb' — sie rufen die Mutter Gottes.

Aber nicht allemal so, wie jener Pferdedieb. Der hatte der Mutter Gottes von Zell eine pfundschwere Opferkerze versprochen, wenn der Diebstahl gelinge. Als er dabei unselig erwischt worden, sagt er: „Die Zeller Mutter Gottes ist auch lutherisch worden, weil sie auf eine geweihte Opferkerzen nichts mehr will halten!" —

Eine frische Lieb' und einen scharfen Humor haben die Sennerinnen auf der Alm. Die jüngsten stellt der Bauer nicht auf die einsame Höh', aber der frische Wind und der guldene Sonnenschein kann noch im Spätsommer einen blühenden Mai bringen.

Daß allerhand Mannesleute hinaufsteigen zu den hohen Weiden und mit gehobenem Herzen oben dahinschlenkern über die grüne Alm, das ist so und ist gut so. Weil aber doch nicht jedes Paar zusammensteht, das zusammengeht, weil sich die Sennerin manchmal hüten will und der Bursch sich rächen, so gibt's allerhand Stand- und Spottliedeln, die hin und her fliegen wie aus Sonnenstrahlen geschmiedete Pfeile.

Das Dirndl ist trotzig, da schießt ihm der Bursch ein Liedel zu:

„Gelt Dirndl, liabst mih!
Wan'st mih liabst, kriagst mih,
Wan'st mih treu liabst
Kannst mih hab'n — wanst mih kriagst!"

Oder der Bursch ist blöde, da singt ihm das Dirndl zu:

„An Buabn han ih kent,
Der ka Dirndl hat gliabt.
In Himmel is er kema,
Aber — Schläg hat er kriagt!"

Ein ausgelassener Jägerbursche verkündet es laut:

„Dreizehn Dirndln tua ih liab'n,
Alli sein s' in ein' Kranz,
Wann der Teuxel Ani hult,
Bleibt's Dutzend noh ganz."

Anders klingt es, wenn die wahre, unglückliche Liebe ihre leidmütig süßen Erinnerungen, ihr Herzweh aussingt:

„Ih woaßs noh, wia heint,
Hat da Mond so schön gscheint.
Sie hat 's Köpfel auf mih g'legt
Und hat bitterlih g'weint."

„Da drauß'n im Wald
Is a Wasserle trüab.
Hast ein andern Buabn g'hals'n,
Bist nix mehr so liab.

Hast ein andern Buabn g'hals'n,
Bist nix mehr so liab,
Kannst dih hundertmal wasch'n,
Rinnt's Wasserl doh trüab!"

Allzu lang hält derlei aber nicht vor. Ehe sich der Almbursche eines treulosen Dirndl wegen ein Leid antäte, springt ihm sein Freund, der Humor, bei. Der betrogene Knab' weiß sich zu trösten, er wird ganz altgescheit und singt sogar Eigenbau:

„Dirndl, dein Schönheit
Geht ah wul zu End,
Wia 's Bleamerl auf dem Feld,
Wan 's der Reif vabrent.

Der Herrgott moants guat,
Hat die schön' Dirndln aufbracht,
Und da Teufel, der Teufel
Hat die alten Weiber draus g'macht."

In Liebessachen kann der dümmste Bauerntölpel witzig werden. Auf nichts weiß er so viel treffende Bilder zu finden und anzuwenden, als auf das **Geschlechtsleben** und seine Mysterien. — So viel hier noch über den Humor in der Liebe. —

Im schönen Aussee lebt heute noch ein alter Steinbrecher, der hat einen gepfefferten Humor. Der Mann hat just nicht viele Freunde, doch unterhält er sich recht gut, er spielt mit der Welt, die von anderen oft gar so schauderlich ernst genommen wird. Der Steinbrecher hat unter anderem die Gewohnheit, auf alles, was eine Standesperson sagt, seinen Senf d'rauf zu geben und nutzt dazu gern alte Sprichwörter. Sagt z. B. der Pfarrer bei der Christenlehre: „Gott ist gegenwärtig überall!" so murmelt der Steinbrecher sicherlich vor sich hin: „Nur nit in Rom, dort hat er seinen Statthalter." Wenn etwa der Dorfrichter einmal mahnt: „Alles mit Maß!" so sagt der Steinbrecher gewiß d'rauf: „Das hat auch der Schneider gesagt, wie er sein Weib mit der Ellen hat totgeschlagen." —

Am besten gefiel mir der humoristische Funke immer in solchen Augenblicken, die geeignet sind, das Menschengemüt zu erschrecken, zu erschüttern. Als (1885) in Steiermark das große Erdbeben war — es war in der Nacht zum ersten Mai —, beschäftigten sich an einem Bauernhof gerade mehrere Burschen, der Dorfschönen einen Maibaum zu setzen. In dem Augenblicke, als sie den Stamm hoben und mit einem kräftigen Stoß in die Grube fallen ließen, bebte die Erde! „Oho!" rief einer dem anderen zu, „nur nit so hitzig, sonst sprengen wir die Weltkugel auseinander." — Oder hatten die guten Jungen wirklich gemeint, ihr Stoß in die Erde habe den Boden so stark erschüttert, daß in den benachbarten Orten die Häuser einstürzten? —

Eigen mutet es an, wenn zwei Bauersleute miteinander in Wortstreit sind. Die Ausdrücke und Gleichnisse, deren sie sich bedienen, sind nicht immer bloß derb, sondern oft auch witzig und beißend.

„Wie du, sind mir neun Tag' Regenwetter lieber, das sag' ich!"

„Das glaub' ich schon, die Kröten sind dem Regen gar nicht feind."

Oder anders.

„Wenn eins von dir was erlangen will, muß man eine gute Gnad' Gottes haben?"

„Wie kann denn ein Höllbratel, wie du bist, eine Gnad' Gottes haben?"

„Du, ein Höllbratel geb' ich dir nit ab, das sag' ich trocken!"

„Wärst mir auch viel zu mager, du."

In diesem Tone geht's oft eine Weile fort, die gegenseitigen Vorwürfe sind mitunter gar drollig, und nicht zu selten geschieht es, daß der wütend angefangene Streit mit einem Gelächter endet.

Ein anderes.

Dem alten Maxhofer war sein Weib gestorben. Langsam aber stetig schritt er in dem öden Hause umher. „Ei, ei," seufzte er, „nur noch einmal, wenn sie mich nur noch einmal ausgreinen (auszanken) tät', meine Zilla!" —

Echte Gemütstiefe mit Gemütlichkeit gepaart offenbarte sich mir in einem Zwiegespräche, welches ich einst zufällig zu hören bekam.

Vor einer Mühle auf dem Kornsacke saßen ein junger und ein betagter Bauer. Der junge wischte fortweg Staub von seinen Knien und sagte dabei ein fürs anderemal: „'s ist wohl hart." Ihm war das Weib gestorben.

„Ja freilich ist so was hart," entgegnete der Ältere endlich.

„Das Weib entratet man versluchtlet schwer im Haus."

„Das ist gewiß," gab der andere bei, „wirst dich wohl wieder um eine umschauen müssen, Hans."

Der Jüngere bürstete mit der flachen Hand beharrlich an seinem Knie. Dann sagte er: „Was es etwa nachher ist, wenn man einmal gestorben ist? Was meinst, Jak, kommen Eheleut' im Himmel oben wieder zusammen?"

„Dasselb' denk' ich wohl."

„Nachher kann ich nimmer heiraten. Was fangst denn im Himmel mit zwei Weibern an?"

Der Jak stutzte. „Ist auch wahr," sagte er dann, „auf das hätt' ich mein Lebtag nicht denkt."

„Ja, wie bin ich denn nachher dran? Die erst' will ich nit versetzen (verlassen)".

„Leicht ist's so, Franzel: Bleibst der ersten getreu und heiratst nimmer, so kommst wieder zu ihr. Heiratst aber wieder, so wirst gotikeit der ersten ungetreu und wirst im Himmel wohl mit der letzten beieinander sein. So denk' halt ich mir's."

„Wird auch nicht viel anders sein. Und itzt weiß ich's, ich verbleib' ledig."

Der Franzel hat dazumal tatsächlich nicht geheiratet. Aber weil es wahr ist, daß man „das Weib versluchtlet schwer im Haus entratet", so hat er sich eine Wirtschafterin genommen. Die war noch um etliche Jahre jünger als er. Und nach einer Zeit sind der Franzel und der Jak wieder zusammengesessen auf den Mühlsäcken oder anderswo.

„Franzel," schmunzelte der Alte, „wenn du's so treibst, so wirst 'leicht nit mit deiner ersten im Himmel zusammenkommen, viel eher mit deiner zweiten in der Höll'."

„Meinst?" versetzte der andere, „du, in der Höll' wär's mir zu heiß."

Darauf hat der Franzel seine Haushälterin Form Rechtens geheiratet. —

Somit möchte ich meine Betrachtung und Darstellung schließen. Wollte ich weiter erzählen — an Stoff wäre kein Rand und kein Ende. Im ganzen, glaube ich, dürfte angedeutet sein, wie der Humor unserer Gebirgsbewohner beschaffen ist. Freilich ist diese kleine Umschau nur ein Tropfen vom Meer des Volksherzens, ein Tautropfen, vielleicht — ein Blutstropfen.

Aber dieses Meer, auf dem die Leute zwischen Zeit und Ewigkeit hin und her so gern „schiffgefahren" sind, hebt in unseren Tagen stark an zu sinken.

Über Berg und Felsen hat man die neumodischen Zithersaiten gezogen — den Telegraphen. Und auf diesen Zithersaiten klingt ein neues Lied, das lockt den Häusler aus dem Wald und den Halter von der Alm — lockt sie hinaus in die weite Fremde, in die großen Städte und Fabriken, wo ihr armes, einfältiges und in der Einfalt weises und glückliches Seelenleben zugrunde geht.

Und zu jenen, die daheimbleiben im Gebirge, kommen die Fremden mit ihrer neuen Art und mit ihrem neuen Glauben. Und wie vor Zeiten die Älpler den Kampf ums Dasein vor allem führen haben müssen gegen die Elemente, so müssen sie ihn jetzt führen gegen die Welt. Da ist mit der Geduld und Ergebung, mit der Innigkeit und der Herzensheiterkeit freilich nichts auszurichten, da müssen andere Waffen sein. Und so nimmt es diesen Lauf: das Gefühl wird Empfindelei, die Weisheit wird Schlauheit, der Humor wird Witz, der Kopf wird voller — das Herz wird leerer.

Der Zeitgeist hat unseren Bauern viel gegeben, aber mehr noch genommen.

Da fällt mir allemal der Almhiasel ein und sein Bruder, der Wastel. Sind zwei brave, lustige Leute gewesen, ehemals; die harten Zeiten haben sie frisch über die Achseln geschupft, von einer auf die andere, und unser Herrgott ist ihr bester Kamerad gewesen. Und wie jetzt so allmählich die neue Zeit und die neuen Leute kommen mit der neuen Weltweisheit, da haben der Hiasel und der Wastel auch einen neuen Humor bekommen. — Arg verzagt steht der Hiasel auf seinem steinigen Feld und schaut in den Abgrund nieder, wo der Wildbach braust, und legt seine Hand auf die Stirn und simuliert: „Jetzt möcht' ich doch wissen für was! Da kommt der Mensch auf die Welt und muß so viel leiden. Und wartet von Tag zu Tag auf was Besseres — und es kommt nichts. Sonst, wenn einem weh ist gewest, angst und bang worden auf der Welt — da hat man mit feuchten Augen zum Himmel aufgeschaut, und ist einem leichter worden. Und jetzt heißt's, daß dort oben niemand daheim wär' . . . Oh, wann ich denk', daß dieses Leben, Hoffen und Leiden all umsonst sollt' sein!"

„Umsonst?" sagt sein Bruder, der Wastel. „Ah, nein, umsonst nicht. Mußt ja dafür Steuer zahlen."

Und das — das ist der neue Humor.

Inhalt.

Die Älpler in Wald- und Dorfgestalten.

Peter Rosegger

Heimgärtners Tagebuch

27. Tausend

und

Heimgärtners Tagebuch

Neue Folge

15. Tausend

Neue Freie Presse: „. . . . . . Roseggers Gedanken, Meinungen und Einfälle . . . Viele prachtvolle Anekdoten sind darunter und Novellenstoffe, kurz eine unerschöpfliche Fülle von allerlei Klugem und Gemütvollem."

Frankfurter Zeitung: „Was uns diesen Tagebuch-Schreiber noch besonders zum Freunde macht, das ist sein Humor, der in allen Schattierungen lacht und lächelt."

Berliner Tageblatt: „Heimgärtners Tagebuch, in dem ein größerer Reichtum aufgestapelt ist, als ihn andere Menschen, und wenn sie so alt wie Methusalem werden sollten, erringen können, soll ein Geschenk für unblasierte, lebensstarke Deutsche werden."

Schriften über Peter Rosegger

A. Bulliod, Peter Rosegger, sein Leben und seine Werke. Deutsche Ausgabe von Dr. Moritz Necker. Mit einem Bildnis des Dichters.

„Bulliod hat die fünfzig Bände, die Rosegger bisher veröffentlicht hat, mit Bienenfleiß durchstudiert und entwickelt aus ihnen die sittlichen, künstlerischen und sozialen Anschauungen Roseggers zu einem geistigen Gesamtbilde, wie wir es in ähnlicher Schärfe von keinem lebenden Schriftsteller besitzen."

(Reclams Universum.)

Ernest Seillière, Peter Rosegger und die steirische Volksseele. Autorisierte Übersetzung von J. B. Semmig.

Hermine und Hugo Möbius, Peter Rosegger. Ein Beitrag zur Kenntnis seines Lebens und Schaffens. Mit zahlreichen Illustrationen, einer Handschriftendruckbeilage und einem alphabetischen Verzeichnis der hochdeutschen Schriften Roseggers.

Richard Plattensteiner, Peter Rosegger. Eine Volksschrift.

www.ingramcontent.com/pod-product-compliance
Lightning Source LLC
Chambersburg PA
CBHW020734020826
48980CB00016B/314

* 9 7 8 3 8 4 6 0 9 5 8 4 3 *